KB071169

영국기행

영국기행

니코스 카잔차키스 여행기 | 이종인 옮김

열린책들

일러두기

1. 번역은 모두 영어판을 대본으로 했다. 번역 대본의 서지 사항은 각 권의 〈옮긴이의 말〉에 밝혀 두었다.

2. 그리스 여성의 성(姓)은 남성과 어미가 다르다. 엘레니가 결혼 후 취득한 성 〈카잔차키〉는 〈카잔차키스〉 집안의 여인임을 뜻한다. 〈알렉시우〉나 〈사미우〉도 마찬가지로, 〈알렉시오스〉와 〈사미오스〉 집안에 속함을 뜻하는 것이다. 외국 독자들을 배려하여 여성의 성을 남성과 일치시키는 관례는 영어판에서 흔히 찾아볼 수 있으나 여기서는 그리스식에 따랐다.

3. 그리스어의 로마자 표기와 우리말 표기는 그리스어 발음대로 적되 관용적으로 굳어진 일부 용어는 예외를 두었다. 고대 그리스, 신화상의 인명 및 지명 표기는 열린책들의 『그리스·로마 신화 사전』을 따랐다.

이 책은 실로 꿰매어 제본하는 전통적인 사철 방식으로 만들어졌습니다.
사철 방식으로 제본된 책은 오랫동안 보관해도 손상되지 않습니다.

프롤로그 7

영국 17

정복의 파도 30

영국의 해안 52

런던 69

그을음에 찌든 도시들 106

영국의 신 149

인간의 증서 176

신사 207

일어나라, 존 불! 245

그날, 그 역사적인 날 268

셰익스피어 282

자유 337

에필로그 345

옮긴이의 말 351

니코스 카잔차키스 연보 363

프롤로그

이번 영국 여행은 어차피 힘든 여정이 될 수밖에 없었다. 자유롭고 아무 책임 없는 평온한 분위기의 여행이 되기는 애당초 틀렸고, 현대적 불안들이 만들어 낸 유혈적 현장을 목격하는 여행이 예상되었다.

온 세상이 양대 세력으로 갈라져 싸우고 있는 판에, 여행자는 본의 아니게 자신의 견해를 표명하도록 강요당한다. 그 내용이 무엇이든 간에 그(여행자)의 견해는 거기에 반대하는 자들을 격분케 할 것이다. 혹시 그가 시공간을 훌쩍 뛰어넘어 사심 없이 전쟁에 관련된 상황을 분석하고 비판하려 들면, 그때는 서로 대립하는 두 진영이 모두 펄펄 뛰며 그에게 덤벼들 것이다.

오늘날 전쟁에 대한 찬반의 열정을 독자적 관점으로 분석하고 비판하는 행위는 하나의 치명적 죄악이 되었다. 세상에는 자신의 단순하고 강고한 사고방식을 거침없이 떠들어 대는 군중들로 이루어진 두 개의 군단이 있다. 이런 사람들이 허용하는 대답은 〈예〉와 〈아니요〉 두 가지뿐이다. 흑이냐 백이냐. 서로 싸우는 사람들이 허용하는 이 양극단 사이에서, 자유로운 정신의 소유자는 그 어떤 절충안도 내놓기가 어렵다.

하지만 우리는 현대 세계의 현실을 흐려지지 않은 눈으로, 다시 말해 증오나 사랑이 배제된 냉정한 눈으로 바라보아야 한다. 미덕과 비행(非行), 빛과 어둠이 공존한다는 사실을 인정해야 한다. 이 지상에 살아 있는 모든 것 — 사람은 물론이고 사물까지 포함하여 — 은 항상 모순되는 두 가지의 것으로 구성되어 있음을 깨달아야 한다. 나아가 이런 인식을 바탕으로 양극단을 절충할 수 있어야 한다. 그래야 우리는 비로소 자유로운 사람이 될 수 있다.

그러나 이것은 점점 더 아슬아슬한 묘기가 되어 가고 있다. 이 시대가 그렇게 만들고 있다. 완전 무장한 두 개의 세력이 운명처럼 충돌하고 있는 역사의 중대한 시점에서, 정신적 반성 따위는 의심스럽고 위험스러운 짓으로 간주된다. 지금은 순진한 반성과 탐구의 시대가 아니라고 생각하는 것이다. 정말 우려스러운 현상이라 아니할 수 없다. 이렇게 가다가는 몇 세대가 더 지나면, 인간의 정신은 역사의 압박에 밀려 독자적 이성을 망각하고, 가장 시급한 당면 요구 사항들에 봉사하도록 강요당할 것이다. 그리하여 인간의 정신은, 서로 싸우고 있는 두 진영 중 어느 한 편에 서서 프로파간다를 작성하고, 또 반대편에 서서 싸우는 형제와 동료를 절멸시키는 기술 — 치명적인 무기와 독가스의 발명 — 을 준비하는 데 몰두하게 될 것이다.

과학은 한때 불쌍하고 비참한 인간이 궁핍과 열정과 야성에서 벗어날 수 있는 수단, 정신적 고뇌와 번민을 해결해 주는 처방전으로 등장했었다. 하지만 그런 기대를 무참하게 저버리고, 과학은 이제 새로운 형태의 야만주의에 봉사하는 가장 무시무시하고 비도덕적인 무기가 되어 버렸다. 각종 형태의 야만주의가 끔찍하면 할수록 역설적이게도 더 과학적이라는 칭송을 받게 되었다.

지금 이 순간 우리는 쌓여 가는 시체 더미들 속에서 과학의 도덕적 파산을 목도하고 있다. 문제는 과학과 도덕이 사이좋게 병진(竝進)하지 못한다는 것에서 그치지 않는다. 정말 끔찍한 일은 과학이 발달하는 것에 반비례하여 도덕이 후퇴한다는 것이다. 그리하여 인간의 도덕적 타락은 마침내 원시적 야수의 상태에 이르게 되리라는 우려가 나오고 있다. 인류가 자랑하는 과학적 진보가 현대 세계의 가장 위협적인 신화로 전락한 것이다.

이처럼 도덕이 타락하고 보니 우리 시대는 인간의 영혼을 증오하게 되었다. 이성적 사고는 완전 파산하여 파괴적인 목적에 봉사하는 도구, 혹은 마법사(궤변을 말하는 이론가)의 수중에서 목표 없이 놀아나는 헛된 장난감이 되었다. 우리 시대의 젊은이들은 과거의 도덕 체계나 이른바 〈자유〉, 혹은 이상(理想)의 허장성세를 한물간 것이라고 생각하면서 더 이상 신뢰하지 않는다. 이 모든 것들이 빛 좋은 개살구일 뿐 실제로는 비도덕적이고 물질주의적인 탐욕을 위장하는 편리한 가면임을 꿰뚫어 보았다.

그리하여 가면들은 이제 찢어졌다. 믿음은 붕괴됐다. 그와 동시에 우리의 내부에 꼭꼭 눌러놓았던 비인간적인 힘들이 뚜껑을 열어젖히고 튀어나왔다. 이렇게 문명의 가면이 찢기면 거대한 혼돈이 뒤따를 수밖에 없다. 우리 내부의 악마들, 야만적인 파괴의 광기와 자기 학대가 물밀듯 터져 나왔다. 선과 악, 명예와 치욕, 폭식과 굶주림, 이런 것들이 모두 공조하여 대파국과 해체를 앞당겼다.

세계가 우리의 눈앞에서 시시각각 무너져 내리고 있다. 과거의 찬란한 문명을 기억하는 우리의 영혼은 한탄하며 애도하고 있다. 하지만 한탄하고 애도하도록 그냥 내버려 두자. 영혼의 본래 기능은 그것이니까. 그러나 거기서 그쳐서는 안 된다. 이 영혼의 눈을 가지고 지금 우리가 통과하고 있는 이 놀라운 유혈의 시대를 냉철하게 바라보아야 한다.

인류는 지금 급격한 전환점에 서 있다. 이런 급격한 전환기에는 항상 절충안이 제시된다. 이상과 현실의 격차를 적당히 미봉하고, 관련 법칙들을 대충 끼워 맞추어 효율성만 높이는 방식으로 구원을 가져오려 한다. 절대로 이렇게 해서는 안 된다. 개선, 평가, 유지만으로는 충분치 않다! 이제 현대인들은 급격한 반전, 전선(戰線)의 변화, 가치의 새로운 위계질서, 미덕의 재평가 등이 절대로 필요하다는 것을 잘 알고 있다.

현대는 장엄한 시대이다. 영웅주의 ── 죽음을 우습게 알고 삶을 낭비하며 목숨을 흔쾌히 바치는 태도 ── 가 오늘날처럼 대중적 광기의 차원으로까지 발달한 시대가 일찍이 있었을까. 갈등하는 양대 세력의 많은 젊은이들이 시시각각 초인적인 광기에 휩쓸려 청춘을 내던지고 있다. 〈*Agon eschatos kai megistos tais psychais prokeitai*(모든 영혼들에게 최후이자 최대의 투쟁이 임박했다).〉

그러니 누가 지금 이 끔찍하고 악마적인 경쟁에서 홀로 초연할 수 있겠는가? 가장 훌륭한 정신, 가장 냉정한 영혼의 소유자들조차도 이 회오리바람에 휩쓸려 들어가고 있다. 투쟁을 강요당하고 있다.

따라서 아주 높은 차원에서 우리 시대를 바라볼 수 있는 영혼만이 이런 대투쟁에 뛰어든 모든 이들을 공평무사하게 평가할 수 있다. 초인간적 차원을 가진 영혼은 누가 이 싸움에서 어떤 입장을 취하고 있는가 ── 좌익이냐 우익이냐 따위 ── 를 문제 삼지 않을 것이다. 중요한 것은, 투쟁 당사자의 순수함과 열정, 다시 말해 희생정신 그것이다.

그러나 우리 시대에 이러한 영혼이 존재하기란 어렵다. 인간의 생각은 각 개인의 특유한 인생 역정에 따라 어느 한쪽으로 쏠리게 마련이다. 오늘날에는 하나의 구(球)를 보듯 모든 측면에서 동시적으로 진실을 보는 〈구체적(球體的) 시각〉을 획득하기가 너무 어렵다. 투쟁 당사자들을 똑같이 존중하는 공평한 시각은 불가능하다. 지금 이 순간 우리 모두가 하나의 거대한 목표를 향해 나아가고 있다는 지극히 단순한 사실을 도무지 깨달을 수가 없다.

그 거대한 목표란 무엇인가? 인간의 가장 뿌리 깊은 충동 두 가지를 들자면 〈굶주림〉과 〈두려움〉이다. 굶주림은 인간으로 하여금 최대한 자신의 힘을 확장시켜 공략하고 정복하고 착복하여 먹이를 획득하도록 한다. 반면에 두려움은 이미 획득한 것을 빼앗길지도 모른다는 감정으로서, 자신이 얻은 것을 최대한 안전하게 오래도록 지키도록 몰아간다.

젊은 생명체는 힘 좋고 원기 왕성하여 그 기운이 하늘 쪽으로 상승한다. 그리하여 필연적으로 자신의 힘을 밖으로 내뻗고 싶어 한다. 또한 자양분을 찾아내고 생명을 유지하기 위해, 위험을 아랑곳하지 않고 전(全) 방위적으로 내달린다. 바로 이것이 전쟁을 만들어 내는 원인이다. 반면, 이미 양껏 배를 채운 성숙한 생명체는 오직 한 가지 바람밖에 없다. 자신이 기존에 확보한 것을 빼앗기지 않고, 소중한 기존 질서가 전복되지 않는 것이다. 그는 이 세상을 훌륭하고 즐거운 곳으로 생각하기 때문에 평화를 바란다. 바로 이것이 전쟁을 억제하는 힘이다.

이 둘 다 옳다. 그러나 그 둘은 현재의 상태를 언제까지나 유지하지 못한다. 둘 다 필연적으로 변화라는 동일한 목표에 봉사하게 된다. 인간의 영혼은 정지하여 그대로 있는 것을 싫어하고 뭔가 지금과는 다른 쪽으로 변화하기를 갈망한다. 인간의 영혼은 이처럼 흔들리면서 한 걸음 더 나아가고, 구시대의 도덕(실은 비도덕)과 자유(실은 예속)와 관습(실은 죽음)으로부터 벗어나기를 갈망하고 그리하여 새로운 비전, 새로운 문명을 창조한다.

오늘날 우리가 살고 있는 이 시대는 물론이고 좀 더 나아가, 우리의 자식과 손자들이 살게 될 후대 역시 고난의 시대가 될 것이다. 하지만 우리의 모든 희망은 바로 거기에서 시작된다. 고난은 생명이 시작된 이래 줄곧 커다란 자극을 주면서, 선하고 악한 모든 충동을 자극하여 각종 장애물들을 뛰어넘게 만들었다. 장애가 존재하기 때문에 극복의 노력이 있다. 고난이 없었더라면 계속 잠들어 있거나 꾸물대거나 제멋대로였을 힘들을 모두 동원하게 되고, 그 과정에서 우리의 기대치를 훨씬 뛰어넘는 진보를 이룩한다. 이때 우리가 동원하는 그 힘들은 단순히 개인적 차원이나 더 나아가 인류적 차원에 머무르는 것이 아니다. 인류가 도약하기 위해 용수철처럼 몸을 긴장시킬 때 인류의 몸속으로 우주 전체의 생명 에너지가 흘러든다. 우리가 결실 없는 안락한 순간에 망각해 버리는 저 분명한 진실이 이럴 때 분명하게 드러난다. 인류는 비록 불멸의 존재는 못 되지만, 이런 엄청난 고난과 시련을 통과하면서 영원불멸한 무언가를 만들어 낸다.

이와 같은 창조적 순간에는 예측이란 게 불가능해진다. 인간 ── 인류라고 부르든 〈생명〉이라고 부르든 상관없다 ── 이 이런 거대한 도약을 향해 질주하는 순간에는 논리적 법칙이나 역사적 전례나 경험적 지식은 아무 소용이 없다. 여기서 예측은 원천적으로 불가능하고, 단지 모든 일이 예측 불가능이라는 그 사실 하나만 예측 가능하다. 여기서는 역사도 그 힘을 잃는다. 역사의 가면이 떨어져 내리고 역사의 본색이 노출된다. 따지고 보면 역사란 무엇인가. 그것은 세 명의 수다스러운 노파 ── 〈상상〉, 〈허영〉, 〈오만〉 —— 가 소년(少年)과 성년(成年)들에게 들려주는 이야기가 아닌가.

우리가 경험하고 있는 이런 웅장한 순간에는 어떤 다른 힘이 개입하여 우리를 이끌어 준다. 소위 신념의 힘이 그것이다. 우리가 뿌리부터 완전히 다른 새 세상을 빚어낼 수 있다는 신념, 우리의 기억을 비움으로써 불필요하고 어리석은 부담감에서 해방될 수 있다는 신념, 우리의 정신에 새로운 처녀성을 부여할 수 있다는 신념, 이런 신념들은 지금 현재는 존재하지 않는 어떤 리얼리티를 믿게 한다. 인간은 그 리얼리티를 간절히 믿음으로써 그것을 무(無)로부터 창조해 낸다. 어떤 것이 존재하지 않는다는 말은 우리가 그것을 간절하게 원하지 않았거나 우리의 피를 충분히 수혈해 주지 않은 탓에 저 신비롭고 컴컴한 무(無)의 한계를 돌파하지 못했다는 뜻이다. 신념과 사랑에 의해, 혹은 강압적 힘에 의해, 혹은 우리의 피에 의해, 혹은 인간이 사용하는 물질에 의해, 무에서 유가 창조되면 한 문명에서 그다음 문명으로의 거대한 도약이 이루어진다.

이런 도약이 이루어지기 전에 반드시 대파국이 벌어진다. 지난날 존경받고 사랑받았던 많은 대상들이 붕괴하여 사라져 버리고 그 폐허 속에서 인간의 영혼은 자신의 새로운 길을 만들어 낸다.

우리의 시대는 해체와 생성의 힘을 동시에 가지고 있다. 너무나 명백하고 활동적인 해체의 요소들을 품고 있는가 하면, 아직 정체도 모르고 불확실하지만 결코 억제할 수 없는 생성의 요소들도 가지고 있다. 지금 이 순간 오대양 육대주에서 전쟁을 하고 있는 무수한 사람들이 저 신성하고 개척자적인 해체의 임무를 완벽하게 수행하고 있다. 이제 영혼의 구도자들이 나서서 생성의 요소들을 키우는 데 심혈을 기울여야 할 때이다.

지금 영혼의 구도자들에게 과거 어느 때보다 막중한 책임이 주어져 있다. 그들은 온몸을 던져 이러한 시대의 운명을 감당해야 한다. 절대로 도피하려 해서는 안 된다. 그들은 불안과 희망이 소용돌이치는 교차로에 서서 바람의 장미를 피워 내야 한다.[1]

그들에게는 세 가지 의무가 있다. 1) 이 시대의 갈등 많은 상황 속에서, 각 개인의 건설적인 좋은 요소들을 찾아내어 제시해 주고, 현대인의 열렬한 동경이 보다 정의로운 새 세상을 창조하도록 유도하는 것. 2) 이 건설적인 좋은 요소들을 나름대로 분류하여 다가올 세상의 설계도를 머릿속에 그려 내는 것. 3) 현대인의 고뇌를 깊은 차원에서 직접 체험함으로써 예술과 사상을 통해 표현하고 또 나아가 남에게 본보기가 되는 삶의 자세를 보여 주는 것 — 이것이야말로 가장 힘든 의무이다!

도피주의는 비겁한 직무 유기이다. 안타깝게도 영혼의 구도자들이 노력하는 방식과 〈세계 지도자들〉이 노력하는 방식은 차원이나 내용이 근본적으로 다르다. 영혼의 구도자들은 현대의 모든 이질적인 싸움들을 깊이 통찰하면서 현재의 혼돈에 어떤 질서를 부여해 주어야 한다. 다시 말해 카오스(혼돈)를 코스모스(질서)로 변형시켜야 한다. 또한, 그들의 시대가 왔을 때 나무랄 데 없이 꿋꿋한 모습을 보여 주기 위해 인격적 독자성을 지켜 나가야 한다. 앞으로 그러한 시대가 분명 올 것을 낙관하면서. 인내하고, 이해하고, 내적 긴장을 유지하면서, 미래의 문명을 지배할 코드를 자신의 삶과 일에서 보여 주도록 노력해야 한다. 그리고 세상

1 카잔차키스 전집 『향연』에 실린 「신을 구하는 자」에는 이런 문장이 나온다. 〈태곳적부터 있었던 이 위대한 정신은 분기(分岐)하고 넘쳐흐르고 투쟁하고 실패하고 성공하면서 자신을 단련한다. 그것은 〈바람의 장미〉이다.〉 바람의 장미는 *Rose of Winds*의 번역인데 *Rose*는 프랑스 세게르스 출판사에서 나온 상징 대사전에 의하면 *Wheel*과 같은 뜻으로 사용되며, 즉 모든 변화를 일으키는 원인을 지칭한다.

에 만연한 광기(狂氣)에도 불구하고 간단하고 적확한 한마디 ——
〈좋은 소식 Good Tidings〉 —— 를 어떻게 전해 줄 것인지 모색해
야 한다.

거대한 두 세력이 세상을 끝장낼 것처럼 싸우고 있는 이 시점
에, 몇 달에 걸쳐 영국 땅을 방랑하고 그 공기를 호흡하는 동안
위와 같은 생각들이 끊임없이 내 머릿속에 떠올랐다.

나는 영국인을 사랑했고 그들의 미덕을 존경했다. 사실 영국인
들의 당당함, 품위, 단호함, 저항 능력, 자제력, 말 없음, 많은 행
동, 위대한 인간애 등은 인간의 기본적 미덕이 아닌가.

따뜻한 지중해에서 멀리 떨어진 북부 유럽, 이 눅눅하고 푸른
섬에서 영국민들은 무수한 결전을 치러 왔다. 영국민들이 현재
겪고 있는 투쟁은 과거의 인간들 사이의 투쟁과 비슷하고, 그런
만큼 과거와 똑같은 적(敵)들이 존재한다. 먼저 자기 내면의 야수
성과 싸우는 인간이 있고 이어 인간의 내면에서 벌어지는 빛과
어둠의 싸움이 있다. 그 과정에서 인간의 피가 강물처럼 흘렀다
는 점에서 영국도 여느 곳과 다르지 않았다. 하찮은 승리조차 엄
청난 대가를 치렀다는 것 또한 동일하다.

그러나 수백 년의 세월이 흐른 뒤, 영국민들은 저 바위들과 푸
른 언덕과 항구들 위에 세 개의 찬란한 기념비를 세웠다. 영국 특
유의 위대한 기념비인 마그나 카르타, 신사, 그리고 셰익스피어
가 그것이다. 이것은 〈영국 땅이 만들어 낸〉 위대한 승리였고, 완
벽한 자유를 향해 나아가는 위대한 이정표였다.

우리는 이러한 이정표를 독자적인 영혼의 관점에서 바라보려
고 노력해야 한다. 또한 이런 독자적 관점이 아무도 만족시키지
못하고 실패할 가능성까지도 고려하면서, 희로애락에 물들지 말

고 냉정하게 그것(실패의 가능성)조차 받아들여야 한다. 설사 남을 만족시키지 못한다고 해서 그것이 무슨 대수이겠는가. 열정과 사리사욕과 무수한 욕망들이 끓어 넘치는 이 시기에 독자적인 영혼을 가지고 혼란스러운 상황들을 해석하려 했다는 것, 그게 중요한 것이다. 자유로운 영혼은 언제나 사막 속에서 비전을 본다고 하지 않는가. 왜 바실리우스가 성 에브라임을 가리켜 〈사막의 교수〉라고 했겠는가.

1940년 여름
그리스 아이기나 섬에서

영국

옅은 녹음, 완만한 기복 속에 끝없이 펼쳐지는 대지, 봄날 같은 즐거움, 한여름에 스며들어 있는 습기 차고 서늘한 가을의 기운, 소리 없이 쉬지 않고 내리는 가랑비, 한 자락의 겨풀 냄새. 황갈색에 흰 얼룩의 토실토실한 젖소 무리들이 게으르게 고개를 쳐들고 새김질을 한다. 녀석들의 콧구멍에서 새어 나오는 푸르스름한 김이 두둥실 평화롭게 허공으로 올라가 포근한 여름 비로 바뀐다.

발아래 흙이 얼마나 탄력 있고 지력이 왕성한지, 들고 가던 막대기를 꽂아 놓으면 마리아의 신랑, 요셉의 지팡이에서처럼 싹을 틔울 것 같다. 대지가 이처럼 두 손 모은 듯 평온하게 펼쳐지고 그 위로 비가 떨어져 촉촉하게 젖을 때면 내 마음 깊은 곳에서 항상 찾아오는 이미지가 있다. 아니, 이미지가 아니라 성화(聖畵)다. 「동정녀의 잠자는 듯한 승천」. 자신의 본분을 다했으므로(자기 자신보다 훨씬 성스러운 아들을 낳았으니까) 그녀는 양심의 거리낌 없이 두 손 모으고 편안하게 누워 있다. 이어 약간 짙은 공기 같은 푸른 날개의 천사들이 위에서 내려와 마치 안개처럼 그녀의 영혼을 보듬어 하늘로 데리고 간다.

나는 비 젖은 시골집의 나무 대문을 열고 나가 길 건너편 언덕

쪽으로 천천히 걸어갔다. 젖소들, 곱슬곱슬한 털로 뒤덮인 오동통한 양들, 마치 녹음 위에 붉은 물감으로 붓질해 놓은 듯한 자그만 가옥들, 강철처럼 반들거리는 타르 포장도로. 이루 말할 수 없이 고즈넉하고 즐겁고 고요하다. 우리네 땅의 은밀하고 위험한 정적과는 뭔가 다른 정적이다. 이 땅은 귀뚜라미들이 사람의 귀로 감당할 수 없을 만치 요란하게 울며 맴도는 찬란한 햇살의 땅, 잡을 수 없는 것을 붙잡으려고 애쓰는 사람의 온 신경이 흔들리는 땅이다. 이곳의 정적은 정직하고, 기교 없고, 메아리가 없고, 불편함이 없다. 그 정적은 마치 진한 꿀처럼 사람의 이맛살을 부드럽게 펴준다.

〈이것이 영국인가? 이것이 영국이란 말인가?〉 나는 가볍게 놀라면서 중얼거렸다.

런던에서의 또 하루. 철도역이 사람들로 북적였다. 대영 제국의 첫 번째 신사인 국왕(조지 6세)이 캐나다에 갔다가 오늘 돌아온다고 했다. 영국 사람들은 공식 행차와 중세 의상, 가발, 고관이나 귀족들이 걸치는 흰 담비 털가죽 옷을 좋아한다. 의회 개회를 위해 웨스트민스터[1]로 국왕을 모셔 가는 고색창연한 왕실 전용 금마차와, 국왕이 시티오브런던[2]으로 들어갈 때 런던 시장이 그(국왕)에게 건네주는 묵직한 열쇠 따위를 좋아한다.

영국의 프롤레타리아는 사회적 지위가 높은 사람들을 보면 곧바로 감탄한다. 저 과묵한 거물급 인사들과 혈색 좋은 부유한 귀족들이 자신과 유기적으로 연결되어 있다고 느낀다. 영국인은 이 세상이 자신의 설계에 따라 움직여야 한다는 거창한 이론을 갖고

1 국회 의사당과 사원이 있다.
2 런던의 상업 및 금융의 중심지.

있지 않다. 그는 추상적인 것들에 현혹되어 헛되이 방황하지 않는다. 어디에서나 현실을 추구하고, 현실을 자신의 의도에 들어맞게 하기 위해 현실에 질문을 던져 대답을 얻어 내고 이어 현실에 복종하면서 한 걸음 한 걸음 나아간다. 현실의 반복적 리듬을 찾아내어 그것을 바탕으로 단순 명료한 결론을 도출하려 한다. 그렇다고 해서 그러한 결론들을 보편적 원칙으로 일반화하지도 않는다. 오히려 규칙들을 행동을 촉진하기 위한 것, 그러니까 더 빨리 구체적 결실을 맺게 해주는 보조 역할 정도로 생각한다.

그는 사회적 위계가 존재한다는 것, 자기 민족의 모든 역사가 그 위계를 기반으로 삼고 있음을 안다(알고 있다기보다는 느끼고, 보고, 체험한다). 그러나 동시에, 위계질서의 사다리를 타고 올라가는 계단이 활짝 열려 있음도 안다. 그에게 의지력과 결단과 행운이 있고 올바른 행동으로 공동체에 크게 기여한다면, 자신도 저 계단을 성큼성큼 통과하여 위로 올라갈 수 있음을 안다. 〈영국은 문호가 개방되어 있는 귀족제의 나라이다.〉 영국인은 자기보다 우월한 사람들을 자랑스럽게 올려다보면서 이렇게 중얼거린다. 〈나도 저들에 비해 조금도 능력이 떨어질 게 없는 사람이다. 따라서 언젠가 저들이 서 있는 저 자리로 올라갈 수 있다.〉 그에 반해 프랑스인은 논리적 보편 원칙들의 노예가 되어 있다. 자기보다 우월한 사람들을 우습게 보면서 그런 지위의 부당함에 격렬하게 반항한다. 그리하여 이렇게 말한다. 〈저들도 나와 똑같은 사람들이건만 왜 저들이 내 머리 꼭대기에 올라앉아 있는 거지?〉

기차가 도착했다. 조지 6세가 미소 띤 얼굴로 나타났다. 호리호리한 체격이었는데 약간 지친 듯했다. 역 광장에 나와 있던 영국인들이 우레 같은 소리로 팔을 흔들어 대며 노래를 불렀다. 어떤 이들은 영국 국가를 부르고 어떤 이들은 짧은 축가를 불렀다.

복음서에 나오는 성가를 부르는 사람들도 몇 보였다. 여기서 노예의 획일성 따위는 찾아볼 수 없었다. 모든 사람이 자유롭게, 저 나름의 방식으로 기쁨을 표현하고 있었다. 영국 사람들은 자신들의 독자성과 개인의 존엄성을 대중이라는 익명의 바다에 익사시키는 법이 없다. 그들은 아둔하게 획일적으로 슬로건을 따르는 가축들이 아니다. 똑같은 슬로건이라도 자기 식으로 변형하여 완전히 다른 실체를 만들어 낸다. 그들은 필연성이라는 개념에도 개인의 자유라는 뉘앙스를 부여한다. 종교적 성가든 축제의 노래든 애국가든 저마다 진심을 다해 귀국하는 국왕을 환영한다.

나는 온갖 소리에 귀 기울이며 철도역 한구석에 서 있었다. 마치 윙윙거리는 벌집의 한가운데에 들어선 것 같았다. 봄이 되면 이따금 여왕벌을 잃고 고아 신세가 된 벌 떼들이 구슬프게 윙윙 울어 댄다. 그러다 어느 날 갑자기 여왕벌을 다시 모셔 오면 벌들의 음색은 곧바로 달라진다. 낭랑하고 기쁨에 찬 심오한 노래로 바뀌는 것이다. 그리하여 우리는 처음의 우울했던 노래를 싹 잊어버리고 새로운 희망을 반기듯이 우리의 내부에서 참신한 노래가 솟구치는 것을 느끼게 된다.

영국의 국왕은 〈미카도〉[3]처럼 신성한 인간이다. 그는 벌집 속의 여왕벌이되, 벌집 전체와 구분되지 않는 필수 불가결한 존재이다. 하지만 움직임이 없거나 접근 불가능하거나 화강암 석판 같은 존재가 결코 아니다. 국왕 또한 시간 속에 발현해 가는 살아 있는 생명체이다. 그는 현실을 흡수하고 또 현실에 흡수된다. 자기 자신의 환경에 적응하고, 그를 둘러싼 현실을 극복하고 또 수용한다. 영국 국왕과 국민들은 서로의 존재를 의식한다. 역사적

3 일본에서 신적 존재로 받드는 황제 혹은 천황과 비슷한 의미이다.

발전이라는 깊은 흐름 속에서 인내와 순응과 사랑으로 서로를 일치시켜 왔다. 개인의 자유가 점점 더 강조되면서 국왕 역시 통치 형태를 바꾸고 자신의 권력을 민주적으로 수정해 왔다. 국민은 그와 합의를 보았고 점진적으로 권력을 이양받았다. 국왕은 때로는 자발적으로 권력을 내주었고 때로는 선물처럼 증여하기도 했다. 그리하여 추밀원, 상원, 하원, 책임 내각, 헌법상의 자유 같은 새로운 정치적 제도가 생겨나게 되었다. 국왕은 이런 식으로 사태 변화를 주시하며 시대에 적응함으로써 결과적으로 시간을 정복했다.

조지 6세가 마차에 오르자 모든 사람들이 노래를 부르며 그를 뒤따라 달리기 시작했다. 모든 얼굴들이 로열 퍼플[4]의 기이한 광채로 환해졌다. 그것은 국왕이 집전하는 일종의 성찬식이었다! 나는 그 행렬에 끼지 않고 가만히 서서 아주 이채로운 국왕의 〈성찬식〉을 뚫어져라 쳐다보았다.

「당신은 외국인이오? 함께 어울리고 싶지 않소? 노래를 안 부르고 있군요?」 군중에 합류하려고 달려가던 한 노인이 지나가면서 나에게 물었다.

「그래요, 끼고 싶지 않습니다. 나는 노래를 부르지 않습니다. 나는 외국인이오.」 내가 대답했다.

「하지만 당신도 여기 영국에서 오래 지내다 보면 왕당파로 바뀌게 될걸!」 노인이 껄껄 웃었다.

나는 어깨를 들썩했다.

〈여기가 영국인가? 여기가 영국이란 말인가?〉 나는 또다시 가볍게 놀라면서 중얼거렸다.

---

4 푸르스름한 짙은 자주색. 자주색은 흔히 종교계의 고관을 상징하므로 여기서는 〈종교적 수장과 동격시되는 국왕〉을 의미한다.

하이드 파크에서의 또 하루. 토요일 저녁. 하늘에는 엷은 구름, 뜻밖의 유쾌하고 포근한 한때, 사람 무리들. 아침나절에 비가 내린 탓에 흙에서는 아직도 비 냄새가 올라왔다. 30명가량의 연사들이 저마다 목재로 조립된 연단에 올라서서 계속 재잘대고 있었다. 모르몬교도, 아일랜드 애국자, 구세군 설교가, 기독교도, 가톨릭교도, 불교도, 주의 제7일 — 토요일을 안식일로 지키는 — 그리스도 재림론자, 민주주의자, 파시스트, 공산주의자, 채식주의자 등 세상에 있음 직한 온갖 사상의 사도들이다. 그들 모두가 열렬한 몸짓으로 고함치고 있었다. 청중은 이 연단에서 저 연단으로 바쁘게 움직이며 그 말을 듣고 있었다.

비썩 마른 금이빨의 청년이 단치히[5]와 히틀러, 민중의 자유에 대해 고래고래 소리치고 있었다. 청년 바로 옆에는 무아경에 빠진 파란 눈의, 뚱뚱하고 축 늘어진 실레노스[6]가 연단인 나무 상자에 올라서서 숨을 헐떡이며 소리쳤다. 그는 히틀러를 소리 높여 욕하는 이웃 청년을 측은한 눈길로 내려다보았다. 그리고 고개를 가로저었다.

「이런 것들은 다 지극히 무의미합니다!」 그가 부르짖었다. 「모두 하루살이 목숨들입니다. 하느님의 말씀에, 영원한 것에 귀를 기울이시오!」

노인이 엄청나게 두꺼운 성서를 펼치더니 책장을 넘기기 시작했다. 하도 자주 넘겨 다 닳아 버리고, 손때로 얼룩덜룩한 책이었다.

「자, 하느님의 말씀을 들으시오!」

그가 천국과 지옥에 대해 설교했지만 아무도 그의 연단 쪽으로

5 오늘날 폴란드의 항구 도시 그단스크를 가리킨다.
6 그리스 신화에서, 술의 신 디오니소스의 양부(養父)로 나오는 뚱뚱한 노인.

다가오지 않았다. 노인은 한탄하고, 힘들어 끙끙대면서도 멈추지 않고 계속했다. 그의 목덜미 혈관이 팽팽하게 부풀어 올랐다. 나는 그가 안쓰러워 잠시 그 앞에 발길을 멈추었다. 사람들이 내 주위로 슬슬 모여들기 시작했다. 남녀 노인들, 마음씨 착한 중산층 사람들, 노란 머리를 땋은 처녀들. 내 옆에 있던 한 뚱뚱한 서민이 갑자기 흥분하면서 그 연사를 가로막았다. 그는 의심에 가득차 있었고 끔찍한 의문들로 괴로워하고 있었다.

「나에게는 자유 의지가 있는가 없는가? 그 대답은 예인가 아니오인가? 모든 일은 하느님이 자기 마음대로 하는가, 아니면 내가 내 마음대로 하는가? 만약 인간에게 자유 의지가 없다면 왜 인간은 자신이 책임질 필요도 없는 일로 지옥 혹은 천당에 가야 하는가? 자유 의지가 없는데 어떻게 자기 책임인가? 내 의지로 한 일도 아닌데 왜 칭찬을 받아야 하는가? 왜 벌 받아야 하는가?」

그는 땀을 줄줄 흘리며 몸을 흔들면서 고함을 쳐댔다. 앞니는 아래위로 모조리 빠져 없었고 혀 짧은 소리로 말했다. 그 혀 짧음을 극복하려고 애쓰는 태도는 오히려 불쾌감을 주었다.

남녀 무리가 금세 그의 주위로 몰려들더니 고함과 미소와 고갯짓으로 동감을 표시하며 격려했다. 그러자 하느님의 말씀을 외쳐대던 노인 연사를 지지하는 청중 합창단이 생겨났다. 그리하여 두 합창단이 서로 죽일 듯한 기세로 대치했다.

혀 짧은 사내가 바위 위로 올라갔다. 그는 자기에게 동조한 사람들의 영혼을 모두 자기가 책임져야 한다고 느끼는 것 같았다. 과도한 책임을 느끼는 사람이었다. 두 합창단의 지도자들이 토론을 벌이며, 하느님과 그리스도의 수난, 인간과 인간의 수난, 그리고 구원에 대해 갑론을박했다. 사이사이 합창단들이 소란스럽게 추임새를 넣으며 격려했다. 합창단들의 토론 주제(그리스도)는 찬양과 비방을 동시에 받으며 이 합창단에서 저 합창단으로 탁구공처럼 오갔다.

이 무한하게 넓은 공원에서 다시 한 번 비극적 드라마의 영원한 주제가 펼쳐지고 있었다. 한쪽 주인공은 디오니소스(지금 이 자리에서는 그리스도란 이름으로 불리지만)였고 다른 한쪽은 구원을 찾아 나선 인간이었다. 어떤 구원? 하느님과 동일시되는 것, 그리스도의 수난과 성스러운 부활을 실천하는 것.

이 영원한 주제는 자주 발견되는구나 하고 내가 생각에 잠겨 있을 때였다. 자유 의지를 내세우는 합창단의 혀 짧은 지도자 뒤에서, 쭈글쭈글하고 가슴이 납작한 노파가 불쑥 등장했다. 중세시대 때 〈역병〉을 상징하는 인물로 자주 등장하던 그런 스타일의 노파였다.

그녀가 하얀 대문자들로 뒤덮인 파란 현수막을 펼쳐 들었다: 〈*AFTER DEATH THE SECOND COMING*(사후 재림)〉. 노파의 작고 차가운 파란 눈이 열심히 토론하던 혀 짧은 사내를 노려보았다. 사내는 아무 말도 하지 못하고 입을 다물었다. 오늘의 비극은 결국 〈데우스 엑스 마키나*Deus ex machina*[7]로 마무리되었다.

저녁이 아주 서서히 찾아들었다. 가벼운 안개, 하얀 연무에 휩싸인 나무들. 여자들의 얼굴은 저녁이 되자 사탄처럼 번들거리기 시작했다. 쇠로 두들겨 만든 대문 위에 걸터앉은 젊은 한량들이 집적거리자 처녀들이 깔깔거리며 소리를 질러 댔다. 어둠이 내리고 춘정을 부추기는 미풍이 불어오면서 청중 수가 줄어들기 시작했

---

7 그리스의 극에서, 복잡하게 얽힌 이야기 속에 개입하여 초자연적으로 문제를 해결하는 신(神). 기계 장치에 의해 무대 위쪽에서 나타난다.

다. 젊은 남녀들은 서둘러 나무숲으로, 안개 속으로 사라져 갔다.

그러나 목이 부어 버린 사도들은 여전히 고래고래 소리 지르고 있었다. 공산주의자, 파시스트, 민주주의자, 모두들 자신의 처방이 만병통치약이라고 외쳐 댔다. 한 아일랜드인은 영국 정부를 욕하면서 아일랜드 전역을 영국의 통치로부터 해방시키라고 요구하고 있었다. 좀 더 걸어가자, 금테 안경을 쓴 폐병 환자 같은 인도 학생이 나타났다. 큼직큼직한 앞니와 길고 구불구불한 까만 머리의 인도 학생은 자기 조국이 겪고 있는 수난을 열거하고 있었다. 이 학생 역시 자유를 요구하고 있었다. 「우리는 3억 5천만의 인구를 가졌습니다.」 그가 목이 쉬도록 고함쳤다. 「우리에겐 당신네 문명보다 훨씬 더 유서 깊고 찬란한 문명이 있습니다. 그런데 왜 우리가 당신들의 압제를 받아야 합니까? 이제 압제를 그만두십시오!」

인도 학생 옆에는 주의 제7일 그리스도 재림론자인 노인이 증기처럼 투명한 두 손바닥을 펼치고 미소 띤 얼굴로 청중들에게 말했다. 「죽은 자들이 부활할 날이 임박했습니다.」 노인은 숨을 헐떡거리며 중얼거리듯 말했다. 「그날이 왔습니다, 형제들이여. 우리 모두 흰 가운을 걸치고 죽음에서 부활한 자들을 맞으러 나갑시다!」

짙은 남빛의 헬멧과 두툼한 흰 장갑을 착용한 경관 두세 명이 무심하게 그러면서도 자기 확신에 찬 태도로 순찰을 하고 있었다. 그들의 입가에는 가벼운 미소가 어려 있었다.

「자유! 바로 이런 게 자유가 아니고 뭐겠습니까!」 내 옆에 있던 사람이 말했다. 선량하고 의욕적인 젊은이였다. 「이런 광경을 여기 말고 이 세상 어디서 볼 수 있겠어요?」

예전에 내가 크레타에서 아버지와 나누었던 대화가 문득 생각났다. 공산주의가 무엇인지 알지 못하는 아버지가 나에게 설명을 좀 해보라고 하셨다. 내가 꽤 길게 설명하는 동안 대단히 끈기 있게 들어 주던 아버지가 이윽고 고개를 내저으며 말씀하셨다.

「아주 훌륭하구나. 네 얘기를 들어 보면 훌륭하고 고상한 이론이야. 하지만 과연 그 이론대로 〈일이 벌어질까〉?」

그 말씀은 결국 이런 뜻이었다. 〈공산주의자들, 계속 떠들어 대보라고, 누가 신경이나 쓸 줄 알아? 수다쟁이 네 머릿속의 울분을 맘껏 토해 내라구! 나는 반대하지 않아. 일정 선까지는. 그것이 수다로 머무는 한. (아버지는 이데올로기를 《수다》라고 표현하셨다.) 하지만 네가 감히 그걸 실천하려 든다면 그땐 내가 그게 말짱 꽝임을 보여 주지!〉

영국도 지금 내 아버지와 같은 얘기를 하고 있다. 공산주의란 결국 남이 가져다주는 마지못한 자유인데 그런 건 싫고 내가 애써 획득한 자유, 그게 더 좋다고 영국인은 말하고 있는 것이다.

언제이던가 영국 해군 장교 하나가 나에게 이런 이야기를 들려주었다.

「지난번 전쟁 때, 우리 전함 한 척에 독일 전함 세 척이 덤벼든 일이 있었습니다. 우리는 최선을 다해 배를 지키려 했지요. 그러나 전함은 구멍투성이가 되어 가라앉기 시작했습니다. 때는 밤이었어요. 제 기능을 할 수 있는 탐조등은 하나밖에 남아 있지 않은 상황이었습니다. 〈배를 포기하라!〉 함장이 휘하의 장교들과 수병들에게 지시했지요. 〈사람은 보트로 옮겨 타도록.〉 그러자 병사들이 말했습니다. 〈함장님, 우리는 배와 함께 죽겠습니다.〉

〈좋아!〉 함장이 소리 높여 대답했습니다. 〈탐조등으로 우리 깃발을 비추도록 하라!〉

탐조등은 국기를 비추기 시작했고 잠시 후 배는 어둠 속에서 탑승자 전원과 함께 침몰했습니다. 공중 높이 유니언 잭만 홀로 환하게 빛을 받으며 말입니다.」

*

이런 에피소드들은 너무 간단하고 잘 들어맞지 않는 모자이크들이다. 그러나 갈고리 발톱 하나로도 사자 모자이크 전체를 재구성할 수 있듯, 훈련된 사람의 눈은, 단순하지만 아무렇게나 흩어져 있는 이 모자이크들이 전체 속에서 어떻게 배열되는지 분간할 수 있을 것이다. 다양한 사지(四肢)들이 어디에 붙는 것인지 알아냄으로써 대영 제국이라는 사자의 총체적인 모습을 그려 볼 수 있다.

그러나 서둘러서는 안 된다. 지금 우리는 끈기와 고집, 느리지만 확실한 사고(思考)의 땅에 와 있다. 이곳은 현대의 과학이 맨 처음 그 확고한 토대를 발견했던 땅이다. 이제 추상적 이론의 거대한 구름들은 사라지고 일상의 체험으로 이루어진 자잘하고 명확한 경험의 돌멩이들만 남았다.

이 땅에서는 신중함이 하나의 덕목으로 꼽힌다. 침묵은 거대한 아우성을 누르는 뚜껑이 되고, 느린 걸음은 목표에 도달하기 위한 가장 확실한 방법이 된다. 이 나라의 토템이 토끼가 아니라 거북이란 것은 두말할 나위 없다.

나는 영국의 저 연두색 풀밭, 육중하고 때 묻은 건물들, 장식적인 교회들, 영국 여인들의 땋은 금발들을 천천히 살펴보았다. 내 눈은 한껏 즐겼고, 내 귀는 살그머니 엿들었고, 내 정신은 저 대지처럼, 여성처럼, 수동적으로 이 모든 것을 빨아들였다. 나는 논리적인 계획이나 충동적인 조바심을 떨쳐 내고, 영국이 조용하게, 천천히, 매일매일, 내 속으로 침투해 오도록 내버려 두었다.

이 나라에서는 이렇게 해야만 진면목을 발견할 수 있다. 그것을 여기 도착한 첫 순간에 감지했다. 다른 나라에 갔을 때는 정말 게걸스럽게 캐내려고 애썼다. 뭐든 닥치는 대로, 최대한 신속하게 캐낸 뒤 그 나라를 떠나오곤 했다. 이 나라에서 해적질에 가까운 그러한 접근법을 쓴다면 수박 겉 핥기가 되어 아무 결실도 얻지 못할 것이다. 이곳에 오면 먼저 차분한 인내심을 발휘해야 한다. 시간을 들여 가며 영국식 리듬 — 영국의 기후, 바다, 태곳적부터 변함없이 푸르렀던 녹색 풀밭, 영국식 사교 활동, 유서 깊은 대학들, 테니스, 골프, 항구, 공장, 사람들과 접촉하고 대화하는 법 — 에 익숙해져야 한다. 이런 영국식 리듬이 곧 나 자신의 혈류(血流)와 같은 속도로 흐르도록 해야 한다.

그러자면 가치들의 우선순위를 재조정해야 한다. 인내와 신중한 결단을 충동적이고 반항적인 생각보다 위에 놓아야 한다. 말은 무겁고 귀한 금속이라는 것, 말과 맹세는 본질적으로 동일하다는 것도 명심해야 한다.

영국에 오면 누구나 일상의 작은 사건들을 사랑하고 존중하고 신뢰하는 법을 배워야 한다. 그런 것들에 복종하고 꼼꼼하게 따라야만 비로소 그런 것들을 초월할 수 있다. 그런 것들을 튼튼한 바탕으로 깔고 있을 때 비로소 인간적 자유가 생겨난다. 멍에와 날개는 동일한 본질을 가졌다.

영국 여행자는 백일몽을 꾸면서 현실을 꽉 붙잡고 있어야 한다. 현실의 최고 봉우리에 올라섰을 때 그 백일몽을 하늘 높이 들어 올려야 한다. 백일몽의 자양과 광휘를 갖고 있지 않는 행동을 경계하라! 희열에 빠져 게으르게 앉아 있다가 주님의 발치에서 녹아들어 존재가 사라지는 백일몽을 경계하라. 마르타와 마리아[8]는 하나가 되어야 한다. 마르다(행위)와 마리아(백일몽)의 합일, 이것이 영혼의 본모습이다.

이것은 까다롭고 활기찬 생의 리듬으로서, 자부심 높은 영혼이 갖추어야 할 리듬이다. 영혼은 이런 리듬을 갖추었을 때 비로소 편안함을 느낀다. 사랑도 미움도 정열적으로 실천하되 동요하는 표정을 짓지 말고 입을 꾹 다물어라. 승리하되 승리했다고 고함치지 마라. 패배하면 주먹을 불끈 쥐는 것으로 끝내고 처음부터 다시 시작하라. 인생이라는 위험한 게임에 온몸을 내던져라. 격렬한 욕망을 품어라. 하지만 그런 것들을 과시하는 행동은 촌스러움의 극치이다. 자제심은 최고의 인간적 미덕이다.

영국은 〈청렴 강직한 아르테미스〉[9]에게 바쳐진 신전이다. 이 나라에서는 피가 줄줄 흐를 때까지 자기 자신을 채찍질한다. 입술을 깨물고 전진하는 법을 배우기 위해서.

---

8 「요한의 복음서」 11장에 나오는 베다니아의 세 남매, 라자로와 그의 누이들.
9 인간과 들짐승의 다산 및 어린이의 수호신이며, 흔히 젊고 아름다운 처녀 사냥꾼으로 표현되는 그리스 신화의 여신.

정복의 파도

영국의 해안을 처음 보는 순간 나의 두 눈은 환하게 빛났다. 바다는 회색의 차가운 상념들을 품은 채, 야박하고 맹렬하게 소용돌이치고 있었다. 이 바다는 단순히 섬을 에워싸고 있는 유동적 자연 성분이 아니었다. 그것은 영원히 갈기를 펄럭이며 영국을 수호하고 보존하는, 길들지 않고 잠들지 않는 암사자이다.

넘실대는 파도 저 너머로 흰색과 녹색의 굽이치는 해안선이 수평선을 따라 절묘한 스케치를 이루고 있다 — 영국이다. 여름날의 말간 구름 뒤에서 해가 나오더니 저 땅의 아련한 젖가슴과 해안의 하얀 바위들을 부드럽고 다정하게 애무한다. 이 음산한 바다는 이방인을 싫어하지만 저 위의 육지는 살며시 미소 지으며 유혹하는 것 같다.

지난 수 세기 동안 영국 전원의 이런 고혹적인 미소가 탐욕스러운 정복자들을 유혹하고 끊임없이 밀려오게 만들었다. 거친 바다 한가운데서 마주치는 아늑한 품, 매혹적인 젖가슴, 멕시코 만에서 밀려오는 따뜻한 해류의 포옹.

나는 공기와 물로 이루어진 저 아름다운 베일 뒤에서 반짝이며 미소 짓는 영국의 희고 푸른 해안선에 탄복하며 뱃머리에 기대서 있었다. 그렇게 바라보면서, 지난날 조바심에 못 이겨 이슬처럼 상큼한 영국의 육체를 밟고 지나간 저 모든 정복자들이 맛보았을 기쁨과 공포를 되살려 보려고 애썼다. 거대한 정복의 파도 여섯 개가 거친 윤곽을 드러내며 하나씩 하나씩 내 머릿속의 어두운 방을 스쳐 갔다.

*

1. 선사 시대: 때는 여름. 양가죽으로 몸을 가리고 알아듣지 못할 고성을 질러 대며 이 바위 저 바위로 뛰어다니던 야만인들이 바다를 마주 보는 이 해안에 모여들어 소수의 원주민을 이루고 있었다. 멀리 남쪽에서 이베리아인들이 알록달록한 가벼운 배에 몸을 싣고 등장했다. 그들은 키가 작고 머리가 검었으며 탐욕스러운 눈과 손을 가지고 있었다.

그들은 선조의 땅을 저주하며 그곳을 떠나 정북(正北)으로 향해 온 사람들이었다. 그들의 키에 방향을 잡아 준 것은 굶주림, 돈벌이, 모험이었다. 그러나 섬세한 골격과 구릿빛 살색의 이 해적들은 세상 끝에 고립되어 있는 이 섬과 마주치자 경악하지 않을 수 없었다. 그들이 들어온 옛날이야기에 따르면 툴레[1]는 금과 진주와 주석이 넘치는 땅, 야생의 짐승들이 우글거려 범접할 수 없는 땅이었다. 서쪽은 가없는 신비로운 바다를 끼고 있고 북쪽은 시간의 역사만큼이나 오래된 거대한 얼음 덩어리들로 차 있다고 했다.

그러나 섬이 가까워질수록 공기가 뜨거워지고 있었다. 산과 들이 미소 지으며 그들에게 손짓했다. 이 섬의 첫 연인이 된 그들은

[1] 라틴어로 〈Thule〉는 현재의 아이슬란드, 노르웨이 등 세계의 북쪽 끝 지역을 뜻하는 말이나 여기서는 영국을 뜻한다.

미칠 듯 기뻐하며 바위들을 움켜잡고 정복 작업을 벌여 나갔다. 갈고리 모양의 코, 새까만 머리와 검은 눈을 가진 이 지중해 종족은 소와 돼지, 염소, 저들의 신과 전설들을 들여왔다. 그들은 곧추선 거대한 바위들을 세우고, 거석문화 시대에 도리깨질에 쓰였던 널따란 마당을 닦아 제물을 바쳤다.

그리고 정복의 호색적인 노동이 시작되었다. 그들은 빽빽한 처녀림과 괴어 있는 물을 가로질러 길을 닦았다. 항구와 강 근처에 이 땅 최초의 부락인 윈체스터, 캔터베리, 런던 등을 세웠다. 야생 동물을 사냥하고 원주민들과 사귀어 그들의 아내를 취하고 자식을 만들며 자신들의 뿌리를 넓혀 갔다.

인공 둔덕 밑에 파묻힌 해골들이 후대에까지 전해졌는데 원형과 타원형의 두 가지 두개골을 확인할 수 있다. 아마도 최초의 정복자들은 두 종족의 출신들이었던 것 같다. 그들은 원주민은 물론 훗날의 정복자들과도 융합되었지만 고유의 핏줄은 끊어지지 않았다. 심지어 오늘날까지도 그들의 흔적을 찾아볼 수 있다. 직립으로 세워진 키클롭스[2] 같은 거석들, 영국 언어에서 화석으로 남은 몇 개의 단어들, 요즘에도 웨일스나 아일랜드의 도로를 따라가다 보면 불쑥불쑥 마주치게 되는 검은 털, 구부러진 코, 작은 키의 사람들을 만날 수 있는데 그들은 저 아득한 시간의 흔적을 여전히 간직하고 있는 환상적인 영국인들이다.

2. 천 년 내지 천이백 년이 흘러 기원전 500년쯤 되었을 때 두 번째 거대한 파도가 들이닥쳤다. 이번에도 남쪽에서 온, 켈트라는 종족이었다. 다뉴브 강, 알프스 산맥, 프랑스 등지에서 유입된

---

2 그리스 신화에 나오는 애꾸눈의 거인.

목동과 전사들이었는데, 이들은 키가 크고 강건했으며 금발과 파란 눈의 소유자들이었다. 그들은 울긋불긋 기이한 표식들 —— 종교적·군사적 의미를 띤 이국적인 표식들 —— 을 온몸에 그리고 다녔다.

그들은 두 개의 파로 갈라졌다. 아일랜드와 스코틀랜드 쪽으로 깊숙이 들어간 게일족, 그리고 프랑스의 동족(同族) 브르타뉴인들과 마주 보는 남서부 해안에 뿌리를 내린 브리턴족.

켈트족 역시 새로운 신과 악마들을 배에 싣고 왔다. 그들은 음주가무를 즐겼다. 모두가 시인이고 공상가였으며 귀신을 믿었다. 그리고 원탁의 기사, 트리스탄과 이졸데, 위대한 아서 왕을 다룬 전설들을 창조해 냈다. 아서 왕은 죽어서, 영웅들이 영원히 행복하게 살면서 네레이스들[3]과 더불어 떠들썩하게 즐긴다는 신비의 섬 아발론에 닻을 내렸다고 한다.

이 몽상가들은 사람을 산 채로 불태워 자신들의 신과 조상들에게 제물로 바쳤다. 그들은 내세를 믿었고, 타살에 의한 죽음도 지상에서 천국으로 갑자기 옮겨 간 것에 불과하다고 생각했다.

예수 탄생을 3백 년 앞둔 시절, 지혜와 부를 갈망하던 마르세유의 그리스 사람 피티아스가 배를 타고 〈헤라클레스의 기둥〉[4]을 지나고, 그 위로 이베리아 반도와 갈리아[5]의 해안을 지나, 신비에 싸인 툴레까지 돌아본 후 의욕의 눈을 부릅떴던 것으로 짐작된다. 전하는 말에 의하면, 그는 보리와 꿀을 섞어 만든 술을 마시는 금발의 사람들을 발견했다. 그들은 몸에 온갖 문양을 그리고 다녔으

---

3 해신(海神) 네레우스의 딸들. 모두 50명.
4 지브롤터 해협 동쪽 끝에 있는 두 개의 곶. 전설에 따르면, 원래 붙어 있던 것을 헤라클레스가 떼어 놓았다고 한다.
5 골 사람들이 살았던 프랑스를 가리킨다.

며 산에서 주석을 캐다가 당나귀에 싣고 항구로 옮겼다.

3. 다시 세월이 흘렀다. 선박의 돛을 부풀린 것은 이번에도 남풍이었다. 세 번째 파도가 영국 해안 절벽에 와 부서졌으니 바로 로마인들이었다.

켈트족을 정복하려 한 최초의 인물은 율리우스 카이사르였다. 그는 켈트족을 가리켜 영리하고 용감한 종족이지만 가족 단위로 분할되어 사회 공동체나 통치 체제에 대한 개념이 전혀 없다고 묘사하고 있다. 그의 설명에 따르면, 그들은 현란한 색상과 깃발, 장식물을 좋아했고 지도자는 사제들이었다. 이 드루이드교 사제들은 잔인하고 용맹했으며, 종교적·군사적 의미를 띤 고대의 액막이 의식을 집전했고 내세와 운명을 믿었다.

선두에서 돌격해 오는 흰 복장의 드루이드 사제들과 그 뒤를 따르는 사나운 전사들을 본 로마 군단은 기겁하지 않을 수 없었다. 금발을 풀어헤친 성난 여자들도 타오르는 횃불을 움켜 들고 싸움에 가세했다.

켈트족은 용감하게 싸웠다. 그러나 결국 잘 훈련받은 군대가 승리를 거두었다. 로마인들은 영국 남부의 주인이 되었고, 이베리아인과 켈트족이 그랬듯 자신들의 문명을 들여왔다. 통치 조직, 요새의 강화, 통신망의 확대, 직선 도로와 경작지, 신전, 목욕탕, 수도 시설을 갖춘 도시들.

론디니움이 거대 항구로 변모하면서 남과 북의 도로가 만나는 교통의 중심지로 떠올랐다. 무질서했던 켈트족도 조직화되어 갔다. 여기서도 로마의 흔적이 남았다. 정부와 민간의 필요에 부응하는 직선 도로망, 질서와 기율, 그리고 중기로 접어들면서, 전능한 신과 단조롭고 냉철한 이성 등이 로마인들의 유물이다.

그러나 점차 시간이 흐르면서 여자와 습관이 정복자들을 정복했다. 로마인들은 노동자나 퇴역 군인이 되어 영국에 남았다. 영국이 참으로 좋은 곳이라는 것, 꾸밈없는 매력이 숨겨져 있다는 것을 깨달았다. 그들은 영국을 사랑했으므로 그곳을 떠날 생각이 없었다. 그리하여 원주민 여성들과 결혼하고, 그들의 언어를 익히고, 자식을 낳고, 로마풍의 가옥을 건축했다. 담장에는 그들이 좋아하는 신화적 주제들을 그렸다. 야생 동물을 길들이는 오르페우스, 거문고를 든 금발의 아폴론, 허리띠를 풀어놓은 아프로디테, 포도 잎사귀를 두른 디오니소스 등 생명을 길들여 인간을 수성(獸性)에서 구한 그리스의 저 신성한 형상들이 모두 등장했다.

원주민은 평화로운 사람들로 변했고 자신들의 종교나 관습, 언어를 건드리지 않는 이 낯선 정복자들에게 매료되었다. 그들에게 요구되는 것은 질서와 외적 기율뿐이었고, 그 나머지 내적인 것들은 자유롭게 방치되었다. 켈트족은 더 이상 반항하거나 반발하지 않았다. 그들은 신뢰하는 마음을 가지고 로마인들에게 접근했다. 그리하여 라틴어를 배웠고, 의복, 식사, 가옥 건축, 가무(歌舞)에 이르기까지 먼 땅에서 온 라틴인들을 모방하기 시작했다.

시간이 흐르자 그들의 신들도 로마의 신들과 융합되었으며, 신들과 더불어 신화와 사고도 융합되었다. 켈트족은 한결 기율이 잡히고 실용적인 사람들로 변해 갔다. 반면에 로마인들의 실용 정신은 〈꿈〉이라는 최고의 결실을 받아들였다. 두 민족의 피를 받고 태어난, 금발과 검은 머리가 서로 절반쯤 되는 아이들은 자신들의 모국어를 배웠다. 영국 땅에 뿌리를 내리고 차츰차츰 로마를 잊어 가던 어느 날, 마침내 그들은 고개를 쳐들어 독자적인 왕을 환호 속에 옹립했다. 해방된 것이다.

이제 길들여진 이 섬에는 평화가 펼쳐졌고, 평화를 따라오는 안전, 복리, 나약함 등의 보너스가 주어졌다. 로마화된 켈트족은 호전적인 속성을 상실했고, 그리하여 네 번째 파도의 내습을 초래하게 되었다.

4. 국가가 붕괴 단계에 접어들면 신비로운 썩는 냄새가 풍겨 나와 대륙으로, 바다로 흘러든다. 굶주리고 탐욕스러운 다른 나라들이 멀리서 그 냄새를 맡고 물밀듯 밀려온다.

독일의 컴컴한 숲과 덴마크의 거친 해안에 머물던 색슨족과 앵글족이 바람에 실려 오는 이 부패의 냄새를 맡고 쳐들어왔다.

이 새로운 정복자들은 5세기와 6세기, 그리고 7세기에 걸쳐, 끝없이 이어지는 파도처럼 영국 땅으로 흘러왔다. 얼굴을 파란색으로 칠하고 금발을 길게 땋아 내린 그들은 사납고 억세고 물불 가리지 않는 망나니들로서, 힘 좋고 격정적인 야수와도 같았다. 한 사가는 이렇게 평한다. 〈그들은 밤낮으로 먹고 마시면서도 부끄러운 줄을 모른다.〉

그들이 어떻게 수치를 느낄 수 있었겠는가? 목숨 걸고 덤비는 사람들이 그러하듯, 그들은 무지막지하게 삶을 사랑하는 동시에 삶(목숨)을 경멸했다. 자신들의 목숨을 우습게 여겼으므로 남의 목숨에 대해서도 아무 연민을 느끼지 못했다. 그들의 가장 큰 즐거움 두 가지는 여자와 시(詩)도 아니요, 신과 신의 낙원도 아니요, 땅과 땅에서 오는 선하고 평화로운 것들도 아니었다. 그들의 두 가지 낙은 전쟁과, 전쟁이 끝난 직후에 오는 거창한 잔치였다. 그들은 산더미 같은 고기를 먹어 치우고 맥주를 통째로 들이켰다. 그리고 살육과 잔치에 대한 애정을 끊임없이 새롭게 유지하고자, 하프 연주에 맞추어 영웅의 전설들을 노래하곤 했다.

그들은 서투른 시골뜨기였다. 그들에게는 켈트족의 영리함과 유연함이 없었고, 로마인들 — 지나친 친절과 잔혹함을 혐오하고, 오직 통치라는 한 가지 목적만 가졌던 로마인들 — 의 조직화된 실용적 사고도 없었다. 그들은 고삐 풀린 망아지처럼, 아무 때나 내키는 대로 기쁨의 노래나 한탄의 노래를 불러 재꼈다. 자신들의 흘러넘치는 감정에 맞추어 살고 살상했다. 그들의 감정은 천박했고 진흙탕처럼 질척거렸다. 그들은 인생의 쾌락을 느끼는 데 있어 많은 음식과 많은 술, 그리고 유혈적인 스포츠만 있으면 충분했다. 〈살생을 할 때면 나는 여자를 무릎에 안은 듯 즐거워진다.〉

그들은 영국의 해안을 장악하고 부락을 공격했다. 여자들의 배를 가르고 남자들은 펄펄 끓는 솥에 집어던졌다. 그들이 좋아하는 새, 까마귀 떼가 항상 그들 주위를 맴돌며 따라다녔다.

「나는 당신을 원하지 않아요.」 색슨의 한 왕녀가 자기 옆에 앉고 싶어 하던 통치자 에질에게 이렇게 말한다. 「당신의 머리 위에서 까마귀가 우는 것을, 올가을 내내 본 적이 없거든요!」

그러자 통치자는 다음과 같은 노래로 자신의 용감함을 변명하며 그녀를 달랜다.

「내 검에서는 피가 줄줄 뿜었고 등 뒤에선 까마귀들이 몰려들어 탐식했소. 우리는 인간의 오두막에 불을 지르고 낭자한 유혈 속에서 잠을 잤소!」

그러나 피에 굶주린 이 금발의 야수들에게도 두 가지 기본 덕목이 있었다. 용맹과 지도자에 대한 충성심이 바로 그것이었다.

그들이 숭배하는 신들도 그들의 모습과 별반 다르지 않았다. 비겁한 자와 거짓말하는 자는 가차 없이 응징하고, 용맹한 자는 영웅들의 낙원인 발할라에서 풍성한 연회로 보상해 주는 잔인한 신들이었다. 그들은 폭력을 사랑하고 광포함에 몸을 맡기는 사람을 기꺼이 용서했다. 아니, 비겁함과 거짓말 외에는 모든 것을 용서할 수 있었다. 용감하게 목숨 바쳐 돌진하라, 그리고 진실을 말하라. 이것이 그들의 지상 명령이자 결코 거역해서는 안 될 유일한 명령이었다.

색슨족 역시 새로 얻은 땅에 큰 선물을 안겨 주었다. 초보적이기는 하지만 안전한 사회 경제 구조가 바로 그것이었다. 그들에게 도시에 대한 애정은 없었다. 나무를 베어 소박하고 든든한 가옥들을 지었을 뿐이다. 그들은 토지 경작하는 법을 켈트족보다 잘 알았고, 토지 분배에서도 로마인들보다 나았다. 모든 가족들이 먹고살 수 있도록 공정하게 배분했던 것이다.

지도자를 뽑을 때는 명망 있는 원로들이 큰 나무 밑에 모여 앉거나 산꼭대기로 올라갔다. 그들은 자체 내의 이견을 판결하고 공동의 관심사들을 결정지었다. 여러 부락이 참여하는 선거를 실시하여 공동의 군사 지도자를 선출하고 왕으로 받들었다. 그러나 이 왕은 절대 군주가 아니었다. 법률상의 폭넓은 권력과 재판권을 부여받은 〈장로 회의〉가 왕을 중심으로 소집되곤 했다.

충성, 명예, 정의, 자유는 그들의 개인적 삶이나 집단적 삶의 확고한 토대였다. 사람은 누구나 각자의 가정과 영혼의 절대적인 주인이었다. 본인이 원하고 받아들이는 경우를 제외하고, 개인은 사회에 아무것도 양도하지 않았다. 평민들은 전투 대열로 왕과 명망가들을 에워싸고 꼿꼿하게 서서 투표했다.

여자들도 남자들과 나란히 설 수 있었다. 그들에게 주어진 권리와 의무는 남자들의 그것과 하등 다를 바 없었다. 그들은 자유였다. 자신의 재산을 소유하고, 유산을 받으며, 회의에 참석하고, 자기 견해를 말할 자격이 주어져 있었다. 남편과 아내는 가문의 명예를 더럽히지 않고 보존해야 되었다. 남의 아내를 유혹하여 관계한 남자는 누구를 막론하고 사형에 처했다. 남의 남편을 유혹한 여자에게는 목을 매달거나 지조 바른 여자들이 직접 처단하라는 판결을 내렸다. 여자들은 쾌락과 오락의 대상이 아니었다. 평화로울 때나 전쟁 때나 남자들의 동지였다.

켈트족은 외부 세계의 아름다움에 깊은 감명을 받았다. 앵글로-색슨족은 내면세계의 아름다움을 깊이 깨달았다. 그들은 의무에 기초한 도덕 체계를 탄생시켰다. 낯설고 사나운 아름다움을 띤 그들의 종교는 오늘날까지도 자부심 높은 영혼들을 매료시키고 있다.

그것은 초인적 힘들이 난무하고, 냉정한 괴물들이 빛과 신과 영웅들을 상대로 싸우고, 빛과 신과 영웅들이 한데 뒤엉켜 〈늑대〉와 〈뱀〉과 〈불〉에 맞서 싸우는 호전적인 종교였다. 그들은 정복하고 정복당했으며, 잠시의 소강상태를 거쳐 또다시 전쟁이 시작되곤 했다. 그들은 항복을 거부하고, 자비의 구걸을 거부하고, 팔짱 낀 채 숙명주의에 굴복하는 것을 거부했다. 그럼에도 불구하고 그들은 언젠가는 환한 빛의 세력들이 패하고 태양이 검게 변할 날이, 별들이 빛을 잃고 땅덩이가 바다로 무너져 내리고 세상 만물이 불길에 휩싸이는 날이 오리라는 것을 알고 있었다. 이 점을 알면서도 그들은 결코 공포에 떨지 않았다.

사납고 절망적이고 영웅적이며, 위엄 있는 희망을 숭상하는 종교, 바로 이것이 그들의 종교였다. 왜냐하면 그들은 끊임없이 저항하는 강인한 영혼이었으므로.

어느 날, 로마의 노예 시장 주변을 시찰하던 교황이 눈처럼 흰 피부와 긴 금발을 가진 멋진 청년들을 보게 되었다.

「저 청년들은 어디에서 왔느냐?」 교황이 물었다. 「무슨 종족이지?」

「앵글족입니다.」 그에게 주어진 대답이었다.

「아니야, 앵글*Angles*이 아니라 — 에인절*Angels*이야.」교황이 감탄의 눈길로 청년들을 바라보며 교정해 주었다. 「저렇게 눈부신 육체들이 지옥의 불길 속에 태워져야 하다니, 참으로 안쓰럽도다. 내가 저들의 땅에 선교사들을 보내 저들을 기독교인으로, 천사의 동지들로 만들겠노라.」

그로부터 몇 달 후, 그리스도가 최초로 영국 해안에 상륙했다. 십자가에 못 박힌 〈구세주〉 상에 맨 처음 홀린 사람들은 감상적 공상가인 켈트족이었다. 새와 아이들, 꽃을 사랑하고 인류를 대신해 고통받으며 죽었다는 이 백일몽의 신이 그들의 예민한 감수성을 채워 주었다. 그들은 기독교인으로 변했다.

시간이 흐르자 야만적인 앵글로-색슨족까지도 세계 도처에서 사랑과 자비를 설파하며 자신의 적을 용서했던 이 목가적이고 낯선 신에 매료되었다. 이 신은 그들에게 없는 바로 그것을 제공하면서 그들의 정신을 풍요롭게 만들고, 그들의 내면세계와 천박한 내장에 하늘의 문을 열어 주었다. 그들은 털북숭이 귀를 쫑긋 세우고 새로운 가르침에 귀를 기울였다.

이러한 개종을 묘사한 내용들 중 오늘날까지 남아 있는 몇 대목에서 원로들의 소박함과 시심이 짙게 배어난다.

에드윈 왕이 원로원 의원들에 둘러싸여 높은 의자에 앉아 있었다. 선교사 파울리누스가 등장해 〈좋은 소식(복음)〉을 설교하기 시작했다. 모두들 진지하게 열심히 귀 기울였다. 이윽고 파울리누스가 설교를 마치자 왕이 원로원 의원들 쪽으로 고개를 돌렸다.

「현자 여러분, 이 이방인의 얘기를 들어 보셨지요. 이 새로운 종교가 무엇을 설파하는지 이해하셨을 줄 압니다. 이제 의원 여러분의 견해도 듣고 싶습니다. 우리 모두 이 자리에서 상의하여 결정을 내려야 할 것이오.」

원로들 가운데 가장 나이 많은 사람이 일어나 말했다.

「오, 왕이시여, 인간의 삶은 한 마리 종달새의 비행(飛行)과 같은 것입니다. 겨울이 되어 전하와 왕자님들이 넓은 홀 따뜻한 난롯가에서 먹고 마실 때 날아들어 오는 종달새 말입니다. 바깥에는 비와 눈이 기승을 부리는 가운데 차갑고 사나운 바람이 불고 있습니다. 그때 한쪽 문으로 종달새가 재빨리 들어왔다가 다른 쪽 문으로 나가 버립니다. 홀을 통과하는 잠깐 동안 녀석은 따뜻하고 만족스러웠습니다. 겨울을 피할 수 있었지요. 그러나 곧바로 저 어둡고 차가운 밤의 허공으로 되돌아갑니다.

왕이시여, 인간의 삶도 바로 그러합니다. 우리는 어디에서 와서 어디로 가는가? 우리는 알지 못합니다. 그러나 이 새로운 종교가 그 답을 말해 준다면, 우리 모두 이 종교를 따릅시다!」

옛 신들을 받들었던 최고 사제가 일어섰다.

「내가 과연 무엇을 숭배하고 있었는지, 저는 지금 이 순간까지 깨닫지 못했습니다.」 그가 외쳤다. 「하느님을 찾고 있었으나 찾을 수 없었습니다. 그러나 이제는 찾았습니다. 저 우상들을 쓰러뜨립시다!」 그가 창을 움켜잡고 유서 깊은 오딘[6]의 신전에 있던 우상들을 깨부수기 시작했다.

야만스럽고 폭력적이던 정신들이 형이상학적 고뇌로 몸살을 앓았다. 우리는 어디에서 와 어디로 가는가? 우리는 지상으로, 〈흙으로 된 집(인간의 육체)〉으로 내려왔다. 그럼 그다음에는……? 그리고 그다음에는……? 앵글로-색슨 족은 그들의 굵은 내장을 갉아먹는 이 끔찍한 질문에 대답해 줄 신이 필요하다고 느꼈다.

그들은 이중(二重) 가면 — 야훼와 그리스도 — 을 쓰고 도착

6 고대 게르만족이 널리 숭상했던 신.

한 이 신에게 열광했다. 그들이 초기에 끌렸던 것은 그리스도의 상냥한 얼굴이었다. 그러나 여전히 호전적이고 사나운 그들의 정신은 점차 무자비한 지도자인 야훼 쪽으로 기울었다. 야훼야말로 그들이 항상 갈망해 왔던 지도자였다. 야훼는 가혹하고, 유혈을 두려워하지 않는 신, 자신의 민족이 세상을 정복하도록 이끌고자 앞장서서 돌격하는 신이었다.

앵글로-색슨인들은 그리스도의 상냥한 기질에 그리 오래 속지 않았다. 그들은 성모 마리아 숭배에 굴복하지 않았다. 마리아의 슬픔과 아름다움에 감동받지도 않았다. 그리하여 〈힘의 제왕〉 야훼가 그들의 진정한 신으로, 『구약 성서』가 그들의 진정한 성서로 남았다.

이러한 지도자를 모시게 된 그들은 사납고 광신적인 기독교도로 변했다. 잔혹한 범죄들이 자행되고, 웅대한 영웅적 업적들이 칭송되었다. 세례를 거부했다는 이유로 부락과 그 지방 전체가 깡그리 약탈당하기도 했다. 전쟁이 끝나 가면서, 이 폭력적인 정신들은 이제 자기 내면의 깊은 욕망, 가장 원시적인 충동들을 상대로 싸우고 있었다. 음울한 방탕자의 기질을 갖고 있음에도 불구하고 그들은 이제 고기와 술과 보복을 포기했다. 피에 굶주렸던 왕들은 수도승으로 변신했다.

그들이 영원히 보존되기를 바란 것이 하나 있다면 바로 예부터 내려오는 영웅 찬가들이었다. 그러나 이 노래들 역시 버림받고 별 볼일 없게 되었으니, 새 기독교 축일의 여흥을 돋우는 부속물로 전락해 버린 것이다. 그러나 이 마을 저 마을을 방랑하는 음유 시인들은 공공 광장에서, 기독교 축제의 장에서, 혹은 귀족의 궁정에서, 하프 연주에 맞추어 이 오래된 이교도 영웅들을 노래했다. 십자가에 못 박힌 그리스도 상은 무시되었고 아예 언급조차

42

되지 않았다. 광적인 기독교인들은 이런 홀대에 격분했다.

「이 노래들은 뭐야?」 그들이 고함쳤다. 「토르[7] 신이 그리스도와 무슨 관계가 있어? 우리의 집은 작다. 그 둘을 다 받아 줄 공간이 없다. 토르는 물러가라!」

그러나 이 노래들은 앵글로-색슨의 뿌리였기 때문에 근절하기가 쉽지 않았다. 실제로 어느 주교는 교회 미사가 끝나기 바쁘게 음유 시인의 복장으로 갈아입었다. 그는 하프를 끌어안고 뻔질나게 드나들던 다리 위로 달려가, 브리턴 족속의 사랑을 받아 온 이교도적 서사시, 「베어울프」를 노래하곤 했다. 누가 말했던가? 신전에서 우상들을 몰아내면 그것들은 사라지지 않고 인간의 마음속으로 피난을 간다고.

5. 영국의 기후는 온화했고, 땅은 기름지고, 켈트족 여인들은 이국적인 매력을 듬뿍 풍겼다. 앵글로-색슨인들은 자신의 조국을 잊었다. 정복당한 자들이 몇 차례 더 봉기를 시도했지만 낭자한 유혈극 끝에 진압되었다. 녹색 섬 전역에 또다시 평화가 찾아들었고 새 주인들은 어떤 방해도 받지 않고, 땅을 경작하며 영혼을 구제하는 데 전념할 수 있었다.

그러나 무인(武人)들은 여전히 들떠 있었다. 평화가 그들을 질식시키고 있었다. 그리하여 자기들끼리 소소한 다툼을 벌이기 시작했다. 가문과 가문, 부락과 부락이 서로 으르렁거렸다. 그들은 피를 흘리며 울분을 토해 냈다. 그러나 기력이 점차 쇠하고 있었다. 만약 새로운 정복자가 불시에 닻을 내리고 공격했다면 그들은 파멸했을 것이다.

7 오딘의 아들로서 고대 게르만족의 신.

영국이 또다시 비명을 토한 것은 바로 이즈음이었을 것이다. 8세기 말의 어느 날, 새로운 신랑들이 도착했던 것이다. 바이킹과 데인족이 바로 그들이었다.

그들 역시 붉은 돛에, 뱃머리에 바다 괴물들이 조각된 알록달록한 선박을 타고 도착했다. 그들의 방패는 노랑과 검정으로 칠해 있었고 손에는 묵직한 양날 도끼를 들고 있었다. 배를 박살 내는 흉악한 해적과도 같은 기세로 섬에 상륙한 그들은 부락과 수도원들을 불태우고, 남자들을 살해하고 여자들을 납치했다. 그런 다음 다시 배에 올라타고 떠나 버렸다.

그로부터 몇 년 후 다시 돌아온 그들은, 3백 척의 배로 템스 강을 거슬러 올라가 런던을 정복했다. 그리고 이번에는 떠나지 않았다. 그들은 이 땅이 마음에 들었으므로 아예 뿌리를 내렸다. 그들은 물불 가리지 않는 사나운 지도자들을 모셨고, 탐욕스러운 쾌락주의 신들을 믿었다. 그들에게도 전쟁을 다룬 고유의 노래들이 있었는데, 바다와 피, 모험으로 얼룩진 내용들이었다. 그들이 조국 땅을 떠나온 것은 그들의 힘이 흘러넘쳐서 어딘가에서 휘둘러야만 했기 때문이었다. 그리하여 뱃길을 따라오다 영국을 발견하자 삼켜 버렸다. 그들은 바다의 지배자들이었다. 강철 투구, 철갑옷, 갈고리 모양의 무시무시한 도끼 등 훌륭한 군장으로 무장하고 있었다.

바이킹은 요새 도시들을 세웠다. 전쟁은 그들의 전문 분야였다. 정복당한 원주민들은 땅을 경작하면서 그들을 주인으로 받들어 모셨다. 정복자들은 위기 상황에서 그들을 지켜 줄 의무가 있었다. 켈트족과 색슨족으로 구성된 백성들은 말썽꾼이나 해적들을 막아 줄 보호자를 발견하고 내심 반가웠다. 결국 내부의 불화가 종결되자 그들은 오히려 안도감을 느끼며 흔쾌히 복종했다.

바로 이것이 봉건주의를 이루게 되는 최초의 토대들이었다. 통치자에게는 몇 가지 의무가 있었다. 그는 전쟁에 대비해야 할 뿐 아니라, 사냥이나 결투, 축제화된 집단 스포츠 따위를 통해 끊임없이 자기 자신을 훈련시켜야 했다. 그는 힘을 숭상하는 자였다. 우람한 자신의 가슴을 자랑하면서 대중을 지켜 주겠다고 호언장담했다. 그의 막강한 날개 밑에서 대중은 평화롭게 일하면서 평범한 일상을 안전하게 꾸려 갈 수 있었다.

6. 그러나 시간은 모든 것을 삼켜 버리는 본연의 의무를 수행한다. 과연, 시간은 이 강인한 바이킹의 정신을 삼켜 버렸다. 평화는 그들을 따분하게 하고 무력하게 했다. 위험 요소가 현저히 줄어들었다. 무인들은 쇠약해졌다. 무인의 아들과 손자들은 이제 전쟁터로 달려가지 않았다. 각종 습관들이 바뀌면서, 좋은 음식과 화려한 옷, 아름다운 여자, 감미롭게 노래하는 음유 시인을 좋아하게 되었다. 그러자 이번에도 힘 있는 이웃이 쇠락의 냄새를 맡았다. 그리하여 여섯 번째이자 마지막으로 파도가 들이닥쳤으니 노르만족이 바로 그들이었다.

노르만족은 당시로부터 수 세기 전에 프랑스 북부를 정복하기 위해 스칸디나비아 반도에서 내려온 약탈자의 무리였다. 기름진 땅을 얻게 된 그들은 그곳에 뿌리를 내리고, 항구들과 강변에, 험한 산악 지대의 고개들과 비옥한 들판에 성과 탑을 세워 올렸다. 여기에서도 정복당한 민족은 땅을 경작하고 정복자들이 전쟁을 담당했다. 그 당시 평민들은 격변의 상황에 처해져 메뚜기 떼처럼 이곳저곳 옮겨 다녔으므로 강한 전사들이 부족한 고장은 그런 내습을 감당할 힘이 없었다. 불시의 사태에 대비하기 위해 노르만족은 부부 침실이 있는 높은 탑의 거대한 홀 안에 안장 얹힌 말들을 들여놓곤 했다.

　그들은 자기들끼리 땅을 나누어 가졌다. 무정부 상태가 끝나자 강도와 살인자들을 교수형에 처하는 등 질서를 회복해 갔다. 그후 그들은 의무를 다하는 사람이 되어 근검한 삶을 살게 되었다. 색슨족과 달리 그들은 밤낮으로 먹고 마시지 않았다. 켈트족처럼 공상에 잠기거나 가무를 즐기지도 않았다. 그들은 소박하고 검소했으며 자부심이 강했다. 그러한 정신이 그들의 내면을 각성시켜 육신의 짐을 덜어 주었다. 그들이 세운 높다란 교회들은 유례없이 튼튼하고 우아한 양식의 건축물이었다.

　그들은 프랑스 여인들과 혼인하고 그들의 언어를 배웠다. 여기에서도 여자들이 사나운 정복자들을 길들였다. 그들은 수식이 별로 없는 맑고 투명한 생각을 담은 소박한 연대기를 저술하기 시작했다. 그들은 행동하는 인간들이었다. 화려한 어법, 비합리적인 황홀경, 어둡고 혼란스러운 격정 따위를 싫어했다. 그들은 요새 담장 안의 냉철함 속에서 안전하게 살고 안전하게 사고했다.

　프랑스의 비옥한 땅에 정착한 그들은 강인하고 행복했다. 그러나 시간이 흐르면서 인구가 엄청나게 증대했다. 더 이상 수용할 공간이 없었다. 그러던 어느 날, 대담한 야심가였던 노르망디의 대공 윌리엄이 휘하의 영주들을 불러 모았다.

　「영국의 노왕 에드워드가 사망했소.」 그가 영주들에게 말했다. 「그의 처남인 해럴드가 국왕으로 선포되었소. 그자는 예전에 내가 이곳에서 포로로 억류한 적이 있었는데, 그때 그자를 신성한 제단으로 끌고 가, 영원히 나의 백성으로 남을 것을 맹세하게 한 적이 있소. 그 조건으로 그자를 석방했지. 그런데 지금 그자가 제 입으로 선서한 맹세를 짓밟았소. 감히 내 허락도 받지 않고 왕위에 올랐소. 그러니 우리가 대군을 정비하고 무기를 듭시다. 그 섬을 정복하고 그자를 몰아냅시다. 영국의 왕위는 내 신하가 차지해야 할 것이 아니라 내 차지가 되어야 한단 말이오!」

너무 무모하고 힘든 모험이라고 여긴 듯 영주들이 주저하는 기색을 보이자 교활한 대공이 큼직한 미끼를 던졌다.

「영국은 풍요롭소. 끝없는 산림과 들판, 하천, 호수, 큰 도시들이 있소. 이 모든 것이 여러분의 수중에 들어올 것이며 나는 맹세코 그것들을 여러분과 나누겠소. 여기 이 땅은 우리에겐 너무 좁고, 공간이 충분치 못하오. 하느님이 도와주실 것이니 우리 모두 출정합시다!」

두둑한 전리품에 대한 기대가 탐욕스러운 영주들의 상상력을 자극했다. 그들은 노예와 농노들을 차출하여 숲으로 들여보냈다. 오늘날 우리는 오래된 태피스트리[8]에서 당시 그들의 실상을 확인할 수 있다. 나무를 베어 내고, 재목을 준비하고, 선박의 용골을 다듬는 광경이 이 태피스트리에 기록되어 있는 것이다. 형형색색의 이 양모 가닥들이 영국 역사의 결정적 사건을 영원한 기록으로 남겼던 것이다.

1만 5천의 철갑 전사들과 5천의 기병들이 집결했다. 보름 동안 강풍이 불었다. 선박들은 꼼짝달싹할 수 없었다. 이윽고 맞바람이 불기 시작했다. 750척의 선박이 돛을 펼쳤고 마침내 1066년 9월 28일, 가을날 아침에 노르만족은 정복자들에게 유혹적인 미소를 지어 보이는 영국의 녹색 해안에 접근했다.

뭍에 오른 노르만족은 말을 타고 앵글로-색슨의 보병들을 향해 돌진하여 사방팔방 흩어 놓았다. 용감하고 교활한 노르만족의 사령관, 〈정복자〉 윌리엄에게는 모든 것이 손쉽게 다가왔다. 런던

8 벽걸이 융단.

을 손에 넣은 그는 질서 확립을 위한 첫 조치로 칙령을 발표했다.

「나 윌리엄 왕은 프랑스인이든 영국인이든 모든 런던 시민을 반가이 맞이하노라. 나는 여러분 모두에게 법의 보호를 보장한다. 아버지가 사망하면 모든 자식에게 유산을 받을 권리를 허락한다. 여러분에게 불법을 저지르는 자는 누구든 용서하지 않겠다. 하느님이 여러분과 함께하시길!」

이 포고문은 영국 최초의 공식 특허장으로 남게 되었다.

새로운 피가 다시 한 번 영국의 정맥으로 밀려들었다. 영국의 국운은 더한층 풍성해졌다. 노르만족은 엄격한 위계질서와 더불어, 보다 우수한 문명과 현자(賢者), 탄탄하게 통합된 통치 및 경제 조직을 들여왔다. 이 위계질서의 정점에는 노르망디 대공이 서 있었고 그 밑으로 봉건 영주들과 기사들, 그리고 마지막으로 백성과 노예들이 위치했다. 각 계급마다 불가침의 고유한 의무와 권리가 주어져 있었고 완벽하게 세분화된 계급 구조를 갖추었다.

노르만족은 색슨족의 옛 법규에서 두 가지를 찾아내 보존했다. 토지세와 자유민의 충원이 바로 그것이었다. 그들은 법정을 구성하고 평의회를 소집했으며 개인의 자유를 억제했다. 자신들의 법률을 강제하는 한편, 현지 법규들 중에서 흡수하고 조정할 수 있는 것들은 모두 받아들였다. 반면에 자신들에게 적합하지 않은 것은 모조리 폐기했다. 그들은 마치 완벽하게 결합된 건축물을 세우듯 통치, 경제, 사회 면에서 확고한 하나의 조직을 탄생시켰다.

색슨족 농노들에게는 이 노르만족이 자기들보다 우월한 존재들로 보였다. 점잖고, 세련되고, 보다 교화된 언어를 구사하는 귀족적인 사람들이었다. 그리하여 노르만족은 여전히 야만스럽고 기율이 잡히지 않은 이 섬에, 열정의 엄격한 통제라는 새로운 덕목을 도입했다.

그들은 성처럼 아름답고 요새처럼 견고한 교회들을 건축했다. 그들은 잘 지은 든든한 요새 안에 살았고 폭음을 하지 않았다. 프랑스어는 이제 귀족 계급과 궁정, 왕족들의 언어가 되었다. 고위직 사제들도 프랑스어와 라틴어를 썼다. 처음에는 라틴어로 법령과 법률을 표기했으나 나중에는 프랑스어로 하게 되었다. 영국의 공용어를 보면 오늘날까지도 프랑스어 단어와 어구들이 일부 남아 있다. 평민들은 촌스러운 색슨 말을 사용했다. 색슨 말이 문자로 기록되지 않았음에도 그처럼 놀라운 유연성을 보존할 수 있었던 이유는 평민들의 구어였기 때문이다. 색슨 말은 끊임없이 변화하면서 발전해 나갔다. 이 말에서는 각 단어의 주요 음절이 강조되었는데, 입에서 입으로 전해지는 동안 강세를 받지 못하는 음절들이 점점 사라지면서 단음절어가 늘어났다. 이런 식으로 변화, 발전하면서 영어는 나름의 독특한 간명함과 박력을 얻게 되었다.

그와 동시에 강력한 왕권이 형성되고 있었다. 무력으로 왕국을 정복한 윌리엄은 영국 땅 전역을 자신의 소유라고 선포했다. 가장 기름진 봉토는 대부분 자신이 챙기고 나머지는 휘하의 영주들에게 분배했다. 영주들은 다시 그 땅을 욕심대로 챙기고 나머지 봉토는 휘하의 기사들에게 나눠 주었다. 그러나 귀족들은 땅을 직접 경작할 능력이 없었으므로 자신에게 종속된 농노들과 노예들로 하여금 땅을 경작하게 하고 그들에게 수확물의 일부를 떼어 주었다.

이러한 제도 덕분에 국왕은 귀족들과는 비교가 안 될 정도로 강한 힘을 갖게 되었다. 국왕 앞에서는 누구도 감히 고개를 쳐들지 못했다. 그러나 꾀 많은 〈정복자〉는 더 큰 안전을 도모하고자, 평민들에게 자유를 하사했다. 이렇게 함으로써 영주들이 어느 날 갑자기 왕권에 도전해 올 경우에 대비해 평민을 왕실 편으로 묶어 둘 수 있었다.

국왕은 교회에 대해서도 자신의 권위를 강요했다. 교황에 의해 주교로 임명된 사람도 왕의 승인 없이는 주교가 될 수 없었다. 국왕이 동의하지 않는 한, 교회 평의회는 왕실 관리와 귀족들을 재판할 수 없었다. 그 누구도 교황과 은밀하게 연락을 취할 권리가 없었다. 브리튼 섬에서 모든 권력의 최고 조정자이자 유일한 조정자는 국왕이었다.

한군데 금 간 데 없이 논리적으로 잘 짜인 건축물과도 같은 구조. 그러나 시간이 흐르면서 이 구조물도 서서히 붕괴되기 시작했다. 영국의 봉건 제도는 세 개의 주요 단계를 거쳤다.

첫 단계는 정점의 시기였다.

조직화된 동력을 고스란히 간직한 봉건 제후들이 공동체에 큰 공헌을 했다. 그들은 자신의 목숨을 걸고 외세의 침략과 내부의 소요 사태로부터 공동체를 지켰다. 그들이 어떤 특권을 누렸든 그것은 받아 마땅한 상이었다. 그들이 없었다면 나라는 다시 예속과 혼돈으로 빠져 들었을 것이기 때문이다.

두 번째 단계는 전통의 시기였다.

귀족들은 여전히 세습적 특권을 누렸다. 그러나 그들의 선조들과 달리, 공동체에 기여하는 모습이 사라졌다. 이 시기는 예전과 같은 침략이나 반란을 찾아볼 수 없는 태평 시대였다. 간혹 적성(敵性) 세력이 출현하더라도 돈으로 산 용병들이 무장하고 나가 싸웠다. 귀족들이 사활을 걸고 나라를 지키던 시대는 끝났다. 그런데도 그들은 여전히 특권과 봉토를 보상으로 받으며, 자신들이 없으면 나라가 위기에 빠질 것처럼 굴었다.

이러한 봉건 제도의 숙명인 세 번째 단계는 쇠락이었다.

봉건 영주들은 이제 자신들의 특권을 보호하거나 보존할 능력이 없었다. 날이 갈수록 공동체에서 불필요하고 해로운 존재들로 변해 갔다. 그리고 마침내 이 특권을 받을 자격을 갖춘, 순수한 새로운 사회 계급이 봉기하여 권력을 맡게 되었다.

  여기에서도 시간은 본연의 임무를 냉정하면서도 착실하게 수행했다. 씨앗(인간이나 신, 혹은 위대한 문명이라고 해도 좋다)이 자라 꽃을 피우고 결실을 맺고 마침내 썩어 버리는 과정을 주관했던 것이다. 그러나 씨앗의 부패는 곧 기름진 거름으로 변했다. 그리고 위대한 정원사, 시간이 또다시 새 씨앗을 심으면 어느 날 〈운명〉의 수레바퀴가 다시 돌기 시작하는 것이다.

영국의 해안

이제 우리의 눈앞으로 영국의 해안이 스치듯 지나간다. 멀리 전방으로 단조로운 직선을 이루며 펼쳐지는 균형 잡힌 포크스톤의 건물과 벽돌 가옥의 선홍색 지붕들이 마치 프뢰벨[1]의 〈원리학습용 장난감〉 같았다. 날씨는 화창했다. 돌멩이와 풀 위로 투명한 안개가 감돌았다. 차가운 잿빛 바다 한복판, 뭉근한 태양열로 데워진 영국의 땅에서 증기가 피어올랐다.

이곳이 바로, 여섯 번에 걸친 정복의 파도를 통해 4대 종족이 건너온 땅이다, 나는 속으로 생각했다. 정복자들은 4면이 바다로 둘러싸인 이 섬으로 차례차례 돌진해 왔다. 녹색의 평야와 나지막한 산, 평화로운 언덕들, 춥지도 덥지도 않지만 눅눅하고 비가 많아, 민감한 체질에는 치명적이고 든든한 사람에겐 강장제가 되어 주는 불안정한 기후.

정복자들과 정복당한 자들이 난투를 벌이고 타협하며 뒤섞이는 가운데 그레이트브리튼(대영 제국)은 탄생했다. 색슨족은 거칠고 촌스러운 자질을 제공했다. 평범하고 안전한 사고방식을 가

---

1 Friedrich Froebel(1782~1852). 유치원을 창시한 19세기 독일의 교육가.

진 그들은 고집스러운 유물론자이자 폭음·폭식가였으며 개인적 자유를 사랑하는 사람들이었다. 그리고 예고 없이 그들의 영역을 침범하지 못하게 성곽 주위에 개폐교(開閉橋)를 설치했다.

켈트족은 고유의 시정(詩情)과 음악, 가무에 대한 사랑을 제공했다. 그들은 아름다움에 취해 공상과 백일몽에 몰두하는 사람들이었다. 그들의 파란 눈은 욕망과 환상으로 고동쳤다.

바이킹과 데인족은 바다에 대한 애정, 특유의 배짱, 모험에 대한 사랑을 제공했다. 그들은 가정의 안락함과 막연한 공상을 싫어했다. 가무는 그런대로 좋은 것이었지만 아찔한 모험이 끝난 후에 더 환영을 받았다. 아름다움은 삶의 본질이 아니라 장식물에 불과했다. 그들은 북유럽의 하늘과 바다 그 너머를 바라보면서 그 뒤에 무엇이 존재하는지 알아내기 위해 배를 타고 대양을 항해했다.

노르만족은 조직과 기율, 질서를 제공했다. 그들은 절약이 몸에 밴 가장들이었다. 스스로의 힘을 제어하여 적절한 때, 유익한 작업에 사용하는 것을 즐겼다. 논리적인 것을 좋아한 그들은 애매하고 불명확하고 암묵적인 것이나 무익한 욕망들을 경멸했다 (경멸하는 동시에 두려워했다). 그리고 무엇보다 형식을 소중히 여겼다.

이 종족들은 〈영국이라는 은행〉에 각자의 지분을 맡겼다. 그리고 한데 뒤섞였다. 그중 어느 종족도 소멸되지 않았다. 무조건적으로 굴복해야 했던 종족도 없었다. 서로 싸울 때도 있었고 협력할 때도 있었지만 네 종족 모두 오늘날까지 고스란히 살아남았다. 영국의 정신이 그처럼 대립적 충동으로 넘쳐흐르는 이유가 바로 여기에 있다 — 실용적인 사고방식에 공상적 경향이 묻어나고, 안락함과 모험을 동시에 사랑하면서, 열정과 침묵이 함께

하는 정신. 이것은 왜 그러한가. 네 종족 모두 한마음 안에서 우열을 겨루고 있기 때문이다.

그들의 노력에 공통되는 중심 목적은 무엇인가? 예나 지금이나 영국적 정신의 모든 요소들을 통합시키는 공동 목표는 무엇인가? 그 요소들은 무엇을 추구하고 있는가? 어떤 파랑새를 좇고 있는가?

문명을 창조한 위대한 민족은 저마다 나름의 파랑새를 품고 있다. 그리스인들은 미(美), 로마인들은 국가, 유대인들은 신성(神聖), 인도인들은 열반, 기독교인들은 하느님 나라의 도래이다. 그렇다면 영국 민족은? 대영 제국이 오랜 세월 추구해 온 파랑새는 이 중 어떤 것인가?

영국의 해안 절벽에 첫발을 내딛는 순간부터 내 가슴 깊은 곳에서 일었던 의문이 바로 이것이었다. 우리가 살고 있는 이 지상에서 새롭게 전개되는 줄거리 하나하나가 우리 정신의 폭을 넓히는 촉매가 될 수 있고 또 그렇게 되어야 한다. 영혼 또한 나름대로 제국주의적 욕망을 가지고 있다. 영혼은 정복 없이는 존재할 수 없고 또 존재해서도 안 된다. 왜냐하면 영혼도, 대륙이나 바다를 조상의 유산으로 생각하여 유형 무형의 세상 전체를 차지하고자 갈망했던 저 위대한 〈콘키스타도레스〉[2]와 흡사한 존재이기 때문이다.

「자기 자신의 영혼도 해방시키지 못하면서 세상 전체를 정복한들 무슨 소용이 있는가?」 기독교 고행자들은 이렇게 묻곤 했다.

「세상 전체를 정복하지 못하고 어떻게 자기 영혼을 해방시킬

2 16세기에 멕시코, 페루를 정복하여 잉카 안데스 문명을 파괴한 스페인 사람들.

수 있겠는가.」 오늘날의 탐욕스러운 정신들은 이렇게 반박한다.

엄청난 기쁨과 엄청난 고뇌. 그리하여 맨 처음 영국을 접한 내 영혼은 마치 창에 꽂힌 듯 그 땅에 꽂혔다. 한 나라를 속속들이 아는 길은 무엇인가? 방법은 하나밖에 없다. 그 나라의 의미를 찾아내는 것이다. 그러니 우리 이제 영국의 의미를 한번 찾아내 보자.

백인의 부담

나는 포크스톤 항에서, 조금 전 영국 해협을 건너오면서 만나게 된 영국인 청년과 함께 걷고 있었다. 그는 파리에 상당 기간 머물다 오는 길이라고 했다. 정신적 허니문이라고 할까, 아무튼 작년에 그가 옥스퍼드를 졸업했을 때 부친이 준 선물이었다. 청년은 지금 영국으로 돌아가는 중이었다. 그의 마음은 파리의 휘황찬란한 섬광에 현혹되어 있는 상태였다. 그 섬광은 아주 천박한가 하면 동시에 아주 심오한 것이었다.

진지한 영국인에게 그러한 여행은 키테라 섬[3]에 다녀오는 것과도 같아서 그의 상상에 돛을 달아 주었다. 이제 겨우 청춘의 봄을 맞은 들뜬 초보 여행객으로서, 그는 프랑스인들의 경쾌하고 세련된 논리를 나름대로 변형시켜 짐짓 근심 없고 걱정 없는 분위기를 연출해 보이고 있었다. 이제 청교도의 나라 영국으로 되돌아오는 그는 은근한 미소를 지으며 얼굴을 붉히고 있었다. 마치 부모 몰래 창가(娼家)에 들렀다가 새벽에 돌아와, 도둑처럼 아버지의 집 대문을 열고, 삐걱거리는 소리가 나지 않도록 조심조

3 지중해에 있는 그리스의 섬. 먼 옛날 이곳에 아프로디테의 신전이 있었다.

심 층계를 올라가는 아들처럼. 그는 무안하면서도 행복한 입맛을 다시고 있었다.

그는 자신이 방금 다녀온 그 집이 유럽을 통틀어 가장 깔끔하고 엄숙하고 진지한 집이라는 사실을 모르고 있었다(그리고 그것이 바로 이 여행의 온전한 매력이기도 했다. 그렇지 않다면 어찌 허니문이 될 수 있겠는가?).

여기 이 북쪽 항구에서, 이처럼 솜털 보스스한 천진난만한 청년을 발견하자 반가운 마음이 들었다. 그것은 저 동방[4]의 수천 년 묵은, 탐욕스럽고 음란한 영혼과는 너무나 뚜렷한 대조를 이루고 있었다.

동방의 항구 ── 수천 년 묵은 욕망들이 공기 중에 충만한, 고통과 시련에 젖은 저 항구들 ── 출신인 우리는, 순진하고 거칠고 팔팔한 북유럽에 비해 보면 교활한 노파들 같다는 생각이 이따금 든다. 우리의 눈은 언제나 탐욕스럽게 갈구하지만 약간 지친 기운과, 세상을 다 아는 듯한 조소가 담겨 있다. 우리 동방의 민족들은 무거운 몸을 간신히 끌고 다니는 닳고 닳은 노파들이다. 동방의 삶은 개인의 덧없는 경험을 초월하여 종족의 기억을 통째로 끌어안으라고 손짓한다. 이것은 하찮은 아이에게조차 그러하다.

영어권 사람들은 아이의 나이를 물을 때도 「*How old are you* (너는 얼마나 늙었니)?」라고 하여 좀 우스꽝스럽지만, 실은 이렇게 물어야 할 사람들은 그들이 아니라 우리 동방의 사람들인 것이다. 그리고 동방의 아이들은 이렇게 대답해야 마땅하다. 「나는 태어난 지 두 해 된 노인입니다, 세 해 된 노인입니다……」

4 헬레니즘화된 동방을 가리키는 것으로서 주로 소아시아 지역을 말하며 저자는 터키의 지배를 받았던 자신의 고향 크레타를 동방의 일부로 보고 있다.

나는 솜털 보스스한 이 젊은 영국인을 돌아보며 물었다. 「그래, 앞으로 뭘 할 계획이오? 당신은 옥스퍼드를 마쳤고 파리에 가서 인생을 즐겨 보기도 했소. 이제 로맨스는 끝났소. 현실이 시작되고 있어요. 현실은 과연 어떤 길로 나아갈까요?」

청년이 바다 멀리 남동쪽을 가리켰다.

「저 길로!」 그가 차분하게 대답했다.

「인도?」

「그렇습니다. 제 부친이 예전에 거기서 근무하셨고 저도 같은 일을 하려 합니다. 같은 길을 걸을 생각이죠. 저는 그곳 실론 섬의 열대 기후에서, 거대한 바나나나무 그늘 밑에서 태어났습니다. 우리에겐 가혹한 기후지요. 아버님은 저더러 캐나다나 오스트레일리아로 가는 게 낫다고 우기셨지만 인도가 저를 끌어당깁니다. 저는 아버지께 말씀드렸어요. 〈아버님이 예전에 가셨던 그곳으로 가겠습니다. 제가 아버님의 길을 잇겠습니다.〉 아버님이 빙그레 웃으시며 말씀하시더군요. 〈그 옛날 나도 내 아버지에게 똑같은 대답을 했단다. 그분도 인도에서 근무하셨거든.〉」

영국인들은 5개 대륙을 모조리 꿰뚫어 보듯 말한다. 나중에 내가 영국에 체류하면서 끊임없이 확인하게 될 사실이지만, 영국인들은 〈지구라는 형상 아래서 sub specie globi〉 생각하며 말한다. 그들에게 먼 곳 혹은 유형지나 세상의 끝이라 할 만한 곳은 하나도 없다. 이 대륙에서 저 대륙으로 힘들이지 않고 예사롭게 옮겨 다닌다. 마치 예전에 자신들의 땅이었던 것처럼 두 발로, 혹은 뭔가를 타고 지상을 누빈다.

이 순진한 청년도 지금 인도, 캐나다, 오스트레일리아가 수평선에 나란한 세 지점이라도 되는 양, 그리하여 그중 하나를 선택하기 위해 잠시 길을 멈춘 사람처럼 이야기하고 있다. 다른 민족들은 기껏 머릿속으로 외국을 여행하거나 도보로, 당나귀로, 거룻배로, 잘해야 선박이나 기차로 움직일 때 영국인들은 비행기로 움직인다.

게다가 그들은 어디에 가든, 심지어 세상에서 가장 먼 오지에서도 안락하게 정착할 수 있다. 왜냐하면 그들이 어딜 가든 그 사람이 머무는 자리가 곧 영국이니까.

내가 아주 어린 아이였을 때, 크레타 섬 이라클리온에 들어와 정착했던 영국인들이 기억난다. 그들은 도착하기 바쁘게 군용 막사 너머에 널따란 공터를 닦았다. 그리고 잔디밭을 조성하더니 테니스를 치기 시작하는 게 아닌가! 그 후 영국군 장교들이 프실로리티스 산 정상에 오를 때 안내를 맡았던 아뇨이아 마을의 한 쾌활한 노인이 크게 놀라면서 나에게 이런 얘기를 해주었다. 「얘야, 완전히 정신 나간 사람들이야. 그때 우리가 프실로리티스 정상에 도착해 보니 날이 얼마나 춥던지 이러다 곧 죽는가 보다 했지. 그런데 저들은 글쎄, 바위에 올라가더니 면도질을 시작하지 뭐냐. 그들은 입고 있던 옷을 벗고 새 옷으로 갈아입었어, 아주 제대로 다린 검정 재킷과 검정 바지, 하얀 양복 조끼, 빳빳하게 풀 먹인 속셔츠로 말이다. 그러고는 자리에 앉아 식사하는 걸 보고 나는 성호를 긋지 않을 수 없었어. 〈전능하신 하느님, 이들은 대체 어찌 된 자들입니까!〉」

대답은 아주 간단했다, 그들은 영국인들이었다. 영국인은 한 사람 한 사람이 하나의 영국으로서, 자기네 섬과 혼연일체가 되어 움직인다. 그들은 지배자이기 때문에 많은 부담을 안고 여행한다. 여행하는 영국인 개개인이 영국인 것이다.

배가 영국의 해안에 접근할 때까지도 나는 이 땅과 바위에 뿌리를 내린 저 위대한 종족들을 생각하느라 정신이 팔려 있었다. 그중 과연 어느 종족이 가장 우수할까? —— 색슨? 노르만? 켈트? 아니면 바이킹? 나는 새로 사귄 젊은 친구를 유심히 뜯어보며 대답을 찾으려 애썼다.

「당신은 어느 쪽을 좋아해요?」 내가 그에게 물었다. 「육지? 바다?」

「저는 육지를 좋아합니다.」 청년의 대답이었다. 「녹색의 잘 다듬은 잔디. 그러나……」 그는 지금 사납게 암벽을 때리는 바다를 바라보며 말없이 서 있었다. 잠시 후 그가 돌아보며 물었다. 「혹시 우리의 시인 키플링을 좋아하십니까?」

「아주 좋아하지!」

「그렇다면 이 구절도 아시겠군요.

　　그리하여 나는 이 업(業) 저 업 떠돌아다녔네.
　　때가 되면 보수도 나를 붙잡지 못했지,
　　쓸모 있는 것을 모조리 팽개칠 때까지
　　내 머릿속의 무엇인가가 모든 것을 뒤흔들어 놓았으니까,
　　나는 바다로 나와, 죽어 가는 부두의 불빛들을 바라보았네.
　　그리고 내 짝을 만났네 —— 세상을 누비는 저 바람!

〈떠돌이 왕족의 시〉에서 따온 겁니다.」

그의 목소리가 갑자기 뜨거워졌다. 환락의 도시 파리는 청년의 내면으로 흔적 없이 침잠해 버렸다. 잘 다듬은 잔디밭도 사라지고 그의 정신에 돛이 올라 있었다.

「바이킹이야!」 나 혼자 만족스럽게 중얼거렸다.

억누를 길 없이 유혹적인 수평선의 부름을 영국인만큼 가슴 깊

이 느끼는 민족도 없다. 제아무리 과묵하고 실용적인 영국인이라 할지라도 대양을 연모하는 자그만 영혼의 창을 하나씩 가지고 있다. 신비스러운 매력, 침묵시킬 수 없는 목소리, 배에 올라 모험으로 뛰어들고픈 낭만적 열망. 영국의 역사 — 영국의 교역, 정치, 예술, 그리고 영광 — 는 곧 바다의 역사이다.

영국인들은 땅을, 녹색의 잔디를, 사유지를 둘러싼 나무 울타리를 사랑한다. 전원의 쾌적한 평온을 사랑한다. 그러나 그들의 내면 좀 더 깊은 곳에서는 바다를 조국 땅으로, 그리고 자신들의 영토로 여긴다. 저 무서운 아르마다 함대[5]가 영국의 해안 절벽에 부딪혀 산산조각 난 그날 밤 이후 영국이 바다의 지배권을 보유해 왔다. 바다는 그들의 것이었다. 그들은 바다를 얻기 위해 엄청나게 싸우고 고생했으며 이제 바다 없이는 살 수 없다. 영국민에게는 바다가 가장 훌륭한 묘지이다. 〈굽이치는 물살마다 영국인이 잠들어 누워 있다.〉

영국인들에게는 해적들의 모험, 바다의 영웅들이 등장하는 색다른 해양의 모험담만큼 유혹적인 것도 없다. 그들은 아주 어릴 적부터 먼 나라 여행과 바다의 영광을 꿈꾼다. 바다는 영국인이면 누구나 갖고 있는 낭만과 갈망을 만족시켜 준다. 그들에게 땅을 제공하고, 실용적이고 보수적이고 완고한 영국인들의 욕구를 채워 준다.

「당신은 바이킹이오.」 내가 젊은 친구에게 말했다. 마치 그의 역사적 뿌리를 정리하게끔 도와주고 싶다는 듯이. 「당신은 색슨이 아니라 바이킹이오.」

청년이 어깨를 들썩했다. 「제 핏줄 속에 흐르는 갖가지 혈통을

5 스페인의 무적함대.

분석하는 데에는 관심 없습니다.」 그가 말했다.「그저 그 혈통들이 건강하게 흐르기만 하면 됩니다. 설사 그것들이 서로 우열을 겨룬다 해도 굳이 의식할 필요가 없습니다. 이건 우리만의 문제로서 다른 사람과는 상관없는 일입니다. 영국인은 그것을 너무 깊이 알려고 할 필요가 없지요. 그렇게 하다 보면 행동에 나서지 못하게 될 테니까.」

「하지만 행동을 하면서 좌우를 모두 살핀다는 건 좋은 거죠.」 내가 슬쩍 반대해 보았다.

「그럴 수도 있겠지요.」 청년이 공손하게 대답했다.「하지만 예전에 제가 옥스퍼드에서 친구와 달리기 시합을 했던 일이 떠오릅니다. 언덕을 올라가는 시합이었는데, 승리한 사람에게 라일락 꽃가지를 주기로 되어 있었지요. 우리는 함께 달리기 시작했습니다. 그 친구가 저보다 빨라서 앞서 가고 있었습니다. 그런데 결승점이 가까워졌을 때 어떻게 된 영문인지 제가 먼저 결승점에 도착했어요. 라일락 가지는 물론 제게 돌아왔지요. 교수님이 그 친구에게 물었습니다. 〈어떻게 된 거야? 새뮤얼? 왜 갑자기 멈춰 선 거야?〉 그러자 제 친구가 대답했습니다. 〈경치 때문이에요. 정말 너무 좋았어요!〉

교수님이 엄하게 말씀하셨죠. 〈목표 지점을 향해 경주하는 동안에는 절대 좌우를 살펴선 안 돼!〉」

사람들과 대화할 때 단단한 논증으로 나를 반박해 오는 것만큼 반가운 일도 없다. 나는 청년도 옳고 나도 옳다는 것을 알고 있다. 단지 서로 다른 층위와 수준에 서 있을 뿐이다.

수준에는 두세 개 혹은 네 개의 수준이 존재한다. 실용적 수준이 있는가 하면 대의명분의 수준이 있고 추상적 수준이 있는가 하면 구체적 수준이 있다. 각 수준마다 나름의 목적을 가졌고, 따라서 나름의 진실과 윤리를 가졌다. 그래서 대화를 나누다 보면 상대가 갑자기 위로 혹은 아래로 자신의 수준을 벗어나면서 무가치한 진실을 지지하고 있음을 발견하게 된다.

이 영국인 청년은 자신의 대답이 만족스러운 듯, 빙긋이 웃으며 나를 쳐다보고 서 있었다.

「제 얘기를 어떻게 생각하세요?」 청년이 공손히 물었다.

「옳은 얘기요.」 나도 그의 수준으로 내려오면서 역시 공손하게 대답했다. 그러고는 화제를 바꾸었다. 「영국은 예전에도 항상 섬이었소?」 내가 물었다.

「그런 것 같습니다. 물론 수천 년 전에는 유럽 대륙의 일부였겠지만.」 그가 대답했다.

「지질학적인 섬을 말하는 게 아니오. 심리적으로 영국이 항상 섬이었느냐고 묻고 있는 것이오.」

청년은 고개를 숙이며 잠시 생각에 잠겼다. 내 말에 대한 답을 궁리하면서 뺨이 발그스름해졌다. 「선생님의 질문을 제대로 이해하지 못하겠습니다.」

「내 얘기는, 영국인들이 유럽인과 다르다는 것을 스스로 인식하게 된 것이 어느 시점이었느냐 하는 거요. 내가 볼 때는 3백 년 혹은 350년은 더 된 것 같은데…….」

「맞습니다!」 청년이 그제야 내 질문을 이해하고 대답했다. 「우리는 오랜 세월 동안 유럽과 연결되어 있다고 생각했습니다. 대륙에 대한 야심도 품었지요. 프랑스를 〈차지하고〉 싶어 했으니까. 예, 맞습니다. 심리적으로 말하자면 우리가 항상 섬이었다고는 할 수 없지요.」

「아르마다 함대가 격파된 후 당신들은 거대한 해군을 일궈 냈소. 교황에 묶였던 사슬과 속박을 잘라 내고 종교 영역에서 스스로를 해방시킨 것도 그때였지. 그때 비로소 영국은 심리적으로 섬이 되었소.

뿐만 아니라 영국의 지리적 위상도 바뀌었지. 그전까지 영국은 세상의 변두리에 불과했소. 그 너머로 가본들 미답의 황무지 같은 바다 외에 아무것도 없다는 생각을 했지. 그러나 아메리카가 발견되면서 세상이 달라졌고 그와 더불어 영국의 지리적 위상에도 변화가 생겼지. 세계가 넓어지자 영국은 변두리의 위치에서 벗어나, 유럽과 아메리카 사이 인간 세계의 중심부를 차지하게 되었소. 경작을 기다리는 대서양이라는 가없는 새 땅이 눈앞에 펼쳐졌소.」

나는 혼자서 너무 깊이 빠져 버렸음을 깨닫고 무안해졌다. 내 친구가 목이 마르다고 했다. 우리는 마침 주점을 지나고 있었다.

「위스키나 한잔할까요?」 그가 제안했다.

우리는 자리를 잡고 앉았다. 그는 창밖으로 푸른 바다와 출발하는 배들을 내다보았다. 나는 묵묵히 내 생각의 고리를 완성시키려고 애썼다. 이렇게 짧은 고리에서 멈춰 버리면 계속 신경 쓰일 것이기 때문에.

나는 위스키를 마셨다. 독하면서도 고급인 그 액체를 들이켜려니, 신비롭게도 내가 영국 민족에 통합되어 가는 느낌이 들었다. 우리는 위스키를 몇 잔 더 마셨다. 가벼운 현기증과, 이 영국 술에 의해 유발된 은은한 흥분감이 내 머리에 밀려들었다.

영국 기를 달고 오대양을 누비는 수천 척의 배들이 마치 영국 해안선의 한 부분들인 것처럼 머릿속을 휙휙 지나갔다. 상인의 탈을 쓴 해적들이 새로운 길들을 만들어 냈다. 월터 롤리가 버지니아에 최초의 식민지를 일궈 냈다. 보석, 실크, 향신료, 사람들로 넘쳐나는 신비의 인도 제국을 향해 최초의 선단이 돛을 펼쳤다. 영국의 깃발이 오대양을 누볐다. 이 대륙 저 대륙에서 영국의 깃발이 스페인, 포르투갈, 네덜란드, 프랑스의 깃발들을 몰아내고 게양되었다. 대영 제국은 지표면의 4분의 1 이상을 차지할 만치 팽창했다.

이 나라의 몸과 정신도 팽창했다. 대학 강단에서는 열렬한 애국주의자들이 청년들을 상대로 숭고한 제국주의 성전(聖戰)을 설파했다.

찰스 딜크 경은 1868년에 이렇게 선언했다. 「영국은 아시아와 아프리카, 남미 해안선, 그리고 영국과 인도 제국을 잇는 가교들을 손에 넣어야 한다. 영국과 영국의 속령들, 그리고 미합중국으로 구성되는 삼각 동맹이 필요하다. 그리하여 귀족적인 영국 민족이 지상을 지배하고 세계만방에 평화가 깃들 것이다.」

뒤를 이어 위대한 제국주의 시인 러디어드 키플링이 나섰다.

일어나라, 오너라, 동방에서,
〈아침〉의 수호 항(港)에서!
북을 쳐라, 쳐부숴라, 남방에서, 오 케이프혼의 집시들이여!
제국의 베틀에서 쏜살같이 움직이는 북들이
대륙 건너 대륙의 우리를 엮어 주나니,
다시 돌아오는 너희를
영국 연안의 불빛들이 반겨 주노라.

—「연안의 불빛들」

이어 키플링은 이렇게 외쳤다. 우리는 마리아(백일몽)의 자식들이 아니라 마르다(행동)의 자식들이다! 우리는 행동을 창조한다. 우리는 현실과 맞서 싸우면서 우리 자신의 심상과 형상으로 그것을 빚어낸다. 그렇다면 영국적 운명이란 무엇인가? 바로 의무이다. 우리는 이 의무를 위해 살고 일하고 싸운다. 영국인이라면 누구나 전체를 위해 자신의 존재를 걸어야 하며, 스스로를 민족 전체의 대표로 생각해야 하며, 위대한 책임을 자각해야 한다. 제국 전체의 성공과 행복과 구원 — 이것이야말로 우리의 권리이자 의무라는 것을 가슴 깊이 새겨야 한다.

〈율법〉으로 하여금 — 우리의 신속한 율법 복종을 통해 — 악의 땅을 청소하고, 도로를 닦게 하고, 여울목에 다리를 놓게 하라.
각자 씨 뿌린 곳에서 거둔다는 것을
너희들은 자손들에게 명심시켜라,
우리가 여러 민족들 사이에 평화를 유지함으로써
〈주님〉을 섬긴다는 사실을
만인에게 알리라!

— 「영국인들의 노래」

〈우리가 《주님》을 섬긴다〉는 게 무슨 뜻일까? 그 의미는 이러하다. 우리는 인간들과 더불어 일하고 우리의 인간적 의무를 수행하며, 우리 내부 및 외부의 혼돈을 정리하고자, 질서를 창조하고자, 기아와 질병과 불의(不義)와 나태를 퇴치하고자 분투한다. 백인의 부담을 흔쾌히 감당하라.

민족 시인 키플링이 볼 때, 인간들 — 특히 영국인들 — 에게는, 아래로 흘러 내려가는 물살을 거슬러 올라가고, 방심하지 않는 야경꾼으로서 인간의 영혼과 세계를 지키고, 결코 두려움에 떨지 않도록 온 힘을 모아야 할 의무가 있다. 진정한 인간의 영혼은 기운이 위로 상승하는 흐름에 동참하고, 〈만물의 주재이신 하느님〉의 동맹이 되어야 한다. 마리아처럼 수동적으로 〈그분〉의 발치에 멍하니 앉아 숭배의 황홀경에 빠져 있어서는 안 된다. 참된 영혼이라면 마르다처럼 〈그분〉 옆에 버티고 서서 두려움과 나태와 무관심에 맞서 싸워야 한다.

이성을 최고의 성취로 보아서는 안 된다. 이성은 수상쩍은 물건이다. 인간의 마음은 쉽게 배신할 뿐 아니라 엉큼하게 움직인다. 단지 자신의 민첩함과 재주를 과시하기 위해 선한 자든 악한 자든 가리지 않는 변호사와도 같다. 인간의 지고한 미덕은 인품이다. 강인한 의지이다. 밝은 것에 대해서는 확실하게 〈긍정〉하고, 어두운 것에 대해서는 확실하게 〈부정〉할 수 있는 잘 조직되고 훈련된 의지가 있어야 한다.

「무슨 생각을 하십니까?」 내 젊은 친구가 물었다. 「한 잔 더 마실까요?」

내가 물었다. 「당신이 좋아하는 노래는 무엇이오? 지금까지 살아오면서 가장 큰 도움이 되었던 것 말이오.」 술기운은 머리에서 사라진 지 오래였다.

영국인 청년의 두 눈이 빛을 발하면서 주저하지 않고 대뜸 대답했다.

「키플링의 〈만약If〉입니다. 열두 살 때 처음 읽었지만 의미는 좀 지나서야 이해했지요. 그때부터 그 시가 제 〈복음서〉가 되었답니다.」

나는 그 결연하고 용맹한 노래를 떠올렸다.

만약 주위의 모든 이가 당황하여 쩔쩔매며 그대에게 탓을 돌릴 때

침착할 수 있다면,

만약 모든 사람이 그대를 의심할 때

자기 자신을 믿고 남들의 의심까지도 관용할 수 있다면,

만약 그대가 기다릴 수 있고 기다림으로 지치지 않을 수 있다면,

거짓말에 둘러싸여서도 거짓말을 하지 않는다면,

증오받으면서도 증오에 굴복하지 않는다면,

너무 훌륭하게 보이지도 않고 너무 현명하게 말하지도 않는다면,

......

그대가 꿈을 꾸되 꿈이 그대의 주인이 되지 않게 할 수 있다면,

그대가 생각하되 생각이 그대의 목표가 되지 않게 할 수 있다면,

......

적도 사랑하는 친구도 그대를 해칠 수 없다면,

만인이 그대와 더불어 중요하되 너무 중요하게 되지 않을 수 있다면,

만약 그대가 생활 속의 1분 60초를

단거리 달리기 할 때의 60초로 채울 수 있다면,

〈세상〉이 그대의 것이고 거기 담긴 모든 것이 그대의 것이다,

더 나아가 그대는 〈인간〉이 될 것이다, 나의 아들아!

나는 분노와 슬픔으로 고개를 내저었다. 그때 나는 남쪽의 그리스 청년들을 생각하고 있었다. 그들은 이러한 복음을 아주 부담스럽게 여기리라. 힘과 절제, 열정과 침묵. 불이 훨훨 타오르는

데도 연기는 나지 않는 저 절묘한 균형. 이런 것들을 그리스 청년
들이 갖출 날은 언제인가!

런던

호아-하카-나카-야

　인간의 이성은 질서를 부과함으로써 혼돈을 정복한다. 혼돈은 이성의 작용에 의해 밀려나고 제압되고 마멸된다. 혼돈을 편리한 틀 속에 가두어 두려면 비유, 상징, 신화를 동원해야 한다. 이렇게 해서 혼돈은 인간적 형태를 부여받게 되고, 우리의 이성은 비로소 그런 익숙한 형태를 사랑하게 된다.

　런던의 혼돈을 인간적 방식으로 제압하여 상징적 틀 구조에 종속시킨 것. 내가 어느 날 영국 박물관 입구 오른쪽, 기둥들이 서 있는 지점에서 발견한 것이 바로 그것이었다. 멀리 신비한 태평양의 섬에서 가져온 놀라운 석상. 약간 슬퍼 보이는 이국의 전능한 신, 호아-하카-나카-야.

　런던에 머무르는 동안 내가 그 신의 석상 앞에서 걸음을 멈추지 않았던 날이 단 하루도 없었다. 나는 침묵 속에 꼼짝 않고 서서 석상에게 반갑게 인사하곤 했다. 왜? 그 석상이 나를 혼돈으로부터 구제해 주었기 때문이다. 툭 잘려 나간 널쩍한 단면에 조각된 엄청나게 뾰족한 머리, 좁은 이마, 두툼한 광대뼈, 욕망으로 벌름거리는 두꺼운 콧구멍, 어느 고대의 동굴 속 검은 샘물처럼 움푹 팬 두 눈, 굶주리고 사나운 큰 입.

이 거대한 도시의 숨겨진 혹은 혐오스러운 매력을 점점 더 많이 알게 될수록, 나의 내면에서는 이런 기묘한 생각이 구체화되고 있었다. 〈이 신(神), 호아-하카-나카-야는 런던의 수호성인, 수호신이다.〉

이 신비한 석상의 보이지 않는 마법은 이 거대한 도시와 연결되어 있는데, 그것은 런던이란 단어가 신비한 뜻에 연결되어 있는 것과 비슷하다. 물론 이러한 연결 관계는 나의 개인적 상상 혹은 황당한 공상이 빚어낸 것이다. 하지만 나로서는 유익한 것이었고, 그래서 런던을 보다 깊이 이해할 목적으로 그 상상을 키워나간 때문이기도 하다. 사람이 어떤 도시와 친숙해지기 위해서는 의식적으로든 무의식적으로든 혹은 유형무형의 길라잡이를 취하게 된다. 내가 볼 때 이 신은 최고의 런던 안내원이었으므로 나는 은근한 미소를 지으며 그의 뒤를 따르기로 했다.

거칠게 조각된 이 소박한 석상 앞에 서기만 하면, 나는 석상이 제시하는 인간적 윤곽들을 뛰어넘어 포효하는 밀물 속으로, 느릿느릿 움직이는 폭넓고 창조적인 리듬 속으로 뛰어들 수 있었다. 내 피의 흐름은 그 창조적 리듬과 함께 뛰놀았고 이성의 작용 따위는 전혀 개의치 않았다. 인적 없는 위험스러운 캄캄한 숲으로 들어설 때의 기분, 내 느낌이 정확히 그랬다. 그것은 육체적 사랑을 시작하려 할 때의 느낌, 혹은 죽음이나 사후(死後)에 대해 숙고할 때의 느낌과 비슷했다. 혹은 나의 기억을 최대한으로 늘려서(뇌에 금이 갈 정도로), 인간의 이성으로 코스모스(인간적 질서)를 가져오기 이전의 저 아득한 혼돈 상태를 되불러오려 할 때의 그러한 느낌과 비슷했다.

나는 두려우면서도 한편으론 행복함을 느꼈다. 그런 혼돈을 느끼다가도 석상의 선(線)들을 명료하게 환기하면 저 아득한 혼돈이 호아-하카-나카-야 신의 견고한 윤곽 혹은 인간적 질서로 바뀌니까.

그리하여 저 신비한 길라잡이를 발견한 그날부터 나는 어떤 질서의 느낌을 가지고서 시작도 중간도 끝도 없는 런던, 말로 표현되지 않는, 단절되고 비합리적인 런던으로 빠져 들 수 있게 되었다. 설사 런던이라는 그 도시에 아무 의미가 없다고 해도 더 이상 두렵지 않았다.

런던은 하나의 혼돈이다. 계획이나 논리가 전혀 없다. 전능하고, 약간 우울하고, 만족을 모르는 혼돈의 도시 혹은 어두컴컴한 열대의 정글이다. 이 도시를 세워 온 〈시간〉이라는 건축가는 야단법석을 떨고, 자가당착에 빠지고, 반할 만치 순진하고, 비합리적인 부속물을 가져왔다.

여행자는 아무것도 예견할 수 없는 상태로 이 도시를 걷는다. 이곳에 학습 가능한 논리란 없다. 따라서 어떤 전제들로부터 무오류의 결과를 예측한다는 것은 불가능하다. 찬란한 불빛과 사람들로 넘쳐나는 거리의 끝자락에 도착하면 뜻밖에도 좁은 골목길이 얽혀 있는 작은 동네로 들어서게 된다. 가난하고 낡은 동네다. 재빨리 거기를 통과해 나오면 철근 콘크리트와 전등 광고판과 유리로 된 현대식 건물이 앞에 버티고 있다. 런던의 거리들을 돌아다니다 보면 사냥꾼의 흥분을 느낄 수 있다. 어떤 사냥감이 언제 불쑥 튀어나올지 알 수 없다.

런던의 대로(大路)에서 느끼는 생활의 리듬은 마치 큰 강처럼 넓고 깊고 조용하다. 앞서 우리가 언급했던바, 그레이트브리튼[1]의 초원 위로 파도처럼 부서졌던 저 모든 정복자의 종족들이 그 오랜 세월이 흐른 뒤 갑자기 여기에서, 당신의 목전에서, 지극히 잡다한 행인들 속에서 뚜렷하게 환생하는 것을 볼 수 있다. 금발 머리에 발그스름한 피부의 바이킹 거인들, 파란 눈을 가진 영리하고 날렵하고 공상적인 켈트족, 독수리의 눈과 차분하고 안정된 걸음걸이를 보여 주는 노르만 신사들, 작은 키와 가무잡잡한 피부에 불안스럽고 탐욕스러워 보이는 고대 이베리아인들.

상점이나 전차, 술집에서 특히 자주 눈에 띄는 것은 땅딸막하고 다부진 체격에, 당돌하지만 친절한 마음씨를 지닌 색슨족들이다. 운동선수 같은 살집과 황소같이 굵고 짧은 목을 가진 그들. 이 색슨족 후예의 상한 이빨 사이에는 언제나 파이프가 물려 있고 거기에서는 담배 연기가 피어오른다.

이 잡종의 인파에 질서를 잡아 주는 경찰들은 마치 인간의 바다를 환히 비추는 높다란 등대 같다. 엄청난 인파 속에서 강아지를 품에 안고 안정된 걸음걸이로 성큼성큼 걷고 있는 경관의 모습을 이따금씩 볼 수 있다. 가엾은 어린 강아지가 어리벙벙해 맞은편 둑으로 건너가는 길을 찾지 못한 것이다. 그래서 부드러운 심성을 지닌 경찰관이 강아지를 측은히 여겨 냉큼 집어 들고 건너편으로 옮겨 주는 것이다.

굵고 낮게 우르릉대는 소리, 지칠 줄 모르는 도시, 범람하는 강물처럼 오르내리는 수천 명의 사람들. 그러다 문득 주위를 돌아보면 작은 참새들로 가득한, 조용하고 시원하며 잘 꾸민 공원에 와 있음을 알게 된다. 만약 여행자가 영국인의 마음을 들여다볼 수 있다면 아마도 마음 한복판에서 오래된 풀밭 한 뙈기를 발견하게 될 것이다. 영국인의 가장 큰 낙은 전원에서 사는 것이다.

1 잉글랜드, 웨일스, 스코틀랜드, 북아일랜드를 포괄하는 명칭으로서 현대 런던은 잉글랜드라는 말 대신 브리튼이라는 말을 더 선호한다.

따라서 어쩔 수 없이 도시에서 살아가는 처지에서도 영국인은 전원생활을 마음 깊이 그리워한다. 그러나 전원으로 탈출하는 것이 항상 가능한 일은 아니므로 자신이 사는 변두리 ── 컴컴하고, 그을음과 안개로 덮여 있는 지역 ── 한복판에 전원(공원)을 들여놓는다.

이렇게 들여놓은 공원은 무시무시한 사무라이 전사들이 갑옷과 비단 속옷 사이의 가슴에 지니고 다녔다는 저 감각적인 〈하이쿠〉[2]와도 같다.

> 오, 나이팅게일의 노래
> 넘칠 듯 꽉 찬 달
> 엎질러진 내 우유 잔!

공원들은 파괴된 수도원, 귀족들의 정원, 수목 울창한 숲 따위의 잔해들이다. 그것들은 〈론-돈〉 ── 〈늪지의 망루〉[3] ── 이라는 거대 도시가 자리 잡은 늪지에 뿌리를 내리고 물을 빨아 마신다. 영국인은 한가한 신사들뿐 아니라 노동 계급, 중간 계급 할 것 없이 틈만 나면 공원에 나와서 조상 전래의 토템인 나무 옆에 가 앉는다. 혹은 풀밭에 몸을 쭉 뻗어 누이기도 하고, 입을 꾹 다문 채 초록 잎사귀 밑을 평온하게 거닐기도 한다. 그때 그들의 얼굴에는 무아경에 빠진, 억제된, 약간의 슬픔이 배어나는, 늙어 가는 연인의 표정이 떠오른다.

그들은 장미가 지옥 한가운데서도 꽃을 피운다고 말한다. 공원 바깥에서 벌어지는 보람 없는 생존 경쟁 때문에 더욱 이상적인

2 일본의 전통 단시(短詩).
3 런던을 가리킨다.

존재로 부상되는 런던의 공원들. 이 공원들은 말로 표현할 수 없는 기쁨과, 지나간 혹은 미래의 행복에 대한 향수를 불러일으킨다. 이 영국인의 낙원은 잔디밭이 잘 가꾸어져 있다. 이 잘 꾸며 놓은 잔디밭 위로 그레이트브리튼의 성자(聖者) 같은 평민들이 파이프 담배를 피우며, 언제나 손에서 놓지 않는 우산을 든 채, 거닐고 있다.

그러나 오늘날 공원의 리듬 — 깊은 정적 속에서 자라는 나무들, 잎사귀에 맺힌 이슬방울들, 수도승 같은 머리를 물에 처박고 먹을 감는 팔팔한 지빠귀들 — 은 모두 자연을 거스르는 것처럼 보인다. 그래서 우리의 몸도 마음도 휴식처를 찾지 못한다. 오늘날 우리는 타조의 어리석은 처신[4]을 지극히 굴욕적이라고 생각한다. 우리의 영혼은 그 방식을 거부한다. 싫든 좋든, 동란과 격분과 전쟁의 상태가 우리 영혼이 성장할 수 있는 자연스러운 기상도이다.

공원에서 활기차게 돌아다니다 트라팔가 광장의 소음 속으로 접어들었다. 나는 허레이쇼 넬슨의 청동상을 올려다보았다. 그 상은 마치 주상 고행자[5]처럼, 구름을 향해 곧추선 거대한 기둥 위에 세워져 있었다. 세월이 흐르고 흐른 뒤 우리를 가장 깊이 감동시키는 것은 영웅 개인의 내면적 삶이다. 영웅의 업적은 역사 속에 새겨지면서 자기 민족과 영원히 융합된다. 정말 엄청나게 위대한 업적일 경우에는 개인적인 것에 머물지 않고 일반화되면서 부지불식중에 〈인류의 연대기〉에 편입된다. 하지만 개인적 차

---

4 타조는 궁지에 몰리면 꼬리를 그대로 드러낸 채 머리만 모래 속에 처박는다는 속설이 있다.
5 높은 기둥 위에서 살며 고행했던 중세의 수도자들.

원에서는 그렇지 않다. 그가 숨 쉬고 살았던 개인적 삶 중에서 오로지 그의 얼굴만 간직되고 이 얼굴은 으레 눈물로 얼룩져 있다.

거기 그렇게 서서 잠시 넬슨 동상을 쳐다보고 있으니 그가 이룬 승리들, 위대한 성취와 영국의 영광에 기여한 그의 공헌이 새록새록 생각난다. 그러나 이 모든 것이 이내 영국의 운명과 하나가 되었다. 그의 개인적 특징은 사라지고, 넬슨이라는 한 인간, 삼각모와 메달을 잃어버리고, 가슴에는 상처가 가득한 벌거숭이의 한 인간만 동상으로 남았다.

아주 지극한 사랑을 했던 이 영웅! 사자와 같은 전사는 얼마나 여린 가슴을 가졌던가! 자신을 매혹시킨 저 평판 나쁜 여인을 생각할 때마다 그 가슴은 얼마나 떨렸을 것인가! — ⟨그 행복한 느낌, 내가 유일하게 사랑한 그 소중한 사람을 생각하면 피가 머리로 솟구친다.⟩

이처럼 애인을 애틋하게 생각한 것은 넬슨의 위대한 맞수 나폴레옹도 마찬가지였다. 나폴레옹은 조세핀이 다른 사내들과 놀아나고 있을지 모른다는 생각이 들 때마다 승리의 막사에서 그녀에게 저 유치하고 가슴 저미는 편지를 썼다. ⟨조세핀, 나는 전쟁에는 아무 관심이 없소. 승리에도 관심이 없소! 내가 생각하는 것은 오직 당신뿐이오!⟩

오늘날 저렇게 공중에 우뚝 서서 구름을 거느리고 있는 영웅 넬슨은 그 당시 아름답기는 하지만 변덕스러운 해밀턴 부인의 손에서 놀아났다. 그의 친구가 적절히 지적했던 것처럼, 마치 곰이 조련사에게 끌려 다니는 형국이었다. 그녀는 넬슨이 받은 온갖 메달로 그를 치장하고 머리는 삼각모와 술탄의 깃털로 장식한 다음, 그를 데리고 이 살롱 저 살롱으로 돌아다니며 그를 행복한 바보로 만들었다.

넬슨의 친구인 성 빈센트는 이렇게 적어 놓았다. 〈저 여자는 이 딱하고 불쌍하고 위대한 사람을 형편 무인지경으로 만들어 놓았다! 머리도 감지 않고, 옷차림은 참으로 본데없고, 벨트는 허리에 매지 않고 어깨에 걸치고 있는 여자가!〉

그런 넬슨이 〈전부 아니면 무〉를 인생의 신조로 삼았다니! 하지만 넬슨도 어느 날에는 아주 비통한 심정에 빠졌다. 나일 강의 승리 직후에 그는 이렇게 적었다. 〈이 생에서는 진정한 행복을 얻을 수 없으며 현재의 내 상태로는 웃으며 이 생을 하직할 수도 없다…… 내 말을 믿어 줘. 내 유일한 소망은 명예를 지닌 채 무덤으로 가버리는 거야.〉

그러나 키르케[6]가 또다시 그에게 달콤한 독물을 뿌려 댔고 마침내 이 당당한 정복자 — 연인들이 모두 그러하듯, 자신이 사랑하는 여인이야말로 자신을 위대하게 만드는 유일한 원천이라고 믿었다 — 는 다음과 같이 쓸 정도로 현혹되어 있었다. 〈브라보 에마! 멋진 에마! — 만약 에마가 더 많았다면 넬슨도 그만큼 더 많았을 것이다.〉

그는 트라팔가르 해전에서 전사했고, 함대에 늘 휴대했던 관(적함의 돛대를 조각해 만들었다고 한다) 속에 들어가 영면했다. 그리고 그는 벗어났다.

런던의 안개는 한바탕 짙은 꿈과도 같아서, 그 속에 들어가 바람과 비와 서리로 〈운명〉을 개조하기에 딱 좋다. 눅눅하고 노르스름한 안개는 제멋대로 돌아다니면서 담을 핥고, 사람들과 나무들을 감싸고, 그들의 폐로 침투한다. 안개는 서서히 솟아오르며 넬

6 그리스 신화에 나오는 마녀. 여기서는 요부형 미인을 가리킨다.

슨 동상을 지워 버린다. 그것은 다시 서서히 내려앉으며 사소한 것들을 덮어 버리고, 거친 윤곽을 부드럽게 하고, 넝마 조각들을 미화시키고, 온갖 추악한 형상에 신비로운 저승의 분위기를 부여한다.

천천히 움직이는 회색의 바다. 그 속에 무수한 가옥들이 잠겨 있고, 붉은 거리들이 거대한 금붕어처럼 꿈틀대고, 전등들이 빛을 발하고, 사람들의 무리가 멸치 떼처럼 움직인다. 안개의 런던에는 침몰한 도시의 고결함과 귀족적 분위기가 배어 있다. 런던은 통째로 가라앉은 것처럼 보인다. 다만 런던탑과, 높다란 기둥 위의 넬슨 동상과, 정교하게 조각된 웨스트민스터의 돌벽만이 마치 부동(不動)의 유령들처럼 안개의 바다를 뚫고 비쭉 솟아올라 있다.

이따금 환한 대머리를 연상시키는 태양이 떠올라 햇빛이 서리와 나뭇잎을 통과하여 사람들의 코에까지 도착한다. 이 도시의 태양은 종종 안개나 비에 뒤섞인다. 아예 햇빛만 나거나 아예 안개만 흐르는 그런 명확한 구분은 없다. 빛은 끊임없이 어둠과 더불어 장난친다. 런던은 흐느끼는 동시에 미소 짓는다. 아, 런던의 미소. 그것은 신중하게 자기의 본심을 숨기는, 슬픔과 조롱이 반반씩 배어나는, 굵은 눈물들 사이로 장난스럽게 번득이는 미소이다. 눈물은 터져 나오고 싶은 바로 그 순간, 자존심과 예의에 억제되어 갑자기 미소로 변한다. 그러다가 그 미소는 다시 흐려지기 시작한다. 그리하여 우리는 여기 런던에서 난생처음으로 문득 깨닫게 된다. 영국인의 은근한 유머는 이런 날씨, 기후, 자존심의 무의식적 작용이라는 것을.

영국 박물관

만약 〈시간〉이 투숙하는 집 같은 것이 있다면 ― 〈시간〉이 지난날 자신의 아름다운 순간들을 소중히 기억하는 우아한 귀족이라면 ― 그 집은 분명 영국 박물관이었을 것이다!

끝없이 긴 박물관 복도에서 시공의 극과 극을 오가며, 최고로 정제된 인간의 걸작들을 음미하면서, 느긋하게 길을 잃어버릴 수 있다는 것은 얼마나 큰 기쁨인가. 우리 인간은 결국 하나의 흙덩이에 지나지 않는다. 그럼에도 불구하고 굶주림과 질병과 죽음을 이기고 빳빳이 고개를 쳐들면서 손을 내뻗어 불후의 작품을 창조할 수 있는, 우리가 인간이라 부르는 이 흙덩이는 어떤 존재인가?

오로지 예술 작품들에서만 기적이 아주 분명하게 드러난다. 벌레가 불멸을 창조할 수 있음을 보여 준다. 우리는 일상적 행위에서 밀집한 대중, 종종 익명을 내세우며 자신의 이익을 추구하는 집단, 풍요롭고 복잡한 협동 등 많은 얼굴들을 볼 수 있다. 반면 예술의 행위에서, 인간은 펜이나 망치 혹은 물감 몇 개를 붙들고 웅크리고 앉아 철저하게 혼자가 된다. 누에가 자신의 중추부에서 견사를 자아내(아니, 견사를 만드는 과정에서 자신의 내장을 끄집어낸다고 하는 게 더 정확하다) 고치의 기적을 직조하듯, 예술가는 흙을 변형시켜서 신성하고 소중한 실체를 만들어 내는 것이다.

내 영혼에 반듯한 질서를 잡아 주었던 시구들이 떠올랐다.

붓다는 마치 황금의 누에처럼,
꽃 없는 침묵의 가지들 위에 닻을 내렸다.
그는 그 잎사귀를 모두 먹어 치웠다.
지상의 뽕나무에 달린 잎들을 모두 먹어 치웠다.

잎을 모조리 먹고 나서
그것들을 견사로 만들어 냈다.

예술가도 붓다처럼 산다. 먼저 자신을 완벽하게 해방시키고 이어 물질을 완벽하게 해방시킨다.

인류의 이 무한한 보물들을 이리저리 구경하면서 나는 스스로 이런 공상을 했다. 만약 어느 날 갑자기 지진, 화재, 야만적 침략과 같은 대참사가 발생하여 이 보물들이 흩어진다면…… 그리고 그 보물들이 내 수중에 있다면…… 셀 수 없이 많은 이 훌륭한 소장품들 가운데 나는 과연 무엇을 먼저 구할 것인가?

이러한 공상이 현실이라도 되는 양 내 심장이 꿈틀거렸다. 마치 지진이나 화재 같은 거대한 참사가 실제로 벌어지기라도 한 것처럼, 나는 구해 낼 소장품을 고르려 이 방에서 저 방으로, 이 작품에서 저 작품으로 미친 듯 뛰어다녔다. 선택해야 한다…… 그래. 그러나 달려가 구하고 싶은 것들이 너무 많다. 여기 이 절묘한 중국의 그림, 저기 저 신성한 이집트의 조각상, 아름답게 조각된 페루의 금 장식물. 그때 별안간 박물관의 모든 방들에서 나를 먼저 구해 달라는 탄식의 울음소리가 터져 나오고, 이제 나의 공상은 악몽으로 변하면서 온몸에 식은땀이 흐른다. 모든 것들을 다 구하고 싶은데 그럴 수가 없기 때문이다.

당신이라면 아마도 제작 연대(햇빛이나 빗물에 의해 지워졌거나 말거나)에 의거하여, 혹은 매일같이 새롭게 탄생하여(마치 프로메테우스의 간처럼) 더 깊어지는 당신의 영혼에 의지하여 선택하게 될 것이다. 돌아 버릴 것 같은 이 고문을 몇 달이나 겪은 끝에 마침내 나는 영국 박물관에서 지속적으로 사랑해 온 것 세 가지를 찾아냈다. 아시리아의 부조물, 페르시아의 세밀화, 그리스

고전 시대의 예술품이 그것이다.

아시리아의 부조물이 걸려 있는 거대한 사각형 발코니에 처음 들어섰을 때 나는 전율을 느꼈다. 신(神)의 작업장에도 있고, 우리들 영혼의 깊은 내부에도 있는 저 무성한 원시의 정글. 사람이 견뎌 내기 어려운 버거운 환상, 인류 이전의 까마득히 오래된, 강렬하고 잔혹한 기억. 턱에 곱슬곱슬한 수염이 무성한 왕들이 사자 사냥을 하고 있다. 시위에서 날아간 화살들(몇 개는 아직도 공중에 머물러 있다)이 저 섬뜩한 침묵의 심장부를 강타한다. 나머지 화살들은 창처럼 사자의 살집을 뚫고 들어간다. 쓰러진 사자들은 화살을 빼내려고 사지를 뒤틀며 몸부림치거나, 목을 길게 빼고 강물처럼 피를 토한다.

큰누나 같은 도도한 암사자는 세 발의 치명적인 화살을 맞았다. 목 하부에 한 발, 콩팥에 두 발이 꽂힌 채 배로 몸을 질질 끌며 간다. 뒷발이 굳어 가는 가운데 암사자는 공중을 향해 포효한다. 이 무시무시한 〈운명〉의 행렬, 인간은 도저히 그런 운명의 동반자가 되지 못한다. 여기에 나오는 거대하고 팽팽한 육신을 가진 왕과 신하들은 진정한 신(神)처럼 보인다. 피에 굶주린, 육감적이고 두툼한 그들의 입술에, 인간의 것이라곤 보기 힘든 미소가 감돈다. 반면에 사자들의 눈에서는 인간적인 슬픔이 흘러넘친다.

나는 이 거대한 우주적 비전 앞에서 여러 시간 서 있다가 이어 알록달록 채색된 세밀화들이 걸려 있는 한적한 방으로 달려갔다. 작고 매혹적이며, 상냥하고 부드럽고 육감적인 세밀화. 내가 달려간 것은 숨을 헐떡이기 위함도 아니고 아시리아의 공포를 잊기 위함도 아니었다. 단지 내 영혼을 크게 고양시키기 위한 것이었다. 비인간적 살육이 어른거리는 동물성의 캄캄한 밑바닥에서, 섬세하고 핏기 없는 아름다운 꽃을 가진 신성(神性)의 정상까지

내 영혼을 한없이 달리게 하고 싶었다.

노란 비단옷을 입고 정교하게 수를 놓은 파란 터번을 쓴 젊은 이가 꽃이 핀 나무 밑에서 무아지경에 빠져 시를 낭독하고 있다. 꽃가지들이 그를 휘감으며 가볍게 그의 숨통을 누른다. 그는 봄날의 나뭇가지들에 사로잡힌 채 목청껏 지저귀려 애쓰는 한 마리 나이팅게일 같다.

천상의 이슬람교 궁전, 장밋빛 대문, 대문의 상인방(上引枋) 역할을 하는 아라베스크 아치, 아치 밖에는 긴 의자가 놓여 있고 그 위에 왕이 다리를 꼬고 앉아 판결을 언도한다. 왕의 좌우에는 늙은 고문관들이 온갖 색상의 깃털을 갖춘 새들처럼 늘어서 있고, 그들 뒤로 열린 정원에는 횃불 같은 사이프러스나무, 꽃 피운 아몬드나무, 잎이 몇 개 돋아난 어린 포플러가 보이고, 다리가 빨간 자고새 한 마리가 대문을 따라 오종종 걸어간다.

좀 더 따라가면, 검정색, 황갈색, 흰색 몸통에 반달무늬의 호리호리한 모가지를 지닌 아랍 말들이 보인다. 손톱에 색을 칠하고 눈썹이 리본처럼 얇으며 연한 황갈색 눈의 여인들이 가볍게 걷고 있다. 그들의 신발, 휘어진 붉은 밑창에는 코란에서 따온 귀중한 잠언들이 새겨져 있다.

그림의 황금빛 배경은 이 모든 생물들이 영원히 정지된 낙원의 대기에서 살아 숨 쉬는 듯한 효과를 낸다. 비단과 꽃과 새, 신비한 미소, 붉은 입술들로 짜인 비전. 여기서 물질은 정신으로 바뀌는 법이 없기 때문에 그 물질성이 흩어지지도 않는다. 물질의 무게가 가져다주는 선과 색상들을 지키며 최고의 매혹적 결실을 거두었다.

이런 것이 바로 사디와 프라 안젤리코[7]의 〈천국〉이다. 지상을

---

7 Sa'di(1213?~1291)는 페르시아의 시인이고, Fra Angelico(1387~1455)는 이탈리아의 화가.

사랑한 나머지 지상을 천상이라 여기는 영혼의 꿈이요 위안이요 욕망이다. 여기서 인간의 정신은 벌레들처럼 땅바닥을 조심조심 기어가는 삶을 거부한다. 인간의 정신은 날개가 돋아 그 본래의 고향인 천상으로 나비처럼 날아가는 것이다.

살[肉]과 진흙에 흠뻑 젖은 아시리아의 부조물은 나를 끔찍한 무의식의 동굴로 떨어뜨렸다. 그러나 이 세밀화들을 보는 순간 나는 장밋빛 솜털처럼, 한 편의 꿈처럼, 하늘로 솟아 떠다닐 수 있었다. 인간의 얼굴을 잃은 나는 짐승인 것 같기도 하고 구름인 것 같기도 했다. 잠시 후, 대지를, 지표면을 확고하게 움켜잡아야 할 것 같은 느낌이 들었다. 견고하지만 가볍게 땅 위를 걸어야 할 것 같았다. 짐승도 구름도 인간도 아닌 상태로.

그 순간 나는 그리스의 대리석들이 있는 거대한 홀을 향해 씩씩하게 걸어갈 수 있었다. 왜냐하면 이 길이 옳은 길이었기에. 이교도적 환희, 햇볕에 탄 벌거숭이 육신들. 나는 허파로 깊이 숨을 들이켰다. 봄날의 살랑대는 기운 같다. 오래 기다린 끝에 마침내 독 발린 〈운명〉의 입술은 웃음을 터뜨린다. 매혹적인 그리스의 몽상이 이곳으로 유배 와, 이 자욱한 안개 속에 유성처럼 걸려 있었다.

런던은 지저분한 도시이지만 그 한가운데에 자리 잡은 박물관에다, 대리석으로 표현된 신들의 시간을 보관하고 있다. 마치 근엄한 청교도가 과거의 색정적인 순간과, 즐겁고 황홀한 죄악의 순간을 그의 기억 깊숙이 묻어 두고 있는 것처럼.

나는 파르테논 부조물 앞에 섰다. 여신에게 바칠 공물을 나르는 가슴 불룩한 처녀들, 말 등에 탄 청년들, 덕망 높은 노인들……. 나는 삶과 예술을 완성하는 저 위대한 비밀이 곧 균형 감각임을 깨달았다. 격렬한 동작이나 〈천국〉의 평온만으로는 충분치 못하다. 서로 대립하는 위대한 힘들이 균형을 이루었으되, 감지할 수 없는 맥박이 여전히 힘차게 고동쳐야 한다.

그리스의 예술을 마주했을 때는 힘을 얻기 위해 육신이 거대해질 필요가 없었다. 우아함을 얻기 위해 천상의 색채를 가미할 필요도 없었다. 이 예술은 육신이 물질의 힘을 빼앗지 않고도 물질을 해방시키는 데 성공했다. 물질을 해방시킴으로써 우아함이 시작되는 경지로 끌어올렸다. 만약 힘의 방향으로 약간 더 기울었더라면, 동작은 강렬해지지만 뭔가 모자랐을 것이다. 반면에 우아함 쪽으로 약간 더 기울었다면, 매혹적이지만 무미건조했을 것이다. 그러나 그리스 예술에서는 육안으로 볼 수 없는 완벽한 균형의 경계선을 발견했고, 무한히 섬세한 그 최상의 경계선에서 나는 멈추었다. 이것이 바로 그리스 예술의 기적이다.

그리스의 장인은 거대한 혼란과 어둠에 휩싸인 삶이라는 숲으로 들어갔다. 그 숲은 하늘도 보이지 않고 그래서 사람을 질식시킬 것 같았다. 삶의 숲으로 들어간 장인은 작업을 시작했다. 혼돈을 쓸어 내고 불필요한 요소들을 추방하여 숲을 하나의 나무로, 또 그 나무를 기둥으로 만들었다. 그리고 마침내 장인이 다시 숲에서 나왔을 때 숲 전체가 도리스 양식의 기둥으로 집약되어 있었다. 이 기둥은 숲의 정수였고, 이 정수야말로 장인이 추구하던 바였다. 이 기둥에서는 소나무와 사이프러스의 향이 풍겨 나왔다. 그것은 향기 없는 추상적인 표의 문자가 아니었다. 거기에는 나무와 수지(樹脂)의 향이 여전히 담겨 있었다. 기둥을 만져 보면 그 원래의 고향을 감지할 수 있다.

디오니소스적으로 고양되는 순간에 우리는 그 기둥에서 가지와 잎이 돋아나게 할 수 있다. 그리하여 한 그루의 나무로 되돌려 놓을 수도 있다. 이 황홀경의 상태로 조금 더 들어가면 나무를 숲으로 바꿔 놓을 수 있다. 그 두 가지를 놓고 헷갈릴 염려는 없다.

추상적 사고와 숲 사이에는 불변의 냉철한 경계선이 영원히 남아 있기 때문이다. 이윽고 우리가 인간의 세계로 되돌아오면 그것(기둥)이 도리스 양식의 부동성을 지키고 있는 것을 다시 한 번 보게 된다.

만약 신이 〈사랑하는 그분의〉 종족들에게 자기변명을 해보라고 한다면, 그들에게 부여된 몇 가지(한두 가지 혹은 다섯 가지) 재능들에 대해 스스로 설명해 보라고 요구한다면, 강건한 알몸과 금방 감은 듯한 머리와 튼튼한 무릎을 가진 그리스인들은 (탄원하는 것도 아니고 신을 모독하는 것도 아닌) 자유롭고 씩씩한 목소리로 다음과 같이 대답했을 것이다.

「우리가 오기 전까지 인류는 새 떼처럼 소리 높여 악악대고 있었고, 인간의 욕망은 있는 그대로를 표현하는 냉철한 말씀(로고스)을 찾지 못한 채 미친 듯 절규하고 있었습니다.

우리는 혼돈을 극복하는 〈말씀〉을 추구했습니다. 말씀의 날개를 잘라 내어 이성의 좌대 위에 올려놓고 〈날개 없는 승리〉(나이키 상)라고 명명했습니다.

우리가 오기 전까지 사람의 〈생각〉은 기율 없이 무질서하게 재잘거리고, 천둥과 번개와 꿈과 죽음 앞에서 공포에 질리는 군중과도 같았습니다. 조직화된 전투 대형으로 끌어 모을 수 없는 오합지졸로 암흑의 첫 공격이 들이닥치자 산산이 흩어졌습니다.

우리는 〈생각〉을 조직화한 사람들입니다. 우리는 삼단 논법 — 정립(正), 반정립(反), 통합(合) — 을 창조하고 길을 열었으며 법률을 발견하고 혼돈을 극복했습니다.

우리가 오기 전까지 물질은 힘겹고 비참하고 음산한 거대한 적(敵)이었습니다. 원래 노예 상태인 물질은 인간을 노예화시켰습니다. 뇌 없이 태어난 물질이 뇌를 가진 인간을 노예로 만들었습니다.

우리는 확고한 목적 아래 물질을 붙들고 끈덕지게 싸웠습니다. 마치 남자가 여자를 다스려 그녀를 정복하듯이. 그리고 마침내 물질의 비밀스러운 문을 발견하여 그 안으로 들어갔습니다. 물질은 항복했습니다. 우리는 물질의 음부에 입 맞추었고 물질의 내부에는 아이(아들)가 들어섰습니다. 인간의 영혼이 마침내 그 짝을 찾은 것입니다.

만약 각 민족이 세상이라는 정부에서 책임 있는 관직을 하나 맡아야 한다면, 우리 그리스인들은 분명 세계를 창조하는 건축가로 임명되었을 것입니다!」

그리스인들이 하느님으로부터 부여받은 다섯 가지 재능 — 다시 말해 오감(五感) — 을 어떻게 쓸 것인지 말해 보라고 질문 받았다면 그들은 분명 그렇게 말했을 것이다.

그런데 그리스의 기적은 얼마나 오래 지속되었던가? 불꽃의 섬광처럼 한순간이었다. 하지만 그게 무슨 상관이랴?

완벽함은 원래 섬광처럼 존재하는 것이며 그것이 오래 지속되어야 할 필요도 없다. 완벽함은 인간이 성취할 수 있는 업적의 꼭짓점을 드러내며, 이 꼭짓점이 지금 인간의 우수함을 보여 주는 영원한 지표로 서 있다. 도리스의 기둥은 다시 한 번 나무로 돌아가기 위해 이내 잎사귀를 싹 틔웠다. 그리스 예술이 헬레니즘으로 변하면서 그리스와 동양이 합쳤다. 하지만 그게 무슨 상관인가? 그리스 예술은 이미 그 임무를 완수했으므로 그 후 예술이 어느 방향으로 흘러가든 개의치 않았다.

나는 여러 날 동안 매일같이 영국 박물관을 찾아가, 나의 사랑 세 가지 — 아시리아의 부조물, 동방의 세밀화, 그리스의 대리석들 — 사이에서 황홀경에 빠진 채, 어떤 결정도 내리지 못하고 방황했다. 나는 각 예술품의 비밀을 찾아내고 싶었다. 내 욕망의 우선순위를 결정하고, 나의 내면적 무질서에 질서를 부여하고 싶었다.

몇 날 며칠의 망설임 끝에, 내가 이 세 작품 중 어느 하나를 택해야 할 때 무엇을 고를 것인지 마침내 정하게 되었다. 하지만 지진, 화재, 야만적 침략 등 엄청난 참사가 정말 닥쳤을 때 내가 마음먹은 것을 과연 고를 수 있을 것인지 의심이 들었다. 그렇지만 결국에는 저 부상당한 아시리아의 암사자 — 내 누이 — 를 구하지 않을까.

시티

박물관의 거대한 철문을 통과하여 상쾌한 공기 속으로 빠져나올 즈음 나는 기진맥진해 있었다. 마치 악몽에서 깨어나 겨우 숨통이 트인 느낌이었다. 그러나 어느 날 문득 또다시 악몽 속을 헤매게 되었으니, 이번 것은 살아서 고동치는 현대판 악몽이었다. 시티오브런던은 미로처럼 얽힌 런던의 두뇌 혹은 금으로 된 정맥과 이윤에 밝은 사고방식을 가진 두뇌로서, 말하자면 현대판 악몽인 것이다. 좁고 꼬불꼬불한 골목길이 있는가 하면, 상충하는 이익 단체들 사이의 긴장이 팽배하고, 증권 거래소, 영국 중앙 은행, 런던 시청 등 금전과 권력이라는 현대판 종교의 거대한 사원들이 빼곡 들어서 있다. 템스 강 둑 주변에는 지상의 좋은 물건들이 빠짐없이 보관되어 있는 창고들이 즐비하게 늘어서 있다. 슬슬 지나가노라면, 도르래로 석탄 저장고에 내려지고 있는 포도주와 수지 통들에서 올라오는 향기와 향신료, 커피, 좀약, 가죽 천, 이국에서 온 과일들의 냄새가 코를 찌른다.

이 창고들을 채우기 위해 온 땅과 바다가 협력한다. 〈우리의 노예들은 칼레[8]에서 출발한다〉고 한 영국인이 말한 바 있다. 5개 대륙이 주인에게 저마다 작은 선물을 갖다 바친다. 캐나다와 러시아는 밀, 스칸디나비아 국가들은 목재, 오스트레일리아는 양모와 과일, 이집트와 인도와 중국은 면과 쌀과 차, 아프리카는 설탕과 커피와 담배. 그리고 멕시코는 온난한 만류(灣流)를 보내 주어 영국을 따뜻하게 데워 준다. 유럽 각국에서는 왕 노릇을 해줄 인물들을 보내 준다. 노르만족 출신의 왕, 프랑스인 왕, 네덜란드인 왕, 하노버 가문의 왕. 그리고 그리스는 담배와 건포도, 해면, 대리석 신들을 보내온다.

안개를 뚫고 시티의 좁고 구불구불한 거리들을 지나가면서 저 까마득한 과거의 화재가 생각났다. 1666년 9월 2일, 그날 런던을 아름답게 만든 것은 안개가 아니라 또 다른 자연의 사나운 힘, 바로 불이었다. 1만 3천에 달하는 가옥과 백 개의 교회들이 재로 변했다. 불이 난 것은 일요일 이른 새벽이었다. 해군 본부의 고위 관리를 지냈고 냉소적인 시각의 일기를 남겨 유명해진 새뮤얼 페피스는 그 시각, 아내 옆에서 평화롭게 잠들어 있었다.

9월 2일(주일): 새벽 3시쯤에 제인이 우리를 불러내 알려 주었다. 오늘 있을 연회를 준비하느라 간밤에 하녀 몇 사람이 늦은 시각까지 자지 않고 있다가 시티에 큰불이 난 것을 보았다는 것이었다. 자리에서 일어나 가운을 걸치고 제인이 가리킨 창으로 달려간 나는 마크레인 뒤편에 불이 난 정도겠지 짐작했을 뿐, 그렇게까지 큰불일 거라고는 생각도 못하고 다시 침대

8 도버 해협에 면한 프랑스의 항구 도시.

로 돌아가 잠을 잤다. 7시쯤 다시 일어나 옷을 입은 뒤 창밖을 내다보니 불길이 아까만큼 심하지 않았고 더 번진 것 같지도 않았다. ……잠시 후 제인이 달려와 말하기를, 런던 브리지 옆 피시 가에서 3백 채 이상의 가옥이 불탔다는 말을 들었노라고 했다. 나는 당장 나갈 채비를 하고 런던탑 쪽으로 걸어가 높은 곳으로 올라갔다. 과연, 다리 저쪽 끝 지역에 화염에 휩싸인 가옥들이 보였고, 다리 양쪽 끝에선 엄청난 불길이 솟구치고 있었다. 심히 걱정스러운 심경으로 물가로 내려가, 보트를 하나 얻어 타고 다리를 가로질러 간 나는 참으로 비참한 화재 현장을 목격했다. ……모두들 가재도구를 빼내려고 안간힘을 쓰고 있었다. 강물에 집어던지기도 하고, 멀찍이 떨어져 있는 거룻 배에 옮겨 싣기도 하고. ……특히 안쓰러운 것은 비둘기들이었다. 제 둥지를 떠나기 싫어 창가나 발코니를 맴돌다가 날개에 불이 붙기도 했다. ……높은 바람이 시티 쪽으로 몰아친다면, 가뭄이 오래 이어졌기 때문에 돌로 지은 교회들조차 불만 닿으면 활활 타오를 터였다. 나는 화이트홀[9]로 가, 왕실 예배당 안의 국왕 별실로 올라갔다. 사람들이 내 주위로 몰려들었다. 나는 그들 모두를 실망시키는 얘기를 하지 않을 수 없었고 그 내용은 국왕께도 전달되었다. 부름을 받은 나는 국왕과 요크 대공에게 내가 목격한 그대로 이야기하고, 어명으로 가옥들을 철거하지 않는 한 불길을 막을 방법이 없다고 아뢰었다. 두 분이 크게 심려하시는 듯하더니 이윽고 국왕께서 나에게 런던 시장을 만나, 불길이 사방으로 번지기 전에 가옥을 모조리 철거하도록 명하라고 하셨다. 마침내 캐닝 가에서 목에 손수건을 두

9 관청들이 소재한 런던의 한 지구.

른 런던 시장을 만났는데 기진맥진한 몰골이었다. 국왕의 전갈을 받은 시장은 금방 쓰러질 것 같은 여자처럼 소리쳤다. 「나으리! 어찌하면 좋겠소? 난 기력이 다 빠졌어요. 시민들은 내 말에 복종하지 않을 겁니다. 지금 계속해서 가옥을 철거하고 있지만 우리보다 불길의 속도가 더 빠릅니다.」 그는 지원병도 더 이상 필요 없다, 밤을 꼬박 새웠으니 이제 그만 가서 쉬어야겠다고 했다. 나는 그를 보내고 집까지 걸어왔는데 내가 본 모든 사람들이 혼비백산해 있었고, 불길을 잡을 방법은 전혀 없었다. 템스 가에는 가옥들도 빽빽하니 밀집해 있을 뿐 아니라 피치나 타르 같은 인화성 물질들이 가득하고, 오일과 포도주, 브랜디 등 온갖 물품이 보관된 창고들이 즐비했다.

그 무렵이 12시쯤이었는데 집에 도착해 보니 손님들이 와 있었다. 우드 씨와 그의 아내 바버리 셸던, 그리고 문 씨였다. 그녀는 아주 멋진 여자였고 그 남편도 내가 보기에 괜찮은 사람 같았다. ……우리는 유난히 훌륭한 식사를 했고 난국이었지만 최대한 즐거운 시간을 보냈다. ……식사가 끝나자 나는 문 씨와 함께 밖으로 나와 시티를 가로질러 걸었다. 거리마다 보이는 것은 물건을 짊어진 사람과 말과 마차뿐이었다. 타버린 집에서 다른 집으로 물건을 옮기느라 모두들 정신없이 뛰어다녔다. ……강에는 짐을 싣고 있는 거룻배와 보트들이 즐비하고 물품들이 물 위로 둥둥 떠다녔다. 가만히 보니 가재도구를 실은 거룻배나 보트는 3분의 1에도 못 미쳤는데 어딘가에 버지널[10] 한 쌍이 실려 있었다. ……그리고 바람이 드셌다. 우리는 연기를 느낄 만치 불 가까이 와 있었다. 템스 강 전역이, 바람에 얼굴

10 16, 17세기에 유행한 건반형 현악기.

을 들이밀면 불똥 소나기를 맞고 타버릴 정도였다. ……날이
어두워지면서 모퉁이에서, 첨탑 위에서, 교회와 가옥들 사이사
이에서, 시티 언덕 위로 눈 닿는 데까지, 무시무시한 악마 같은
핏빛 불길이 더욱더 늘어나고 있었다. 그것은 예사로운 불의
멋진 불꽃과는 전혀 달랐다. 바버리와 그녀의 남편은 먼저 가
버렸다. 우리는 어두워질 때까지 그 자리에 머물면서, 불길이
다리 이쪽부터 저쪽까지 완전한 아치 형상을 이루고 언덕을 올
라가 1마일이 넘는 또 하나의 아치를 만드는 것을 지켜보았다.
눈물 없이는 볼 수 없는 광경이었다. 교회와 가옥들이 일제히
불꽃에 휩싸이면서 끔찍한 소리들이 터져 나오고 가옥들이 쩍
쩍 갈라지며 무너져 내렸다. 참담한 마음으로 집에 와 보니 모
두들 화재에 대해 얘기하며 한탄하고 있었다. 피시 스트리트
힐에 집이 있는 가엾은 톰 하터가 타버린 집에서 끄집어낸 물
건 몇 점을 들고 와 있었다. ……우리도 할 수 없이 짐을 꾸리
며 옮길 채비를 했다. 그리고 달빛 아래서(달빛이 환한, 건조하
면서도 포근한 날씨였다) 가재도구의 상당량을 정원으로 끌어
냈다. 나는 홀터와 함께 내 돈과 철 궤짝을 지하 저장실로 옮겼
다(2350파운드쯤 되는 액수였다). 아무래도 그곳이 제일 안전
할 것 같아서였다.

그로부터 며칠 후, 그 끔찍한 재앙을 설명하는 과정에서 페피
스는 자신의 사소한 생활(물론 본인에게는 매우 중요한 일이었겠
지만)도 함께 기록해 놓았다.

우리는 큼직한 질그릇 접시에 담은 튀긴 양고기 가슴 살로
식사를 했다. (비록 난생처음 보는 흉한 모양이었지만) 가족

모두 무척 즐거워했고 사실 식사도 훌륭했다…….

　나는 팬티만 입은 채 처음으로 외로운 잠자리에 들어가 잠을 푹 잤다. 마틴[11]을 찾아갔고, 그녀를 〈상대로 *tout ce que je vourais avec*(내가 하고 싶은 짓)〉를 다 했고, 그리고 술을 마셨다. 저녁을 먹으려고 배편으로 집에 돌아와 보니 볼티 부부가 와 있었다. 식사 후에 나는 볼티와 함께 뎁트퍼드[12]로 내려가 내 물건의 절반 이상을 베잔의 집으로 실어 보냈다. 그러고 나서 집에 돌아와 몰래 백웰[13]을 찾아갈 틈이 났고 거기서 내가 하고 싶은 바를 했다…….

　런던에 대화재가 발생하여 아비규환인 상태에서도, 해결하지 않으면 안 되는 〈삶〉의 욕구가 저 나름의 리듬에 따라 움직이고 있었다. 불에 그슬려 부상당했으나 아직 생명이 남아 있는 한 마리 고양이처럼.

*

　시티는 재로 변했다. 넓은 길과 환풍 및 전기 장치, 광장과 센터를 갖춘 새로운 현대식 도시를 창조할 수 있는 유일한 기회라는 점에서 건축가들에게는 엄청난 기쁨이었겠지만, 그것을 당한 시민들에게는 엄청난 재앙이었다. 마침 그 시절에, 사전에 계획된 것처럼, 영국사상 최고의 건축가가 살고 있었으니 크리스토퍼 렌 경이 바로 그였다. 이 건축의 천재는 하늘이 준 절호의 기회에 뛸 듯이 기뻐하며, 편의 시설을 고루 갖춘 편리한 도시의 설계도

11 페피스의 정부.
12 해군 본부.
13 페피스의 또 다른 정부.

를 불과 며칠 사이에 만들어 냈다. 템스 강 하역 지구에는 엄청난 규모의 창고들을 갖춘 널따란 선창들이 배치되었다. 도시의 중심은 증권 거래소였고 여기를 중심으로 초대형 도로들, 거리, 광장, 똑같은 형태의 널찍한 주택들이 세워질 지구들 등 주요 동맥들이 뻗어 나가게 설계되었다. 공장들은 도시 담장 바깥에 배치되었다. 천 년 고도 런던이 이제 재건축을 눈앞에 두고 있었다.

새 도시를 세운다는 기쁨에 휩싸인 크리스토퍼 경은 설계도를 국왕에게 올렸다. 모든 사람들이 경악하여 그에게 맹공격을 퍼붓기 시작했다. 그들의 논리는 이러했다. 혼돈에 하나의 질서를 부여하여 논리적으로 재정비하려는 것, 혹은 인간이 이처럼 현실에 개입하여 좌지우지하려는 것은 영국의 정서에는 맞지 않는 일이다. 건물이나 도시, 제도는 마치 숲처럼 저절로 성장하고 확장하도록 내버려 두어야 한다. 인간에게는 오직 한 가지 권리만 있다. 도시의 풍물이 성장하는 것을 충실하게 지켜보면서 그것들이 평화롭게, 제 기능에 맞게끔 조정해 주는 것이 그것이다. 영국에서 효력을 부여받은 법규들은 그 하나하나가 다 오랜 기간 말없이 지켜져 오다가 나중에야 제 목소리를 갖게 된 것들이다. 새로운 법이 예전의 법을 폭력으로 폐지하는 경우는 결코 없다. 두 법이 조용히 연결되어 마침내 융합된다. 급작스러운 중단은 존재하지 않는다. 시간이 흐르다 보면 구법은 위축되고 시들어 간다. 언제 어떻게 그렇게 되었는지 아무도 눈치 채지 못하게.

그리하여 영국 국민은 인위적인 질서 부여의 논리를 무시하고 기존의 익숙한 방식대로, 다시 말해 무계획적으로, 자연이 알아서 하도록 내버려 두었다. 그 결과 시티는 예전 그대로의 모습을 유지하게 되었다. 그것은 좁지만 매력적이고 무질서하며 우연의 소산인 듯한 모습이었다. 〈시간〉을 건축가로 모시는 전통을 따르는 가운데 폐허 위에 새 집들이 세워지고 새 길들이 나게 되었다.

사실 따지고 보면 대영 제국의 형성 과정도 바로 그런 방식이었다. 체계적이고 논리적인 프로그램이 있었던 것도 아니고, 어떤 귀재의 착상에 고무된 것도 아니었다. 그저 시험 삼아 암중모색을 했고, 외형상 무관해 보이는 캠페인과 공격들이 산발적으로 발생했다. 가령 경솔하고 비인간적인 종교 박해로 인해 청교도들이 마지못해 북미에 정착했고, 상선들이 도중에 해적선으로 바뀌어 화물을 잔뜩 싣고 지나가는 선박들을 공격한 것 등이 그 좋은 사례이다. 상선의 탈을 쓴 영국의 해적선들은 훗날 외국의 항구들에 상륙하여 요새 못지않게 튼튼한 상업용 창고들을 세웠다. 그러자 군인들이 상인들을 보호한다는 명분으로 무기를 들고 뒤따라 들어와 그 나라를 착취하기 시작했다. 이어 정치인들이 펜과 서류를 들고 도착하면서 결국 이 우연한 상륙은 영구적 점령으로 바뀌었다.

이질적인 것처럼 보이는 이러한 모든 행위들 속에는 하나의 일관성이 항상 있었다. 그것은 행동과 모험과 이익을 추구하려는 욕구, 혹은 번영과 고귀함을 추구하는 영국인 특유의 가장 크고 깊은 필요들을 만족시키고자 하는 욕구였다.

대영 제국은 논리적인 조직이 아니다. 그것은 살아 있는 하나의 유기체이다. 시간이 흐르면서 모체인 벌집에서 다양한 벌 떼들이 분화되었고, 어미의 습성과 욕구를 그대로 물려받은 자식들은 전 세계 바다를 누비며 밀랍을 만들고 스스로 지은 벌집에서 성숙했다. 그리고 마침내 독립했다. 그들은 모체로부터 멀리 떨어져 새로운 기후와 음식, 원지(遠地)의 새로운 환경에 적응할 수 있는 저 나름의 리듬을 지니고 있었다.

그러나 이 민족이 지닌 근본적 관상(觀相)은 결코 사라지지 않았다. 그것은 저 나름의 뉘앙스를 체득하고 새로운 유형을 만들어 냈다. 외양은 오스트레일리아인으로, 로디지아인[14]으로, 북미인으로 변해 갔지만 속살은 여전히 영국인이었다. 그것은 조직되고 계획된 확산이 아니라 자연 발생적인 확산이었다. 이 민족의 단일성이 그처럼 자유롭게, 뿌리 깊게 보존되어 온 이유도 바로 여기에 있다.

*

무역, 정복, 고상한 매너를 바탕으로 하여 대영 제국은 시작되었다. 그것이 제국 창조의 원동력이고 추진력이었다.

어느 날 저녁 큰 청과물 시장과 오페라 극장이 있는 코번트 가든에 나갔던 일이 떠오른다. 가슴을 훤히 드러낸 아름다운 숙녀들이 화려한 가운과 값비싼 모피를 걸치고 분내와 향수 냄새를 풍기며(붉은색, 초록색, 또는 은색의 샌들을 반짝거리며), 썩은 오렌지와 당근, 양배추 찌꺼기들로 뒤덮인 청과물 시장을 활보하고 있었다. 그들은 그날 밤 러시아 발레단의 공연이 있는 오페라 극장 입구 쪽으로 바쁘게 걸어가고 있었다.

설명할 수 없는 원초적 환희가 나를 휘어잡았다. 향수 냄새를 풍기고, 어깨와 가슴을 훤히 드러내고, 무거운 모피 옷을 걸친 이 귀족 부인들은 이 청과물 시장을 재빨리 통과하고 있었다. 그들의 얼굴은 마치 금방 잠에서 깬 듯 혹은 지진, 화재, 전쟁 등을 예상하는 사람처럼 약간 겁에 질린 표정이었다. 그러면서도 그런 청과물 시장의 떠들썩함에 아주 익숙한 분위기를 풍기고 있었다.

귀족 부인과 채소 장수, 신분의 고상함과 밥벌이의 어려움 ―

---

14 로디지아는 짐바브웨의 옛 이름이다.

이론적으로 상극을 이루는 이 두 가지 사항들이 이처럼 효과적으로 협응(協應)하는 곳은 여기 그레이트브리튼 섬을 빼고는 세상 어디에도 없다. 이 나라에서는 전사, 기사, 큰 가문만 귀족 반열에 드는 것이 아니다. 영국의 귀족 계급은 폐쇄적 사회가 아니다. 해적질이나 상업으로 큰 재산을 모은 부르주아들에게도 문호를 개방하고 있다. 따라서 출신에 관계없이 자격을 갖춘 사람은 누구나 귀족이 될 수 있다.

이것은 비단 영국 출신들뿐 아니라 지구 어느 곳, 어느 민족 출신이든 마찬가지다. 이 나라에서는 사람의 출신 성분을 묻지 않고 그 사람의 능력(기술)을 먼저 묻는다. 먼 옛날 정복자 윌리엄이 프랑스의 루앙에서 데려왔던 유대인들은 런던에 정착하여 안락한 삶을 누리고 있다. 그들은 환전상이나 은행가가 되어 왕들에게 돈을 빌려 줄 수 있을 만큼 부유해졌다. 그리하여 장차 그들의 손자와 증손자들이 영국의 금융계를 지배하게 된다.

한편 플랑드르[15]에서 난민 신분으로 건너온 사람들은 영국 토착민들에게 최고 품질의 모직을 직조하는 기술을 가르쳤다. 안트베르펜[16]에서 온 사람들은 유리 녹이는 기술과 날붙이 제조 기술을 가르쳤다. 프랑스에서 박해받다 조국을 떠나온 위그노교도[17]는 금은 세공법과 무기류 및 종이 제작 기술을 전수했다.

영국의 힘을 키울 수 있는 기술을 가진 사람은 누구나 환영받았다. 그리하여 런던 항이 서서히 브루게, 안트베르펜, 로테르담, 제노바는 물론 포르투갈과 스페인의 여러 항구들을 앞지르기 시작했다. 런던 상인들 — 만족할 줄 모르는 실용적 모험가들 —

15 벨기에, 네덜란드 남부, 프랑스 북부에 걸쳐 존재했던 옛 왕국.
16 벨기에의 항구 도시.
17 16, 17세기경 프랑스의 신교도.

은 아시아 깊숙이 박힌 풍요로운 땅들과 북아메리카의 황무지, 아프리카의 미개한 항구들까지 침투했다.

돈을 번 그들은 귀족처럼 차려입고 성을 지었으며, 보다 개화된 나라들에서 새로운 풍습을 수입하여 보다 유쾌하고 안락한 일상을 누렸다. 손으로 음식을 집어 먹던 습관도 고쳤다. 이탈리아에서는 포크를 수입했고, 야만인처럼 술을 마셔 대던 습관도 버렸다. 그들은 웅장하고 귀족적인 연회를 베풀고, 아름다운 그림들로 벽을 장식하고, 그리스 신화에서 주제와 의상을 빌려 온 축제와 무도회와 연극을 즐겼다.

이처럼 귀족 사회의 문호가 개방되어 있었으므로 능력 있는 자는 누구나 그리 들어갔다. 새롭게 귀족 사회에 진출한 자들은 창백한 정맥에 건강한 새 피를 주입했다. 힘에 넘치는 새로운 능력들을 제공하고, 고매하고 케케묵은 고성(古城)에 새로운 흥취를 더했다. 그리하여 영국의 귀족은 여느 나라의 귀족과 달리, 기생충 같은 존재, 장식에 불과한 제도, 사회에 부담만 주는 쓸모없는 존재가 아닌 당당한 세력으로 설 수 있었다. 그들은 영국이라는 토양에서 스스로를 부단히 갱신해 가는 불멸의 세력이 되었다.

귀족층과 상인 계층이 얼마나 우호적인 관계로 공존했는가 하면, 귀족이 영지의 저택을 떠나 런던에 잠시 머물게 되었을 때 〈왕궁 시티〉로 가는 경우가 드물 정도였다. 그들은 신하들이 머무르는 화이트홀과 웨스트민스터로 가지 않고 소란하고 낡은 시티에서 상인들과 함께 지냈다. 이 도도하고 강직한 귀족들은 왕궁에서 멀리 떨어진 상업 지역에서 보다 자유롭게 숨 쉬었다.

이 두 도시 — 국왕의 도시와 상인의 도시 — 는 수백 년에 걸쳐 충돌해 왔다. 전자에게는 엄청난 특권들이 있었다. 쉽게 무제한의 수입을 올리며, 온갖 깃 장식과 검과 말들로 꾸민 화려한 행진을 벌이곤 했다. 후자에게는 담대함과 재간과 불굴의 투지가 있었다. 그들의 부는 고된 노동으로 축적된 것이었다. 상인들은 엄청난 투쟁과 의지와 슬기를 발휘하여 왕궁을 압박했고 하나 둘씩 특권을 따내기 시작했다. 독립 법정, 내부 이견들을 결정할 수 있는 자치 의회, 자체 경찰력, 시티의 빗장을 걸어 잠글 수 있는 열쇠 등이 상인들에게 넘어갔다.

이제 왕실과 상인은 서로를 멸시하지 않았다. 국왕의 도시와 상인들의 도시는 동등한 발판에 서서 각자 나름의 리듬으로 서로를 쳐다보게 되었다. 오늘 밤 무거운 모피와 붉은색, 초록색, 은색의 샌들로 차려입은 귀족 숙녀들이 저렇게나 익숙하고 대담하게, 인상 한번 쓰지 않고 방글방글 웃으며, 저 청과물 시장을 지나갈 수 있는 이유도 바로 거기에 있다.

영국 중앙 은행

옛날에 영웅 펠로피데스[18]가 실용성을 중시하는 친구와 대화를 나누었다. 그 친구는 이렇게 말했다. 「여보게, 펠로피데스, 자네는 정말 훌륭해. 모든 걸 잘 해나가고 있네. 하지만 아주 중요한 것 한 가지를 잊어버렸네. 돈 모으는 것 말일세.」 그러자 그 위대한 영웅이 빙긋이 웃더니 다리 저는 니코데무스를 가리키며 말했다. 「돈이라고 그랬나? 제우스 신에 맹세코, 돈이 필요한 사람은 내가 아니라 바로 저 니코데무스일세!」

펠로피데스의 대답은 영웅에게 무슨 돈이 필요하겠는가 하는 자부심 넘치는 발언이지만 근시안적인 대답이었다. 왜냐하면 장애

18 Pelopides. 고대 그리스 테베의 장군, 정치가.

인은 설사 돈이 있다 해도 크게 성공하고 생을 마치기는 어렵기 때문이다. 거대한 힘이 담겨 있는 협정 가치인 돈이 정말로 필요한 사람이 하나 있으니, 바로 권력가이다. 왜냐하면 오직 그만이 이 물질적 축적을 이용하여 위대한 업적을 달성할 수 있기 때문이다.

나는 금화에 찍힌 세인트 조지[19] 기사의 요새처럼 우뚝 솟은 영국 중앙 은행 앞에 서 있었다. 은행 건물 앞에 서 있으려니, 마치 그 기사가 괴물에 예속된 영국의 마음을 해방시키기 위해 금화들 위로 성큼성큼 걸어 나올 것 같았다.

영국인의 마음을 해방시킨다는 것은 정말 엄청난 사업일 것이다. 예전에 영국의 한 영주가 말했다. 「인간의 마음은 결코 평화로울 수 없다. 자유를 갈망하므로.」 그 마음은 노르만족의 정복 이후 백 년 내지 150년을 끊임없이 잠 못 들고 전전반측하며 기다려 왔다. 그토록 끈기 있게 기다렸던 것은 자신의 시대가 오리라는 것을 알고 있었기 때문이다.

이러한 자유를 위해 최초로 싸운 세력은 시티오브런던이었다. 부르주아는 점점 더 부유해지고 있었다. 세력을 얻은 상인들은 권력과 권리의 신비한 결합에 점차 눈뜨게 되었다. 그들은 특별한 권리를 탐냈다. 금전적 힘은 정치적 힘을 추구했다. 부르주아, 상인, 장인과 그 도제, 수도승 들이 연합하여 공동체를 형성했다. 그들은 이런 식으로 자신들의 힘을 조직해야만 특권을 확보하고 지킬 수 있다는 것을 알았다.

각 공동체는 하나의 병영과도 같았고 구성원들은 빈틈없는 자체 경계를 했다. 지배 계급은 이제 더 이상 제멋대로 세금을 부과하거나 부당한 행위를 할 수 없게 되었다. 이제는 사정이 달라졌

---

19 로마의 순교자이자 영국의 수호성인인 성 게오르기우스. 가터 훈장 목걸이에 악룡을 퇴치하는 모습으로 새겨져 있으며 영국의 화폐에도 새겨졌다.

다. 공동체 전체가 일사불란하게 들고일어날 것을 각오해야 되었다. 지배자들은 격분했다. 「저 빌어먹을 〈공동체〉란 게 대체 뭐야?」 그들은 펄쩍 뛰었다. 「괴상한 물건이다. 뭐라고? 이제 백성들이 사전 합의된 세금이 아니면 돈을 내지 못하겠다고? 우리 지배자들이 예전처럼 좌지우지하는 것은 더 이상 안 된다고?」

그들은 분노했지만 소용없었다. 길드들은 점점 더 부유해지고 세력을 얻어 갔으며, 이 힘은 필연적으로 특권을 낳았다. 이제 귀족들은 길드(직인 조합) 옆으로 밀려나게 되었다. 길드는 독자적인 인감과 문장을 갖추고 조합장을 그들의 〈왕〉으로 모시는 법인체가 되었다. 이러한 길드들은 영주와 마찬가지로 강력한 통치자가 되었다. 그들은 통치를 위해 독자적인 의회인 〈하원〉을 보유했다.

전통적으로는 통치자가 백성들을 심판했다. 그러던 12세기의 어느 날, 땅 문제로 다투던 두 농민에게 통치자가 다음과 같은 판결을 내렸다. 〈둘이 서로 싸워 승리하는 쪽이 땅을 받게 될 것이다.〉 두 사람은 새벽부터 싸움을 시작했다. 지배자인 영주는 넓은 의자 위 푹신푹신한 베개에 몸을 기대고 이 격렬한 싸움을 구경했다. 이윽고 정오가 되었지만 가엾은 농민들은 여전히 치열하게 싸웠다. 그들이 탈진했는데도 통치자는 휴식을 허락하지 않았다. 마침내 농민 하나가 절벽 가장자리 근처에서 고꾸라졌다. 조금만 꿈틀거려도 바로 떨어져 죽을 판이었다. 그의 상대가 문득 연민을 느끼고 그를 감싸 안아 가장자리에서 땅 쪽으로 끌어냈다.

결투를 구경하려고 영주의 발치에 모여들었던 평민들은 가슴이 울컥하는 것을 느꼈다. 그들 내면에서 인간의 존엄에 대한 자각이 솟구쳤다. 자신들을 심판하고 짐승처럼 싸우라고 명하는 영주를 더 이상 묵인할 수 없었다.

그들이 봉기하여 한목소리로 외쳤다.

「오늘부로 우리의 다툼은 우리 스스로 판결하겠습니다!」

「그 권리를 양도하면 나에게 얼마나 주겠느냐?」 영주가 즉각 물어 왔다.

양측은 협약에 도달했다. 평민들은 대가를 치르고 특권을 얻어냈다.

이렇게 하여 평민들은 세인트 조지 금화로 자유를, 다시 말해 특권들을 샀다. 이제 도시들은 독자적인 법정과 군기(軍旗), 교수대를 보유하게 되었다. 평민들이 주도하여 세금을 매기고 징수했으며, 시민들을 무장시키고 병력을 충원했다. 그리고 귀족들이 국왕을 규제하도록 도움을 주었고, 어떤 때는 국왕을 도와 귀족을 치도록 도와주었다. 세력의 균형이 흔들릴 때마다 평민들은 적절히 도움의 칼을 던져 자신들에게 가장 이로운 눈금이 되게 한 뒤 그 균형을 고수했다.

런던은 그 첫 사례가 되었다. 런던 시민들이 부유할수록 국왕은 가난해졌다. 1248년, 궁지에 몰린 헨리 3세가 소장했던 은 접시와 보석들을 팔려고 내놓았을 때 런던이 사들였다. 국왕이 격분하여 소리쳤다. 「만약 로마의 보고(寶庫)가 시장에 매물로 나온다면 분명 이놈의 도시가 사들였으리라! 런던의 광대들이 맥주통에 담아 나를 만큼 엄청난 파운드(금화)를 가졌으니!」

당시 런던은 어떠했는가? 인구는 겨우 3만! 거리마다 쓰레기가 쌓여 악취가 이루 말할 수 없었다. 시장이 포고령을 내려 돼지들이 거리에 나돌아 다니는 것을 금했지만 허사였다. 런던 최초의 공동 우물이 출현한 것은 13세기 이후의 일이었다. 부자들은 맥주를 마셨고 가난한 사람들이나 물을 마셨던 것이다.

환경이 어찌나 불결했던지 전염병이 돌 때마다 사람들이 쓰러져 나갔다. 14세기에는 끔찍하기 짝이 없는 〈흑사병〉이 돌았다. 먼저 아시아에서 시작된 병은 1347년에 키프로스를 덮쳐 쑥대밭으로 만든 다음 그리스, 이탈리아, 북아프리카로 퍼졌고 1348년 1월에는 프랑스까지 올라가 8월에 영국 해협을 건넜다. 모든 나라들이 결딴났다. 죽은 사람들을 묻어 줄 사람조차 살아남지 못한 지역들도 많았다. 영국의 4백만 인구 중에 살아남은 사람은 250만에 불과했다.

때로 〈운명〉의 작용이 아주 미묘하듯이, 이 끔찍한 참사가 대영 제국을 형성하는 주요 요인의 하나로 작용했다. 유린된 마을에서 살아남은 이들은 모두 거액의 재산을 챙겼다. 버려진 지역의 공동 삼림과 들, 목초지를 자기들끼리 나누어 가졌다. 영지를 경작해 줄 일꾼을 찾을 수 없게 된 영주들은 사람들이 원하는 대로 땅을 임대하거나 처분하여 빵 값을 만들었다. 이처럼 뜻밖의 토지를 손에 넣게 된 농민들은 그 땅을 모두 경작할 능력이 없었으므로 양 사육에 뛰어들었다. 그 바람에 양 떼가 엄청나게 불어났다. 영국은 순식간에 다량의 양모를 생산하는 나라가 되었고 그것을 팔기 위해 어쩔 수 없이 해외 시장으로 눈을 돌렸다. 이제 예전처럼 고립된 섬나라로 머물 수 없게 된 것이다. 당장 경제적으로 다른 나라들의 시장이 필요해진 영국은 양모를 운반할 상선들과, 상선을 보호하고 바다를 장악할 군함들을 함께 제작하지 않을 수 없었다. 따라서 그들의 운명은 바다를 장악하느냐 못하느냐에 달려 있었다.

이것이 바로, 흑사병에서 목양의 필요가 생겨나고, 목양이 풍부한 양모를 낳고, 이 풍부한 재화가 상선과 군함들이 탄생하게 된 내력이다. 그리고 이 함대들이 대영 제국을 낳은 것이다!

운명은 단기간 내에 그 모습을 드러내지 않는다. 1시간 단위가 아니라 백 년 단위로 움직인다. 바로 이것이 〈운명〉이 작용하는 미묘한 방식이다. 따라서 아무리 큰 참사라도 재난이라 부를 수 없고 아무리 큰 행복이라도 행복이라 부를 수 없다. 먼 훗날 그것들이 어떤 결과로 이어질지 전혀 예측할 수 없으므로.

페스트(흑사병)는 왔다가 갔다. 그 과정에서 봉건 영주들은 쇠약해지고 평민들은 강성해졌다. 런던 시는 금화를 동원해 갖가지 특권들을 샀다. 그리고 영국의 모든 자치 단체들이 그 선례를 본받아, 국가로부터 자유를 사들였다.

영국인들이 수백 년에 걸쳐 최고의 의무로 생각해 온 것은 단 하나, 오직 자기 자신의 양심에만 복종한다는 것이었다. 여기서 양심이란 외부적 압력이 아니라 내적 압박을 말한다. 개인과 국가의 오랜 싸움에서 유일한 목표는 개인의 자유였다. 즉 개인은 자기 내면의 목소리가 요구하는 법규 외에 어떤 법규에도 복종할 필요가 없다는 뜻이었다.

고대의 철학자 크세노크라테스[20]는 자신을 따르는 젊은이들에게 법률의 명령대로 움직이라고 가르쳤다. 그는 법을 우위에 두었다. 그에 따라 시민은 자신의 의지를 법에 맞추어 나가야 했다. 그러나 영국 국민은 개인의 양심을 우위에 두었다. 법을 만들겠다고? 그렇다면 먼저 그 법이 개인의 양심을 존중하는지 살펴보자. 영국인은 외부의 법규는 모름지기 개인 내부의 입법자에게 비준을 받아야 한다고 생각했다.

이 어려운 싸움에서 런던 시를 비롯해 영국의 모든 도시들에 전능한 맹우이자 보호자가 된 사람이 하나 있었다. 그는 창으로

---

20 Xenocrates. 기원전 4세기 그리스의 철학자.

무장하고 영국 화폐에 걸터앉아 있는 세인트 조지(금전)였다.

이곳 영국 중앙 은행을 수도원 삼아 옥좌에 올라 있는 금빛 머리의 세인트 조지는 지난 수 세기 동안 싸우며 자신이 아끼는 계급을 훌륭하게 보호해 왔다. 이제 부와 힘을 손에 넣었으므로 부르주아 계급은 더 이상 왕에 대한 일방적 예속을 받아들일 수 없었다. 그들은 스스로 해방될 자격이 있다는 확신 아래 국왕을 상대로 특권을 요구하기 시작했다.

부와 자유의 신비로운 관계를 간파했다는 점에서 영국인들은 다른 어떤 국민들보다 훌륭했다. 그들은 가장 당당한 미덕과 고결한 헌신에 대해 금전으로 보상하는 것을 결코 불명예로 보지 않았다. 그들은 이 귀중한 금속으로부터 미덕의 방패가 만들어진다는 것을 잘 알고 있었다.

몇 걸음 더 나가면 탁한 흙빛의 템스 강이 잔잔하게 흘러간다. 꿈에도 생각지 못했던 부(富)를 바다에서 실어 나르며, 꿈에도 생각지 못했던 부를 바다로 다시 내보내며……. 여름날, 몇몇 벌거숭이 사내들이 강둑 위에, 석탄 얼룩진 모래 위에 뒹굴며 수영도 하고, 타르와 빈 궤짝과 깡통들과 더러운 신문지들 사이에서 일광욕도 즐긴다. 목에 붉은 스카프를 두른 청년들이 벤치에 앉아 있었는데, 그들의 눈은 검은 욕망으로 이글거리고 있었다. 그 옆 벤치에서는 쇠약하고 약간 지쳐 보이는, 맥없이 턱이 늘어진 노인들이 눈꺼풀을 늘어뜨린 채 햇볕을 쬐고 있었다. 주점들에서 템스 강 둑 쪽으로 여자들이 사뿐사뿐 쉬지 않고 지나갔다. 여자들은 연한 황갈색으로 머리를 염색했고 쉰 목소리로 말했다.

길 건너편 어느 집 창에서, 노란 모가지의 녹색 앵무새가 고개를 좌우로 흔들며 동그랗고 무심한 눈빛으로 사람들을 바라보고 있었다.

문득 강렬한 소망 하나가 밀려와 칼끝처럼 나를 관통했다. 이렇게 큰 도시를 찾아와, 시간 가는 줄 모르고 시내를 돌아다니며, 탐욕스럽거나 멍청한 무수한 사람들을 쳐다볼 때면, 항상 내 속에서 격렬하게 탄생하는 욕망이 있다. 〈어서 동물원으로 달려가 새와 야생 동물들, 덩치 큰 뱀들을 바라보며 위안을 얻고 싶다.〉

짐승들은 신의 인장(印章)을 인간보다 충실하게 간직하면서 그 신비를 천천히 드러낸다. 짐승들은 놀고 성장하고 전쟁을 치르고, 불가항력의 충동으로 짝짓기를 하고, 자신의 종족이 영원히 죽지 않도록 보살핀 다음(이게 그들이 지상에 온 사명이다), 품위 있게 죽어 간다. 이에 비해, 대부분의 인간들은 증오와 불모와 부조리의 지옥에 빠져 있다. 글도 잘 읽을 줄 모르고 겨우 철자 몇 개나 쓰는 주제에 〈신의 노래〉를 해독하려고 애쓰는 자들이다. 그들은 몇 개의 철자들을 뒤섞어 자신들의 비천한 욕망을 표현하는 음식, 여자, 부(富), 엉성한 논리 등의 단어나 어구들을 만들어 낸다. 그들이 하는 짓이란 졸음 가득한 눈으로 세계 명작을 읽으려는 것이나 마찬가지다. 군데군데 단어가 하나씩 눈에 들어오지만 금세 잠에 빠져 들고 만다.

내가 쇠창살로 둘러싸인 이 무해한 녹색 정글(동물원)을 찾아갔을 때 마침 사자와 호랑이들의 오후 식사 시간이어서 사육사가 두툼한 고깃덩이들을 던져 주고 있었다. 고깃덩이는 욕지기나는 지방질의 냄새를 풍겼다. 그 냄새는 저 먼 옛날의, 말로는 표현하지 못하는 어떤 강렬한 욕구를 환기시켰다. 날고기를 먹어야 겨우 다스려지는 광기와도 같은 생의 욕망. 그것은 인간의 기억보다 훨씬 오래된 동물적 후각이었다.

호랑이나 표범을 유심히 보고 있으면, 벽난로의 불길을 바라보거나 노호하는 바다를 응시할 때 — 혹은 내면 깊은 곳에서 우리 자신의 영혼을 볼 때 — 처럼 신비로운 느낌에 휩싸이게 된다.

알록달록 다채로운 색상의 새와 물고기, 휘어진 골격과 장식적인 무늬의 짐승, 나비, 곤충 들. 이 모든 것들이 피상적이고 낭만적인 영혼들을 조롱하기 위한 도안이다. 그것은 술에 살짝 취한 사람들이 흘낏 엿보게 되는 환상 혹은 자신이 창조한 우주의 일에 약간 싫증을 느낀 창조주의 게으른 공상 같은 것이다. 그러나 호랑이는 가장 묵시적인 피조물이고, 생명의 창조라는 특징을 가장 잘 보여 주는 존재이다. 호랑이는 저 엄청난 창조적 충동의 완벽한 진수이다. 그 충동은 노골적이고, 탐욕스럽고, 교묘하고, 무자비하다. 충동의 힘이 행사되는 방식은 유연하고 우아하면서도 은근히 위험스럽다. 한마디로 말해서 영혼이 움직이는 방식과 동일한 것이다.

만약 영혼을 육안으로 볼 수 있다면 아마도 호랑이처럼 걷고, 호랑이가 먹는 것과 같은 음식 — 고깃덩이 — 을 먹고, 호랑이의 핏발 선 노란 눈으로 사람을 바라볼 것이다. 적도 친구도 아닌 그저 고깃덩이들로 여기면서!

그날 저녁 집으로 돌아와 잠자리에 들어 눈을 감았을 때, 런던의 저 신비로운 수호성인 호아-하카-나카-야의 모습이 눈앞에 떠올랐다. 그 수호성인은 유머와 겸양, 그리고 약간의 슬픈 표정으로 나를 내려다보았다.

그의 굳게 다문 커다란 입술 가장자리가 살짝 벌어지는가 싶더니 가지런한 순백의 뾰족한 치아들이 번득였다. 꼭 호랑이 이빨 같았다. 그러나 슬프지만 눈물 없는 그 눈은 자부심 가득한 인간의 눈빛이었다.

그을음에 찌든 도시들

〈하느님은 지구를 손에 들고 내려다본다. 그분이 어쩌다 한눈을 팔면 지구는 사라질 것이다.〉그리스에서 널리 회자되는 순진한 민담이다. 사람을 울적하게 만드는 영국의 저 소름 끼치는 도시들 — 버밍엄, 리버풀, 맨체스터, 셰필드 — 을 순회하는 내내 그 말이 나를 따라다녔다.

나는 수천 년 전 고대 이집트의 수도 멤피스 앞 교차로에서 다리를 꼰 채 꼼짝 않고 앉아 있던 저 고독한 기록관(記錄官)을 계속 생각하고 있었다. 거대한 악의 도시를 바라보는 그의 커다란 두 눈은 분노와 절망, 놀라움으로 가득하다. 가엾은 인간들이 줄지어 온다. 먹을 것이 부족한 늙은 아버지와 어머니들, 남편에게 버림받은 여인들 등. 기록관은 그들이 원하는 편지들을 쉬지 않고 쓰면서 그들의 비참함에 대해 말한다. 권력자들도 무거운 제 살에 눌려 노예들의 팔에 비스듬히 안긴 채, 나른함과 수많은 입맞춤이 지겨워 어두운 표정을 지으며 그의 앞을 지나간다. 기록관은 눈을 부릅뜨고 보았다. 그의 부르짖음은 바위에 새겨졌다. 〈나는 보았네! 나는 보았네! 나는 보았네!〉

그와 똑같은 눈을 가진 새로운 기록관, 또 하나의 단테가 등장했다. 하지만 이 단테는 신보다 인간을 더 사랑하는 사람으로서 세상의 모든 공장들을 돌아다보고 외치기 시작할 것이다. 무엇을 위해? 인간의 존엄을 위해. 누레진 종잇조각에 인간의 고난을 기록함으로써 그것(인간의 존엄)을 구제하려는 것이다.[1]

만약 기록관이 보지 않고 고발하지 않았다면 이 세상의 불의와 기만은 처벌되지 않고, 미덕은 보상받지 못했을 것이다. 어느 정도 시간이 흐르면 그런 일들은 인간의 기억에서 퇴색되었을 것이다. 그러나 기록관은 마술처럼 단어들을 조합해 시간을 정복했고, 처벌과 보상을 영원한 것으로 만들었다. 문명의 붕괴가 가까이 다가올 때 시간의 파도를 뚫고 올라와 그 위로 떠다니던 사람은 항상 기록관 한 사람뿐이다. 우리의 이 산업화 시대도 심연으로 가라앉기 전에 그와 같은 기록관을 탄생시킬 수 있다면 오죽 좋으랴! 고개 돌리는 곳마다 영원히 기록되어야 할 기만과 비탄들로 가득하니 말이다.

부드럽고 감미로운 말을 잘했던 신비주의자 플로리스의 요아힘에 따르면 인간의 역사는 세 단계를 통과한다. 첫 단계는 〈아버지(법)〉가 지배하고, 두 번째 단계는 〈아들(믿음)〉이, 세 번째 단계는 〈성령(사랑)〉이 지배한다. 그리고 인류는 세 번째인 사랑의 단계로 진입했다고 그는 말했다.

요아힘으로부터 7세기가 흘렀지만 우리는 여전히 사랑의 단계에 들어가지 못했다. 오늘날 우리에게는 법도 믿음도 사랑도 없다. 이 세상은 기계와, 약삭빠르고 냉정한 사람들로 뒤덮인 정글

---

1 카잔차키스는 전쟁 노력을 수행하고 있는 영국의 산업 도시들과 런던을 하나의 지옥 혹은 연옥에 비유하고 있다. 그리고 그것을 기록하는 자신을 단테에 비유하고 있다. 이 책의 뒷부분에 가면 공습을 피해 피신했다가 대피소에서 다시 나오면서 〈다시 별들을 보라〉라는 단테 『신곡』의 연옥 편 마지막 구절이 인용되고 있다.

이다. 사나운 짐승들이 우글대는 어떤 정글보다도 위험한 곳이다. 무엇보다 큰 문제는 각 개인이 자신의 내면 깊숙한 곳에서 이 정글을 감지한다는 것이다. 마치 우리 모두가 사나운 야수인 것처럼, 그 정글에 대하여 어둡고 수치스러운 공범 의식, 불온한 애정을 느끼는 것이다.

버밍엄

〈물질을 비난하지도 칭찬하지도 마라. 인간이 물질을 잘 사용하느냐 잘 사용하지 못하느냐에 따라 그의 물질관이 훌륭한지 혹은 그렇지 못한지를 따져라.〉5세기의 팔라디우스 주교가 한 지혜로운 얘기다. 내가 네 개의 거대한 지옥계(界) ─ 버밍엄, 리버풀, 맨체스터, 셰필드 ─ 를 돌아다니는 동안 마음 깊이 새겼던 말이기도 하다. 나는 깊은 혐오감을 극복하고자, 감탄과 공포감 사이에서 균형을 유지하고자, 눈앞에 와 닿는 모든 것에 의미를 부여하고자 최선을 다했다.

그을음으로 뒤덮인 이 도시들에는 자랑할 만한 고대의 요새나 성, 유서 깊은 교회, 낭만적인 전설 같은 게 없다. 시간이 혈흔의 마술을 남기며 지나간 흔적도 없다. 이 도시들은 모두 새롭게 지어진 것이고 단조롭고 보기 흉하다. 그럼에도 불구하고 이제 순회 여행이 완결된 시점에서 나는 이 도시들이 지옥의 웅장함을 지녔음을 추호도 의심하지 않는다. 그리고 이 점이야말로, 숭배받는 유명한 고대의 도시들이 안겨 주는 낭만적 환희보다 훨씬 더 감동적이라는 생각이 든다. 내가 본 그 공장들, 그을음이 까맣게 덮인 벽, 거리, 사람들의 얼굴, 기름 냄새 나는 공중에서 윙윙 울려 대는 소리들을 생각하면 기묘한 감정과 야릇한 애정으로 마음이 흔들린다.

이것이 우리의 어머니(사랑)가 지니고 있는 현대판 얼굴이다. 주름으로 뒤덮인 그을음투성이의 비통한 얼굴, 이것이 소위 사랑의 시대라는 현대가 보여 주는 얼굴이다. 이 어머니는 값비싼 명품을 떨쳐입고 나선 귀부인보다 훨씬 더 깊이 우리의 마음을 파고든다.

버밍엄에 도착한 날은 일요일이었다. 공장, 가게, 창고, 모든 것이 굳게 잠겨 있었다. 사람들의 얼굴은 비통하고 험상궂었다. 지난주의 노고와, 내일이면 다시 시작될 한 주의 공포가 그대로 서려 있었다. 그 바퀴, 고문의 바퀴, 영원히 순환하는 투쟁. 이것을 불가에서는 법의 바퀴, 즉 법륜(法輪)이라고 하였다. 붓다의 발바닥에 새겨진 법륜은 활짝 핀 한 송이 장미의 모습을 하고 있었다. 하지만 버밍엄 사람들의 발바닥에는 사람의 목을 조이는 올가미 모양의 바퀴가 새겨져 있을지도 모른다.

그날은 햇빛이 반짝였고 그 찬란함이 거리를 평소보다 두세 배 더 흉악스럽게 만들었다. 나는 서둘러 거리들을 통과하여, 숨 돌릴 공기를 찾아 저 유명한 애스턴 공원으로 올라갔다. 금잔화, 제비꽃, 온갖 색조의 꽃들. 나는 그리스의 냄새를 맡았다. 모든 원형(圓形)의 형태들 중에서, 지옥의 심장부에서 피어나는 장미야말로 어쩌면 가장 무자비하고 비인간적인지도 모른다. 목마른 자에게는 가까이 물이 있으되 그것을 마시지 못하는 고통이 더욱 크듯이, 그 아름다운 장미는 저주받은 자들에게 인생이 아주 아름다운 것이 될 수도 있었는데 그렇게 되지 못했음을 상기시켜 주는 것이다.

젊은 여공들은 벌써 아이들을 낳아 어미 노릇을 해야 한다. 서너 살 되어 보이는 금발의 어린 소녀가 컬러 만화가 실린 아동 잡지를 갖고 있었다. 소녀는 작은 손으로 잡지를 들어 나에게 보여 주었다.

「웃겨요!」 아이가 말했다.

우리 둘은 잠시 대화를 나누었다. 나는 소녀의 유치한 영혼에 닿으려고 노력했다. 우리는 깔깔대며 웃었다. 내가 자리를 뜨려 하자 소녀의 입술이 일그러졌다.

「어디로 가요?」 소녀의 목소리는 되바라진 비난의 어조가 깃들어 있었다.

「그리스로.」 내가 소녀에게 대답했다. 「아주 아주 먼 곳이지.」

「안녕! 안녕!」 소녀가 손을 흔들며 소리쳤다.

그 지옥의 도시에서 들어 본 소리 중 가슴을 때리는 것은 그 소녀의 목소리뿐이었다.

나는 전원을 향해 출발하여, 한없이 사랑스럽고 부드러운 영국의 풀밭 속으로 들어갔다. 잘 빗어 넘긴 금발에, 흰 셔츠와 회색의 플란넬 바지로 차려입은 노동자들이 마치 왕자들처럼 골프와 테니스를 즐기고 있었다. 저들이 잠시나마 자신의 운명을 잊을 수 있는 곳, 인생의 법률을 멈추게 할 수 있는 곳이 여기 전원 외에 또 어디 있으랴.

영국의 노동자는 자기 주인들처럼 논다. 속물근성[2]은 항상 약간 우스꽝스럽고 천박하게 마련인데, 여기 영국에서는 그것이 대단한 사회적 미덕으로 격상되어, 초라하고 품위 없는 사람들에게도 자신이 마치 귀족이 된 듯한 기쁨을 부여한다.

영국 노동자들은 주말을 제왕처럼 보내기 위해 일주일 내내 저

2 사회적 상류 계급이 아니면서 그 계급의 사람들을 노골적으로 모방하는 근성.

축한다. 전원으로 나가 신사들처럼 깨끗한 차림으로 테니스와 골프를 즐기기 위해 1년 내내 돈을 모은다. 고개 들어 상류 계층을 올려다보며 거리낌 없이 모방한다, 마치 자신이 상류 계급이기라도 한 것처럼. 그는 본능적으로 자신도 신사라고 생각하기 때문에, 이런 즐거움들이 자신에게도 어울린다고 생각한다. 그러한 즐거움들은 그가 진정으로 소유한 것이며 그의 영혼의 욕구이기도 하다. 다만 그 즐거움을 일상적으로 누릴 시간이 없다는 점에서 상류 계층과 다를 뿐이다. 그는 일주일에 하루, 1년에 한 달만 귀족 같은 즐거움을 만끽한다.

영국 사람들은 자연스럽게 귀족 노릇을 할 줄 안다. 이 나라에서 속물근성이 단순한 흉내 이상의 것이 될 수 있는 이유도 거기에 있다. 엄밀히 말해서, 이러한 속물근성을 모방이라곤 할 수 없다. 영국의 노동자는 부유층이 하는 대로 따라 하면서, 자신의 내면적 욕구가 부유층의 그것과 일치한다고 생각하고, 거기서 진정한 만족을 발견한다. 영국 사회의 진보는 모두 이런 식으로 발전해 왔다. 모든 것이 상위 계층에서 하위 계층으로, 물 흐르듯 자연스럽고 성숙한 방식으로 흘러내린다.

영국의 사회적 모델은 누구에게나 개방된 인도적인 모델이다. 정신적으로나 사회적으로 지나치게 힘든 재주를 부리지 않아도 충분히 실현할 수 있는 모델이다. 신사가 되는 데 대단한 교육이나 부와 연줄은 필요치 않다. 훌륭한 인품에 적절한 연공서열만 쌓는다면 누구나 신사가 될 수 있다. 영국인은 자신이 이러한 조건들을 충족시킬 수 있다고 생각한다. 아니, 〈벌써 예전에〉 그렇게 생각하지 않았던가? 현재 그러한 생각을 하고 있는지 아니면 과거에 이미 그런 생각을 했는지는, 오늘날의 끔찍한 시련이 곧 알려 줄 것이다. 이 시련을 잘 견딘다면 그들은 모두 신사가 되어 있을 터였다.

내가 도시로 되돌아왔을 때는 저녁 시간이었다. 어디선가 트럼펫과 북 소리가 나기에 달려갔다. 무시무시한 청색 의상에 꼴사나운 모자를 쓰고 빨간 리본을 단 차림새의 남녀 구세군들이 어느 주점 앞에 둥글게 모여 서서 고래고래 찬송가를 부르고 있었다.

금주와 극기심과 선행을 요구하는 이 기묘한 군대는 영국 방방곡곡에서 필사적인 전투를 벌인다. 술꾼과 범죄자, 방탕한 여자들을 구하기 위해 군대식으로 성큼성큼 나선다. 사람들을 전향시키기 위해 감성에 호소하는 노래들, 나름대로 창안한 춤, 고래고래 외쳐 대는 구호, 북소리 같은 조잡하고 화려한 기법을 쓴다. 그들은 아주 아득한 원시 시대에 횡행했던 마술적 수법을 되살려 내 구사하면서, 인간의 광기를 다스리려고 애쓴다.

그리고 그들은 위대한 승리를 일궈 냈다. 병원과 야간 보호소를 세우고, 서민 전용 매점과 수공예품 강습장을 열고, 교도소에 들어가 설교했다. 공동으로 일하고 놀고 소풍 가는 대중 집단을 조직했다. 빈곤층 소녀들과 거리의 여자들, 알코올 중독자들도 돌본다.

나는 영국에서 끈기와 온정이 일궈 낸 이 같은 기적들을 일상적으로 볼 수 있었다. 그러나 내가 원했던 바는 아니었지만 이 자선 활동이 황당무계하게도 약간 우습게 느껴졌다. 정신적으로 짜증스러웠을 뿐 아니라 온몸으로 반감을 느꼈다. 자랑삼아 드러내는 미덕, 비인간적인 광신 등이 거북했다. 문득 저 고대의 기독교인이 말했던 지극히 건전한 충고가 떠올랐다. 〈열병에 들떠 물을 마시느니 차분히 포도주를 마시는 편이 낫다.〉 그리하여 허리를 숙이며 주점 문간을 통과한 나는, 세상 알 바 아니란 듯 마시고 피워 대는 선량하고 다정한 술꾼들을 보자 반가운 생각마저 들었다. 흐려진 그들의 눈이, 바깥에서 외쳐 대는 청색 복장의 수다쟁이들(구세군들)을 조롱하듯 뜯어보고 있었다.

사람의 영혼에서 불완전한 것을 모조리 빼내 버리면 그 영혼은 뒤틀리고 시들게 되어 있다. 지상으로부터 그 영혼에 자양분을 공급해 주는 어떤 뿌리들 — 어쩌면 이것들이야말로 가장 깊은 뿌리인지도 모른다 — 이 잘려 버리기 때문이다. 바로 이런 것들이 사람에게 살아갈 힘을, 일상의 부패와 죽음으로 이루어지는 저 불쾌한 쇼를 참아 낼 힘을 준다. 영국인은 여전히 강하다. 그래서 몇 가지 야만적인 결점을 고수하는 사치를 즐긴다. 모든 악에서 스스로를 해방시킬 수 있는 것은 시들어 버린 사람들, 특히 완전히 시든 사람들 — 다시 말해 죽은 이들 — 밖에 없다.

그 이튿날인 월요일 아침, 나는 일찌감치 다시 거리로 나섰다. 다행히도 그날은 해가 나오지 않았다. 짙은 안개가 내려앉아 시내의 벽들을 가리고 도시의 추악한 것들을 숨겼다. 도시는 다시 신비로운 상징들이 포진한 형상으로, 북방 정토의 모습으로 변해 있었고 적막한 서릿발 속에서 사람들의 눈은 반짝거렸다. 모든 것을 사정없이 발가벗기며 강렬한 햇빛이 쩅쩅 내리쬐는 섬에서 태어난 사람이 볼 때, 이 안개의 베일에 가린 날씨는 은근한 고상함과 신비스러움을 발산했다.

안개가 감싸 주는 가운데, 손에 작은 보따리 — 점심 도시락 — 를 든 남녀 노동자 무리들이 종종걸음 치며 높이 솟은 시커먼 문 뒤로 사라졌다. 그 공장들에서 12세기 프랑크족의 한 많은 노래 — 사람의 가슴을 죄는 만가 — 가 솟아오르는 것 같았다.

우리는 남을 위해 비단옷을 짜고

입기는 항상 누더기를 입는다네.
우리는 항상 찌든 가난 속에 썩어 가고
굶주려 죽는다네!

이 공장 저 공장 떠도는 사이, 심장이 조여 오는 느낌이 점점 더 강해졌다. 〈즐거운 영국〉이 더 이상 즐겁지 않았다. 운명의 바퀴가 탄력을 받아 움직였고 아무도 그것을 말리지 못했다. 장인들이 조합을 이루어 작업하던 중세의 저 가족적이고 소박한 조직은 사라졌다. 공장들이 확산되면서 길드들은 자취를 감추었다.

가난에 사로잡힌 수많은 노동자들이 자본을 가진 소수 고용주들의 착취에 종속되는 현상이 더욱더 심화되었다. 이와 병행하여 영국의 인구도 크게 증가했다. 새로운 시장들이 열렸다. 기계들은 더욱더 완벽해지면서 다량의 원자재가 필요한 상황을 낳았다. 인간의 손은 폐기 처분되었다. 인력은 처음에는 증기로, 나중에는 전기라는 신비한 동력으로 대체되었다. 운송 방식도 더욱더 효율적으로 끊임없이 발전했다. 말과 경마차 대신 철도와 자동차가 등장했고, 범선 대신 기선들이 등장했다. 도시가 마을을 집어삼키면서 마을 주민들은 사라지기 시작했다.

길드 중심의 상술과 낡은 경제 이론은 한 편으로 밀려났다. 누구나 정부의 간섭을 받지 않고 독자적으로 움직여, 원하는 품목을 원하는 양만큼 자유롭게 생산하게 되었다. 자기 제품을 소화해 줄 시장은 늘 있었다. 은행이 급격히 늘어났다. 엄청난 재산들이 쌓였다. 엄청난 부를 거머쥔 신흥 기업가들이 전원의 유서 깊은 귀족 계급을 대체했다. 영국의 얼굴이 바뀌었다. 녹색 풀빛은 사라지고 그 자리에 석탄 같은 검정이 들어섰다.

기계의 승리였다. 황당한 희망과 순진한 낙관주의의 부추김을 받은 19세기의 인류는 쇠로 만들어진 새로운 노예(기계)들을 확보하는 데 혈안이 되었고 맹목적으로 내달리면서 물질을 정복하고자 했다. 청년들은 물질을 정복하는 것이 행복을 얻는 첩경이라 믿었고, 그들 중 엘리트들은 물질 정복이 곧 영혼의 획득이라고 믿었다.

그러나 이것은 잘못된 생각이다. 물질계의 비인간적인 법칙들을 따뜻한 영혼의 법칙으로 대체하고자 벌이는 영원한 싸움이야말로 인류의 숭고함의 표상인 까닭이다. 인간은 자신의 심상과 형상으로 창조된, 아주 인간적인 이상들을 빚어냈다. 바로 정의, 평등, 전 인류의 행복이다. 그러나 슬프게도 기계의 정글이 인간의 하늘과 땅이 되어 버렸고 이 정글은 불의, 불평등, 소수의 행복 등의 다른 법칙에 의해 지배된다. 게다가 이 정글이 제공해 주는 덧없는 행복마저 스치듯 다가와서는 섬광처럼 사라져 버린다.

그리하여 인간은 여전히 물질계의 법칙과 싸운다. 그 법칙에 서명하지도, 법칙을 받아들이지도 않으려 한다. 인간은 이 세계를 자신의 영혼보다 열등한 것으로 보는데, 사실이 그렇기도 하다. 따라서 그는 자신의 존재에 합당한 자기 나름의 세계를 창조하고 싶어 한다.

그러나 기계의 정글에 적응한 타산적이고 부유한 사람들은 이런 세계의 창조에 저항한다. 〈우리는 이미 좋은 곳에 와 있다. 세상은 훌륭하다. 파괴하지 말라〉고 외친다. 하지만 자신의 내면에 활활 타오르는 불꽃을 지니고 있는 사람들은 부자들의 이런 주장에 신경 쓰지 않는다. 그 불꽃은 언제나 그렇지만 부자들과 잘 지낸 적이 없었다. 그 불꽃은 사람들 사이로 재빨리 달려가는 나그네 같은 존재이다. 그는 비록 굶주리고 목마르지만 사막에서 시원한 오아시스의 신기루 — 정의, 평등, 행복 — 를 보았으므로 그 목표를 향해 끊임없이 달려간다.

나그네는 어서 빨리 목표에 도착하려고 조급해한다. 지금까지 그를 끌어 준 말들의 속도가 참을 수 없을 만큼 더딘 것처럼 느껴진다. 그러나 앞에서 이미 말했듯, 그는 급하다. 그리하여 그는 강철로 새 말들을 만들어 대륙과 바다와 하늘을 가로질러 갔다. 대륙과 바다의 길이와 깊이가 축소되었다. 보이지 않는 두꺼운 전선들이 하늘 곳곳으로 뻗어 나갔고 인간의 생각은 마치 전류처럼 물밀듯 그 전선들 속으로 빨려 들어가 신속한 의사소통에 이바지했다.

기계의 목적은 인간의 정신이 훨훨 날아오를 수 있도록 수단을 제공하는 것이다. 그러니까 기계라는 수단은 한가한 공상이나 공허한 백일몽을 밀어내고 보다 실용적인 목적을 추구하도록 해주는 것이다. 기계에도 백일몽적인 요소가 있으나 그것은 어디까지나 일상생활에 단단히 연결되어 있는 백일몽인 것이다. 기계는 인간의 경제적 삶을 훨씬 더 안락하게 만들고, 그런 경제적 안락 덕분에 인간은 생활고에 매이지 않고 자유 시간과 생활의 여유를 한결 더 누리게 될 터였다.

그러나 우리가 악몽에서 흔히 겪는 일이지만, 하인인 기계가 서서히 주인(인간)의 머리 꼭대기 위로 기어오르기 시작했다. 기계가 출현하면서 불의와 불평등과 고통이 늘어났다. 버밍엄 같은 도시들이 생겨나 대기와 인간의 내면을 재로 덮기 시작했다. 기하학적으로 설계된 이 끔찍하고 단조로운 거리들, 전신주로 들어찬 가로(街路)들, 그을음으로 더럽혀진 인간의 얼굴들을 보라.

우리는 정의와 환희를 목표로 철마(鐵馬, 기계)들을 몰았지만 말들은 정반대 쪽 길을 택했다. 우리는 기계의 방식을 따라갔고 기계가 하자는 대로 했다. 어쩌면 고대 아게실라이움의 아르키다

116

모스가 옳았는지 모른다. 인간들이 직접 성 위로 기어 올라가는 방식을 일거에 철폐시킨 최고의 공성 기계 — 투석기 — 가 시칠리아에서 도착한 것을 보고 절망적으로 소리쳤던 이가 바로 그였다. 「오, 헤라클레스여.」 그는 절규했다. 「인간의 가치는 사라졌나이다. 이제 기계가 대신하게 되었나이다.」

누가 예상이나 했겠는가. 인간의 영혼이 이처럼 능력을 압수당하여 한심한 존재로 전락할 줄은. 인간의 영혼이 원군으로 삼고자 불러들인 이 외래 병력(기계)이 일정한 힘을 넘어서게 되면 영혼은 기계를 자신이 원하는 방향으로 몰 수 있는 능력을 상실한다. 오히려 영혼이 기계의 수중에 들어가게 된다. 영혼의 노예 혹은 부하가 오히려 주인으로 뒤바뀌는 것이다.

우리는 어떻게 하면 예속 상태에서 해방될 수 있을 것인가? 가장 처절한 절망의 상태에 이르면, 인간은 설명하기 어려운 기묘한 내적 기쁨을 느낀다. 마치 내면의 어떤 존재가 승리를 확신하기라도 하는 것처럼. 위험이 클수록, 또 승리하기가 어려울수록 그런 위험을 돌파한 인간의 가치는 더 커진다. 마찬가지로 기쁨도 더 커진다. 나는 버밍엄을 돌아다니며 기계와 공장들을 보았고, 아이들의 깡마르고 쇠약한 정강이뼈와 서글픈 미소를 보았으며, 노동자 계급의 어둡고 눅눅한 창들에 걸려 있는 누더기 옷가지들을 보았다. 나는 그 더러움과 지저분함에 고귀함과 의미를 부여하고자, 절망에 빠진 사람들을 위해 희망을 발견하고자, 오늘날의 끔찍한 상황이 더 나은 미래를 위한 예고편이라고 생각하면서 그것을 기쁨으로 변화시키고자, 내게 있는 모든 힘을 쏟았다. 우리가 세상을 바꿀 순 없으니 세상을 보는 눈이라도 바꾸자!

버밍엄 주변을 배회하는 꼬박 사흘 동안 내 눈은 의식적으로 그렇게 했다. 아마 무의식적으로 그렇게 했을 것이다. 어느 날 저

녘 여공들이 직장에서 퇴근할 때 나는 그중에서 한 어린 소녀를 보았다. 투명한 무명 윗도리 안에서 희망에 부풀어 부드럽게 오르내리던 그녀의 가슴! 젖을 담고 매달려 있는 저 유방에 영국의 미래가, 세계의 미래가 달려 있었다. 그러고 보니, 〈정신 *spirit*〉을 뜻하는 그리스 단어가 중성(中性) 명사라는 게 참으로 안타깝다. 만약 그것이 여성 명사였다면 우리는 제대로 된 〈거룩한 삼위일체〉³를 가질 수 있었을 것이다. 〈아버지, 어머니, 아들〉, 이것이야말로 지극히 인간적이고 그 어떤 종교 교리보다도 심원한 〈삼위일체〉가 아니겠는가.

리버풀

리버풀은 버밍엄보다 더 끔찍한 도시이다. 영국 제2의 항구이자 유럽 제1의 목화 시장. 부두의 창고들이 세계에서 가장 〈아름다운〉 선창을 만든다. 이 현대적으로 잘 조직되어 있는 부두 너머로 무수히 서 있는 장엄한 원주 기둥 건물들에서 뜻밖에도 불멸의 그리스적 조화와 맞닥뜨리게 된다. 그러나 획일적으로 끝없이 줄지어 있는 연기에 찌든 벽돌 가옥들은 참으로 을씨년스러운 풍경이다. 매력을 상실한 거리와 웃음기 없는 행인들의 얼굴도 을씨년스럽기는 마찬가지이다.

버밍엄에서도 그랬지만 여기서도 개미들처럼 종종걸음 치는 사람들을 보노라면 공포가 엄습해 온다. 증권 거래소에서 타자기 앞에 웅크리고 앉아 전보를 치고 전화를 걸고 격앙된 목소리로 고함을 지르고 하는 사람들은 메마르다 못해, 마치 최면에 의해

---

3 하느님, 성령, 예수를 일체로 보는 것. 여기서는 정신을 성령과 같은 의미로 보고 있다.

억지로 정신 집중 상태에 빠져 있는 사람들처럼 엄숙하기까지 하다. 문득 비극적인 경외감이 사람의 가슴을 사로잡는다. 그것은 저 고대의 비극이 만들어 내는 것보다 훨씬 더 절망적인 상황이다. 왜냐하면 여기에는 카타르시스가 없으니까. 완벽한 서사적 형식으로 저 끔찍한 현상에 불을 밝혀 줄 위대한 시인조차 없으니까.

내 마음은, 아직 기계화되지 않고 인간의 정신이 기조를 이루었던 중세 영국의 저 목가적인 경제생활로 되돌아갔다. 제화업자, 정육업자, 어부, 장인, 이러한 집단들은 저마다 독특한 생활 방식이 있었다. 그 시절에는 경쟁이나 자유 교역이 존재하지 않았다. 이익을 남길 목적으로 물건을 사고팔 수 없었다. 길드의 구성원은 제품을 하나 살 경우, 아무런 이익도 남기지 못하고 그 물건을 길드의 동료들과 공유해야 했다.

소매 행위는 허용되지 않았다. 영리를 위해 일할 권리도 없었으며, 제품을 사전에 대량 사놓았다가 수요를 보아 가며 파는 일도 불가능했다. 수요 공급의 법칙이 작용하지 않았다. 소비자가 생산자와 직접 접촉했으므로 생계비는 최저 수준이었다. 고객을 속이려 들었다가는 큰 화를 당했다! 만약 정육업자가 상한 고기를 팔면 사람들이 달려와 그의 면전에서 고기를 불태워 그 악취를 모조리 들이마시게 하는 식으로 응징했다. 쉬어 빠진 포도주를 판 주점 주인은 그 술에 머리를 푹 담그는 벌을 받았다.

외국 상인들은 영국에서 자유롭게 가게를 열고 물건을 팔 수도 없었다. 지정된 장소에 감금되다시피 틀어박혀 지정된 시간에 교역을 했다. 독일인들은 금속과 양모를 가져가고, 먼 이국의 도시들 — 키예프, 노브고로드, 트라브존, 바그다드 — 에서 구해 온 비단과 향신료, 보석 따위를 들여왔다. 플랑드르 사람들은 귀중한 직물과 레이스를 가져왔고 베네치아인들은 벨벳과 유리 제품을, 그리스인들은 건포도와 아몬드를 들여왔다. 그 시절의 교역에는 신생 시장의 소박하기 그지없는 기품이 담겨 있었다. 제법 규모가 큰 장이 서면 원매자와 외국 상인들이 한데 뒤섞여 대화하고 다투고 마시다 취하는 일이 다반사였고, 사람들은 주점에 앉아 외국 상인들의 얘기를 들으며 먼 나라로의 여행을 즐겼다.

그러나 시간은 아름다운 것을 숭배할 줄 모른다. 시간이 역사의 어느 순간을 향해 이렇게 말하는 법은 결코 없다. 〈멈춰라, 너는 너무나 아름답구나!〉 시간은 서둘러 이 순간에서 다음 순간으로 흘러간다. 그리하여 매혹적인 거리들과 원시적인 교역 방식과 아름다운 축제들은 시간에 의해 사라졌다. 시간은 소박한 장인과 소상인들까지 사라지게 만들고 새로운 괴물을 영국에 들여왔으니, 이름하여 자본주의였다.

이 커다란 변화는 예기치 못한 길로 통과하여 도착했다. 그때까지만 해도 영국은 양모를 해외에 내다 팔고 플랑드르에서 값비싼 직물들을 수입하고 있었다. 영국의 장인들은 직물의 직조법을 알지 못했던 것이다. 플랑드르 사람들은 그 비밀 기술을 철저하게 보안 유지했다. 그러나 14세기에 갑자기 플랑드르 직조공들과 그 주인들이 전쟁에 참전하여 패하고 말았다. 그들은 영국에서 피난처를 구했다. 추적자들에 쫓겨 다급하게 영국으로 들어온 이 난민들이 영국 역사에 일대 파란을 일으키게 되리라고 당시 누가 짐작이나 했겠는가?

영국 왕 에드워드 3세는 그들의 도착이 엄청난 파란을 가져왔다는 것을 즉시 알아보았다. 1337년 그는 다음과 같은 포고령을 발표했다. 〈앞으로는 영국에서 양모를 수출하는 행위를 금한다. 직물을 수입하는 것도 허용되지 않는다.〉 그의 왕국은 이제 일급

장인들을 소유하게 되었다. 그들은 플랑드르 직조법의 기밀을 모조리 알고 있었다. 그때부터 그들은 영국산 양모로 귀중한 모직을 짤 수 있었고 자신들의 저 유명한 기술을 영국인들에게도 전수했다.

이제 모든 상황이 영국의 국운에 도움을 주는 것 같았다. 10년 후, 저 유명한 흑사병이 역사의 발전에 개입했다. 궁핍해진 영주들이 영지를 임대하거나 공공연하게 내다 팔았다는 것은 앞에서 이미 살펴보았다. 토지를 얻은 농민들은 경작할 시간이 부족하여 상당량의 토지를 가축 방목지로 바꿨다. 그리하여 법의 보호를 받던 플랑드르 난민들은 왕실의 보호 아래 풍부한 원료를 확보할 수 있었고 자연스럽게 양모 생산이 증대했다.

직물 산업에 일대 혼란이 벌어졌고 수많은 길드도 그 혼란을 겪었다. 그전까지는 단 한 필의 모직을 짜더라도 15개의 길드를 거쳐야 했다. 양모 정제 관련 규정에 따라 이 길드들이 각 공정을 수행해야만 완제품이 탄생되게끔 되어 있었다. 따라서 어떤 주문이 들어오더라도 이 15개 길드가 만장일치로 동의해야만 작업에 들어갈 수 있었다.

하지만 이처럼 한가한 시스템이 이루어지기란 불가능했다. 작업이 몇몇 사람의 손에 집중되기 시작했다. 직조 기술 보유자가 밀려나고 기업가가 등장하여 도심으로부터 멀리 떨어진 곳에 직물 공장들을 지었다. 그리고 곧 전권을 가진 한 사람 밑에서 수백 명의 사람들이 일을 하는 산업 체제가 생겨났다.

이제 전통적인 부의 분배에 기초해 있던, 매력적이지만 느려터진 중세 시대는 종말을 고하게 되었다. 기업주의가 탄생했다. 조야한 기계들이 보이지 않는 손(시장의 힘)에 의해 최초로 가동되었다. 여자들이 집 안에서 손으로 조작하는 원시적인 도구로 직물을 짜던 풍경은 사라졌다. 기계류는 발전을 거듭했고, 지렛대와 도르래가 움직이기 시작했다.

농민, 양목업자, 기술자, 상인 등 영국인들은 점차 부유해졌다. 더불어 생활수준도 높아졌다. 귀족들은 지위에 심각한 침해를 당했고 불평불만의 목소리가 높아졌다. 한 영주는 이렇게 호통을 쳤다. 〈내가 한창때만 해도 농노들은 밀가루 빵은 구경도 못했다. 그들은 콩과 보리를 먹었고 물만 마셨다. 그들에게는 그런 세계가 당연하고 마땅했다. 제멋대로 풀어놓으면 아주 끔찍해지는 것이 세 가지 있는데, 홍수와 화재, 가난한 인간이 그것이다. 도대체 세상일이 어떻게 돌아가고 있는 것인가. 노동이 의무였던 평민들이 고개를 쳐들고 영주들보다 더 좋은 것을 먹으려 들다니!〉

모든 계급들이 부유해졌다. 너나없이 국산 모직물로 잘 차려입고 열심히 일하고 잘 먹으며 힘을 얻게 되자 거만해져서 다른 나라들을 경멸하게 되었다. 그들은 다른 나라 국민들의 궁핍을 조소했다. 〈저 나라 농민들은 물만 마시고 사과와 호밀 빵밖에 먹지 못하며, 귀족이나 상인들이 도축한 가축의 내장, 머리, 비곗덩어리 정도나 어쩌다 한 번 맛볼 뿐 살코기는 입에 대보지도 못한다.〉

영국민은 남의 나라 법에 대해서도 경멸하는 태도를 감추지 않았다. 〈영국의 법을 어떻게 우월하지 않다 할 수 있으랴? 영국의 법은 군주 한 사람이 아니라 왕국에서 가장 뛰어난 평민들에 의해 만들어진다. 영국에서는 평민들이 권력을 갖고 있어서, 정치 조직의 우두머리를 비롯한 모든 부위로 피(권력)를 보내 준다. 우리 영국인들은 직접 동의한 세금 말고는 어떤 세금도 물지 않으며, 공식 법정 외에 어느 누구도 우리를 재판하지 못한다. 영국 왕은 사람을 부대 자루에 담아 센 강에 던져 버리는 따위의 만행을 저지르지 않는다.〉

직조공과 염색공은 부(富)의 표상이었다. 돈 많은 기술자와 상인들이 하급 귀족들과 뒤섞이면서 막강한 힘을 가진 〈평민들의 집〉인 하원을 구성하는 데 성공했다. 또한 평민들은 각자 무기를 휴대하고 있어서 국가 비상시에는 즉각 군인으로 변신했다.

영국은 고유의 리듬에 따라 서서히, 그러나 확실하게, 정치적으로 사회적으로 경제적으로 바뀌어 가고 있었다. 그러자 상당히 난해한 문제들이 대두되었다. 우선, 상인과 기업가들이 무제한의 투기를 일삼으며 무자비하게 부를 축적했다. 그렇게 부자가 된 그들은 사치스럽게 차려입고 사치스러운 연회를 베풀고, 왕들에게 돈을 빌려 주고, 각종 전쟁 비용을 조달하고, 정치에 간섭하면서 국가 권력에서 주된 세력으로 부상하기 시작했다.

그와 동시에, 새로운 세력이 생활고와 착취를 견디지 못하고 일어나 주인들을 위협했으니 노동 계급이 바로 그들이었다. 이 계급은 수적으로 확대 일로에 있었다. 이질적인 구성원들의 혼잡한 집합체였던 그들은 서서히 조직을 정비하며 자신의 힘을 자각하게 되었고, 마침내 고개를 들고 권리를 요구하게 되었다.

14세기 말을 기점으로, 정의와 평등을 소리 높여 부르짖는 경고들이 영국에서 메아리치기 시작했다. 존 볼이라는 사제는 주일날 교회 미사가 파하면 남녀 교구민들을 이끌고 공동묘지로 향해 거기에서 사회 개혁을 주장하는 불뿜는 연설을 하곤 했다.

선량한 대중 여러분, 작금의 상황은 어렵습니다. 공공의 재산을 마련하여 가난한 사람들을 도와주지 않는 한, 또 누구는 노예이고 누구는 주인이어서 신분상의 불공평이 존재하는 한, 영국의 상황은 결코 좋아지지 않을 것입니다. 우리가 왜 주인들을 떠받들어야 합니까? 그들이 우리보다 나은 게 뭐가 있습니까? 우리는 모두 아담이라는 한 아버지와, 하와라는 한 어머니의 자손들입니다.

아담이 밭을 갈고 하와가 길쌈을 할 때,

그때 누가 귀족이었습니까?

그런데 왜 이러한 불평등과 불의가 존재하게 되었습니까? 우리는 씨를 뿌리고 그들은 수확합니다. 우리는 누더기를 걸치고 그들은 벨벳을 입습니다. 그들이 포도주와 향신료와 밀빵을 먹을 때 우리는 호밀과 밀기울과 건초를 먹고 물만 마십니다. 그들은 고대광실에서 살고 우리는 비바람도 못 가리는 움막에서 삽니다. 우리 모두 왕을 찾아갑시다. 그에게 우리의 비통함을 전합시다. 이러한 불의가 중단되기를 원한다고 왕에게 고합시다!」

크레타 섬에 내려오는 멋진 속담이 하나 있다. 〈신이여, 부자에게는 건강의 축복을 허락하지 마시고 가난한 사람에게는 생각하는 능력을 허락하지 마소서.〉 이 속담을 들려준 농부에게 물어보았다. 왜 가난한 사람에게 생각할 능력을, 반항하는 힘을 주어서는 안 된다는 거냐? 농부가 대답했다. 「왜냐하면 그가 세상을 다 삼켜 버릴 테니까!」

그러나 영국에서는 사정이 달랐다. 부자들도 건강하고, 가난한 사람들도 생각할 능력을 가졌다. 부자와 빈자의 충돌은 엄청났다. 국왕의 사람들이 세금을 징수하려고 마을로 들어오자 격분한 농민들이 그들을 두들겨 팬 다음 멀리 내쫓았다. 교회 종루에서 울려 퍼지는 종소리가 항거의 신호탄이 되었다. 「존 볼이 여러분을 반긴다! 모두 일어서라!」 농민들이 봇물같이 밀려 나와 귀족들의 고대광실을 불태우고 관리들을 살해하면서 도시들로 진격했다. 겁에 질린 귀족들은 숲 속으로 달아났다.

이 마을에서 저 마을로, 도시에서 도시로, 농민과 노동자와 걸인 들이 도끼와 녹슨 검과 화살도 별로 없는 낡은 활들로 무장하고 함성을 지르며 진격했다. 이윽고 그들은 런던에 도착했다. 아직 어린 아이였던 국왕 리처드 2세는 충직한 추종자들과 함께 런던탑으로 숨었다. 거리마다 반항의 무리들로 넘쳐났다. 그들은 옥문을 열어 농노들을 풀어 주고, 약탈과 살인을 자행했다. 부잣집에 불을 지르고, 외국인이라는 이유로 플랑드르 출신 장인들을 수백 명 살육했다. 많은 평민들이 이 반항의 무리에 가담했다. 런던이 그들의 수중에 떨어질 정도로 위태로웠다.

그때 어린 국왕이 탑에서 모습을 드러냈다. 그는 템스 강에 띄운 배에서 반항의 무리들에게 연설을 한 다음, 수도 외곽의 목초지로 그들을 모이게 했다. 그리고 30명의 서기들을 불러 왕이 빈민들에게 하사하는 특권의 내용을 받아 적게 했다. 왕이 그 문서에 옥새를 찍어 건네주자 반도들은 만족해하며 기꺼이 해산했다.

그러나 어명으로 해방 문서가 작성되고 있던 바로 그 시각, 가장 흉포한 반도 무리가 런던탑을 공략하여 캔터베리 대주교와 영국의 재무상을 살해하고 그 머리를 창대에 꿰어 런던 브리지에 효수했다. 피에 취한 반도들은 도심에서 떠날 생각을 하지 않았다. 위기가 극에 달하자 영국 각지의 용기 있고 신망 높은 봉신들이 국왕 쪽으로 몰려들었다. 그들은 어떤 유혈의 대가를 치르더라도 이 반란을 격퇴하자고 뜻을 모았다.

그들은 계략을 쓰기로 했다. 어린 국왕이 반도들을 큰 광장으로 불러 모았다. 말을 탄 국왕이 앞장서고 그 뒤로 단단히 무장한 시장과 귀족들이 따라 나왔다. 광장 반대편에는 낡은 무기를 든 반도들이 집합해 있었다. 반도들의 지도자인 워트 타일러도 말을 타고 있었는데 그의 말이 앞으로 나와 국왕 앞에서 멈추었다.

그는 과감하게 왕에게 이야기했고 평등과 정의를 요구했다. 그런 오만한 태도에 시장이 울컥 치미는 분노를 참지 못하고 검을 빼서 휘둘렀다. 그와 동시에 빈민들의 지도자가 안장에서 고꾸라졌다. 격노한 반도들은 활을 움켜잡았다. 그러나 국왕이 용감하게도 말을 박차며 단신으로 반도들 쪽으로 달려갔다. 「나는 너희들의 왕이다.」 그가 소리쳤다. 「너희의 지도자는 나 외에 아무도 없다. 나를 따르라!」

이 어린 왕의 담대함에 이끌린 반도들은 갑자기 온순해져서 순순히 왕을 따랐다. 왕은 그들을 광장 너머 들판으로 데리고 갔다. 반도들이 들판에 모이자 왕은 자신을 둘러싸고 있던 귀족들에게 반도들을 학살하라고 명했다.[4] 반도들은 대열도 정비되지 않은 상태였을 뿐 아니라 무기도 조잡했던 탓에 변변히 대항도 하지 못했다. 달아나려 해보았지만 이미 때는 늦었다. 귀족들이 덤벼들어 그들을 몰살했다. 이어 도시와 지방에서도 살육이 계속되었다. 반란은 유혈 진압극으로 끝나고 말았다.

영주들은 농민의 목구멍을 찔러 그들의 목소리를 질식시켰다. 그러나 농민 계급은 재빨리 부활하여 옛 주인들을 내쫓는 행위를 계속했고, 그러던 어느 날 영주들보다 훨씬 거대한 또 하나의 세력(산업가)이 등장했다. 그들은 기계라는 최신 무기로 무장하고 있었다. 농민들이 노동자로 변신하면서 지방의 부락들이 텅 비어버렸다. 사람들은 대도시로 모여들었다. 결국 기계가 땅을 삼켜버린 것이었다.

오늘날의 영국에는 농민들이 거의 자취를 감추었다. 땅을 갈고

---

4 이날은 반도들이 해산했기 때문에 학살은 없었다 — 원주.

사원을 세우고 돌과 나무를 깎고 천에 수를 놓으면서도 노래하고 춤추고 전설을 만들어 냈던 이 끈기 있고 부지런한 계급은 이제 존재하지 않는다. 남아 있는 소수의 농민들은 공포에 질려 침묵하고 있다. 지구의 기온이 바뀌면서 전성기를 마감하고 힘들게 살아야 했던 선사 시대의 저 거대한 짐승들처럼, 겨우 살아남은 생존자들도 새로운 환경에 적응하지 못해 애를 먹는다. 그들은 막강한 사탄의 힘이 자신들을 파멸시키고 있다고 생각한다. 자신들뿐만 아니라 자신들의 종교와, 거친 손과 강인한 두뇌로 창조해 놓은 유형무형의 세계가 통째로 파멸되고 있다고 생각한다.

「세상이 점점 빨라지고 있다. 농민이 그걸 어떻게 따라잡겠는가?」한 시골 사람이 고개를 가로저으며 말했다. 이제 세상의 리듬이 바뀌었다. 사람들은 휙휙 달리는 철마를 타고 경주를 해야 한다. 진흙 뒤집어쓴 다리로 느릿느릿 걸어가는 농민들은 도저히 따라잡을 수가 없다.

그러나 이런 양상이 과연 얼마나 지속될까? 땅은 언제나 최종 발언권을 갖는다. 땅 외에는 모든 것이 덧없다. 기계들은 지나갈 것이고, 땅은 남을 것이다. 농민들은 이 점을 알고 있기 때문에 끈기 있게 그들의 때를 기다린다.

피터 블라스토스

옛날에 한 랍비가 제자에게 훈계했다. 「말 한마디를 내뱉을 때는 너의 온몸이 그 말 속에 들어가 있어야 한다.」「사람이 어떻게 말 속으로 들어갈 수 있습니까?」제자가 묻자 랍비가 대답했다. 「자기의 온몸이 자기의 말보다 더 소중하다고 생각하는 사람은 다른 이들과 더불어 말할 자격이 없느니라.」

나는 살아가면서 종종 이 랍비의 충고를 흐뭇한 마음으로 떠올린다. 나는 말을 집중된 힘이라고 생각하지만, 오늘날의 현자들은 정반대로 생각한다. 물질이 곧 집중된 힘이라고 보는 것이다. 그들은 우리에게 말한다. 〈물질은 죽은 것이 아니다. 오히려 엄청난 힘들이 그 속에 담겨 있다. 다만 이 힘들이 균형을 이루는 방식 때문에 아무런 움직임이 없는 것처럼 보일 뿐이다.〉 말도 마찬가지다. 사람이 책을 읽으면서 자기가 읽는 대목의 의미를 알고 싶다면 오직 한 가지 방법밖에 없다. 단단하든 부드럽든 단어들의 껍질을 깨고, 그 단어 속으로 들어가 그곳에 응축되어 있는 의미가 자신의 가슴속에서 폭발하게끔 해야 하는 것이다. 작가의 기술이란 인간의 정수를 알파벳 문자들에 압축해 넣는 마술, 바로 그것이다. 따라서 독자의 기술은 이 마술적 장치들을 열고 그속에 갇혀 있는 뜨거운 불이나 부드러운 숨결을 느끼는 것이다.

나는 이런 생각들에 잠긴 채, 말의 열렬한 연인이자 지배자인 사람을 찾아 이 몰풍경한 도시를 걸어갔다. 어서 그 사람을 만나 대화하고 싶었다. 녹음 짙은 어느 공원 옆, 소음과 연기에서 멀리 떨어져 키 큰 나무들에 둘러싸인 한 주택에서, 마침내 그를 발견하여 너무 기뻤다. 그의 이름은 피터 블라스토스.

청춘의 모든 허랑방탕함에서 해방된, 높고 험한 한 덩이 바위와도 같은 영혼. 그는 크레타 섬 가옥들의 지붕을 연상시킨다. 해가 이글거리는 한낮, 그 지붕에 올라가려면 강건한 무릎뿐 아니라 강인한 기질을 가지고 있어야 한다. 갈증과 고독에 맞서기 위해, 안일한 희망에 굴복하지 않기 위해.

피터가 신이나 인간에게 아무것도 기대하지 않기 때문에 나는 그가 마음에 들었다. 내가 볼 때 그는 인간이 얻을 수 있는 최고의 것을 얻었다. 다시 말해, 그는 〈무(無)〉와 직면해서도 공포에 굴복하지 않는 경지에 이르렀다. 본인의 표현에 따르면, 그는 〈비극의 황홀함을 깨달으면서〉 비로소 구도자로 탄생했다. 이처럼 〈탁 트인〉 비극적 인식이 없으면 생은 살 가치가 없다는 것을 그는 안다. 그는 〈범부(凡夫)들〉을 속여서 잠재우는 그림자 같은 위로의 말들을 거부할 뿐 아니라 형이상학과 종교의 임시변통 만병통치약도 거부한다. 그는 십계명의 의미를 꼼꼼히 해부하고 값싼 위안의 만병통치약을 거부하면서, 안일한 희망에 기대지 않으면서 비극 속에 숨어 있는 황홀을 발견하고 씩씩하게 〈예〉라고 시인하며, 그게 바로 인생의 본모습이라고 말한다. 예, 인생은 결국 비극 속의 황홀인 것이다. 피터는 그런 인식을 자신의 정신적 양식으로 삼는다. 쓸쓸한 현실은 그의 입을 다물게 만들지만, 무지한 대중의 겁먹은 웃음소리가 들려오면 그는 비로소 입을 연다. 다음은 그의 말을 직접 인용한 것이다.

태양의 힘이 자신의 깊은 내면에 생명을 주는 것을 느끼는 사람, 비극 속의 황홀에 대한 신념과 아이러니한 신비에 대한 열정을 가지고 태어난 사람, 인생은 결국 비극 속의 황홀이라고 시인하며 〈예〉라고 노래하는 사람, 아름다움을 갈망하여 부조화의 위험을 감수하는 사람 — 이러한 사람은 누구든 일어나, 생을 부활시키고 생의 가혹함을 줄이는 길로 전진하라. 힘없이 〈아니오〉를 중얼거리며 〈범부의 삶〉에 만족하는 사람, 태양과 바다의 그림자를 찾아다니는 사람은 도피와 용서와 최면 같은 시시한 것에서 정박처를 찾게 하라…… 그저 취생몽사하며 잊어버리는 〈레테〉[5]의 강물로 두 귀를 채우게 하라. 우리와

5 그리스 신화에 나오는 망각의 강.

그들은 고향이 완전히 다르다.

진정한 인간에게 가장 가치 있는 〈뮤즈〉는 〈고난〉이라는 것을 블라스토스는 잘 알고 있다. 고난은 삶과 예술에서 손쉽게 승리 하도록 내버려 두지 않는다. 고난은 이겨도 부끄럽기만 한 그런 승리를 원하지 않는다. 그러자면 인생은 애써 안락함을 피해야 한다. 이것은 예술도 마찬가지다. 걸작들은 즐겁거나 손쉬운 상황에서는 나오지 않는다. 걸작들은 항상 소수만 오르게 되어 있는 험한 봉우리들이었다. 걸작을 바라는 자에게 번영과 만족, 위안과 안전 따위는 용서받지 못할 죄악이다. 만약 자기 영혼을 존중한다면 자기 자신을 아낌없이 인생과 예술에 쏟아 부어야 한다. 매 순간 자신이 가진 전부를 기꺼이 걸 수 있어야 한다. 이렇게 해야 영혼을 훈련시킬 수 있고, 비록 승리하지 못하더라도 언제든 다시 시작할 수 있다는 자신감을 갖게 된다.

블라스토스의 어구들은 사람의 마음을 콕콕 찌른다. 그의 언어는 풍요롭고 완전하고 두려움이 없다. 그는 건물을 짓기 위해 거대한 바위를 초석으로 들여놓는 석공이지, 진흙이나 나르는 견습 인부가 결코 아니다. 그는 회반죽을 쓰거나 잡동사니로 끼워 맞추지 않는다. 그는 커다란 돌들을 연결하여 거대한 집을 지었다는 거인 키클롭스의 방식을 좋아한다.

> 양손과 어깨로써
> 말을
> 높이 올려라!
> 심장의 펄떡임으로
> 토대와 도끼를

생각의 가슴 위에 접합시켜라,
높이,
태양에 닿을 때까지!
태양의 광채가
그 말을 가져가
불멸의 별처럼
하늘 높이 걸어 놓도록!

이 진실하고 당당한 노래는 프레벨라키스[6]가 석공의 수장 블라스토스에게 바친 것이다. 그에게 딱 들어맞는 노래다.

내가 찾아갔을 때 그는 책상에 웅크리고 앉아 민중어[7]를 써내려 가고 있었다. 마치 온갖 색상의 조약돌을 끌어 모아 거대한 모자이크를 만들어 가듯. 그의 외모에서는 학자다운 꼼꼼함과 영혼의 구도자들에게서 볼 수 있는 은밀한 정신적 화염이 어른거렸다. 이처럼 언어로 모자이크를 만들어 내는 장인의 작업은 고되다. 상극(相剋)의 조합이 요구되기 때문이다. 과감하고 자유롭게 윤곽을 표현하되, 각 부분들을 신중하고 꼼꼼하게 맞추어 나가야 한다.

고개를 든 그가 석공의 손을 내밀었다. 그 손은 현대 그리스어의 구어체인 민중어를 사용하여 커다란 정신의 집을 짓는 손이다. 그래서 그리스란 나라에 너무나 소중한 가치를 지닌 손이다. 우리는 고독과 예술을 이야기했다. 몇 시간 대화를 나누면서, 인생의 위대한 사랑과 민중어에 대해 논했다. 그도 우리 민족 ──

6 Prevelakis. 현대 그리스의 작가, 저술가.
7 현대 그리스의 민중어를 가리킨다.

그리스 민중어는 위대한 숙녀인가 하면 어리고 풋풋한 시골 숫처녀도 된다 — 의 훌륭하고 깊이 있는 자산에 대해 흔들림 없는 열정을 가지고 있었다. 「민중어가 바로 우리나라다!」 우리는 감정을 주체할 수 없어 이렇게 외쳤다. 솔로몬의 말로 하자면, 〈실로 자유와 말 외에 달리 무엇을 염두에 두리〉? 그 걷잡을 수 없는 사랑이 우리를 웃게 만들었다. 그 웃음, 엉엉 울지 않기 위해 웃는 웃음. 위대한 사랑이야말로 모든 것을 견뎌 낼 수 있게 한다는 것을 우리는 알고 있었다. 위대한 사랑은 비웃음과 조롱 속에서도 살아남을 수 있다. 나의 사랑, 현대 그리스 구어(민중어).

귀를 쫑긋 세우고 그리스로 돌아가라. 숫처녀 본연의 모습 그대로 남아 있는, 수천 년의 세월 속에서도 잉크에 물들지 않은 민족의 입술에서 흘러나오는 그리스 구어를 들으라. 그리고 그것을, 사랑하는 여인을 훔쳐서 도망치듯 유쾌하게 데리고 나오라! 굶주리고 목말라 기진맥진한 채 산에 오른 당신 앞에 나타난 한 목자가 광휘에 휩싸인 언어로 말을 걸어올 때, 당신은 갑자기 그간의 고생을 까마득히 잊어버린다! 그런 열정으로 우리의 민중어를 사랑하는 사람이라면 안다, 자신이 무지하고 무관심하고 나태한 민족의 일원으로 태어났다는 — 그리고 지금도 여전히 힘들게 살아가고 있다는 — 사실이 아무 문제도 되지 않는다는 것을. 「이러한 여인(그리스 민중어)이 이처럼 긴 세월 고생해야 한다는 것은 옳지 않다!」

시간과 날이 쏜살같이 지나갔다. 〈다음 여섯 가지(각각 두 가지로 세 개의 짝을 이루는 것)가 우정의 표시이다. 서로 주고받는다, 비밀을 말하고 비밀을 들어 준다, 먼저 자기가 기분이 좋아지고 상대도 기분 좋게 만든다.〉 그와 악수하며 헤어졌을 때 나는 인도의 성자가 한 저 말이 옳다는 사실을 깨달았다.

이온 드라구미스[8]와 피터 블라스토스, 나는 이 두 사람을 내 생애에서 가장 존경하고 사랑한다. 저 위대한 헬레니즘화된 동방의 고독을 연상시키는 구도자들, 조국과 언어의 경계를 초월하여 그 너머의 무한 진리로 나아가고자 하는 과묵한 여행자들. 나도 죽어서 그들과 더불어 여행할 수 있는 운명이기를 간절히 소망한다!

맨체스터

〈야생 돼지와 황소와 늑대들만 우글대는 위험천만한 늪지.〉 옛날에 한 사가(史家)가 맨체스터라는 엄청난 괴물이 퍼질러 앉은 땅을 이렇게 묘사했다. 그때 이미 그랬다면 오늘날에는 더 말해 무엇 하리.

이 도시에서 우리는 산업 문명의 얼굴을 본다. 그것은 인간적인 부드러움과 애정이 사라진 험상궂고 무자비하고 비정한 얼굴이다. 몰풍경한 거리를 바쁘게 오가는 무수한 사람들을 바라보며 나는 깊은 고뇌에 휩싸였다. 내가 지금 끔찍한 꿈을 꾸고 있는 건가? 아니, 인류가 단체로 악몽을 꾸면서 파멸해 가고 있는 건가? 저들은 왜 저리도 서두르나? 사람들의 삶이 왜 이런 비인간화의 과정으로 가고 있는 것인가? 나는 자문하지 않을 수 없었다.

중국의 한 절에서 만난 노승(老僧)이 떠오른다. 그는 오렌지색 승복을 입고 깔때기 모양의 챙 넓은 밀짚모자를 쓴 채로 마당의 소나무 아래 앉아 있었고 옆에는 자그마한 대야가 놓여 있었다. 우리는 얘기를 나누기 시작했다. 젊었을 때, 그는 백인 등반대의 시중꾼으로 티베트에 간 적이 있었다. 그곳에서 유명한 수도원들

---

8 Ion Dragoumis(1878~1920). 그리스의 애국적인 지식인이자 외교관.

을 구경하고 위대한 고행자들을 두루 만났다. 그는 거기서 보고 들은 놀라운 일들을 엉터리 영어로 더듬더듬 들려주었다. 그중에서도 특히 감명 깊었던 것은 저 까마득히 먼 신성한 봉우리에서 벌어진 일이었다. 얘기를 들려주는 그의 목소리는 차분하면서도 나직했다.

「그리 오래지 않은 옛날, 어느 절벽의 가장자리에 있는 동굴에서 3년 동안 입을 다물고 지내 온 고행자가 있었습니다. 동굴 위쪽에 구멍이 하나 나 있었고, 매일 아침 한 수도승이 그 구멍으로 밥주발과 차 한 잔을 넣어 주곤 했지요. 고행자는 가부좌를 튼 채 꼼짝 않고 앉아 명상을 했습니다. 그는 허공을 한 줌 베어 내어 자신이 원하는 형상을 만들어 내려고 애를 쓰고 있었습니다 — 〈툴파〉를 창조하려는 것이었지요. 〈툴파〉가 무슨 뜻인지 아십니까?」 그가 공손하면서도 약간 경멸하는 듯한 어조로 물었다.

「모릅니다.」 내가 겸손하게 대답했다.

「하긴 서유럽 사람들이 그걸 어찌 알겠소.」 그가 중얼거렸다. 「당신들은 기계와 철도와 대포를 알지요. 이성의 힘은 가졌으나 영혼의 힘을 갖지 못했어요. 〈툴파〉란 것은 고행자가 고도로 정신을 집중하여 허공으로부터 만들어 내는 창조물을 말합니다. 허공을 압축하여 자신이 생각하는 형상을 취하게끔 하지요.

어쨌거나 그때 이 고행자가 창조하고자 했던 툴파는 수도승이었습니다 — 자신을 위해 일해 줄 작달막하고 오동통한 체격에 영리하고 충실한 수도승. 그즈음 그는 나이가 들어 샘에서 물을 길어 올 수 없었습니다. 차를 끓이기도 힘들었고, 자고 싶을 때 돗자리를 펴기도 힘들었지요. 그래서 자신을 열심히 섬기고 기꺼이 복종해 줄 노예가 필요하다고 느꼈던 겁니다. 그런 사람을 수도원에서 찾아보려 했으나 여의치 않았으므로 자신에게 딱 들어

134

맞는 노예가 간절했어요.

그는 툴파 만들기에 6년을 고행했습니다. 허공을 붙들고 씨름했지만 허공이 저항했습니다. 그러나 차츰차츰 허공이 고분고분해지면서 농도가 짙어지더니 키 작고 토실토실한 수도승의 형태를 띠기 시작했습니다. 그리고 어느 날 아침, 마침내 그러한 수도승이 그의 앞에 서 있었습니다. 미소 띤 얼굴로, 어떤 분부든 즉각 응하겠다는 듯 양손을 모은 채 말입니다. 그에게 매일 차를 날라 주던 수도승이 수도원에서 올라와 구멍으로 동굴을 들여다보니 하나여야 할 수도승이 둘이 보였습니다. 멀리서 어느 수도승이 고행자를 찾아왔나 보다 짐작한 그가 차를 한 잔 더 가져오려고 달려 내려갔습니다. 그리고 잠시 후 다시 올라와 2인분의 차를 돌 위에 놓고 갔습니다.

그날부터 그 툴파는 묵묵히 복종하는 자세로 자신의 창조자를 섬겼습니다. 6개월이 지나고 8개월이 지났습니다. 1년이 꽉 차자 툴파가 성장하기 시작했습니다. 툴파는 주인을 무서워하지 않게 되었고 저 나름의 새로운 형태들을 취하기 시작했습니다. 툴파는 예전처럼 열심히 뛰어다니며 심부름하지 않았습니다. 주인에 맞서 빳빳이 고개를 쳐들고 화를 냈으며 점점 반항했습니다. 이제 그것은 작달막하고 통통한 모습이 아니었습니다. 하루가 다르게 키가 자랐지요. 그 눈에서 불꽃이 튀었습니다. 고행자는 공포에 사로잡혔습니다. 내 정신이 노예를 통제할 힘을 잃었단 말인가? 내가 무너지기 시작한 건가? 막강했던 집중력이 흩어져 버린 것인가?

어느 날 툴파가 벌떡 일어서더니, 물을 가져오라는 고행자의 지시를 무시하고 동굴 안에서 춤을 추기 시작했습니다. 툴파는 오만하게 껄껄대며 춤을 추고 난 후 고행자를 강제로 끌어내기 시작했습니다. 그를 동굴 밖으로 끌어내어, 끝장내겠다는 듯 절벽 쪽으로 다가갔습니다. 고행자는 낭떠러지 가장자리의 바위를 움켜잡고 버텼습니다. 그리고 온 힘을 다 끌어 모아, 모든 작업 중에서도 가장 위대하고 어려운 툴파 해체 작업에 들어갔습니다. 그것은 지극히 고되고 위험한 일입니다. 본래 툴파를 창조하는 것보다 분해하는 게 더 힘들거든요.

같이 살아오던 동안 툴파는 고행자의 힘을 천천히 빨아먹어 왔습니다. 툴파는 이제 솟구쳐 오를 정도가 되었으니 해체당하고 싶은 생각이 전혀 없었지요. 둘의 싸움은 3년이나 계속되었습니다. 3년째 되던 어느 날 아침, 고행자는 낭떠러지 바닥에서 죽은 채 발견되었습니다.」

중국인 노승이 몸을 돌리더니 심술궂은 눈길로 나를 빤히 쳐다보았다.

「이해가 되십니까?」 그가 내게 물었다.

「아니요.」 내가 대답했다.

그가 껄껄 웃었다. 「당신네 서유럽인들도 그와 다를 바 없는 〈툴파〉를 만들어 놓았어요.」 그가 말했다.

「어떤 〈툴파〉?」

「기계 말입니다. 이제 곧 그것들이 당신들을 잡아먹을 겁니다.」

*

오늘, 즐거움을 잃어버린 저 끔찍한 맨체스터의 거리거리를 하루종일 쏘다니는 동안 그 심술궂은 중국인의 웃음소리가 내 귓가에서 계속 울려왔다.

맨체스터, 리버풀, 버밍엄. 산업 시대의 대표 격인 이 산업 도시들에서, 나는 문득 이 도시들의 비극적 의미를 깨달을 수 있었

136

다. 기계는 인간의 두뇌 〈툴파〉이다. 인간의 충실한 노예로 일하게끔 되어 있는 기계가 이제 〈인간의 생기 *élan*〉를 빨아 먹고 우리 인간을 절벽으로 보내고 있다. 마실 물을 떠오라는 우리의 지시 따위는 아랑곳하지 않고 말이다. 어떻게 해야 우리는 구제받을 수 있을까?

해결책은 하나밖에 없다. 〈툴파〉가 해체된다는 것은 이제 불가능하다. 그야말로 낭만과 향수에 다름 아닌 헛된 바람일 뿐이다. 가능한 해결책은 오직 하나, 우리의 영혼이 이 노예 — 지나치게 성장하여, 자신을 만든 우리 인간을 위협하고 있는 이 하인 —를 제어할 수 있도록 충분히 넓어지고 깊어져야 하는 것이다. 현대의 어느 위대한 철학자가 한 말이 하나도 틀리지 않다. 인간의 두뇌는 몇 세기 전이나 마찬가지로 작지만 우리가 부리고 있는 능력은 그사이 거대하게 성장했다. 우리 노예들은 전능한 공룡에 가까운 괴물로 변해 버렸다. 반면에 주인인 우리는 떳떳하게 처신하지 못하고 편협한 사고방식의 범부로 남겨졌다. 우리의 정신력을 탕진한 지금, 우리는 몰인정하고 무뇌적(無腦的)인 힘들의 처분만 기다리는 우리 자신을 발견한다. 우리 시대 모든 문제의 중심에는 바로 이 치명적인 부조화(영혼과 기계 사이의 불일치)가 자리 잡고 있다. 인간의 정신력은 더 좋은 기계를 만들어 내는 데 집중하느라 정작 그(인간의 정신) 자신은 허약해져 버린 것이다. 기계들은 예전의 수동적 상태로 다시 돌릴 수도 없고, 또 그렇게 하려 들지도 않을 것이다. 우리 인간이 정신을 통해 정녕 스스로를 구하고자 한다면 자기 내면의 힘들을 집중해, 자신이 발달시켜 놓은 야수(기계)들을 길들여야만 한다.

나는 맨체스터에서 뭔가에 쫓기는 사람처럼 급한 걸음으로 걸어 다녔다. 나를 쫓고 있는 것은 어쩌면 그 황색 피부 수도승의 조롱이었는지도 모른다. 쇠창살 너머 공장 안, 거대한 기계들이 들어차 있는 곳을 바라보는 내 마음은 괴로웠다. 저 아래 지하 터널에서 신음 소리가 들려오는 듯했다. 문득 기묘하고 격정적인 기쁨이 내 안에서 꿈틀거렸다. 오늘날 우리는 바로 그 결정적인 시점에 서 있다. 〈톨파〉가 주인을 낭떠러지로 끌어가고 주인은 가장자리의 바위에 들러붙어 비명을 지르고 있다.

거기에서 과연 무엇이 나올 것인가? 인간의 능력 가운데 한 가지 특별하게 분화된 것만 지나치게 살찌우고 나머지 모든 능력들은 방치되어 쇠약해지는 것은 어느 문명에서나 볼 수 있는 현상이다. 만약 세계가 구제된다면 미래의 문명은 오늘날 쇠약해진 채 깊이 묻혀 있는 인간 영혼의 분화된 능력을 살찌우는 게 될 것이다. 새로운 문명은 현재의 문명과 완전히 다를 것이며 몇 세기 안에 곧 균형을 갖출 것이다.

정오 무렵, 나는 시원한 곳을 찾아 박물관으로 들어갔다, 마치 타오르는 열기에 지쳤을 때 숲으로 들어가듯. 다시 한 번 나는 박물관의 소장품들을 보면서 수 세기에 걸친 시간과 다양한 공간들이 단편적으로 내 눈앞에서 그려지는 것을 느꼈다. 수천 년의 시간이 흘렀는데 남은 흔적이라곤. 아름다운 문양의 도자기 하나, 풍부하게 채색된 사제의 미라 몇 구, 페루에서 온 피리와 물주전자들, 사나워 보이는 아프리카 가면 몇 점, 그리고 오래된 노래들을 검은색의 난해한 문자로 적은 대추야자 이파리 몇 장이 전부였다. 이 노래들은 분명, 인간의 원초적 관심사 가운데 으뜸가는 세 가지 — 신과 여자와 전쟁 — 를 노래하고 있었을 것이다.

나는 문득 걸음을 멈추었다. 맨체스터의 강철 심장부에서 아무도 기대할 수 없었을 물건을 발견했던 것이다. 그것은 고대 중국의 절묘한 목재 조각품. 자비의 여신, 관음상이었다. 그녀는 다리를 꼰 매혹적인 자태로 사자 위에 앉아 있고, 노예 하나가 사자의 갈기를 끌어당기고 있었다. 그녀는 차분한 미소를 지었다. 자신이 어떤 도시로 유배되었는지, 이곳이 그녀를 얼마나 필요로 하는지 너무도 잘 안다는 듯, 지극히 부드럽고 자비롭게.

연기 자욱한 맨체스터에서 그녀는 평온하고 기품 있게 숨어 있었다. 길들인 사자 위에 걸터앉아 자신의 차례가 오기를 기다리고 있었다. 똥거름과 진창 속에 묻혀 오래 기다리다가 마침내 꽃을 피우게 되는 씨앗처럼. 그 순간 갑자기, 나는 맨체스터에서 겪었던 모든 고뇌로부터 구원되었다. 마치 나의 영혼이 이 자그마한 여신이 막 길들인 사자를 타고 가는 것 같았다.

셰필드

여기도 마찬가지다. 매연에 얼룩진 얼굴들, 석탄으로 더러워진 연약한 종아리들, 끝없이 이어지는 똑같은 모양의 공장들, 벽돌로 지은 역겨운 공동 주택들, 고통 가득한 표정들. 노동자들은 시무룩하고 냉정해 보인다. 그들의 두 눈은 푸른 강철 같다. 나는 그들을 처음이자 마지막으로 보게 되리라. 하지만 지금 할 수 있는 거라곤 그저 걸음을 멈추고 서서 그들을 바라보는 일뿐. 나는 고개를 돌리면서 마음이 아팠다.

여기서도 다른 도시들과 마찬가지로 끔찍한 비극적 상황이 터져 나온다. 도시는 현대의 어느 천재 작가가 써놓은 비인간적인 드라마다. 세상의 종말을 예고하는 듯한 징조들, 절규와 침묵과 빈정거림, 극에 달해 버린 〈오만 *hubris*〉, 이런 것들이 역설적이게도 우리가 카타르시스의 제5막에 들어섰음을 느끼게 한다.

비극적 카타르시스의 예감은 나름대로 유익하다. 조마조마한 소음과 절규들이 울려 퍼지는 가운데 정체 모를 공포와 은밀한 희망이 동시에 전해진다. 사람들은 아주 기이한 도취감에 사로잡히게 된다. 지극히 사소한 사건, 지극히 덧없는 인간적 형식조차도 사람의 내면에서 지나치게 강렬한 흥분과 감정을 불러일으킨다. 마치 우리 모두가 한 몸인 듯, 우리에게 종말이 다가오는 느낌이 드는 것이다. 그래서 모두들 소리 높여 흐느끼며 「안녕! 안녕!」을 외치며 허둥지둥 달려간다.

이런 비극적 카타르시스의 예감이 팽배한 곳으로는 거대한 산업 도시들을 따를 곳이 없다. 비극적 공포의 현대적 형태가 바로 도시인 것이다. 발생하는 모든 일이, 외견상 아무리 사소해 보이는 일일지라도, 상당한 무게를 지니고 시도 때도 없이 운명의 저울 위에 쿵 내려앉는다.

어린 소녀들이 선망의 눈길로 가게 진열창에 얼굴을 박고 있는 풍경은 이미 여러 도시에서 수도 없이 보았다. 그러나 그날 셰필드에서 본 풍경은 형언할 수 없는 비통함을 불러일으키면서, 우리가 정말 종말에 이르렀음을 확신하게 했다. 굶주려 쇠약해진, 가난에 찌든 몰골의 한 소녀가 물건이 가득 진열된 정육점 창에 작은 얼굴을 비비고 있었다. 탐욕스럽게 고깃덩이를 바라보는 그녀의 눈에서 욕망이 번득였다. 신비한 실체의 변화를 통하여 이 진열장의 고깃덩이가 소녀의 노란 머리칼, 솜털 보슬보슬한 목덜미, 붉은 입술로 변할 수도 있을 것이다……. 그러나 굶어 죽을 지경인 이 어린 소녀가 어디에서 돈을 구해 그런 실체의 변화를 일으킬 수 있겠는가? 그리하여 어린 소녀는 시들고 고기는 썩어 버려 두 실체의 융합은 결국 일어나지 못했다.

나는 셰필드를 여러 시간 걸어 다니면서 기쁨과 공포의 착잡한 느낌을 떨치지 못한 채 이런저런 상징물을 살펴보았다. 노동자들, 가게들, 여자들, 화려한 차들, 마르고 쇠약한 다리들, 교회들, 주점들, 라디오들. 이 모든 것들이 안개에 싸여 있었고, 어떤 초인적 상상의 작용에 의하여 반짝하고 나타났다가 사라지는 물상들처럼 보였다. 그러면서도 거기에 독특한 즐거움이 있었다. 나 자신이 농도가 약간 더 진한 안개가 된 듯한 느낌, 안개의 상상력을 발휘하며 그 안을 마구 휘젓는 듯한 느낌.

그 차가운 안개 한복판에서 우아한 자태로 말없이 서 있는 고(古)성당이 보였다. 성당 안 풀 덮인 마당은 해묵은 무덤들로 차 있었고 나는 땅거미 내린 무덤 사이를 돌아다니며 석판에 새겨진 바랜 비문들을 읽었다. 사자(死者)를 과장되게 칭송하는 문구들이 이따금 남아 있었지만 정작 이름은 자연 마모되어 사라지고 없었다. 이름이 보존된 경우도 가끔 있었으나 이번에는 찬양 문구가 시간과 사람들의 발길로 지워져 버렸다.

아무리 갑갑하고 시끌벅적한 도시에 있더라도 중세 성당의 경내를 걷다 보면 눈과 귀와 뇌는 휴식을 취하게 된다. 또 거무스름해진 묘비들 틈새로 자라고 있는 벨벳처럼 부드러운 녹색 풀들에서 기쁨을 발견하게 된다. 이틀 전, 체스터의 오래된 수도원 마당 앞에서 풀 속에 묻혀 있는 돌을 하나 보았다. 돌 위에 새겨진 큼직한 그리스 문자들은 아직 알아볼 수 있는 상태였는데, 〈죽을 때까지 충성하다〉라고 적혀 있었다. 이 몇 필지의 땅에서 커다란 감미로움이 솟아오른다. 죽음은 이런 도시들에서도 가장 자비로운 모습으로 위장하고 있다, 마치 기진맥진하도록 싸운 후에 찾아드는 침묵처럼. 살아생전 함께 복작대던 예전의 셰필드 주민들이 말을 잃은 채, 근심에서 풀려나, 영원한 휴식을 취하고 있다. 나는 그들 위로 사뿐사뿐 지나가며 고대 색슨족의 사자(死者)의 노래를 나직이 읊었다.

　네가 태어나기 전에, 어머니 배 속에서 나오기 전에, 너를 위해 집을 지었지. 지붕도 낮고 문도 낮아. 지붕이 네 가슴께 세워져 있어. 너는 차가운 땅에서, 만물이 썩어 가는 어둠과 암흑 속에서 살게 될 거야. 거기에서 벗어날 순 없어. 죽음이 열쇠를 쥐고 있지. 너는 거기에서 구더기들과 함께 지내게 될 거야. 그곳까지 너를 따라가려는 친구는 아무도 없을 거야. 굳이 잠긴 문을 열고 안부를 묻는 사람도 없을 거야. 조금 지나가면 네 몰골은 무시무시해질 것이고, 그러면 너를 낳았던 어머니조차 너를 보면 벌벌 떨 거야.

　이윽고 해가 넘어갔다. 저 아래쪽 기다란 도로가 구리처럼 반짝거렸다. 나는 들고 다니던 책을 펼쳐, 영국의 시를 몇 편 읽었다. 지루했던 하루를 아름다운 시와 더불어 마감하고 싶어서였다. 저기, 전기 장치와 전화와 극장이 보인다. 기계와 철도, 의사당, 독가스. 그러나 아직까지는 아무도,

　　영국의 푸르고 쾌적한 땅에
　　예루살렘을 세우지 못했다.

　교회 경내에 앉아 있을 때 한 청년이 다가와 옆에 앉았다. 그는 아름다운 영국 땅처럼 녹색의 망토를 두르고 있었다. 우리는 영국의 현대 시에 관해 얘기를 나누게 되었다. 그도 시인이었다. 얼굴이 창백하고, 긴 손가락들을 가졌으며, 닳기는 했지만 얼룩 한 점 없는 셔츠를 입고 있었다. 우수에 젖은 그의 동그란 얼굴에서

반짝이는 두 눈이 기묘한 불꽃을 발했다.

「시의 땅 그리스에서는 시인들이 도대체 무얼 하고 있는 겁니까?」 그가 내게 물었다. 「권력과 희망과 공포가 난무하는 고난의 시대입니다. 불확실성에 짓눌려 있지요. 우리들 사이에 어떤 증오가 폭발했는지 보셨지요? 시가 지금처럼 절실하게 필요한 때도 없었습니다.」

「시의 땅 영국에서는 시인들이 무엇을 하고 있지요?」 이번에는 내가 그에게 물었다. 서정시의 고귀한 왕자 키츠의 멋진 시구가 아련하게 내 머릿속을 떠다녔다.

그가 시선을 돌려, 멀리 지는 해와 구릿빛 도로 그리고 마지막 일광 속에 서둘러 흩어지고 있는 컴컴한 개밋둑을 바라보았다. 그리고 서글픈 미소를 지으며 말했다.

「불과 10년 전만 해도 우리 시인들의 관심사는 하나밖에 없었습니다. 어떻게 하면 독창적으로 보일 것인가, 어떻게 하면 지금까지 아무도 찾아내지 못한 표현 양식을 찾아내어 우리만의 독특한 길을 열 것인가. 하지만 이건 아무 열매도 맺지 못하는 개인주의였죠! 우리는 독창성을 지고의 가치로 여겼습니다. 다른 정신들과의 접촉은 전혀 없었어요. 우리가 처한 이 엄청난 탐욕의 시대와 전혀 소통하지 못했어요.

그러나 날이 갈수록, 우리의 외부 세계는 물론 내면적 삶까지 위협하는 위험이 점점 더 커졌습니다. 위험이 빠르게 커지면서, 빠르게 다가오는 비극적 파국이 비밀스러운 메시지들 — 사실 지금은 이미 명백해져서 비밀이라고 할 수도 없지만 — 을 거침없이 쏟아 냈습니다. 그리하여 우리 시인들은 화려한 고독에서 뛰쳐나와 세상의 중요한 흐름들과 뒤섞이기 시작했지요. 독창적 표현 양식 따위는 잠시 잊어버리고 가장 책임성 있고 가장 대표적인 형식을 추구하기 시작했습니다. 가장 큰 보편성에 기초한 인간적 형식 말입니다.」

교회 묘지 벤치에서 우연히 만난 사람이 이처럼 명쾌하게 정리해 주니 나로서는 기쁘기 한량없었다. 이 사람도 똑같은 고뇌를 겪고 있는 또 하나의 〈형제〉임을 느낄 수 있었다.

「그래, 영국에서는 그 주요 흐름이란 게 무엇인가요?」 내가 물었다.

「두 개의 흐름 ─ 제가 볼 땐 세계적인 것이기도 합니다 ─ 이 우리의 시에 새 생명을 불어넣기 시작했습니다. 사회주의를 향한 열망과 신기독교적 부흥이지요. 둘 다 현대적 버전으로 발전한 것입니다. 시인들 중 첫 번째 그룹에 속하는 사람들은 예전과 같은 편협한 마르크시스트들이 아닙니다. 그들은 특수와 보편을 편의에 따라 설명하는 유아적이고 과장된 단순화를 피하면서, 보다 폭넓고 보다 인간적인 기초를 가진 새 사회를 원합니다. 두 번째 그룹도 마찬가지입니다. 과거의 마르크시스트처럼 순진한 이론을 제시하면서 비겁하게도 투쟁의 무대를 지상에서 하늘로 옮겨 놓았던 저 고집쟁이 기독교인들과는 다릅니다. 신기독교인들은 인간의 당면한 고뇌에 주목하면서 하늘나라의 일부나마 지상으로 가져오려고 하지요.」

그가 비꼬는 투로 껄껄대고 웃었지만 창백한 얼굴은 비통함으로 일그러져 보였다.

「과연 그들이 성공할까요?」 그가 독백을 하듯 중얼거렸다. 「그리스도가 인간의 가슴에 또 한 번 온유함을 안길 수 있을까요? 이보다 더 절박한 게 있을까요? 인간을 만족시킴으로써 그들을 입 다물게 하는 일이 과연 가능할까요?」

내가 아무 말이 없자 그는 더욱 흥분했다.

「만약 그리스도가 다시 땅으로 내려온다면 이번에는 푸른 호수와 밭과 햇살이 있는 팔레스타인이 아니라 춥고 더럽고 연기가 자욱한 셰필드로 내려오겠지만 그래 본들 뭘 하겠습니까? 그가 공장에 들어가고, 지하 탄광으로 내려가고, 노동자들을 보고 사장들을 보았다면, 우리의 구원을 위해 과연 어떤 길을 택했겠습니까?」

그가 이글거리는 눈으로 나를 쳐다보며 끈기 있게 대답을 기다렸다. 그러나 나는 계속 침묵을 지켰다. 그런 문제로 고민하지 않은 게 벌써 몇 년 되었기 때문이다.

「저는 지금 장문의 송시를 한 편 쓰고 있습니다.」 그가 말했다. 「대화체지요. 그리스도와 노동자가 대화를 나눕니다. 때는 아침, 공장의 사이렌이 마귀들처럼 휘파람을 붑니다. 춥고 눈 내리는 날씨. 남녀 노동자들이 덜덜 떨며 달려갑니다. 공장에서의 노동으로 인해 그들의 두 눈은 빨갛게 되었고 몸은 보기 흉했습니다. 내 시의 주인공 노동자는 그리스도의 손을 잡고 그를 공장, 탄광, 항구로 데려갑니다. 그러자 그리스도가 한숨을 지으며 묻습니다 〈이 사람들은 왜 이런 벌을 받는가? 무슨 짓을 했기에?〉 노동자가 대답합니다. 〈저도 모릅니다. 오히려 당신이 대답해 주십시오.〉

나중에 노동자는 그리스도를 자신의 오두막으로 데려갑니다. 불은 꺼져 있고 집 안에는 굶주려 울고 있는 아이들만 복작거리지요. 노동자가 문을 닫은 후 그리스도의 팔을 움켜잡고 외칩니다. 〈우리가 카이사르(세속의 권력자)에게 바쳐야 할 것은 무엇입니까? 또 우리가 바쳐야 할 그분(그리스도)의 것은 무엇입니까? 양쪽에 다 내고 우리가 가져야 할 것은 무엇입니까?〉」 시인은 숨을 헐떡거리며 잠시 입을 다물었다. 두 손은 초조한 듯 격렬하게 떨렸다.

「저런!」 내가 물었다. 「그래, 그리스도는 무어라고 대답합니까?」

「아직 구상하지 못했습니다.」 청년이 미간을 찌푸리며 말했다. 「실은 몰라요. 아니, 더 이상 알 것 같지 않습니다.」 그는 침묵에 빠져 들었다. 교회 그림자가 우리 머리 위로 드리워졌다. 우리의 얼굴이 어두워졌다.

「왜 당신은 뒤돌아봅니까?」 내가 물었다. 「왜 신들에게 묻지요? 그리스도는 자신의 의무를 다했습니다. 그는 다른 시대, 다른 문제들에 관해 대답을 주었습니다. 그 대답은 위대한 문명을 낳았습니다. 그는 임무를 끝냈어요. 이제 우리가 겪는 고통은 전혀 다른 문제입니다. 세상의 수레바퀴가 돌기 시작했어요.」

「나는 도저히……」 시인이 화가 난 듯 찌푸린 표정으로 웅얼거렸다.

「상관없어요.」 내가 말했다. 「그러니 걱정하지 말아요. 다른 사람들이 해낼 겁니다. 그러나 설령 우리가 승리하지 못한다 하더라도 최선을 다해 열심히 싸워야 합니다. 우리는 소리치고, 울고, 가슴을 쥐어뜯으며 고뇌해야 합니다. 비록 우리의 염원이 무력하다 해도, 후손들에게는 도움이 될 것이고 그래서 후손들이 우리보다 나은 생활을 영위하게 될 겁니다. 이것이 바로 우리가 스스로의 구원을 도모하는 길입니다. 내 말이 이해됩니까?」

갑자기 그가 일어섰다. 「안녕히 가십시오.」 그가 말했다. 나는 상체를 약간 웅크린 채 가느다란 다리로 교회 묘지를 성큼성큼 가로질러 익명의 군중 속에 파묻히는 그를 지켜보았다. 그가 걸치고 있는 얇은 녹색 망토가 저녁 바람에 잠시 펄럭였다. 강철의 도시 셰필드, 이 도시에서 그는 희극과 비극이 반반씩 섞인 인물처럼 보였다. 저 변덕스러운 부류의 인간들, 〈시인〉. 선사 시대부터 나이팅게일의 울음으로부터 영감을 얻어 온 시인들은 결코 노래를 중단하지 않을 것이다.

　너무 가냘프고 무용(無用)해 보이는 저 청년은 이 유명한 강철의 도시 셰필드에서 소통 부재와 가난으로 엄청난 고통을 겪었을 것이다. 하지만 그가 자기 자신을 언어의 노동자라고 공정하게 평가하고 또 다른 이들을 강철을 다루는 노동자로 볼 수 있다면, 그들의 조롱을 용서하고 자신의 가난을 당당하게 받아들일 것이다. 자신이 주조하는 금속(언어)이 훨씬 더 강한 금속이란 것을 깨닫게 될 테니까.

　나는 미소 짓지 않는 군중 속으로 사라지는 그를 지켜보다가 일어나 묵은 풀 덮인 무덤들 위로 걷기 시작했다. 그에게 작별 인사를 고하는 뜻에서 모레아[9]의 고귀한 시 몇 구절을 중얼거렸다.

　　아폴론을 내 열 손가락 끝에 올려놓을 수 있는 내가
　　평민들의 조롱에 직면했구나.
　　과거에도 지금도 그리고 앞으로도 영원히, 나는 이 공물을
　　바치는 것이 옳다,
　　그래야만 질서가 지상을 다스릴 것이므로.

　다음 날, 공장들을 다 둘러본 후 나는 예기치 못한 한줄기 기쁨을 맛보았다. 지옥 같은 셰필드도 그 심장부에 한 방울의 시원한 기운을 품고 있었던 것이다. 그 도시의 시립 미술관에서 나는 상아로 된 중국의 작은 조상을 하나 만났다. 고대의 현자였던 노자(老子) 상이었는데, 띠를 허리에 맨 예복 차림에, 잘 다듬은 무성한 턱수염을 불룩한 배 위로 늘어뜨리고, 양손으로 뒷짐을 지

---

9 그리스 남부의 필로폰네소스 반도. 초기 미케네 문명의 중심지.

고 있는 모습이었다. 두건은 뒤로 약간 젖혀져 있었고, 머리는 목젖이 환히 보일 정도로 뒤로 젖혀져 있었다. 그는 껄껄 웃고 있었다.

전하는 얘기에 따르면, 그는 태어날 때 새하얀 백발의 노인이었으나 나이가 들수록 점점 젊어졌다고 한다. 그 완벽한 사람에게는 그것이 자연스러운 과정이었는지도 모른다. 그가 자꾸 젊어지자 제자들은 의아해했다. 하루는 제자 하나가 스승에게 여쭤보기로 결심했다.

「스승님.」 그가 노자에게 말했다. 「스승님은 태어나실 때 새하얀 백발이셨습니다. 그런데 지금은 시간이 흐를수록 머리칼이 검어지고 계십니다. 왜 그런지요?」

「내가 세상의 도를 깨닫는 단계로 들어섰기 때문이니라.」 노자가 함박웃음을 띠며 대답했다.

걱정, 고뇌, 좌충우돌의 젊은 충동이 평온, 너그러운 풍자, 관조의 즐거움으로 바뀐 것이다. 그래서 지금 상아 노자 상은 유리탑 속에 서서 호탕한 웃음을 터뜨리며 셰필드를 응시하고 있다.

영국의 신

피터버러

비인간적이고 사탄적인 아름다움 ─ 혹은 추함이라고 해도 좋다 ─ 을 지닌 첨단 산업 도시들을 둘러본 후 나는 갑자기 중세 시대를 연상시키는 작고 평화로운 도시로 미끄러져 들어갔다. 높고 당당한 성당의 도시 피터버러. 영국의 유서 깊은 도시들은, 오래된 요새를 근거로 탄생한 경우, 통상을 위한 도로나 항만의 교차지로 형성된 경우, 그리고 마지막으로 성당을 중심으로 형성되어 지금까지 남아 있는 경우 등 셋으로 나뉜다. 전쟁, 통상, 종교, 이 세 가지야말로 문명의 위대한 어머니이다.

성당 도시에는 신성한 기품 같은 것이 서려 있다. 내가 피터버러에 도착한 것은 토요일 저녁때였는데 수많은 남녀들이 오르막길을 따라 마치 성찬 행렬처럼 천천히 움직이고 있었다. 모두들 하루 일과를 끝낸 시간이었다. 어떤 이들은 지갑이나 자그마한 바구니를 들고 장을 보러 가고, 어떤 이들은 아내와 자식들을 데리고 느긋한 산책을 하고 있었다. 나는 저 큰 성당을 중심으로 사방으로 뻗어 있는 쇼핑센터를 조만간 만나리라. 이렇게 땅거미가 질 때면 아마도 인심 좋은 지방 사람들이 광장으로 나와 느긋하니 배회하고 있을 터였다. 이곳 사람들은 〈하느님 집〉 근처에서 상품을 거래하고 한가로이 어슬렁대고 연인에게 구애한다. 나는 조심스러운 걸음으로 그들을 따라갔다. 그들의 느긋한 리듬에 빠져 든 뒤로는 자신감이 솔솔 생겨났다. 이제 곧 중세적인 저 장엄한 신의 요새와 직접 대면하여 매우 훌륭한 것 세 가지를 즐기게 되리라. 아름다운 건물을 보는 것, 과일을 사서 내 몸의 원기를 돋우는 것, 처음이자 마지막으로 피터버러의 여인들을 구경하는 것.

이 목가적인 소도시에 들어서면 삶은 열정에 들뜬 현대 사회의 격랑과 분노로부터 절연된다. 이 도시는 낙후되어 있지만 영원하다. 그것이 지난 수천 년을 이어 온 그들의 삶이었고 다가올 수천 년 후에도 변함이 없을 것이다. 아무리 엄청난 흥분을 불러일으키는 열기도 이곳에서는 아주 잠시 지속될 뿐이다. 이 고장 사람들의 얼굴에는 수심이 별로 보이지 않는다. 그들의 영혼은 가벼운 졸음에 빠진 듯 평온하다. 그들의 육신은 가혹한 대접을 받지 않으며 영양 결핍도 되지 않는다. 그러니 자연 나이 든 자의 비만함이 따라 나오게 된다. 수면에 돌멩이를 던져 보라. 물살이 고요하게 퍼질수록 원들의 폭도 더 커진다. 피터버러는 가장 폭이 넓은 원이다.

언덕 꼭대기에 올라 고개를 들어 보니 그 유명한 사도들 — 베드로, 바울, 안드레 — 의 성당이 황금빛 붉은 하늘을 배경으로 짙은 녹음 한복판에 우뚝 서 있다. 성당 주변에는 배, 사과, 자두, 바나나 등 과일로 넘쳐나는 노천 시장이 펼쳐져 있다. 나는 뛸 듯이 기뻤다. 오늘 저녁은 이 정도면 내 몸과 영혼을 모두 만족시키기에 충분하다. 나는 과일을 사려고 바삐 걸어갔다. 육신의 원기를 돋우어 놓아야 내 영혼을 괴롭히지 않을 테니까. 그 후 교회의 그지없이 매혹적인 회랑으로 들어섰다.

같은 고딕풍인데도 영국의 성당들은 유럽 대륙에서 흔히 볼 수 있는 것들과 얼마나 다른지! 영국의 성당과 자연은 상호 직접적인 관계를 맺고 있고, 그래서 성당 사방으로 풀밭이 펼쳐진다. 나무와 물과 정원 들이 성당을 포옹하고 있다. 이 성당이 호전적인 신의 요새라는 건 의심할 여지가 없다. 영국의 이런 성당들은 쾌적하고 안락한 성도 아니고, 황야의 고독 속에 세워진 외로운 별장도 아니다. 그럼에도 불구하고 이 호전적인 신은 녹음을 사랑한다. 이 영국의 신은 녹음에 아주 민감하다.

나는 영국의 조용하고 작은 도시들에 매머드 화석처럼 산재해 있는 성당들을 돌아보면서, 건축가의 손이 세속적 삶에 대한 사랑과 이해가 이끄는 대로 잘 따랐다는 것을 확인할 수 있었다. 사랑, 이해, 그리고 확실한 실용 정신. 영국의 성당은 하늘에 닿으려는 야망을 품은 화살처럼 뾰족한 정상을 향해 솟구치지 않는다. 황홀경이나 지나친 금욕주의나 삶에 대한 경멸을 제안하지도 않는다. 넓은 문들과 장식적인 조각들, 날개 달고 미소 짓는 어린 것들을 품고 그냥 그렇게 풀밭 위에 퍼져, 영혼의 외현(外現)을 이룬다. 성당은 우리를 일방적으로 천상으로 유혹하지 않는다. 그 건물은 지상에서 살짝 올라가 있어 우리가 그 꼭대기에서 주위를 조망하며 지상이 참으로 푸르고 매혹적이구나 하고 느낄 수 있게 해준다. 이곳에서 올리는 기도는 우리의 땅을 이처럼 푸르게 만들어 주신 하느님에게 깊은 감사를 드리는 방식이 된다. 인간의 정신은 세속적 사물보다 더 높은 차원을 획득하지는 못한다. 그의 정신은 지상에 견고한 거처를 마련하고 뻗어 나가 허기진 억센 뿌리를 땅속에 박는다.

이 세상에는 인간의 정신을 방황하게 만드는 강렬한 유혹들이 많다. 조금만 방치해 두어도 인간의 정신은 육체의 즐거운 언덕 길로 매끄럽게 미끄럼을 타겠다고 나선다. 수도승들은 이내 주위의 푸른 초목과 물과 꽃들에 유혹되고, 안락한 방과 타오르는 난로와 좋은 음식에 현혹되고, 그리하여 인간적인 죄악의 길로 들어선다. 옛 사가들이 묘사해 놓은 바에 따르면, 몇백 년 전의 수도승들은 이러한 성당의 성스러운 그늘 속에 살면서 복된 삶을 누렸다. 그들은 여자를 동경하고 술을 마셨으며 여자들을 불러들여 노래하고 춤추게 했다. 이렇듯 태평한 환락 속에서 그들은 자신들이 모시는 근엄한 신을 망각했고, 초조한 나머지 〈천국〉을 이 세상으로 끌어내렸다. 그들이 말하는 기쁨은 뻔뻔스럽게도 세속적인 기쁨이었고, 그것은 훗날 청교도의 불꽃과 빅토리아 시대의 빙산에 의해 일소된다. 청교도들은 하느님을 엄격하고 무자비한 장군으로, 빅토리아 시대 사람들은 냉정하고 무섭고 고결한 목사로 변모시켰다.

나는 높이 솟은 성당 안, 섬세하게 조각된 신자 석에 자리 잡고 앉아 저 매력적인 노시인 제프리 초서의 시집을 펼쳤다. 사라진 괴물, 먼 옛날의 수도승을 초서의 시에서 발굴해 보고 싶었다. 거칠면서도 윤택한 14세기 영어에서 수도승의 모습이 서서히 드러나기 시작했다. 사근사근하고, 잘 먹고, 원기 왕성한 중세의 수도사. 돼지기름 냄새와 향냄새를 피우며 성가대에 어울리는 목소리로 꿀처럼 달콤하게 말하는 자. 그 수도승에게선 가난하고 병든 자들에 대한 사랑을 전혀 찾아볼 수 없었다.

「네 이웃이 너를 경멸하나니

네가 거침없이 퍼부으려면 사제와 결별하라!」

그는 부자들, 특히 식료품 상인들에게 고해 성사 해주기를 즐겼다.

그는 아주 기분 좋게 고해를 듣고
흔쾌히 사면해 주었다
충분한 대가를 받겠다 싶으면
선선히 속죄해 주는 사람이었다.

그는 마을의 이 집 저 집을 돌아다니며 구걸했다.

「밀 반 말이나 엿기름, 보리나 치즈 한 덩이,
아니면 과자라도 주십시오. 여러분이 주고 싶은 것이면
아무것이든 좋습니다. 반 페니나 1페니를 주고 미사를 부탁
하셔도 괜찮습니다.
혹시 있다면 질긴 고기도 상관없고
담요 조각을 주어도 좋습니다. 자, 보십시오,
내가 여기에 당신들의 이름을 적습니다.」

이렇게 동냥을 모아 잔뜩 싣고 노새에 걸터앉아 마을을 떠날 때면, 찬양해 주기로 약속했던 이름들을 모두 지워 버리고 다음 마을로 향했다.
초서가 아주 생생하게 묘사하고 있는 이 수도사가 어느 마을에 가서 친구 토머스를 열심히 찾았다. 그는 이 친구를 지극히 사랑했는데, 그 이유는 부자인 데다 아름다운 아내를 가진 친구였기

때문이다. 수사는 병석에 누워 있는 친구를 발견하고 그를 안아 주려고 다가갔다.

「나는 하느님도 알고 계시다시피 열심히 일했답니다.
  당신과 또 다른 친구들이 구원을 받을 수 있도록
  특히 당신을 위해 정성을 다해 기도했지요, 하느님, 이들을 축복해 주소서!
  그리고 오늘은 당신이 다니는 성당에서 설교를 했습니다…….
  아까 거기서 당신의 부인을 보았는데, 아! 부인은 지금 어디 계시지요?」

그 순간 부인이 들어왔다. 수사가 일어나서 아주 정중하게 그녀에게 인사했다.

수사는 점잖게 자리에서 일어나
  그녀를 꼭 껴안았다.
  그리고 공손하게 뺨에 입을 맞추고는 참새처럼 재잘거렸다.

그가 찬송가를 읊듯 그녀에게 말했다.

「부인에게 영혼과 생명을 주신 하느님께 감사드립니다.
  그런데 오늘 성당에서 보니
  부인보다 아름다운 여자는 정말 아무도 없더군요!」

그리고 잠시 후,

「고맙습니다, 부인, 나는 간단한 식사로도 충분합니다.
하지만 수탉의 조그만 간과 말랑말랑한 빵 한 조각과
구운 돼지 머리면 더욱 좋을 것 같습니다.
(그러나 닭이든 돼지든 나 때문에 일부러 잡지는 마십시오.)
나는 조금만 먹어도 충분합니다.
내 영혼의 양식은 바로 성서니까요.
내가 잠을 자지 않고 명상을 하기 때문에
이 가련한 육체는 위장이 다 망가질 지경이 되었답니다.」

부인이 그에게 줄 소박한 식사를 준비하려고 나가자 수도사는
가엾은 토머스를 공포로 몰아넣으면서, 자기 외에 다른 수도사들에게도 기부했으니 지옥불에 떨어질 것이라고 협박했다. 수도사는 오직 자기에게만 기부했어야 했다고 투덜거렸다. 그러자 불쌍한 토머스는 다음과 같이 푸념했다.

「그리스도께서 제발 도와주셨으면 좋겠습니다.
지난 몇 년 동안 이곳을 지나는 많은 탁발 수도사들에게
수도 없이 돈을 바쳤건만 병은 조금도 차도를 보이지 않습니다.」

그러자 수도사가 불끈 화를 냈다.

「오, 토머스 씨, 그게 정말입니까?
당신은 무엇 때문에 많은 수도사들이 필요했지요?
이미 읍내에 최고의 의사가 있는데 무엇이 모자라서
다른 의사를 찾아갑니까? 당신은 그런 변덕 때문에 일을 망친 겁니다.

......

당신은 〈저 수도원에 보리 다섯 말을 주어라.〉

〈이 수도원에 몇 푼 주어라.〉

〈저 수도사에게 한 푼 주어 보내라〉고 했겠지요.

안 돼요, 안 돼, 토머스 씨! 그런 식으로 하면 안 됩니다.

한 냥을 열두 개로 쪼개 놓으면 무슨 가치가 있겠습니까?

완전한 것 하나가 쪼개진 여러 개보다

훨씬 큰 힘을 발휘하는 법입니다.」

「그러면 우리 수도원을 짓는 데 헌금해 주시오.」 수도사가 이렇게 요구하고 마지막 협박을 했다.

「우리는 이제 간신히 기초 공사만 끝냈을 뿐이고

아직 바닥에 타일 한 장 깔지 못하고 있습니다.

게다가 석재 값으로 44파운드의 빚을 지고 있어요!

그러니 토머스 씨, 지옥을 정복하신 하느님을 봐서라도

도와주시오. 그렇지 않으면 우리는 책이라도 팔아야 할 처지입니다.

그러면 여러분은 우리의 가르침을 받지 못하게 될 것이고

그렇게 되면 온 세상이 파멸하고 말 것입니다.」

나는 초서의 고풍스러운 시편을 굽어보면서, 수도복을 두른 이 놀라운 인물들이 아득한 시간 속에서 튀어나오는 것을 볼 수 있었다. 그리고 이렇게 그 시대 성직 사회의 정글 속을 돌아다니는 것이 즐거웠다. 중세 영국의 수도원에서는 만취 상태로 교회 미사에 나오는 수도승들을 종종 볼 수 있었다. 그들은 카드와 주사

위 놀이를 즐겼고 말을 사랑하여 마상(馬上) 격투를 벌이며 피를 흘렸다. 그들이 정부를 거느리는 것은 공공연한 일이었다. 그들은 부자였으며 사치스럽고 호화로운 것을 좋아했다. 저 당당한 캔터베리의 주교 토머스 베켓의 프랑스 행차는 그 얼마나 화려하고 웅장했던가! 한 떼의 남작들과 2백 명의 기사들, 개, 마차, 짐마차, 사치스럽게 차려입고 무장한 군단 규모의 하인들. 장식으로 번쩍거리는 열두 필의 말에는 열두 명의 장정과 열두 마리의 원숭이가 올라타 있었다. 그 뒤로 찬란한 복장의 기사들과 매부리[1]들, 사제들이 이어졌다. 그리고 이 측근들 한복판에 가난한 나자렛 사람 — 예수 — 의 대변인인 베켓 대주교가 벨벳과 금과 보석들로 치장한 친구들을 옆에 거느리고 앉아 있었다.

평민들은 보았다. 아주 똑똑히 보았고 결코 용서하지 않았다. 노동자들과 부르주아에 속하는 사람들이 주점에서 작업장에서 가정에서 열심히 성서를 읽기 시작했고, 성서를 나름대로 해석했다. 탐욕스러운 주교와 수도원장들이 누리는 수치스럽고 오만한 삶을 그리스도의 소박하고 초라한 삶과 비교해 보면서 그들의 분노는 쌓여 갔다.

하지만 그들이 대담하게 고개를 쳐들기까지는 다소 시간이 걸렸다. 신비에 싸인 천사의 문양은 여전히 그들에게 경외감과 공포를 안겨 주었다. 그 문양을 모욕하면 거기에 담긴 소름 끼치는 내용을 모독하는 게 되지 않을까 두려워했다. 그러나 교회의 성직자들은 점점 더 분별력을 잃어 갔다. 로마에서 수도승과 주교들이 교황의 편지를 들고 정기적으로 찾아왔다. 교황의 편지에는 성 베드로의 후계자라는 뜻으로, 두 개의 열쇠가 교차된 문장이

---

1 매를 부리는 사람.

새겨진 큼직한 붉은 도장이 찍혀 있었다. 그들이 가져온 것은 교황의 면죄부였다. 〈죄를 지은 자는 모두 대가를 지불하게 하라. 그러면 우리가 그들을 용서할 것이다!〉 그들이 나팔을 불어 대는 메시지는 이런 것이었다. 〈살인은 파운드로 얼마, 도둑질은 얼마, 강간은 얼마를 내라!〉 지옥이 두려웠던 많은 사람들이 지갑을 열어 돈을 냈다. 그리고 면죄부를 받아 부적처럼 목에 두르고 다니면서 비로소 안심했다. 그러나 또 다른 사람들이 반발하고 일어나 격렬하게 항의했다. 「죄악은 겸손한 마음으로 회개할 때만 씻어 낼 수 있다.」 그들은 성서를 손에 움켜 들고 소리 높여 외쳤다. 「파운드로 제압할 수 있는 게 아니다. 부자들은 돈을 치르고 〈천국〉으로 들어가고 가난한 자들만 지옥으로 가게 한다면 그것은 하느님의 뜻이 아니다!」 농민들이 낫과 곡괭이를 쳐들었고 거기에 노동자와 장인들이 가세했다. 격분한 그들은 교황의 사자(使者)들을 급습하여 쫓아냈다. 그러나 교활하고 살진 수도승들은 잠시 고개를 숙였을 뿐 곧 껄껄대고 웃으며 다시 안락한 생활로 돌아가 계속 영국의 젖을 빨아 댔다.

공룡 헨리 8세

그 잔이 마침내 넘쳐흐를 때까지……. 이윽고 한 마리 공룡이 옥좌에 올랐다. 대식가, 호색가, 교황을 두려워하지 않는 잔인한 전제 군주, 헨리 8세. 다혈질의 거대한 풍채, 궁술과 테니스의 일인자, 하루 사냥에서 말 열 필을 녹초로 만들어 버리고도 그 자신은 지치지 않는 기수. 그는 레슬링을 너무나 좋아한 나머지, 한번은 군중 앞에서 갑자기 프랑스 국왕 프랑수아 1세를 슬쩍 밀어 바닥에 넘어뜨리는 장난을 치기도 했다.

헨리 8세는 르네상스라는 새롭고 이국적인 풍토가 탄생시킨 가장 똑똑한 공룡 중 하나였다. 원초적인 욕구들 — 먹는 것, 마시는 것, 싸우기, 죽이기 — 이 왕성했던 그는 사회나 교회의 제지를 전혀 받지 않고 자유분방하게 자신의 욕구를 채웠다. 그의 영혼 역시 굵직한 욕구와 호기심들을 갖고 있었다. 그는 깊이 명상하면서 신성한 황홀경 속으로 들어가는 것을 좋아했고, 한가한 시간이면 음악과 시가(詩歌)를 즐겼다. 그는 신학자였고, 문학을 사랑했으며 시를 썼고, 거문고와 플루트도 수준급으로 연주했다. 자신이 직접 작곡한 노래와 찬송가를 부르기도 했다.

그는 교황이 아니라 지옥을 두려워했다. 일평생 〈양심〉이란 벌레가 그의 강건한 몸을 갉아 먹었다. 그는 비극적인 켄타우로스[2] 그 자체였다. 그의 절반은 자유로운 르네상스 애호가인 반면 나머지 절반은 아직도 중세의 깜깜한 공포 속에 잠겨 있었다.

그는 여섯 명의 여인과 결혼했다. 그러나 육욕에만 빠진 것은 아니었다. 하느님을 두려워했던 그는 자신의 열정을 하느님의 허락하에 만족시키고자 했다. 짙푸른 눈의 앤 불린을 처음 본 순간 그는 매혹되었고 그 자리에서 당장, 스페인의 공주이자 첫 번째 아내인 캐서린과 이혼해야겠다고 생각했다. 그러나 교황은 캐서린과의 이혼을 허락해 주지 않았다. 신을 두려워한 왕은 절망에 빠졌다. 그러던 어느 날, 간사한 고문들이 그에게 말했다. 「굳이 교황의 허락을 받을 필요는 없습니다. 가장 저명한 신학자들을 불러들여 소견을 들어 보시고 그들이 적절하다고 판단하는 대로 하십시오.」 그리하여 옥스퍼드, 케임브리지, 소르본 대학, 이탈리아 북부의 저명한 신학자들 — 일부는 값진 선물로 회유당하고,

---

2 그리스 신화에 나오는 반인반마의 괴물.

일부는 협박에 못 이겨 — 이 초빙되어 와, 그가 찾던 대답을 제공해 주었다. 백성들이 캐서린 편에 서서 항의했으나 허사였다. 앤 불린이 임신한 상태였으므로 왕은 마음이 급했다. 그는 교황 따위는 더 이상 거들떠보지 않았다. 교황의 견제를 물리치고 짙푸른 눈의 매력적이고 교태 많은 여성과 결혼했다. 이처럼 큐피드가 그 전지전능한 고사리 손을 흔들어 사랑의 화살을 쏘아 대는 바람에,[3] 그저 아들이나 하나 얻어 보자고 무리하게 추진했던 결혼이 전혀 예기치 못한 결과를 가져와, 영국의 양심을 구원해 주는 커다란 변화의 구도를 형성했다.

영국을 로마의 멍에로부터 벗어나게끔 몰아간 것은 어린 큐피드만이 아니었다. 영국민의 민족의식도 꿈틀대고 있었다. 신흥 부르주아 계급은 종교와 경제 면에서 교황권에 종속되어 있던 조국을 해방시키고 싶어 했다. 그들은 프랑스와 스페인[4] 사이를 오가며 수시로 동맹을 형성하는 교황을 더 이상 신뢰하지 않게 되었다. 그리고 영국의 저 방대한 땅과 엄청난 국부가 수도승의 손아귀에 들어 있는 것도 더 이상 두고 볼 수 없었다. 게다가 그들의 정신적 양심이 깨어나고 있었다. 인쇄 기계의 발명으로 성서가 전국 각지에서 유포되기 시작하여 이제 누구나 라틴어가 아닌 자국어 성서를 읽을 수 있게 되었다. 따라서 라틴어를 아는 사제들에게 의존할 필요 없이 독자적으로 성서를 해석할 수 있었다.

이렇게 해서 영국은 다소 안도하는 심정으로 교황으로부터의 해방을 받아들였다. 하지만 처절한 박해가 시작되었다. 계속 교황에게 충성하는 영국 사제들은 종교적 불관용의 흉포한 맹위 속에 참수, 화형, 혹은 교수형에 처해졌다. 그 당시 영국에는 막대

3 헨리가 앤 불린에게 사랑을 느꼈다는 뜻.
4 교황과 밀접한 관계를 유지하는 가톨릭 국가들이었다.

한 부를 소유한 수도원이 2천 곳에 달했고 그들에게는 없는 것이 없었다. 그 부는 이제 국왕과 귀족들이 나눠 가졌고 나머지는 부르주아나 농민들에게 불하되었다. 귀한 필사본들은 채소 장수에게 팔려 나가, 원뿔형 봉지나 종이봉투로 사용되었다. 성화와 성인 조각상은 불태워졌고, 꼴사나운 성인의 유골들은 폐기 처분되었다. 동산, 부동산 할 것 없이 수도원들이 보유했던 재산 일체가 불과 5년 사이에 처분되었다. 이 매매로 혜택을 본 수천 명의 사람들이 교황의 철천지원수가 된 것은 당연했다. 그들은 교황파가 영국에서 다시 득세하게 되면 자신들이 얻었던 것을 고스란히 잃으리란 것을 너무나 잘 알고 있었다.

그와 비슷한 시기에 루터가 등장하여 교황으로부터의 종교 해방을 부르짖었으나 헨리는 루터를 따르지 않고 가톨릭교의 가르침을 계속 따랐다. 그는 가톨릭교를 전면적으로 부정하는 것은 아니었고, 다만 그것(가톨릭교)을 자신을 수장으로 하는 영국적 국교로 만들고자 했을 뿐이었다. 헨리는 나이가 들수록 흉포해졌고 이상한 공포에 사로잡히는 일이 잦았다. 그는 구교도 신교도 가릴 것 없이 수많은 이들을 교수형에 처했고 그래서 왕의 주위에는 항상 피가 흥건했다. 그는 지옥에 가리라는 공포에 질려 살았다. 하지만 그가 영국의 양심을 교황의 막강한 견제로부터 해방시켰다는 사실에는 변함이 없었다. 앤 불린의 매혹적인 눈은 하나의 단초에 불과했을 뿐, 거기에는 보다 깊은 원인이 따로 있었다. 그는 수장령을 내리기 전에 내면적으로는 오랫동안 정신의 자유를 모색해 왔던 것이다.

인간 영혼의 어디에선가 불이 밝혀지면 그 빛은 사방으로 걷잡을 수 없이 퍼져 나가게 된다. 교황에게서 해방된 영국인들은 곧바로, 또 다른 멍에로부터의 해방이 절실하다고 느꼈다. 라틴어의 멍에가 그것이었다. 그전까지 사제들은 평민들이 알아듣지 못하는 라틴어로 하느님과 대화해 왔다. 그러나 이제 사제의 중재 없이 단독으로 하느님 앞에 서게 된 평민들은 모국어로, 민중의 소박한 언어로 하느님과 대화해야 한다는 것을 깨달았다. 국왕 헨리는 자신이 직접 쓴 편지에서 말했다.

우리가 스스로 이해하지도 못하는 외국어를 사용한다면 하느님을 기쁘게 해드릴 수 없을 뿐 아니라 인류의 구원도 기대할 수 없다. 자기가 하는 말이 무슨 뜻인지도 모르면서 하느님께 기도하는 사람은, 소리는 내지만 그 소리의 가치를 이해하지 못하는 하프와 다를 바 없다. 게다가 기독교인의 지위는 일개 악기에 비할 수 없으니, 내 백성들은 이성적인 인간답게, 반드시 자신의 모국어로 기도할 수 있어야 한다.

그러고 나서 저 유명한 〈영국 국교회 기도서〉가 등장했다. 민중의 언어로 소박하고 엄격하게 쓰인 이 기도서는 원시적인 시가들로 넘쳐났다. 민중은 자신들의 언어로, 단어 하나하나의 공명을 피부로 느끼며, 하느님에게 말할 수 있게 되었다. 장중하면서도 투박한 영어 단어들이 하나하나 의미 있게 사용되면서 예배도 새로운 의미를 띠었다.

모국어로 말한다는 것은 인간 정신의 계몽과 해방에 헤아릴 수 없이 큰 영향을 준다. 말에 실린 정확한 의미를 이해하면 최대한 적절한 말을 쓰고자 애쓰기 때문이다. 이런 과정에서 사람들은 자신의 정신 속으로 보다 깊이 파고들게 되고, 파고들다 보면 거기에 빛을 밝히게 되고, 자신의 은밀한 욕구들에 — 가장 이해하기 힘들었던 욕구들에까지 — 의미를 부여할 수 있다. 욕구에

〈의미를 부여한다는 것〉은 무슨 뜻일까? 그것은 어둡고 이름 없는 덩어리로부터 끌어올려 이름을 불러 준다는 뜻이다. 이렇게 되면 그 욕구와 그에 연관된 다른 소망들을 분명히 구분할 수 있게 된다. 그 욕구에 실체를 부여했기 때문에 예전처럼 막연한 상태로 남아 있지 않는 것이다. 이렇게 은밀한 욕구를 밝혀냄으로써 사람들은 서서히 자신의 영혼을 구하고 해방시키게 된다.

청교도

〈마음에 가하는 때 아닌 과도한 폭력은 이성을 어둡고 흐리게 만든다.〉 신학자 시므온의 입에서 나온 이 사려 깊은 말이 어느 일요일 머리를 스쳤다. 그때 나는 영국의 한 소도시에서, 유서 깊은 청교도*Puritans* 가문 출신의 친구와 함께 교회 부근을 거닐고 있었다. 예배가 끝나자 나는 한쪽으로 비켜나, 기도서를 품고 밖으로 나오는 남녀들을 지켜보았다. 그들은 그 기도서가 마치 무거운 돌이나 되어 금방이라도 던져 버릴 것 같은 기세로 품에 안고 있었다.

그들의 차갑고 냉정한 눈, 굳게 다문 입술, 건조하고 정지된 그 격앙된 표정을 나는 결코 잊지 못할 것이다. 마치 무슨 끔찍한 쇼를 보고 나오는 사람들 같았다. 혹은 스스로 어떤 엄숙한 맹세를 하고 나왔다가 사탄의 꿈처럼 거품을 일으키며 자기 앞에 펼쳐지는 세상을 보고는 혐오감을 참지 못하고 세상을 마구 짓밟는 것 같았다. 그들에게는 매력도 연민도 기독교적 사랑도 없었다. 예전에 예루살렘 외곽의 헤브론에 갔을 때 자그마한 이슬람교 사원 앞에서 기도를 마치고 나오는 이슬람교도들을 본 적이 있다. 그들의 얼굴은 아직도 기도의 열기가 타오르는 듯했고, 자신들 내부에서 활활 타오르는 신의 불꽃 때문에 눈이 부신 듯했다. 그들의 벌어진 입은 그런 열기와 불꽃을 대변하는 것 같았다.

반면에 여기 영국 신자들은 완전히 굳어 버린 상태로 교회에서 물러 나오고 있었다.

「저들을 보면 무서워집니다.」 내가 친구에게 말했다. 「무슨 일이지요? 저들이 교회에서 무슨 일을 겪었습니까? 마치 발작 직전의 간질 환자들 같군요.」

친구가 혀로 얇은 입술을 한 번 핥고 나서 대답했다. 「태양의 나라 그리스에서 온 당신이 북부의 공포를 어떻게 이해하겠습니까? 당신들이 종교를 마음대로 바꾼다고 해도 여전히 하나의 신은 남는데, 그게 바로 태양의 신 아폴론이지요. 당신들은 물을 말리고 살을 썩히는 사나운 아프리카의 태양이 아니라, 시원한 물과 서늘한 그늘과 인간들을 사랑하는 유쾌한 태양을 생각하지요. 하지만 우리의 사정은 다릅니다!」

그가 풀밭 위로 내려앉는 짙은 안개를 바라보았다. 나무들이 안개의 망토를 이리저리 구분해 놓았고, 그래서 안개는 교회의 뾰족한 첨탑과 돌로 된 천사들 주위로 조각구름들처럼 걸려 있다. 성난 듯 솟아오른 시커먼 교회 건물 전체가 안개에 휩싸여 있어 마치 야훼가 한번 만져서 연기를 내뿜게 한 것 같았다.

「우리의 사정을 한번 들어 보세요.」 빈혈에다가 키스라고는 해본 적이 없는 듯한 입술을 움직이며 청교도 친구가 말했다. 「내 선조들은 여러 세대 동안 웃지 않았습니다. 우리 아버지는 목사였어요. 어릴 때의 어느 날 아버지에게 물어보았습니다, 우리 집에서는 왜 아무도 웃지 않느냐고. 아버지가 놀란 표정으로 나를 쳐다보셨지요. 〈너, 성서를 읽어 보았지?〉 아버지가 물으셨어요. 〈그럼요.〉 〈거기 어디에 그리스도가 웃었다는 구절이 나오더냐?〉 나

164

는 괜히 물어보았다는 생각이 들었습니다. 〈이제 알겠니? 그러니 죄인인 우리가 어찌 웃을 수 있겠느냐? 하지만 그리스도가 종종 우셨다는 기록은 성서에도 나와 있지. 그러니 우리도 우는 게 마땅하단다.〉 그리스에선 아버지가 아들에게 이런 말을 해줄까요?」

「아뇨, 절대로 못하지요.」 내가 껄껄 웃으며 대답했다. 「왜냐하면 태양이 허락하지 않을 테니까. 우리나라 성인 중에 한 사람 — 정확히 누구인지는 기억이 나지 않네요 — 이 하루는 이런 질문을 받았습니다. 〈당신은 하루빨리 지상을 떠나 천국으로 들어가고 싶은 마음뿐입니까?〉 그러자 그 늙은 수도사가 대답했습니다, 〈아니요, 나는 서두르지 않습니다. 나는 가장 먼 길로 둘러 천국으로 가게 해주십사 하느님께 청했습니다.〉 그는 이 지상을 너무나 사랑했으므로, 최대한 오래 여기에 머물면서 기쁨을 누리게 해달라고 했던 겁니다.」

청교도 친구가 여위고 둥근 머리를 가로저었다. 「우리의 하느님은 어둠과 비와 추위의 신입니다. 저 길고 긴 겨울밤이면 내 청교도 선조들은 한자리에 모여 앉아, 책등을 사슬로 조여 놓은 두툼한 성서를 낭독하곤 했지요. 둘러앉은 사람들이 하느님의 말씀에 대해 나름대로 설명을 덧붙이는 가운데 공포감은 끝없이 쌓여 갔지요. 선조들이 읽은 것은 그리스도의 말씀이 아니라 야훼의 말씀이었습니다. 결국 영국인들의 진정한 신은 야훼입니다.」

그때 교회 회중 가운데 마지막 사람이 우리 곁을 지나쳐 읍내의 구불구불한 골목길로 사라졌다. 가정집과 가게들이 모두 닫혀 있고 청교도적인 적막이 감도는 가운데 우리의 발소리만 보도에 울려 퍼졌다. 마치 무덤 위로 걸어가는 기분이었다.

나는 생각했다. 신성함의 추구는 인간의 지고한 충동이다. 그러나 그 충동을 실현하기 위해서는, 가장 낮고 가장 죄 많은 단계까지 포함하는 존재의 사다리에서 천천히 걸어 올라가야 한다. 식물과 동물을 만들어 내는 존재가 무엇이든 간에 그것을 〈자연〉이라고 불러도 될 것이다. 그런데 우리의 내면에 깃든, 식물과 동물을 정복하고자 애쓰는 충동 역시 〈자연〉이다. 자연이 자신의 피조물인 인간에게 그런 충동을 부여해 준 것이다. 따라서 인간의 내면에 깃든, 식물과 동물을 정복하기 위해 분투하는 것, 이것이야말로 인간의 진정한 사명인 것이다.

인간을 한 마리의 벌이라고 볼 때 인생은 〈꿀을 잠깐 맛보는 것〉이다. 그래서 벌은 당연히 꽃 속의 꿀이 자신의 먹이가 되기 위해 거기에 놓여 있다고 생각한다. 꿀을 먹는 동안 인간은 꽃가루 칠한 자신의 날개들이 그 꽃을 번식시키고 있다는 것을 결코 알지 못한다. 꽃이 꿀이라는 덫으로 그를 유혹한 것이다. 그러나 보다 뛰어난 인간은 꿀을 보고 덫에 걸려들더라도 눈을 활짝 열어 놓는다. 꿀을 먹고 모으면서도 이것이 궁극적인 목표는 아니라고 생각한다. 그는 꿀 너머에 있는 저 적막의 상태로 홀로 전진한다. 이렇게 꿀을 거부하는 것을 가리켜 흔히들 〈순수 *purity*〉라고 한다.

내 청교도 친구가 불안한 흥분에 휩싸여 나를 쳐다보았다. 까마득히 먼 저 태양의 땅, 기쁨을 당연시하고 웃음을 그리스도의 가르침과 어긋나지 않는다고 생각하는 악마적 아름다움의 땅에서 온 불신자(不信者)가 지금 자기 옆에 서 있음을 깨달은 모양이었다. 그가 무의식적으로 도덕심이 별로 없는 그 나라에 대한 경멸감을 표시했다. 그가 선조들보다 얼마나 발전했는지는 몰라도, 또 그의 두뇌가 얼마나 폭넓은지는 몰라도, 그의 깊은 내면에서는 여전히 웃음을 뻔뻔스러운 오만이라고 생각하는 듯했다.

그가 경직된 입술을 다시 한 번 혀로 핥았다. 「과거는 엄청난 신앙의 시대였지요!」 그가 은근히 감탄하면서 말했다. 「그 시대의 삶에는 말로 표현할 수 없는 엄숙함이 깃들어 있었습니다. 인간이 하느님의 손아귀에서 몸부림쳤지요. 아주 극소수만 구원받을 거라 생각했습니다. 나머지는 모두 태어나기 수천 년 전에 영원한 지옥으로 떨어지는 저주를 이미 받았다고 보았습니다. 선한 말도 선행도 순결한 생각도 이 저주의 신성한 예정을 바꾸지 못한다고 생각했어요.

고뇌가 그들을 짓눌렀습니다. 참기 힘든 공포였지요. 그들이 교회에 모여 하느님의 말씀과 협박을 듣는 주일이 되면 실신하는 사람도 많았습니다. 여자들만 그런 것이 아니라 심지어는 덩치 좋고 건장한 남자들도 기절했어요. 그들은 창백해진 얼굴로, 말없이, 눈을 내리깔고 집으로 돌아오곤 했습니다. 그리고 성서를 무릎 위에 올려놓고 천천히 넘겼습니다, 한 페이지 한 페이지, 한 구절 한 구절 가슴을 졸여 가며. 그다음엔 가장 무서운 구절들을 외워서 길을 걸을 때나 유혹 — 음식이나 여자, 황금 — 에 직면할 때 읊조리곤 했지요. 유혹을 떨쳐 내려고 말입니다. 목사였던 부친이 이런 말씀을 하셨습니다. 〈교회에 가기 전에 유언장을 작성하고 처자식에게 작별 인사를 하는 사람들이 종종 있단다. 하느님의 심판을 견디고 살아 돌아올 자신이 없어 그러는 거지.〉」

나는 문득 런던의 한 진열창에서 본 엄청나게 큰 성서가 떠올랐다. 문짝처럼 두꺼운 판자와 검은 돼지가죽으로 장정되어 있고, 묵직한 사슬과 녹슨 자물쇠가 채워져 있었다. 고딕체 글자들과 노랗게 바랜 지면들은 그 책을 열심히 넘겼을 땀 밴 손가락들에 의해 더럽혀져 있었다. 마치 〈하느님의 말씀〉이 풀려나 세상을 불태워 버리는 것을 방지하려고 그런 사슬로 묶어 놓은 것 같았다. 하긴 아주 옛날의 사람들도 여러 신들의 조각상이 달아나지 못하도록 사슬과 밧줄로 묶어 두지 않았던가?

「청교도의 신은 악몽이나 다름없는데!」 내가 중얼거렸다. 「이들은 정말 비참한 노예 같아!」

「그들은 구원을 향한 열망이 지극했습니다!」 친구가 소리쳤다. 「왜냐, 그들은 이 점을 결코 잊지 않았습니다. 〈청교도의 종교는 감정적이거나 현실 도피 차원의 것이 아니다.〉 청교도의 영혼을 사로잡는 문제들은 인간의 조건을 초월하는 신학적이거나 초자연적인 이론들이 아닙니다. 그의 열정을 불러일으키는 질문은 오직 하나밖에 없으며, 그는 고뇌하면서 이 중요한 질문의 해답을 밤낮으로 찾습니다. 〈나는 선택된 자들에 속하는가? 주님의 이름으로 지상을 정복하게 될 그룹에 속하는가?〉 이게 바로 그 중요하고도 무서운 질문이죠.」

나도 모르게 피식 웃고 말았는데, 준엄하게 쳐다보는 그 친구를 보니 좀 무안해졌다. 「미안합니다.」 내가 말했다. 「이제 어느 정도 이해가 됩니다. 그러니까 영국인에게 중요하고 유일한 질문이란 게 이런 거군요. 〈나는 주님의 이름으로 지상을 정복하게 될 교회에 속해 있는가?〉」

「지상의 정복은 〈하느님 교회〉의 몫입니다. 하느님은 당신의 교회에 세상을 다스릴 사명을 부여하시죠. 〈그러므로 나도 무슨 수를 쓰든 선택된 자들에 속해야만 한다〉, 실용적인 영국인은 이렇게 말합니다. 이런 식으로 영국인은 자기 영혼의 구원이라는 문제를 생산적이고 실용적인 에너지와 결합시킵니다.」

그는 이런 뻔한 사실을 기이하게 여기는 내가 놀랍다는 듯 쳐다보더니 약간 흥분하여 말을 이었다. 「그 외에 달리 무슨 방법으로 인간의 영혼이 구원받을 수 있겠습니까? 인간 행위의 결과들을 참작하지 않는다면 우리의 영혼이 구원받았다는 사실을 어떻게 알 수 있겠습니까? 나무는 열매를 보고 판단하지 않습니까?

하느님은 〈당신의 선민〉이 아닌 자들의 노고에는 축복을 내리지 않습니다. 그러니 어떤 일을 시도하여 잘되어 간다는 것은 하느님이 그 일을 승인하신다는 표시입니다. 물론 그런 승인의 이유를 짐작할 수는 없지요. 하느님의 뜻은 심연과도 같으니까. 사람의 성공에는 본인이 생각하는 것보다 훨씬 더 많은 의미가 있습니다. 그건 〈신의 은총〉이니까요. 하느님은 끊임없이 인간의 삶에 개입하셔서 사랑하는 사람들의 작업을 도우십니다. 하느님이 각 개인과 민족에게 지상에서 수행해야 할 명백한 과제를 할당해 놓으셨기 때문에 이렇게 도와주시는 것이지요.

『구약 성서』에서 〈하느님의 선민〉은 히브리인들이었습니다. 그러나 현대에 들어와서는 영국인이 선민이 되었습니다. 수 세기 전, 우리의 위대한 종교 시인 밀턴은 이렇게 선언했지요. 〈하느님은 종교 개혁 그 자체도 개혁하라고 하실 정도로, 당신의 교회 안에서 새롭고 위대한 시대를 열 것을 명하고 계신다. 그분이 종복들에게 계시를 내리지 않고, 게다가 영국민에게 가장 먼저 계시를 내리지 않고 달리 무엇을 하시겠는가? 그것이 바로 그분의 방식이거늘.〉 혹은 다음과 같은 유명한 구절도 있지요.

수호천사들이 노래 불렀네.
〈다스려라, 브리타니아[5]여! 브리타니아가 대양을 다스리노라!〉

이 믿음이 과연 정당한가? 우리는 그 결과를 보기만 하면 됩니다. 청교도주의와 영국의 르네상스를 보십시오. 얼마나 대단한 기

5 그레이트브리튼을 여성으로 의인화한 명칭.

적입니까! 개인 영혼의 구원은 세상 구원의 시작이었습니다! 우리 국민의 메시아적 믿음이 얼마나 큰 결실로 나타났습니까! 뒤처져 낙오하거나 소심하게 겁내는 일이 없었습니다. 세상을 구하기 위해 매일 낮 매일 밤, 조금씩 조금씩 나아갔습니다. 어떻게 그렇게 했냐고요? 세상을 정복함으로써 그렇게 했지요. 때로는 온정으로 때로는 강압으로, 세상이 우리의 길을 따르도록 만들었지요. 우리의 길이 곧 하느님의 길이었으니까.

영국의 성인은 오염된 세상에서 비겁하게 물러서는 사람이 아닙니다. 게임의 끝장을 보는 사람이지요. 어떤 게임이냐고요? 이 세상의 여러 민족과 그들의 땅을 정복하는 것입니다. 영국인은 자신의 개인적 궤도 안에서, 또 동료 영국인들과 협력하면서, 하느님이 부여하신 정복의 사명을 실행합니다. 〈백인에게 지워진 부담〉, 영국인은 그 부담의 책임이 자신의 어깨에 놓여 있다고 느낍니다.」

친구는 문득 자신이 너무 말이 많다고 생각한 듯했다. 하지만 그의 내면에서 잠자고 있던 어떤 청교도적 정신이 아연 살아나 하느님의 말씀을 전했던 것이다.

「용서하십시오.」 그가 무안해하며 말했다. 「내가 말이 너무 많았습니다. 하지만 오늘은 주일이니만큼 이렇게 친구들과 더불어 하느님과 영혼의 구원을 논하는 게 바람직하죠. 물론 내가 말한 모든 것들이, 저기 태양이 지배하는 땅에 사는 당신들의 찬란한 환상과는 상극을 이루겠지요. 그러나 웃음이 없는 이 북부에서는 엄격하고 사납고 가차 없는 얼굴이 곧 하느님의 얼굴입니다. 그럼에도 우리는 그 얼굴을 좋아합니다. 왜냐하면 그분은 우리의 살[肉] 중 살이고 안개 중 안개이니까요.」

존 웨슬리

영국의 오래된 교회 주변을 거닐 때면 이따금 그 청교도 친구의 얘기가 떠오르곤 했다. 무자비하고 웃지 않는 종교, 그것이 바로 청교도적 종교였다. 그들의 하느님은 인류의 구원을 위해 자기를 희생하는 한 점 티 없는 〈어린 양〉이 아니다. 그들의 하느님은 경외감을 불러일으키는 장군, 자기가 택한 선민들을 가차 없이 끌어 모아 세상을 정복하는 사령관이다. 그래서 광신적 청교도들은 하느님의 군대처럼 싸웠다. 전사가 되고, 상인이 되고, 노동자가 되고, 선원이 되어 싸웠다. 그들의 믿음에 비례해 영국도 커져 갔다.

시간이 흘렀다. 사실 그리 오랜 세월도 아니었을 것이다. 아무리 북부라 해도 인간의 영혼이 그런 차가운 얼음 봉우리에서 오래 견디기는 힘들 테니까. 이 저주받은 세상에도 나름대로 좋은 것들이 있다. 가령 먹을 것, 마실 것, 친구의 아내, 잠, 화려한 옷, 음악 등이 그런 것이다. 인간들은 자신의 약점들(정당한 것이든 혹은 정당하지 않은 것이든)을 오히려 과시하면서 과장된 금욕주의를 조롱하기 시작했다. 번영의 시대가 도래했고, 금욕과 향락의 절충을 중시하는 시대, 엄격한 신앙심보다는 합리적 이성을 숭상하는 중용의 시대가 왔다. 종교와 세속의 상식이 다시 한 번 화해하면서 초인적 고통과 강박적 신앙은 더 이상 천국으로 가는 길로 여겨지지 않게 되었다. 청교도의 종교적 황홀이 이제 세속적 쾌락주의라는 반동의 철퇴를 맞은 것이다.

장구한 세월 감금되어 있던 인간의 동물성이 사슬을 끊고, 육체 속의 다섯 개 출구[五感]로 맹렬하게 쏟아져 나왔다. 눈은 밝은 것과, 아름답게 차려입거나 아름답게 벗은 숙녀들을 보고 싶어 했다. 귀는 달콤한 노래와 연주를 듣고 싶어 했다. 청교도들은 그동안 레슬링과 사냥은 물론 게임이나 춤, 종소리, 축제까지도 금지해 왔던 것을 모두 철폐했다. 코는 향냄새가 아닌 다른 향기를 맡고 싶어 했다. 입은 죄를 짓는 두려움에서 벗어나 맛있는 음식을 맛보기를 원했고, 손은 세상을 만져 보고 관능적으로 애무하고 싶어 했다. 오랜 세월 금식을 해야 했던 인간의 동물성은 이제 굶어 죽을 지경이었다. 모든 장벽들이 뒤엎어졌다. 도덕은 조롱을 받았고 매력적인 육체의 과시를 꺼리는 한물간 패션으로 격하되었다. 지옥은 아주 어린 아이들이나 아주 소심한 사람을 겁먹게 만드는 동화 속의 나쁜 늑대 정도로 치부되었다. 종교적 두려움과 초자연적 두려움에서 해방된 인간은 자신의 진정한 토템이 내면에서 깨어나는 것을 느꼈다. 그 토템은 돼지(동물성)였는데 이제 즐거워 꿱꿱대며 진흙탕에서 마구 뒹굴었다.

모든 백성이 그런 것은 아니었다. 우선 영주들이 돼지의 진흙탕에서 구르면서 쾌락을 향유했다. 그들은 새로운 종교, 새로운 하느님과 더불어 잘 먹고 잘 살았다. 그들에게는 풍요로운 성(城)과 사냥을 즐길 수 있는 광활한 숲이 있었다. 바다 건너 비옥한 땅과 수백만의 노예들도 모두 그들의 것이었다.

하지만 농민, 노동자, 빈민 들은 달랐다. 그들은 부당한 대우속에 고통받고 있다고 느꼈다. 영주들의 비위를 맞추는 종교에서 그 어떤 위안도 발견할 수 없었다. 비참한 지상의 삶을 견뎌 내기 위해서는 완전히 다른 종류의 하느님, 그러니까 사후(死後)에 정의를 확실하게 보장해 줄 하느님이 필요했다. 이 세상에서 굶주리고 남루하게 살았던 거지들을 천국으로 이끌고, 방탕하고 사치스럽게 살았던 영주들은 모두 지옥으로 던져 버리겠노라고 약속해 줄 하느님이 있어야 했다.

보상과 응징에 대한 그들의 강력한 열망은 18세기 초에 그들의 선지자 존 웨슬리를 탄생시켰다. 옥스퍼드에서 그리스 문학 교수로 재직하던 웨슬리는 새로운 〈삶의 방식 *Method*〉을 설파했다. 그것은 연민에 가득 찬, 단식과 기도 위주의 엄격하고 금욕적인 방식이었다. 부유한 제후와 영주들이 그의 교회 설교를 방해하자 그는 야외로 나가 들판에서, 강둑에서, 마을 광장에서 설교를 하고 〈신성 클럽 *Holy Clubs*〉을 창설했다. 웨슬리는 영국, 아일랜드, 스코틀랜드, 북미 각지에서 이렇게 마을에서 마을로 광장에서 광장으로 50년을 돌아다니며 불꽃같은 새 교리를 선포했다. 그의 얼굴에는 사람을 끌어당기는 힘이 강하게 뿜어져 나와 그를 보고 벌벌 떠는 사람들이 있는가 하면 황홀경에 빠져 실신하는 사람도 있었다. 그는 자신을 태우는 걷잡을 수 없는 불길과 육체의 격정들을 길들이기 위해 거의 잠을 자지 않았다. 글을 쓰고 여기저기 여행했으며, 어디에 가든 충실한 지지자들을 불러 모았다. 그가 한 설교의 횟수만 해도 4만 회에 가까웠고, 〈메서디스트 *Methodist*〉 — 감리교도 — 로 불리게 된 추종자들의 수도 급속히 불어났다. 시들고 부패한 영국 국교회에 새로운 불길이 솟아오른 것이다.

메서디스트들은 안락함을 거부하고 인간적 실존의 극치로 가는 길, 다시 말해 하느님에게 가는 길을 재발견했다. 부당한 대우를 받아 온 영국의 노동자와 농민들은 내세에 전념하는 가운데 지상의 비참한 삶에서 벗어나는 구원을 발견했다. 그들은 혁명이나 사회 개혁을 통한 정의를 추구하지 않았다. 지상의 좋은 것들을 이미 거부했으므로 이 종교 반도들은 끈기 있지만 순종적인 시민들이 되었다.

메서디스트들은 자만에 빠진 인간이 택할 수 있는 가장 무모한 방법을 택했다. 사소하지만 확실한 이익을 가져오는 합리적 방식을 무시하고, 크고 위험한 날개를 가진 키마이라[6]를 택한 것이다. 〈덤불 속의 새 두 마리보다 손에 잡힌 한 마리가 낫다〉는 속담을 전도시켜 〈지상의 새 두 마리보다 천상의 새 한 마리가 낫다〉라는 신념을 고수했다. 그들은 산초[7]와 같은 상식적 견해를 완전히 거꾸로 뒤엎어 놓았고, 절망에 빠진 사람들이 그렇듯이, 지상과 천상 중 어느 하나를 골라야 하는 건곤일척의 선택에서 과감히 천상을 선택했다. 동전을 공중에 던져 앞면이냐 뒷면이냐 나오는 면에 따라 자신의 목숨을 거는 도박사들처럼.

나는 영국의 훌륭한 성당들을 에워싸고 있는 교회 묘지와 잘 포장된 널찍한 마당에서 보냈던 시간들 — 때로는 점잖은 북부의 햇살에 잠겨, 때로는 안개에 휩싸여 보낸 시간들 — 을 결코 잊지 못할 것이다. 나는 인간이 갖고 있는 힘에 대해 명상하면서 깊은 행복감을 느꼈다. 인간은 분명 자신의 상상력을 통하여 세상을 바꿀 수 있는 능력을 갖고 있다. 이 세상을 하나의 평면이라고 본다면 원래 지상은 1층의 세계였다. 그러나 인간은 자신의 영혼 속에 갖고 있는 욕망을 표출시켜 그 위에 2층의 세계를 건립했다. 그렇게 하도록 만든 것은 인간이 갖고 있는 현자(賢者)의 돌, 즉 상상력이었다. 그 상상력 덕분에 하느님이 당초 이 세상을 창조할 때 함께 만들어 놓은 기본 금속들을 변형시켜 황금에 맞먹는 물건들로 만들어 낸 것이다.

교회 묘지의 무덤들은 상상력의 위대한 전사들(죽은 사람들)을 방패처럼 가려 주면서, 저 용맹한 스코틀랜드 산악 부대의 전

---

6 그리스 신화에 나오는 불을 뿜는 괴물. 괴물 같은 망상이란 뜻.
7 세르반테스의 『돈키호테』에서 돈키호테의 종자로 나오는 인물. 상식이 풍부한 속물의 표본으로 여긴다.

투 함성을 울리고 있었다. 「분연히 싸우자, 죽음을 기쁘게 받아들이자.」 영국의 역사에서 터져 나오는 이 영웅적인 노래에서 나는 인간의 마음속에서 영원히 꿈틀거리는 용맹한 돈키호테의 포효를 분명히 들을 수 있었다. 그 순간 내 마음은 모든 덧없는 인간적 노력들을 초월하는 사랑과 연민과 자긍심으로 충만해졌다. 특히, 어느 날 황혼 녘 요새 같은 더럼 성당에 들어갔을 때 귀에 익은 두 목소리가 내 마음속에 울려 퍼졌던 것이 기억에 남는다. 하나는 질문하는 여자의 목소리였고, 다른 하나는 대답하는 남자의 목소리였다.

「우리는 어떻게 신을 사랑할 수 있나요?」

「인간들을 사랑함으로써.」

「인간들을 어떻게 사랑할 수 있나요?」

「온정적으로든 강압적으로든 그들을 정도(正道)로 이끌고자 분투함으로써.」

「정도는 어디에 있나요?」

「오르막길.」

인간의 증서

이튼 학교

어느 화창한 여름날 나는 이튼의 좁고 아름다운 길들을 요리조리 따라가, 영국의 귀족들을 초등학교 수준에서 고등학교까지 교육시키는 세계적으로 유명한 이튼 학교에 들어서게 되었다. 나는 벌레 먹은 낡은 현관과 계단들 주위를 배회했다. 길고 어두컴컴한 복도를 지나가면서 기숙생들이 머무르는 방들을 훔쳐보자니 마치 수도원에 와 있는 느낌이었다. 다만 이 퍼블릭 스쿨[1]에서는 어린 수도승들에게 연미복과 중산모를 착용하게 한다는 점이 다르다면 다를까. 그것이 학생들의 일상 승복(僧服)인 셈이다.

교실과 복도에는 바닥부터 천장까지 널빤지가 대어져 있었는데 널빤지에는 수 세기 동안 쉼 없이 이 의자들을 거쳐 간 수천 명의 학생들을 기념하여 그 이름이 빽빽하게 새겨져 있었다. 공중엔 수천의 영혼들이 우글거리는지 숨 쉬기가 힘들었다. 많은 사람들이 일부러 찾을 만큼 숭배하는 명승지나 건물 혹은 물건을

---

1 대학 진학이나 공무 종사를 목적으로 하는 학생들을 교육시키는 학교. 미국의 공립학교 개념과는 다르다.

마주하면 눈에 보이진 않지만 어떤 사람의 기운 같은 게 신비롭게 응축되어 있음을 느끼는데, 이튼에는 그 기운이 뚜렷하다. 목을 죄는 논리의 올가미에서 벗어날 수 있는 사람이라면 이런 기운을 능히 느낄 수 있다. 이튼의 공기에는 영혼들이 꽉 차 있다. 육체를 떠난 영혼이 생전에 즐겨 찾던 장소 주변에서 어슬렁거린다는 식의 옛이야기들이 허튼 얘기가 아닌 모양이다. 사실 영혼은 이승에 강한 애착을 가지고 있어 그 끈들을 다시 끊어야 하는 상황을 견뎌 내지 못한다. 삶은 너무나 덧없다. 삶은 꿀을 잠시 맛보는 순간에 불과하기 때문에 영혼은 양껏 그 꿀을 먹을 수가 없다. 그리하여 육체를 떨쳐 내고 벌거숭이가 된 영혼은 생전에 사랑했으나 즐길 시간이 없었던 대상에게 되돌아가, 터져 나오는 성욕을 억제하지 못하는 숨결처럼 그 위에서 호흡한다. 〈그러므로 영혼 하나하나가 모두 아프로디테로다.〉

이튼의 공기를 들이마실 때 받는 느낌이 바로 이 증류된 갈망과 향수이다. 지난 수 세기, 영국 민족의 지도자였던 사람들 거의 전부가 여기에서, 이 담장 안, 이 운동장과 뜰에서 청소년기를 보냈다. 담장이 둘러쳐진 이 안뜰과 삐걱거리는 낡은 계단들, 낡은 문간 위로 뻗어 나간 재스민 줄기들이 그들 마음에 평생 불치병처럼 사모의 대상들로 남아 있을 것이다.

이 성스러운 수도원을 떠나면서 나의 소원 하나가 이곳의 공기 속으로 영원히 녹아드는 것을 느꼈다. 내 민족도 언젠가는 지도자 양성을 이처럼 엄격히 하는 좋은 학교를 가지게 되었으면. 그렇게 된다면 알렉산드로스 대왕의 공략술을 실전에서 흉내 내볼 수 있을지도 모른다. 그는 자신이 이끄는 군대가 도시를 정복하지 못하자 직접 누벽을 기어올라 적진 한가운데로 직접 뛰어들었다. 그 순간 알렉산드로스 군대 전체가 그를 뒤따랐고 결국 요새를 함락시켰다.

나는 이 귀족적인 영국의 공기 속에 그리스의 염원을 묻어 두고 녹색의 마을로 산책하러 갔다. 그곳에서 한 정원을 지나다 보니 대문 위에 그리스 문자가 새겨져 있었다. 〈*ΕΞΩ ΔΕ ΟΙ ΚΥΝΕΣ ΚΑΙ ΟΙ ΦΟΝΕΙΣ*(빈정대는 인간과 살인자는 들어오지 못하노라).〉 그날 아침 나는 인근에 위치한 왕궁의 도시 윈저에서도 담장에 새겨진 글귀를 보았다. 어느 영국인의 이름이었는데 그 밑에 그리스어 대문자들이 새겨져 있었다. 〈*ΚΑΛΟΣ ΚΑΓΑΘΟΣ*(육체와 영혼의 아름다운 조화).〉 그리고 파르테논 신전에서 온 부조물 두 점이 나란히 자리하고 있었다. 여기, 영국의 귀족들을 키워 내는 이 유명한 소도시에서도 그리스의 정신을 느낄 수 있다니. 비록 북부의 안개 속에 유배되긴 했지만 밝고 대담하고 균형 잡힌 그리스 정신은 여전히 왕성하게 활동하고 있구나.

나는 강에 걸린 작은 다리를 건너 넓은 공터에 도착했다. 상급반 학생들이 하늘색 모자와 흰색 모자를 나누어 쓰고 크리켓을 하고 있었다. 미끈하게 잘빠진 몸들, 우아함과 힘, 훈련된 충동들. 이튼 학생들은 보기에 좋을 뿐 아니라 보는 사람의 마음까지 흐뭇하게 해주었다. 이 몸들을 계속 훈련시키면 그것(몸)을 통해 아름다운 정신이 발현될 터였다.

옛날에 몸을 아끼지 않고 아슬아슬한 재주를 부리는 줄타기 곡예사들을 본 동양의 어느 현자가 갑자기 통곡하기 시작했다. 「아니, 왜 우시는 겁니까?」 사람들이 묻자 현자가 대답했다. 「정신보다 육체를 더 중시하는 것 같아서. 사람들이 몸을 훈련시키는 만큼만 영혼을 단련해도 엄청난 기적들을 얻을 수 있을 텐데!」[2]

2 동양의 어느 현자는 맹자인 것으로 보인다. 『맹자』의 〈고자〉 장에는, 사람들이 자신의 무명지가 구부러져 펴지지 않는다면 아프거나 일을 방해하는 것도 아니지만 이를

그러나 여기 이튼을 찾는 사람들은 그렇게 통곡하지 않아도 된다. 놀라운 줄타기 곡예는 물론 볼 수 없지만, 이 유연한 신체들 속의 영혼이 그냥 방치되어 있는 것이 아니기 때문이다. 절제와 균형을 강조하고 심신의 고른 계발을 강조한다. 이 모든 일을 인간적 스케일,[3] 즉 그리스적 조화를 지켜 가며 진행한다. 이튼에서 상호 연계 속에 병행하고 있는 두 가지의 교육 양식은 고전 교육과 스포츠이다. 투창, 높이뛰기, 원반 같은 개인 종목들이 아니라 럭비, 크리켓, 테니스, 축구 같은 집단 스포츠 말이다.

단체 경기는 도덕적으로 중요한 효과를 발휘한다. 참가자들로 하여금 자신의 개성보다 전체의 행동을 중시하게끔 한다. 자신을 단순히 독립된 개인이 아니라 집단의 한 구성원이라는 느낌에 익숙해지게 만드는 것이다. 개인적 명예뿐 아니라 자신이 속한 집단 — 학교, 지역, 국가 — 전체의 명예도 지켜야 한다는 의식을 키워 준다. 그래서 경기가 진행되는 동안 개인의 행동을 숭고하고 사심 없는 경지로 끌어올릴 수 있다. 뿐만 아니라, 승리하기 위해서는 반드시 리더십이 필요하다는 지극히 중요한 교훈도 배우게 된다. 단체 경기에 참여하는 과정에서 각 개인은 지도자에게 복종하는 법을 배운다. 그러면서 자연스럽게, 자기에게 기회가 왔을 때 명령하는 법도 함께 배우는 것이다. 훌륭한 지도자와 열렬한 추종자는 이러한 과정에서만 탄생할 수 있다. 다시 말해, 물질과 정신 양면에서 세계를 지배할 수 있는 훈련된 군대가 탄생할 수 있는 것이다.

펼 수 있는 사람이 있다면 천 리를 멀다 하지 않고 찾아가면서, 정작 자신의 마음 굽은 것은 고치지 않으려 한다고 지적하는 말씀이 있는데, 카잔차키스는 이것을 약간 바꾸어 말하고 있다.
  3 올림포스의 신들이 해낼 수 있는 그런 천상적 스케일이 아닌 것.

스포츠를 즐기는 과정에선 비단 육체만 단련되는 것이 아니다. 무엇보다도 영혼이 단련된다. 워털루 전투의 승전은 이튼의 운동장에서부터 시작되었다는 웰링턴의 말은 하등 틀린 말이 아니다. 이러한 집단 스포츠를 통해 마음가짐을 가다듬고, 자제력을 키우고, 적절한 때를 기다리고, 집단의 이익을 위해 개인적 기쁨이나 취향을 희생하는 법을 배우게 된다. 개인의 전문 능력과 공동체가 요구하는 바를 조화시키고, 개인적 장단점을 총동원해 승리에 최대한 헌신하는 법을 배운다. 이것은 훗날 공적(公的) 생활에서 치르게 될 중대한 경기를 미리 실습해 볼 수 있는 유일한 길이다.

이렇게 고차원적으로 행동할 수 있으려면 자기 자신을 잘 알고, 옆에 있는 동료를 알고, 자신의 집단 전체에 대해 알아야 한다. 그리고 상대 팀에 대해서도 알아야 한다. 상대를 무시해서는 안 되며, 존중하는 자세로 공정하게 연구해야 한다. 경기에서 지지 않도록 소속 팀의 장점과 능력들을 적절하게 조직하려면 먼저 상대 팀의 장점과 능력을 알아야 한다. 모든 경기에는, 가장 보편적이고 인간적이며 가장 심오한 목적을 구성하고 있어 다른 어떤 것보다 중요한 것이 하나씩 있게 마련이다. 그리고 상대 팀은 궁극적으로는 적이 아니라는 것을 알아야 한다. 상대 팀이 있기 때문에 비로소 소속 팀이 있는 것이다. 상대편이 없다면 경기 자체가 존재할 수 없을 테니까. 경기에서 배울 수 있는 가장 순수한 도덕적 교훈은 이런 것이다. 정말 중요한 것은 승리가 아니라, 그 승리를 위해 어떻게, 어떤 방법으로 싸우느냐이다. 경기 규칙을 엄격하게 지켜 가면서 어떻게 훈련하고 단련했는가, 이게 중요한 것이다.

푸르거나 흰 멋진 모자를 쓰고 평화로운 황혼 속에 서로 싸우는 이튼의 소년들, 가느다란 강철 검이 파르르 떨리듯 정확한 자세를 취한, 유연하고 민첩한 육체를 가진 그들을 지켜보면서 나는 그런 상념에 잠겼다. 그리고 나름대로 분석하여 단련하는 기본 법칙 네 가지를 얻어 냈다.

1. 소속 집단과 상관없이 한 개인으로서 자신의 몸과 영혼을 단련시킨다.
2. 소속 집단 내의 한 개인으로서 몸과 영혼을 단련시킨다.
3. 상대 집단과의 관계 속에서 몸과 마음을 단련시킨다.
4. 전체적인 상대 팀과의 관계를 전제로 전체로서의 각 팀을 단련시킨다.

인생은 테니스나 골프 경기와 같다. 누구나 혼자 플레이하지 않고 다른 이들과 더불어 한다. 따라서 동료 선수들에 대한 책임이 있다. 이렇게 하여 개인과 집단은 하나가 된다.

경기에는 규칙이 있다. 플레이를 하고자 하는 사람은 누구나 이 규칙을 숙지하고 존중해야 한다. 규칙을 모르거나 존중할 생각이 없다면 경기에 참여할 자격이 없다. 규칙이 정하는 범위 내에서는 누구나 자유롭게 행동할 수 있다. 그 누구도, 심지어 왕조차도 그 행동에 간섭할 권리가 없다. 이 법칙들은 낡았을 수도 있고 오도되었거나 자의적일 수도 있지만, 그건 중요한 사항이 아니다. 인간의 정신을 단련시키는 측면에서 중요한 것은 규칙에 복종한다는 점이다. 패배했다고 부끄러워해서는 안 된다. 정말로 수치스러운 것은 반칙을 하고서 그로 인해 패배했을 때이다. 그러나 더 나쁜 경우는 반칙을 하면서 혹은 정직하지 못하게 플레이하여 승리했을 때이다. 이때는 승리감에 젖을 것이 아니라 오히려 수치스러워해야 한다.

〈페어플레이〉, 이것이야말로 최고의 덕목이다. 축구든 전쟁이든 인생 전체든, 깨끗하게 시합하는 것. 이것이 바로 영국인들의 십계명에서 첫 번째이자 가장 엄격한 계명이다. 〈힘을 키워 플레이하라!〉 이 의무만 수행하라, 다른 것은 신경 쓰지 마라. 성공과 실패는 실용적인 가치일 뿐 정신적 가치들이 아니다. 이미 자신의 의무를 다했으니 다른 무슨 보상을 바라랴. 이것 외에 다른 보상을 바란다면, 다시 말해 내면에서 흘러나오는 명령에 따르지 않고 단지 보상을 바라고 어떤 일을 했다면, 당신은 주인이 아니라 하인이다. 당신은 자유롭게 경기하는 사람이 아니다.

〈자기의 내부에서 보상을 발견하지 못하는 자는 노예이다. 그것(자기의 내부) 이외에 다른 것에 영합하려는 욕망은 다섯 가지 독소를 일으키나니 인간의 오감(五感)이 바로 그것이다.〉 티베트의 위대한 고행자 밀라레파[4]가 한 이 고귀한 말들이 인간의 마음을 해방시켜 비상(飛上)하게 만들었다. 이튿의 푸른 운동장에 딱 들어맞는 말이다. 이런 말들을 지키면서 살아가는 사람, 일상생활에서 행동으로 옮기는 사람, 그런 사람만이 진정 자유인이다.

영국의 한 어머니는 아들이 전쟁에서 용감하게 싸우다 전사하자 그 묘비에 다음과 같은 말을 새기게 했다. 〈고인은 훌륭한 시합을 했노라.〉 아마 영국의 송시 중에 가장 짧은 것이었으리라.

건강한 몸, 건강한 영혼, 모험 정신, 훈련된 생명력, 충동의 발산. 친구 중에 인도에서 영국인 장교들과 함께 지냈던 이가 다음과 같은 얘기를 들려준 적이 있다.

「우리 — 영국 청년 장교 몇 사람과 나 — 는 어느 힌두인 마

---

4 Milarepa(1052~1135). 티베트 불교의 대성자.

을의 식당 테라스에서 아주 작은 호수를 내려다보며 앉아 있었네. 때는 정오였고 해가 이글이글 타고 있었지. 호수에는 악어들이 서로 밀쳐 대며 우글거리고 있었어. 녀석들은 타오르는 열기와 나른함으로 축 늘어져 있었는데 이따금 기다란 턱을 쫙 벌려 하품을 하면 희고 뾰족한 이빨들이 번쩍거리곤 했지.

그때 우리는 위스키를 약간 마신 상태여서 기분이 한껏 고조되어 있었네. 우리 중 누군가가 갑자기 말했어. 〈우리 중에 누가 저 악어들의 등을 징검다리 삼아 점프하여 호수 건너편 둑까지 갈 수 있을까?〉

〈내가 할 수 있네.〉 한 중위가 차분하게 대답하더니 계단으로 내려갔지.

나는 숨이 막혔네. 〈저 친구를 말려야 해. 이런 미친 짓을 두고 볼 수는 없어. 위험하지 않겠어?〉

〈물론 위험하긴 하지.〉 장교들이 잔을 채우며 말했어.

그 장교는 어느새 호숫가에 내려가 있었네. 그가 고개를 쳐들어 우리를 보더니 작별 인사라도 하듯 손을 흔들었어. 그러고는 곧바로 첫 번째 악어의 등으로 점프했어. 그는 춤을 추듯 가볍게 악어들의 등을 건너뛰어 맞은편 둑에 가 닿았지.

〈브라보!〉 동료 장교들이 그에게 소리쳤어. 〈이제 그만 돌아와!〉

장교는 이번에도 가볍고 확실한 걸음으로 악어들을 밟으며 되돌아왔네. 이윽고 그가 식당 계단을 올라와 침착하게 자기 자리에 앉았어. 동료들이 그의 잔에 위스키를 채워 주었지.

〈마시게, 잠시 후면 가슴이 진정될 거야.〉 동료들이 껄껄대며 이렇게 말하고는 화제를 딴 데로 돌려 버리더군.」

그러고 나서 내 친구는 이렇게 덧붙였다. 「그 장교가 줄타기하듯 아슬아슬하게 악어 등을 건너뛰고 돌아왔을 때 나는 그가 예전과는 다른 사람이 되어 있음을 분명히 느꼈네. 그는 용감히 해냈어. 위험에 맞서 자기 목숨을 걸었지. 자신의 능력을 시험대에 올려놓음으로써 마침내 승자가 된 거야. 그의 정신은 그 일을 해치우기 전보다 한 단계 성숙해 있었어.」

그로부터 며칠 후 내가 어느 영국인 교수에게 이 얘기를 해주었더니 그가 빙그레 웃으며 물었다. 「영국인들이 왜 그런 묘기를 부릴 수 있는지 아세요?」

「그들은 인간의 존엄성을 생명보다 중시하기 때문입니다.」 내가 대답했다.

「아니에요. 그런 묘기를 부리는 것은 상상력을 갖지 못했기 때문입니다. 그들의 영혼은 강철 코일과도 같지요. 그들은 갑작스러운 충동을 물리치지 못합니다. 잘 생각하면서 미리 위험을 숙고하고 분석하는 것이 아니라, 그저 튀어 오르는 겁니다. 맹목적으로 본능의 지시에 따라 위험에 뛰어듭니다. 그러는 와중에 그 행동이 우연히 용감한 행동이 된 것뿐입니다. 남아프리카로 간 우리의 위대한 정복자 세실 로즈[5]의 말이 맞았어요. 그는 그 비밀을 꿰뚫어 보았습니다.」

「비밀이라뇨? 그가 뭐라고 했는데요?」

「세계는 영국인의 것이다, 왜냐하면 영국인들에게는 상상력이 없으므로.」

---

5 Cecil Rhodes(1853~1902). 영국의 아프리카 식민지 정치가, 사업가.

옥스퍼드와 케임브리지

옥스퍼드에서 맨 처음 찾아간 칼리지의 훌륭하게 조각된 높다란 교문을 통과하자 묵은 잔디와 연한 잔디가 자라는 중세풍의 네모난 안뜰이 눈앞에 펼쳐졌다. 거기에 서 있으니 다른 세상에서나 맛볼 법한 행복감이 밀려들면서 지나간 것들에 대한 즐거운 향수와 다가올 것들에 대한 기대로 눈이 빙빙 돌 지경이었다. 우리가 사는 이 삶에는 깊은 의미가 담겨 있고 그 나름의 리듬을 갖고 있어야 한다는 걸 나는 안다. 하지만 이 세상은 현재 그런 리듬이 결핍되어 있다. 삶이 나무처럼 땅속 깊이 뿌리를 내려 자신 있게 꽃 피우고 열매 맺으려면 그런 리듬이 있어야 하는데 아쉽게도 그것이 없다.

쓰라린 갈망이 내 안에 생겨났다. 쓰라린 갈망이라고 한 이유는 내가 인생을 다시 시작하기에는 이미 너무 늦었기 때문이다. 이 헛되고 비참한 꼬부랑길에서 탈출하여 새 인생을 다시 시작하고픈 바람이 있다. 해묵은 잔디와 완벽하게 어우러진 이 차분하고 우아한 안뜰에서 발견한 생명의 리듬을 갖고 다시 인생을 시작하고픈 바람이 있다. 나는 인생을 통째로 다시 시작하고, 내 몸을 사랑하며 높이뛰기와 수영과 승마를 배우고 싶다! 힘을 키우고 그 힘을 보존하고 싶다! 고락(苦樂)을 있는 그대로 느끼되 그 부정적 결과에 일희일비하지 않으련다! 내 정신이 원하는 대로 그것(정신)을 풍요롭게 만들되 정신의 오만이나 일방통행으로 흐르지 않고 싶다! 너무 정신적으로만 흐르다 보면 인생의 보람은 그만큼 줄어드는 것이다.

인간의 내면에는 가슴보다 깊이 느끼고, 이성보다 더 멀리 명쾌하게 보는 힘[浩然之氣]이 존재한다는 사실을 깨달아야 한다.

그 힘은 이름이 없으며, 오직 용기와 숭고함과 순수함과 행동 속에서만 모습을 드러낸다. 그러므로 생의 리듬을 얻고자 하는 자는 이 힘이 그 자신을 이끌도록 몸을 맡기고 절대적으로 신뢰해야만 한다. 그러다 설사 죽음에 내던져진다 해도 왜냐고 묻지 마라. 이 힘이 그렇게 하고자 한다면, 따를 수밖에 없으니까.

그렇다면 호연지기란 무엇인가? 우리의 사고와 행동을 다스리는 중추적 운동, 다시 말해 명령을 내리는 보이지 않는 〈군주〉이다. 따라서 우리의 실존이라는 덧없는 가체(假體)를 구성하는 물질적·정신적인 모든 요소들이 거기에 흔쾌히 복종한다. 이렇게 하는 이유는 호연지기가 각자의 가장 깊은 욕구와 같은 것이기 때문이다. 호연지기의 리듬을 가진 사람은 해방된 사람이다. 자유인이다. 그는 무엇을 하든 옳다. 그가 하는 모든 일이 그의 실존 전체와 조화를 이룬다. 그것은 하나의 일관된 흐름 속에서 그 개인의 정신적 과거와 얽혀 있으며 미래의 알찬 씨앗이기도 하다. 호연지기를 가진 사람은 길을 잃거나 어떤 명령을 어기는 것을 두려워하지 않는다. 보이지 않는 군주(이 세상을 지배하는 물질적, 정신적 에너지)가 자신과 더불어 작용하고 있으므로, 행동 하나하나가 그의 내면에 깃들어 있는 호연지기의 발산인 것이다.

호연지기의 리듬은 우리 내면 깊은 곳의 자석이다. 그것은 영육 간의 모든 쇠 부스러기들을 끌어당겨 단단하게 결속시킨 다음, 마치 공중에 내던져진 포도송이처럼 허공중에 떠 있게 한다. 이 호연지기가 있어야만 해체와 죽음을 정복할 수 있다.[6]

6 호연지기는 유교의 개념이지만 저자가 말하는 생의 리듬을 가장 잘 설명해 주는 것 같아서 옮긴이가 차용해 온 것이다. 〈실존이라는 덧없는 가체〉는 불교에서 말하는 오온(五蘊)을 연상시킨다. 카잔차키스는 자신의 생각과 느낌을 적절히 표현하기 위해 기독교, 이슬람교, 불교, 유교의 개념을 가리지 않고 사용하고 있다.

이 칼리지 저 칼리지 돌아다니는 동안 끊임없이 맴도는 생각이 있었다. 〈영국 민족에게 호연지기를 제공해 온 것이야말로 이 대학들의 위대한 공헌이다.〉 이 대학들은 인간을 아름답게 만드는 모든 가치 가운데서 영국 특유의 것들을 만들어 주었다. 그들은 느리고 과묵한 영국적 움직임을 면밀히 연구했다. 여기에 말과 행동을 통합하여 하나의 전통을 창조함으로써 그 움직임이 분산되는 것을 막았다. 만약 이 대학들이 영국적이지 못한 다른 가치들을 끌어들였다면 호연지기는 상실되었을 것이다. 그렇게 되면 일관성이 깨어지고, 따라서 전통은 연속성의 힘과 가치를 상실하게 되었을 것이다.

생의 리듬은 아주 미묘하고 아주 신비로운 균형이다. 만약 영국인이 프랑스인의 재치나, 슬라브인의 반항적인 성향이나, 힌두인의 초월적인 지복(至福)을 지니게 되었다면 그의 모든 가치들이 위협받았을 것이다. 이 리듬은 얼굴과도 같다. 이목구비 중 어느 한 가지만 변해도 얼굴 전체가 바뀐다. 이 대학들은 영국인의 얼굴을 고스란히 보존해 주었고 그 점이 그들의 큰 영광이기도 하다.

영국의 운명을 빚어낸 옥스퍼드의 공방들을 배회하며 내가 그처럼 큰 존경심을 느낀 것도 바로 그 때문이다. 모든 것들에 숨은 의미가 담겨 있었다. 네모난 안뜰, 고딕풍 교문과 아치들, 반쯤 부식된 부조물 등. 특히 입에서 불을 뿜는 키마이라, 사자, 「요한의 묵시록」에 나오는 괴물들, 턱수염을 기른 사람들, 턱수염이 없는 사람 따위의 석상(石像)들은 각자의 운명에 만족하며 아주 기분 좋게 고개를 숙여 석안(石眼, 돌의 눈)으로 흘러가는 세월을 지켜보고 있었다.

이 대학들이 애초의 설립 목적을 뛰어넘는 목적들을 자각한 경우도 이따금 있기는 했다. 이 대학들은 아주 다양한 근거를 바탕으로 설립되었다. 처음에는 가난한 청년들이 신학이나 성직을 공부할 수 있도록 도와주는 수도원 교육 기관이었다. 그 당시 전지전능의 존재였던 교회가 유지비와 교사 수당을 대고 종교 교육을 감독했다. 학생과 교사 측도 길드를 조직하여 고위 성직자나 지역 부호들에 맞서 자신들의 권리를 변호했다. 학생들은 교회법과 라틴어, 신학, 약학, 수학, 아리스토텔레스 철학 등을 배웠다. 그들은 아침부터 저녁까지 열정적으로 대화했다. 또 정교한 논증과 난해한 연역을 열심히 공부했다. 그들은 종교나 사회 면에서 진보적인 움직임이 있을 때마다 칼을 빼들고 앞장섰다. 이따금 교황이 파문으로 그들을 위협했고, 국왕은 이 불같이 위험한 혁신자들을 잠재우기 위해 군사를 출동시켰다. 그들은 낮 동안에는 그처럼 열정적으로 활동했으나 밤이 되면 포도주 저장실에서 흥청망청 마셔 댔고 서로 싸우고 죽이거나 여자를 쫓아다녔다.

13세기 중반 프란체스코회에서 파견된 수사들이 최초로 영국에 상륙했다. 그들의 거룩한 창시자, 〈아시시의 포베렐로〉[7]가 내린 세 가지 지상 명령은 가난, 순결, 복종이었다. 그 당시 프란체스코의 불꽃에는 강력한 순결이라는 정신적 에너지가 충만했다. 흙색 승복을 두르고 마른 빵 껍질을 먹고 비바람만 막아 주면 아무 데서나 자면서, 아주 부드러운 태도로 〈하느님의 말씀〉을 설파하는 이 맨발의 수도승들은 영국 국민들의 존경을 받았다.

사우샘프턴의 독실한 시민들이 돌로 지은 수도원을 바치자 프란체스코회 원장은 당장 그것을 해체하라고 지시했다. 「우리는 담을 쌓고자 여기에 온 것이 아니다」고 그는 말했다. 한번은 어느 까다

---

7 가난뱅이란 뜻으로 성 프란체스코를 가리킨다.

로운 수도승이 베개를 달라고 하자 원장은 이렇게 대답했다.「이런 쓸데없는 침구가 없어도 하느님 쪽으로 머리를 높일 수 있네.」

프란체스코 수사들이 옥스퍼드에 도착했을 때 반항적이었던 가난한 학생들은 그들을 열렬히 환영했다. 수사들은 배움을 높이 평가하지 않았다. 이성을 계발하면 오만과 불복종과 지옥행이 따라온다는 게 그들의 교리였기 때문이다.「지식의 나무에서 열매를 따지 마라.」그들은 말했다.「당신의 온몸에 독이 퍼질 것이다! 마음속의 반항심이 곧 사탄이다!」그러나 시간이 흐르면서, 신자들의 질문에 대답하고 반대자들의 공격에 논박하기 위해서, 그들도 어쩔 수 없이 신학과 철학과 문학을 공부해야 했다. 그리고 얼마 지나지 않아 세 명의 위대한 프란체스코 사람들이 옥스퍼드에서 환한 빛을 발했으니, 로저 베이컨, 둔스 스코투스, 오컴이 바로 그들이었다. 그들은 여기 옥스퍼드에서 캄캄한 암흑의 중세 심장부에 길을 밝혀 준 개척자들이었다.

로저 베이컨

르낭이 〈중세 사상의 왕자〉라 불렀던 로저 베이컨은 옥스퍼드 최고의 자랑거리였다. 물리학자, 화학자, 수학자, 의사, 철학자였던 그는 선험적(관념적) 논증의 허황함을 설파한 최초의 인물로서, 경험적 관찰의 초석을 닦았다.

그가 동시대인들에게 한 말의 요지는, 〈자연을 정복하고 싶으면 자연에 따르라〉는 것이었다. 〈당신의 사유가 헛된 놀음이 아니라고 생각한다면 경험과 행동으로 증명하라. 사유는 사실들에 의해 확인되지 않으면 아무 가치도 없다. 자연의 신비로 들어가기 위해서는 오직 한 가지 길밖에 없으니 바로 실험 과학이다.〉

실속 있고 영국적이고 과학적인 태도이다. 그러나 스콜라 철학이 판치는 암흑의 13세기에 이 실증 과학의 창시자를 누가 우대했겠는가! 그는 너무 시대를 앞서 가는 사람이었다. 그의 진정한 동시대인들은 그가 죽고 수백 년 후에나 태어나게 될 터였다. 그는 스승도 제자도 없이 홀로 화학 법칙을 연구하고 물리학을 파고들었다. 원거리의 사물을 확대해 보여 주는 렌즈를 발명하기도 했고, 율리우스력은 부정확하기 때문에 태양년(365일 5시간 48분 46초)에 맞추어 조정해야 한다고 증명하기도 했다. 화약을 발명했다고도 전해진다.

당연히 동료들은 그를 욕하고 이교도 혹은 마술사라고 비난했다. 그들이 베이컨을 몰아냈으나 그는 다시 돌아왔다. 그들은 그에게 아무것도 허락하지 않았다. 그는 교황에게 편지를 보내, 글을 쓸 수 있는 잉크와 종이만이라도 허락해 달라고 간청했다.

베이컨은 과학적 연구에 대한 신념을 열정적으로 설파하면서 당대의 공허하고 현학적인 연역법을 비웃었다. 그는 「경험! 경험!」이라고 외쳤다. 그러나 아리스토텔레스를 스콜라식으로 번역하는 데 골몰했던 학생들은 관념의 변증법 속에 갇혀 있었다. 베이컨은 할 수만 있다면 아리스토텔레스 저작의 번역물을 모조리 태워 버리겠다고 말했다. 학생들이 눈을 뜨고 세상을 볼 수 있도록 만들고 싶었다. 그는 〈진리를 파악하는 데 방해가 되는 주요 장애물 네 가지〉 — 허영, 통속적 견해에 대한 신뢰, 당국의 견해에 대한 복종, 그리고 습관 — 를 줄기차게 공격했다. 그는 이 네 가지를 정복하면 학생들의 눈앞에 세상이 저절로 모습을 드러낼 것이라고 말했다.

베이컨은 박해자들을 대담하게 무시하고 옥스퍼드에서 청년들을 규합하여 자신의 뜻을 전달하고자 노력했다. 그는 인간의 정신이 뜬구름 위에서 놀지 않고 견고한 대지에 단단히 뿌리를 내릴 때 비로소 막강한 힘을 발휘할 수 있다고 믿었다. 그는 훗날 현대의 이성이 이루게 될 수많은 성취들을 예언했다. 노나 노잡이들, 돛에 의존하지 않고 모터의 힘으로 항해하는 선박, 동물이 끌지 않아도 〈환상적인 속도로〉 움직이는 차, 하늘을 나는 기계들이 장차 등장하리라고 예견했다. 특히 하늘을 날아다니는 기계에 대해서는, 사람이 중간에 앉아, 〈모종의 엔진을 돌리면 인조 날개들이 새처럼 공기를 치게 될 것〉이라고 설명했다. 인간의 이성이 자연에 따르기만 하면 이 모든 것들이 이뤄질 수 있다고 보았다.

그것은 지식을 추구하면서 현실에 대처하는, 다시 말해 활짝 열린 눈으로 현실에 복종하는 영국적 방식이었다.

그러나 너무 멀리 앞을 내다보는 사람은 위협적인 존재 혹은 정신 이상자로 여겨지게 마련이다. 현실에 자리 잡은 사람들, 공적인 자리에 있는 사람들이 그를 공격하고 그의 목소리를 틀어막으려 한다. 그래서 선구자는 사냥을 당하고 고문을 당한다. 때때로 선구자는 겁을 먹으면서 무한한 씨를 뿌리게 될 말씀이 자신에게 내려와 자신의 생명력을 앗아가 버리지 말았으면 하고 빌기도 한다. 2세기의 불운한 신비주의자 막시밀라는 자기 안에 바로 그러한 씨앗이 들어 있음을 깨달았다. 그 씨앗은 그녀에게 이렇게 외쳤다. 「왜 당신은 양을 잡아먹는 늑대처럼 나를 사냥하는가. 나는 늑대가 아니다. 나는 〈말씀〉이요 〈성령〉이요 〈능력〉이다!」

콘스탄티노플의 이슬람교도 묘지에는 어느 탁발승의 무덤이 있다. 대리석으로 된 그 묘석 한가운데엔 둥그런 구멍이 뚫려 있다. 그 구멍으로, 탁발승의 심장에 뿌리를 박은 월계수가 움터 올라오는데 아름답기 그지없는 아폴론의 월계관이다. 그 월계수는 인간의 내장을 먹고 그 속에서 성장하여 꽃 피우고 열매 맺는다.

무한한 씨를 뿌리게 될 말씀이 선구자의 가슴에서 영양분을 취하는 것도 이와 마찬가지 방식이다.

베이컨은 이루 말할 수 없는 고통을 겪었다. 남다른 재능에 대한 대가를 톡톡히 치른 것이다. 14년을 감옥에 갇혀 지내는 등 가혹한 박해를 받다가 마침내 죽음에 이르렀을 때, 그는 이런 비통한 말을 했다.「나는 무지와 맞서 투쟁하며 너무 많은 말을 했던 것을 후회하노라.」

존 위클리프

최초의 순교자 베이컨이 가고 백 년 후, 옥스퍼드의 신성한 땅에는 또 다른 인물이 등장했다. 존 위클리프가 바로 그였다. 그의 종교적 목소리는 무엄하고도 당당했다. 그는 하느님과 인간 사이의 중개자(사제)들을 소리 높여 성토하면서 교황의 마수에 걸려든 양심을 구하자고 요구했다.

내가 마치 성소를 찾는 느낌으로 발리올 칼리지에 간 것도 위클리프 때문이었다. 자유의 기치를 높이 올렸을 당시 위클리프는 이 대학의 신학 교수였다. 나는 녹색 잔디로 덮인 넓은 뜰을 지나 여러 방들과 중세의 컴컴한 복도들을 둘러본 다음 양지바른 돌에 걸터앉았다. 햇살 가득한 넓은 안뜰에서 평온한 망명자처럼 고독과 절망에 싸여 있음은 얼마나 큰 즐거움인가. 이제 시간 저 깊은 곳에서 솟아 나온 위대한 유령이 풀밭을 가볍게 밟고 와 내 그림자와 합치려 한다!

유령은 생전에 기도와 단식으로 쇠약했던 위클리프의 모습 그대로 여위고 병든 것처럼 보였다. 그러나 그 눈 속에는 신성한 불꽃이 빛나고 있었고 또한 도전적인 불손함이 담겨 있었다. 위클리프는 『신성한 주권에 관하여』란 책을 썼는데, 내 앞에 나타난 유령도 앙상한 손가락으로 이 책을 굳게 쥐고 있었다. 그것은 비잔틴 양식의 프레스코화에서 판토크라토르[8]를 묘사하는 방식이었다. 무거운 성서를 얼마나 거칠게 끌어안고 있는지 마치 인간들에게 내던지려고 힘을 쓰는 것 같다.

이윽고 나는 위클리프의 나지막한 목소리를 들을 수 있었다. 그는 인간들에게, 하느님과 대화하는 데는 중개인이나 통역이 필요하지 않노라고 말했다. 하느님이 세상의 주인이며, 그분이 주권 일부를 속세의 통치자들에게 넘겨주었을 뿐 교황에게 모두 다 준 것은 아니다. 따라서 왕권이 교황권보다 신성하지 못할 이유가 없다. 또한, 기독교신자 개개인이 하느님 주권의 일부를 선물로 받았으므로 지상의 모든 인간이 하느님의 대변자이다.

나는 고개 숙여 위클리프의 목소리를 들었고, 그것은 내가 좋아하는 목소리였다. 이러한 말들은 늙지도 퇴색하지도 않는다. 왜냐하면 그 속에 내재된 리듬은 영원불멸의 것이므로. 또 그것은 장구한 세월 동안 자유를 위해 싸워 온 인간적 투쟁의 리듬이므로.

이 선구자의 목소리가 터져 나오자 무섭게 살진 수도원장과 주교들, 방탕한 영주들이 대대적인 진압에 나섰다. 그들은 이 위대한 순교자를 법정으로 끌어냈다. 사제들이 그의 뜻을 꺾으려고 덤벼들었지만 성난 런던 시민들이 개입하여 그를 구해 냈다. 위클리프의 냉소적인 목소리가 색슨족의 투박한 내면에서 깃들어 있는 자유의 메아리를 일깨웠던 것이다.

이렇게 되자 주교들은 교황에게 그를 파문시키라고 요구했지

8 우주의 지배자로서의 그리스도를 표현한 그림.

만 겁 없는 이 선지자는 그들을 조롱하며 비웃었다. 〈먼저 자기 양심에 의해 파문당하지 않는 한 누구도 교황에 의해 파문될 수 없다. 비난과 제재는 오직 개개인의 양심만이 할 수 있다.〉 그러고 나서 위클리프는 말했다. 〈나는 민중에게 직접 나아가 그들의 심판을 받겠다!〉 그리하여 그는 민중이 자신을 이해할 수 있도록 그들의 언어인 민중어(구어)로 저술하기 시작했다.

위클리프는 구어체 영어로 책을 쓴 최초의 인물이었다. 그전까지 지식인들은 구어로 글 쓰는 것을 체면을 구기는 일이라고 생각했다. 그는 면죄부를 사고파는 작태를 맹렬히 풍자하고 공격했다. 민중을 속여 부를 축적하는 주교들과 교황을 공격하고, 그들이 영위하는 부도덕하고 비기독교적인 삶을 통박했다.

그는 가는 곳마다 사람들의 대대적인 환영과 추종을 받았다. 이 인간 자유의 사도는 그들에게, 주교도 수도원장도 교황도 모두 불필요한 존재라고 말했다. 이어 위클리프가 성서를 구어로 번역해 내놓자 민중은 중개자(사제)들의 도움 없이도 직접 성서를 읽고 이해할 수 있게 되었다. 이제 하느님과 인간의 양심 사이엔 그 어떤 사제도 개입할 자리가 없었다.

선구자 위클리프는 옥스퍼드에서 추방되었다. 어느 작은 마을로 피신해 간 그는 거기에 눌러앉아 성서를 구어로 번역하여 사람들에게 건네주었다. 그것은 가공할 무기였다. 평민은 이제 자신의 언어로 적힌 〈하느님의 말씀〉을 읽고 들을 수 있게 되었으며, 고위 성직자들의 개입 없이도 그 말씀을 이해할 수 있게 되었다. 자신의 언어(구어)로 하느님에게 난생처음 말을 걸 수 있었다. 농민, 노동자, 장인 들이 이웃집의 벽난로 앞에 옹기종기 모여 앉아 성서를 읽기 시작했다. 새로운 세상이 그들 앞에 열렸다. 그들은 깊은 희열과 자부심으로 충만해지면서, 천국의 왕궁으로 들어가 거친 농사꾼 복장으로 하느님 앞에 설 용기가 생기는 것 같았다.

교황이 격분하며 이 반항자에게 와서 사죄하라고 요구하자 위클리프는 신랄한 반어법으로 대답했다.

> 누구 앞에서든 내 소신을 설명할 수 있다면 행복하거늘 〈로마 주교〉의 면전이라니 더더욱 반갑다. 내 신념이 정통 교리를 따른 것이라면 그가 비난할 것이고, 내 신념이 이단이라면 그가 옹호할 것임을 나는 확신한다!

위클리프는 가난한 사제들로 구성된 단체(롤라드 파)를 만들어 영국 각지에 파견하여 자신의 사상을 퍼뜨리도록 했다. 그는 사제들에게 아무것도 소유하지 못하게 했다. 작은 동냥 그릇 하나도 가지지 말라고 했다. 다만 배고플 때 약간의 음식을 받아먹는 것은 허락되었다. 그들은 불그스름한 긴 승복 차림에 맨발로 이 마을 저 마을을 돌아다니며 〈교회〉로부터의 독립과 평등과 청빈을 설파했다. 그들은 민중의 가슴에 뜨거운 불을 질렀다. 여자들은 그 설교에 깊은 감명을 받고 전도에 동참했다. 가난한 사람들, 못 배운 사람들, 멸시받던 사람들, 부(富)를 누리며 부도덕을 일삼는 고위 성직자를 혐오하는 사람들이 이 뜨거운 구원의 메시지에 열렬히 귀 기울였다.

진실의 궁극적 승리를 확신하며 노고와 박해를 기꺼이 견뎌 왔던 이 당당한 선지자도 마침내 힘이 소진되었다. 쇠약한 몸에 마비 증세가 덮쳐 그는 세상을 뜨고 말았다. 교황 측은 그가 죽은 후에도 박해를 계속했다. 그리하여 50년 후, 교황은 그의 유골을 무덤에서 *끄*집어내 불태우라고 지시했다.

로마 교회 측이 격분해 펄펄 뛰고, 구어 성서를 읽다가 잡혀온 사람들을 화형에 처했음에도 불구하고 해방 운동은 계속 확산되면서 대중들을 일깨웠다. 그렇게 백 년이 지나는 동안 위클리프 추종자들의 세력은 점점 강성해졌고 1414년에는 영국 전역을 장악할 기세였으나 성공하지는 못했다. 그 와중에 혁명은 피로 물들었다. 지도자의 한 사람이었던 카범 경[9]은 사슬에 묶인 채, 서서히 타오르는 불길 위에 매달려 불태워지다가 마침내 한 줌의 숯으로 화했다.

성 아우구스티누스는 이렇게 말했다. 「노래의 의미(주의 찬송)보다 노랫가락(지상의 현실적 수단)에 더 감동을 받을 때마다 나 자신이 중대한 죄악을 범했음을 인정하노라.」 나 또한 죄의식을 느꼈다. 지나간 시대의 일에만 몰두하고 지금 이 시대의 고뇌를 망각했으니까. 학교 안뜰의 거대한 종루에서 울려 퍼지는 엄숙하고 느긋한 종소리가 마치 아들을 꾸짖는 사랑하는 아버지의 목소리처럼 들려왔다. 정오를 알리는 종소리였고 나는 시장기를 느꼈다. 거리로 다시 나서니 중세에서 다시 20세기로 순식간에 끌려나온 느낌이었다.

옥스퍼드의 중세풍 거리들은 넘치는 햇살로 번쩍거렸고 젊은 사람들로 붐볐다. 구릿빛으로 그을린 잘생긴 청년들이었다. 날씬한 몸매와 자그마한 머리, 탄력 있는 걸음, 자신감 넘치는 맑은 눈 등, 이 젊은이들은 중대한 정신적 문제를 붙들고 씨름해 본 것 같지 않았다. 그들은 모범생들처럼 길 아래쪽이든 혹은 위쪽이든 미리 정해진 길을 따라 걸어갔다. 그 길을 벗어나는 법은 결코 없다. 자신이 무엇을 원하는지 너무나 잘 알고 있다. 그들이 원하는

---

9 Cabham(1377~1417). 롤라드 파 반란의 주모자.

것은 너무나 분명하다. 하루하루 소망을 성취하는 기쁨을 맛볼 뿐, 인간의 평범한 능력을 넘어서는 그런 거창한 소망은 아니다. 단지 정신적 편안함, 도덕적 확신, 육체적 즐거움, 이런 것들을 소망한다. 옥스퍼드의 거리를 걷다 보면 저절로 만족스러워진다. 시원한 바다에 뜨거운 몸을 식힌 다음 원기 왕성하게 육지로 나오는 우량마(優良馬)들을 볼 때처럼. 영국의 민족 시인이 영국인을 칭송하면서 영국의 영광을 찬송한 노래가 생각난다.

> 나는 살[10] 중의 살을 키우고 뼈 중의 뼈를 발라냈으니
> 너희 아들들처럼 야무지고 너희 아비들처럼 엄격하라.
> 우리의 사랑은 말보다 깊고 우리의 인연은 목숨보다 질기
> 지만
> 우리는 한자리에 모여도 얼싸안거나 입 맞추지 않네.
> ......
> 네 일터로 가 힘을 키워라, 네 길에서 멈추지 마라,
> 눈앞의 작은 칭송을 위해 반쯤 이룬 목적을 접으라.
> 네 일터에 우뚝 서서 지혜로워져라 ─ 검과 펜을 믿으라,
> 너희는 어린아이도 신도 아닌, 인간 세상의 어른들이니.

옥스퍼드와 케임브리지는 찬란한 성과를 만들어 냈다. 그 때문에 육체와 정신이 조화롭게 양성되고, 심한 육체적 단련이나 지나친 정신적 긴장을 주장하여 인간을 영육 간에 어느 한쪽으로 기울어진 불구자로 만들지 않는다. 적당한 조절, 조화, 좁은 이마와 열정적이고 강건한 몸, 용수철 같은 정신을 가진 영국 청년들,

---

10 *flesh*. 품종, 혹은 인종이란 뜻.

이들은 고대 그리스의 청년들을 연상시킨다.

영재를 키우는 두 교육 기관, 옥스퍼드와 케임브리지는 영원한 맞수로서 때로 서로를 놀리기도 하고 격려도 해주는 우정 어린 라이벌이다. 영국 외무부에 근무하고 있는 매력적이고 교양 있는 젊은이가 어느 날 나에게 두 대학의 차이점을 설명해 주었다. 「옥스퍼드 졸업생은 마치 이렇게 말하는 것처럼 걷습니다. 〈온 세상이 내 것이다〉. 반면에 케임브리지 졸업생은 이렇게 말하는 것처럼 걸어요. 〈세상이 누구의 것이냐는 나에게 중요하지 않다.〉」 그가 껄껄대면서 덧붙였다. 「저는 케임브리지 졸업생이랍니다.」

옥스퍼드와 케임브리지 소속 칼리지들의 주요 목표는 학식이나 지식을 두뇌에 채워 넣는 것만이 아니다. 이곳 졸업생은 의사나 변호사, 신학자, 물리학자, 운동선수 같은 전문가가 되어 나가지 않는다. 여기에서는 신체적으로든 정신적으로든 어느 한 방면의 전문성을 지나치게 강조하지 않는다. 그레이트브리튼 최고의 젊은이들이 고등학교를 마치고 와서 2, 3년 머무르며 〈조화〉를 배운다. 육체, 정신, 심리가 고루 단련된 완벽한 인간이 유일한 목표이다. 이 기간이 지난 후에는 본인의 희망에 따라 종합 대학이나 법학 대학원, 종합 기술 전문대학, 병원 등 어디서나 전문적인 공부를 계속한다. 옥스퍼드나 케임브리지에서는 전공 분야에 대한 증서를 받지 않는다. 그들이 받는 것은 〈인간의 증서〉이다.

원시 부족들을 보면, 어린 구성원들은 성인의 지위를 획득하기 위하여 몇 달간 부락을 떠나 숲 속으로 들어가 살아야 한다. 그들은 숲에서 수도사처럼 엄격한 생활을 하며 가혹한 시련을 견뎌낸다. 이런 식으로 유년기에 작별을 고하고 힘든 성인기를 맞을 준비를 하는 것이다. 단식하면서 배고픔과 갈증과 피로를 견디는 법을 체득한다. 전투와 수영, 야생 동물의 사냥을 통해 몸을 단련시킨다. 밤이 되면 불을 피워 놓고 큰북을 두드리며 춤춘다. 이 기간 동안 남녀노소 어느 누구도 그들에게 접근하지 못한다. 성인의 역할을 잘해 내기 위해 그들 스스로의 힘으로 몸과 영혼을 단련하는 것이다.

옥스퍼드나 케임브리지에 다니는 영국 청년들도 그와 비슷하다. 성인기 진입을 앞두고 자기 자신을 단련시키고자 이 대학에 오는 것이다. 현대판 수도원과도 같은 이 공동체에서 청년들은 민족 전통을 체험하고, 자제심, 침착함, 단호함, 행동을 향한 열망 등 가장 근본적인 영국적 가치들을 익힌다. 그러면서 다른 청년들과 어울린다. 한 팀으로도 뛰고 상대 팀과도 협력하면서 장차 공동으로 이뤄 낼 꿈들을 빚어낸다. 서로 대화하면서 추상적인 의미를 정확한 의미로 바꾸어 놓으려고 애쓴다. 그리하여 나중에 사회에 나가면 추상 개념을 구체적 행동으로 실천하게 된다.

또한 그들은 백인의 품위와 교양에 빠져서는 안 될 지식을 엄밀히 선별하여 배운다. 특히 고대 그리스의 시와 철학은 오늘날까지도 서구 문명이 이룩한 가장 수준 높은 정신적 승리로 평가되고 있다. 영국의 정치인 모슬리는 이런 말을 했다.「고대 그리스어를 모르고 어찌 신사가 될 수 있겠는가?」

옥스퍼드와 케임브리지는 그레이트브리튼의 지도자들을 만들어 내는 주요 공방(工房)이다. 대영 제국 어디를 가나 타의 모범이 되는 케임브리지 및 옥스퍼드 졸업생들을 만날 수 있다. 예로부터 그들은 영국 민족에 엄청난 영향력을 미쳐 왔다. 그들은 또한 조잡한 유물주의와, 공허한 스콜라 철학의 궤변들에서 영국을 구했고 나라가 편협한 지도자들에게 휘둘리는 것을 막았다. 어떻게 그런 효과를 낼 수 있었을까. 이 공방에서 만들어 내는 것은 전문가가 아니라 인격자이기 때문이다. 진정한 영국인이라면 결코 상대방에게 「무엇을 아느냐?」고 묻지 않는다. 다만 「당신은 어떤 사람이냐?」고 물을 뿐이다.

앞서도 말했듯, 이 대학들은 본래 신학을 공부하고 싶으나 가난한 젊은이들을 위해 지어졌다. 그러나 르네상스 초기에 이르자 이 대학들은 더 큰 야망을 품기 시작했다. 궁핍한 사제 후보들은 뒷전으로 밀려나고 귀족들을 위한 학교로 변모한 것이다. 귀족들이 이곳에 입학하는 목적은 보다 이상적인 인간이 되기 위해 심신을 계발하고, 나아가 제국의 확장과 통치에 필요한 직무를 준비하는 데 있었다. 그리고 얼마 후, 부자가 된 부르주아들이 그들 앞에 늘 열려 있는 계급 사다리를 통해 귀족의 지위로 올라갔다. 그들 역시 자식들을 옥스퍼드와 케임브리지로 보내기 시작했다. 몇 세대 더 흘러 19세기 중반 이후부터는, 그보다 더 낮은 사회 계급이 지위가 높아지고 힘이 있게 되면서, 가난하지만 학문적 재능을 지닌 청년들이 이 대학들에 입학할 수 있게 되었다. 피가 섞여 새로운 피로 변했다. 노동자 계급도 훌륭한 아들들을 통해 국가의 통치에 참여할 수 있게 되었다. 지난 제1차 세계 대전 이후로는 민주주의를 지지하는 대중 계급에서 대학 진학자의 수가 훨씬 더 많아졌다.

그해 여름 나는 한 시골 별장에서, 지혜로운 역사가이자 뛰어난 인격자인 피셔를 만났다. 그는 로이드 조지[11] 내각에서 교육부 장관으로 재직할 당시, 민중 계급의 청년들을 선발하여 옥스퍼드와 케임브리지에서 전액 무료로 공부할 수 있게 해주는 법률을 통과시킨 바 있었다. 그는 이 법률을 자랑스럽게 여겼고 풍부한

---

11 Lloyd George(1863~1945). 1916~1922년에 영국 총리를 역임했다.

결실을 거두리라 믿었다.

그가 하루는 나에게 이렇게 말했다.「이런 식으로 영국 최고의 교육을 받은 빈곤 계층 청년들은 결국 귀족 및 중산층과 더불어 대영 제국을 통치하게 됩니다. 우리는 노동자 계급의 유력한 구성원들에게, 국가적 의무를 지고 국가 통치의 새로운 기회를 제공하고 있지요.」

그는 내가 무슨 생각을 하는지 안다는 듯 지켜보더니 빙그레 웃으며 덧붙였다.「놀라지 마세요. 우리나라 최고의 두 학교는 앞으로도 항상 귀족적인 본질을 지켜 나갈 겁니다. 그 두 곳은 민주화가 되지 않을 겁니다. 오히려, 견고한 영국 전통과의 조화 속에서 평민들을 귀족들로 바꾸어 놓고 있습니다. 영국인은 누구나 귀족이 되고 싶어 합니다, 타고난 기질이죠. 다시 말해, 누구나 공동체를 위해 봉사하고 싶어 하기 때문에 영국의 귀족 사회는 항상 기회의 문을 열어 놓고 그들을 환영할 것입니다. 사실 영국 내에서 신분 상승의 지름길로 케임브리지와 옥스퍼드만 한 데가 없지요.」

신사와 로봇

하루는 케임브리지의 어느 칼리지 안뜰에서 잔디밭 주위를 어슬렁대고 있는 한 노교수와 마주쳤다. 나는 불쑥 그와 대화를 시작했다.

「세계 대전 이후 학생들의 심리에 전혀 변화가 없었습니까?」 내가 물었다. 이 경솔한 질문에 노교수의 아침 산책은 끝나 버렸다. 그가 노르스름한 백발의 머리를 가로저었다.

「영국이 변했어요.」 그가 잠시 침묵하더니 대답했다.「영국이 변해 버렸어요. 그러니 우리 아이들이 어찌 변하지 않을 수 있었 겠소? 더구나 가장 비판적이고 민감한 청년들인데. 전후 세대 학 생들 대부분은 이제 전처럼 도덕적 확신을 갖지 못합니다. 영국 의 패권은 도전받지 않는다는 확신도 물론 없고요. 많은 학생들 이 주저하기 시작했어요. 무관심해지거나 냉소적인 태도로 변했 지요. 그들은 관습을 비웃습니다. 우리 나이 든 사람들이 아무리 나무라도, 관습이 심층적이면서도 중요한 어떤 것임을 결코 이해 하지 못합니다. 본질과 관습은 하나입니다. 관습은 본질의 가시 적인 모습이지요. 하지만 학생들이 우리 얘기에 귀 기울일 것 같 습니까? 오늘날 훌륭한 가문의 자제들이 야회복도 입지 않고 저 녁 식탁에 앉아 있는 풍경이 자주 눈에 띕니다. 관습을 우습게 보 는 태도지요.」

노교수는 흥분했다. 나는 그가 마음에 들었다. 그가 예전에 숭 상했던 신들이 이제 위험에 빠졌다. 지금까지 난공불락의 요새였 던 영국의 관습이 와르르 무너져 버렸다. 관습 속에 함축되어 있 는 본질이 이제 더 이상 위력을 발휘하지 못하고, 새로운 관습을 주도해야 할 새로운 본질은 아직까지 발견되지 않았다.

노교수는 평소와 다르게 약간 흥분한 목소리로 계속 말했다. 「전쟁 전의 우리 학생들은 보수적이었습니다. 전통을 따르고 자 발적으로 복종했지요. 그들은 선조들이 후손을 위해 다져 놓은 길을 걸어갔습니다. 이러한 영국적 방식이 영원히 지속되면서 모 든 면에서 승리를 가져다주리라 믿었지요. 사실 내가 젊을 때만 해도 거창한 구호와 원칙을 신봉하는 제국주의자들이 많았답니 다. 그들은 모두 확고한 영국적 토대 위에서 사고하고 행동했지 요. 그러나 지금은⋯⋯.」 그가 케임브리지의 허공으로 허약한 두 팔을 치켜들며 황당하다는 태도를 취해 보였다. 그러고는 약간 더

듬거리는 목소리로 말했다.「지금은, 학생들 대다수가 평화주의자이거나 사회주의자입니다. 심지어 일부 학생들은 그레이트브리튼이 늙어 버렸다고 말하면서도 부끄러운 줄을 몰라 하니……」

「국가도 늙습니까?」내가 순진한 목소리로 물었다. 이 사람은 역사학 교수이므로 그 대답을 알지도 몰랐다.

나를 쳐다보는 그의 파란 눈에 불안한 눈빛이 스쳐 갔다. 늙은 사가(史家)는 금방 대답하지 않았다. 마음속으로 어떻게 대답할까 재고 있는 듯했다. 그의 푸른 눈이 반짝 빛을 발하는가 싶더니 이내 어두워졌다. 작은 섬광들이 그의 머릿속에서 환하게 타오르다 사그라진 듯했다. 그는 속으로 피가 끓어오르고 있었지만 곧바로 흥분을 가라앉히고 대답했다.

「영국이 뭔가 변했습니다. 지금 가파르면서도 위험한 전환점에 서 있습니다. 몇 년 전까지만 해도 우리는 무역과 산업과 선박에서 선두를 달렸습니다. 세계의 모든 바다와 4분의 1에 달하는 땅덩이가 우리 손안에 있었지요. 우리는 우리 민족의 패권을 굳게 믿었습니다. 외적으로 우리 자신들을 믿었을 뿐 아니라 내적으로도 확신했지요, 우리는 요새라고 말입니다. 그래서 천천히 착실하게 앞으로 걸어 나갔습니다.

그러나 전쟁 이후 세계가 움직이는 리듬은 바뀌어 버렸습니다. 대영 제국의 느리지만 확실한 걸음걸이는 더 이상 통하지 않게 되었습니다. 세계의 움직임은 당혹스러울 만치 급박하고 불확실하지요. 결국 영국도 어쩔 수 없이 기존의 느린 리듬을, 타고난 제 걸음걸이를 바꾸어야만 합니다. 이제 영국이 예전처럼 무역이나 산업의 일인자가 아니라는 것, 나도 인정합니다. 영국의 군대는 보다 젊고 보다 유연하고 무시무시한 군대와 대치해 있습니다. 뒤처지지 않기 위해서는 우리도 반드시 리듬을 바꾸어야 합니다. 그게 정말 중요합니다.」

「그게 정말 중요하다고요?」 내가 물었다.

노교수는 완강했다. 「그렇습니다.」 그가 약간 화난 어조로 대답했다. 「그게 정말 중요한 겁니다! 우리는 재정비에 착수해야 합니다. 영국은 지금까지 미리 정해진 엄격한 규칙을 따른 바 없었습니다. 언제나 그때그때 부는 바람에 맞추어 돛을 펼쳤다 내렸다 했지요. 영국이라는 나라는 스스로를 항상 새로운 요구에 맞게 적응시켜 온 하나의 생명체이기 때문에 언제든 적응할 준비가 되어 있습니다. 그런데 이런 중요한 때에 왜 우리의 젊은이들이 낙담하고 비겁하게 나옵니까? 우리 아버지들이 남겨 준 것을 지키기 위해 제국주의적 열정이 간절히 필요한 이 시점에 왜 평화를 원한단 말입니까? 나는 이해가 안 됩니다! 이해할 수 없어요!」

그가 또 한 번 여윈 두 팔을 허공으로 쳐들어 당황스럽다는 표시를 해 보였다. 그 순간 나는 두 세대가 서로 마주 보고 서 있다고 생각했다. 한쪽은 고함치고 꾸짖으며 지시를 하고, 다른 한쪽은 깔깔대며 지시를 위반하는 두 세대.

아버지와 아들 간의 숙명적인 거리가 이처럼 멀어진 시대도 없었다. 지난날 부자 사이에는 간극이 없었다. 젊은이들은 조용히 기계적으로 아버지들의 뒤를 따랐고, 그들의 삶은 느릿느릿 확실하게 진행되었다. 오늘날에는 그런 움직임의 리듬이 급박해졌다. 아버지는 경악하며 아들을 지켜보고 아들을 인정해 주지 않는다. 삶이 급해졌다. 아무도 인생이 어떤 방향으로 가고 있는지 혹은 왜 그렇게 움직이는지 알지 못한다.

나는 노교수에게 작별을 고하고, 이 순간의 삶을 지켜보기 위해 맥박 치는 거리로 되돌아왔다. 남녀들이 분주하게 오가고 있었다.

그들 눈에는 불길의 반사광 같은 기묘한 광채가 서려 있었다. 햇볕에 그을린 학생들이 노래를 부르며 지나갔다. 자전거에 올라탄 체격 좋은 처녀들이 튼튼한 정강이를 아래위로 움직이며 자전거를 몰고 갔다. 그들의 실크 스타킹이 강철처럼 반짝거렸다.

훌륭한 민족이 어려운 시절을 맞았다. 그들의 정신은 그것을 깨닫고 준비하고 있다. 과연 효과가 있을까? 이제 곧 그 결과를 보게 될 것이다. 신문에서는 전쟁의 끔찍한 징후들을 요란하게 떠들어 대고 있다. 다가올 폭풍우의 천둥소리가 멀리서 들려온다. 낮에도 해가 없다. 밤에도 별들이 없다. 하늘 안쪽이 시커멓게 변했다.

짙은 녹음에 싸인 이 매혹적인 케임브리지에서 나는 문득 예전에 러시아에서 겪었던 섬뜩한 꿈을 하나 떠올렸다. 꿈속에서 나는 어느 대도시 한복판에 똑바로 누워 있었다. 하늘을 올려다보니 송장 하나가, 마치 보이지 않는 손과 연결된 연처럼, 엎드린 채 지붕 위를 스쳐 가고 있었다. 그 송장의 살빛은 푸르스름한 황색이고 입술은 없으나 엄청난 이빨을 가지고 있었다. 눈을 크게 뜨고 보니, 그 연 같은 혐오스러운 송장이 가옥과 사람들의 머리 꼭대기를 스쳐 가며 하늘을 덮고 있었다.

오랜 옛날부터 지금까지, 송아지가 피 속을 둥둥 떠다니는 날이 오리라 경고하는 예언이 즐겨 회자되었다. 그날이 마침내 찾아왔다.

나는 그 폭풍우의 전기 불꽃을 최초로 감지한 사람처럼 초조하고 불안하게, 입속에 바늘이 돋은 느낌으로 돌아다녔다. 그리고 생각했다. 아무리 무서운 적을 맞는다 해도 왕국은 적의 힘 때문에 쓰러지는 것이 아니라, 그 자신의 허약함과 신념 부족으로 인해 쓰러질 뿐이다. 〈적은 내부에 있다.〉 의심이라는 벌레가 왕국 내부에 파고들어 갉아먹기 시작하면 특이한 부패의 냄새가 솟아오른다. 앞서도 말했듯, 굶주린 해적들이 쳐들어오기 전에 맡는 냄새가 바로 그것이다. 나는 혼란스러운 마음으로 이 칼리지 저 칼리지의 잔디밭을 돌아다녔다. 수많은 학생들이 오고 갔을 그 칼리지 교문을 통과할 때 내 입술을 태우는 두려운 질문이 하나 있었다.

영국은 여기, 케임브리지와 옥스퍼드에서 〈신사〉라는 놀라운 인간형을 창조해 냈다. 귀족의 고귀함, 군주의 당당함, 인간의 존엄성, 아주 오래된 뿌리를 가진 이런 미덕들이 세련되면서도 우아한 방식으로 꽃을 피웠다. 〈신사〉는 아주 오래된 양육법의 뛰어난 결과물이다.

그렇다면 이제 영국은 완전히 판이한 현대의 인간형 — 악마 같은 민첩함과 놀라운 시스템과 결의로 무장한 국가들이 내놓은 기계적 인간형 — 에 어떻게 맞설 수 있을 것인가? 두 개의 인간 원형(原型)이 이제 곧 한판 붙을 태세를 갖추고 있다. 과연 어느 쪽이 승리할 것인가?

신사

　인도의 영웅 유디스트라[1]는 모든 인간들과 싸워 이겼다. 그리고 죽어서는 천국으로 갔다. 친구들이 모두 그를 버렸으나 변함없이 충성을 바친 유일한 벗이 있었으니, 바로 죽어서까지 충성한 그의 개였다.

　천국의 문이 열리고 신이 나왔다. 「들어오너라, 유디스트라.」 신이 명했다. 「여기가 네 집이니라.」

　「제 개를 두고는 들어가지 않겠습니다!」 유디스트라가 소리쳤다.

　「개들은 천국에 들어올 수 없느니라!」 신이 미간을 찌푸리며 말했다.

　「그렇다면 저는 나가겠습니다!」 유디스트라는 이렇게 말하고 천국에 등을 돌렸다.

　이 사람은 일본의 사무라이일 수도 있고 영국의 신사일 수도 있다. 영웅적 자질과 다정다감함은 힘을 지극히 예의 바르게 표현하는 것이다. 옛날 사무라이들이 즐겨 했던 말에 이런 게 있다.

---

1 Yudhistra. 다르마푸트라로도 불린다.

「훌륭한 전사는 절대로 투박하지 않다.」충성, 용맹, 친절. 친구를 절대 배신하지 마라, 설사 그것이 한 마리 개일지라도, 영원한 하늘의 왕국으로 들어가지 못하는 한이 있더라도!

고대 그리스인들도 나름의 이상적인 인간형을 창조했으니 〈칼로스 카가토스kalos kagathos〉가 바로 그것이다. 이것은 육체와 영혼의 아름다운 조화라는 뜻이다. 〈모든 감각의 조화로운 단련.〉위대하지만 시들어 버린 현자, 비인간적인 금욕주의자, 꼴사납게 생긴 운동선수, 그 어느 경우도 완벽한 인간은 아니다. 균형이 절실하게 필요한데 그리스적 완벽함의 비밀은 바로 여기에 있다.

로마인들은 당당한 〈키비스 로마누스civis Romanus(로마의 시민)〉를 창조해 냈다 — 질서, 기율, 그리고 유연함과 우아함을 상실한 채 조야하게 통합된 힘. 책임감 — 용맹한 로마 시민은 제국 전체가 자신의 어깨에 얹혀 있다고 생각했다.

이탈리아 르네상스는 엄격한 도덕에서 자유롭고, 융통성 있고 유쾌하고 매력적인 죄인 〈일 코르테자노Il cortegiano(궁정의 신하)〉를 창조했다. 그들이 생각하는 인생은 미지의 집주인이 우리를 위해 화려한 연회 테이블을 차려 놓은 한바탕 짧은 잔치였다. 주인은 먹고 마시라고 권하며 우리를 아름다운 숙녀들 옆에 앉히고 이렇게 말한다. 「키스하세요! 그저 먹으면서 귀족들처럼 우아하고 고상하게 입 맞추기만 하면 됩니다!」

스페인은 사나운 〈이달고hidalgo〉[2]를 창조했다. 그는 유형이든 무형이든 세상 전체의 명예가 자신의 칼끝에 달려 있다고 생각했다. 인생은 잔치판이 아니다. 남자들에게는 군(軍) 야영지이고 여자들에게는 수녀원이다. 하느님, 국왕, 명예, 이 세 가지가

2 하급 귀족. 중세, 현대 초기에 귀족 칭호는 없었지만 일하지 않고 보유 재산만으로 살았기 때문에 평민과 구분하기 위하여 붙인 사회 계급.

가장 중요한 가치들이지만 그중에서도 으뜸은 명예다.

프랑스는 사교적 기교와 우아함을 자랑하는 〈오네트 옴므 *honnête homme*(정직한 남자)〉를 창조했다. 인생은 타협과 공존이다. 사회적 양심은 개인적 양심을 선도해야 한다. 미덕과 악덕은 아무도 괴롭히지 않게끔 조절되어야 한다. 그리고 가능하다면 인간적 교제에 부합되어야 한다. 인간은 가발과 레이스로 장식된 사회적 동물이다.

그리고 영국이 창조한 것은 〈신사 *gentleman*〉였다.

신사의 요건은 시대에 따라 달라졌다. 14세기부터 지금까지 제시된 신사의 다양한 의미들을 따라가 보면, 마치 사물을 있는 그대로 보여 주는 작은 거울을 보듯, 발전하는 영국 특유의 이상형을 만나게 된다.

중세의 신사는 갑옷과 검으로 무장한 고귀한 기사였다. 그의 검은 쌍날로 되어 있었다. 가난한 사람들을 괴롭히는 부자들과, 약한 자를 억압하는 강자들을 치는 것이 그의 의무였던 것이다. 이 신사는 호전적인 하느님을 섬겼다. 영웅이자 성자(聖者)로서 십자군 전쟁에 참여했다.

그러나 영국에서는 신사가 돈키호테식의 요란한 기행을 벌인 적이 없었다. 영국 신사는 위대한 상상력을 배제시킨 실용적이고 합리적인 사람이었다. 그의 거동은 꾸밈이 없었고 복장도 수수했다. 그는 인간을 인간으로, 풍차를 풍차로 정확히 구분해 보았다. 구름과 돌을 혼동하거나 욕망과 현실을 혼동하는 법이 없었다. 그는 영웅이자 성자였다. 하지만 인간의 범위를 벗어나지는 않았다.

시간이 흐르면서 신사의 무인(武人)다운 면모는 위축되고 일상생활의 사교적인 면모들이 두드러졌다. 봉건 시대 전사로서가 아니라 평화를 사랑하는 부유한 부르주아의 모습으로 구체화되어 영국 사회에 정착하게 되었다. 이제는 귀족이 신사로 불리기 위해 갑옷과 검으로 무장할 필요가 없어졌다. 자기 자신을 존중하고 다른 사람들을 존중하며, 거짓말이나 기타 저열한 행위를 하지 않고, 좋은 매너를 보여 주어야 했다.

구시대의 기사도와 새로운 휴머니즘이 함께 뒤섞였다. 가치에 약간의 변화가 있었고 그와 더불어 이상적 인간형도 바뀌었다. 그러나 영국의 관례가 늘 그렇듯, 변화된 현실은 전통을 전면적으로 부정하지 않았고 그리하여 변화된 신사는 구시대적 특성의 상당 부분을 그대로 유지했다. 통치자인 국왕에 대한 충성과 헌신, 개인 명예를 중시하는 겸허한 생활 방식, 여성을 존중하는 태도, 자기 육체를 엄격하게 연마하고 관리하는 태도 등.

이렇게 되자 귀족과 신사는 더 이상 동의어로 받아들여지지 않게 되었다. 신분이 제후라 해도 신사가 아닐 수도 있었다. 제후는 우연히 주어진 환경, 타고날 때부터 받은 선물이었다. 신사는 개인의 업적, 다시 말해 자수성가의 승리였다. 옛날에 한 어머니가 국왕 제임스 2세에게, 아무짝에도 못 쓸 자기 아들을 신사로 만들어 달라고 간청하자 왕은 말했다. 「나는 당신의 아들을 남작이나 후작으로 만들어 줄 수 있다. 그러나 전능한 하느님조차 그를 신사로 만들지는 못한다.」

〈신사〉란 단어는 16세기 중반부터 새로운 사회적 이상들을 반영하기 시작했다. 그 당시의 한 작가는 이런 대담한 말을 남겼다. 〈제후의 망나니 아들은 신사가 아니다. 농민의 훌륭한 아들이 신사이다.〉

그러나 세상의 바퀴는 쉼 없이 굴러갔다. 시간이 흘렀다. 이상적인 인간형이 바뀌었다. 청교도주의가 영국을 강타했다. 이제는 고지식한 정직, 금욕적인 도덕, 뭐든 못마땅하게 여기는 매너, 배코 친 머리카락, 거무칙칙한 차림새, 호주머니에 꽂힌 성서 등이 신사의 필수 요건이 되었다. 〈즐거운 영국〉이 침울해졌고 더불어 신사도 침울한 분위기를 풍겼다.

다시 세월이 흐르고, 세월과 더불어 영국의 모습도 바뀌었다. 스튜어트 왕가가 왕좌에 복귀했다. 영국의 얼굴은 한결 밝아지고 유쾌해졌다. 영국인의 덕목들도 다시 쾌활해졌다. 예전처럼 육체를 아끼고 씻어 주고 화사한 색상의 옷을 입히고 깃털과 주름과 레이스로 장식하게 되었다. 스캔들만 일으키지 않는다면, 육체가 크고 작은 도덕의 위반을 즐기는 것을 허용했다.

19세기 들어 엄숙한 빅토리아 시대가 펼쳐지자 〈신사〉의 안정적 형식이 구축되었고 그것은 오늘날까지 이어졌다. 신사의 이상형은 귀족적인 본질을 간직한 채 민주적인 방향으로 끊임없이 변화하고 있었다. 이제는 자기 나름의 개인적·사회적 개성을 조화롭게 계발한 사람, 열정을 자제할 줄 아는 사람, 자기 자신에 대해 절대 말하지 않고 남을 헐뜯지 않는 사람, 다시 말해 자기감정의 주인, 〈자기 영혼의 선장〉이 신사로 받아들여졌다.

현대의 신사는 과거 신사의 가치들을 보유했으나 훨씬 더 유연하고 신중해졌다. 신사는 일단 약속을 하면 반드시 지켰다. 자신의 열정을 드러내 놓고 과시하는 법이 없었으며, 좋든 나쁘든 자신의 열정을 완벽하게 통제했다. 신사는 영국의 위대한 덕목인 자제력을 크게 성취한 사람이었다.

그는 일상생활에서 성심성의를 다하고 손님 접대에 극진했으나 그래도 거리낌 없이 대하기는 어려운 사람이었다. 금전을 탐하는 것(심지어 절약마저도)은 신사에게 어울리지 않는 특성이라고 생각하여 나름대로 관대하고 호탕하게 돈을 썼다.

좋은 집안에서 태어났거나 선천적으로 선한 것에 이끌리는
사람은 누구나,

설사 에티오피아인(흑인) 어머니를 두었더라도, 고상한 사
람이다!

메난드로스[3]가 이 대목에서 사용하고 있는 〈고상하다 *noble*〉
를 영어로 옮기면 〈신사〉가 된다.

「신사를 어떻게 정의할 수 있을까요?」 한번은 내가, 현대 영국
의 전형적 신사인 시드니 워털루 경에게 물었더니 그가 말했다.

「신사란, 누구 앞에서든 어떤 상황에서든 편안함을 느끼는 사
람, 그런 편안함을 함께 있는 사람 누구에게나 나누어 주는 사람
입니다.」

멋진 정의다. 하지만 신사를 만들어 내는 저 설명하기 힘든 분
위기 — 자아 숭배와 숭고함, 감수성과 심리적 통제, 열정과 자
제 사이에서 저울을 살며시 기울게 만드는 보이지 않는 힘 — 는
이러한 정의로는 잘 파악되지 않는다.

우리는 계산되지 않은, 언뜻 보면 사소한 것들에서 한 가닥 암
시를 받는다. 목소리의 어조, 걸음걸이, 옷 입는 스타일, 식사, 즐
겨 하는 오락 등에서도 신사를 알아볼 수 있고, 전원, 스포츠, 여
자, 말, 「타임스」 신문 등에 대한 차가우면서도 단호한 애정에서
도 신사의 한 자락을 읽어 볼 수 있다.

10세기의 라틴어 교과서를 보면 이러한 대화가 나온다.

「너 오늘 회초리로 맞았니?」

---

3 Menandros(B.C. 342~B.C. 292). 그리스의 희극 작가.

「아뇨, 제가 처신을 잘했거든요.」

「네 급우들 중에선 누가 맞았지?」

「그걸 왜 물으세요? 저는 친구들을 배신할 수 없어요!」

10세기의 이 영국 꼬마야말로 신사였다!

주말

토요일과 일요일. 나는 푹신한 안락의자에 몸을 묻은 채, 널따란 대리석 난로 속에서 쉬쉬대며 허공을 핥는 불길의 혀를 홀린 듯 지켜보았다. 런던에서 세 시간 거리에 있는 녹색의 전원 지대 한복판, 평온함, 쾌적한 공기, 딴 세상에 와 있는 듯한 황홀감.

이 시골 장원(영주의 저택)은 영국의 자연환경과 얼마나 기막히게 어울리는지! 고귀함, 편안함, 녹색 잔디의 심오한 연관성과 지속성. 여기서는 시간도 흔쾌히 걸음을 멈추고 태고의 부동성을 유지한다. 덩굴 늘어진 녹색 울타리 너머에는 아무것도 없다. 공장도, 대도시도, 야만적인 현대의 리듬도 없다. 우리는 태평양 한복판 어느 녹음의 세계에 위치한 향긋한 아주 작은 섬에 와 있는 듯하다. 이와 비슷한 기적을 전에 만끽한 것은 딱 한 번, 일본에 갔을 때였다. 그때, 소란한 일본의 도시 속에 있는 내 숙소 뒤편에서 작은 대문을 여는 순간, 완벽한 고독 속으로 들어갈 수 있었다.

귀족적 분위기가 물씬 풍기는 유서 깊은 홀, 금박 서적으로 꽉 찬 벽들, 곱슬머리 가발에 두툼한 반지를 끼고 세련된 미소를 지으며, 도금된 묵직한 그림틀에서 내다보고 있는 가문의 선조들. 귀한 예술품들이 도처에 진열되어 있다. 흙으로 빚은 중국 말(馬)들, 일본의 불상, 고딕풍의 성모 마리아, 아프리카의 가면, 멕시코의 도자기들, 타나그라에서 온 그리스 처녀들. 벽 위에 꼼짝 않고 앉아 빙그레 웃고 있는 선조들이 마치 세상을 약탈하고자 되돌아온 것 같다.

이 집의 매력적인 여주인은 하얀 백발에, 뺨이 발그스름하고 앳돼 보이는 얼굴의 소유자였다. 저 좋았던 태평연월의 시대에 분가루 뿌린 가발을 썼던 후작 부인을 연상시킨다. 그녀는 동화 작가였다. 전에 그녀가 쓴 책을 한 권 읽고 감동받은 적이 있었는데 그 사실을 그녀에게 말해 주었다.

그녀가 호호 웃고 나서 말했다. 「영국 역사에는 뛰어난 여성들이 몇 되지 않습니다. 해블록 엘리스란 사람이 끈기 있게 세어 보았는데 여성은 성적이 형편없었지요! 그가 영국의 역사에서 찾아낸 가장 뛰어난 사람들은 남자 975명, 여자는 겨우 55명이었죠! 제가 56번째 여성이 될 리는 없고!」

그녀가 큰 창 너머, 은빛 잎사귀를 달고 정원 복판에 외롭게 솟아 있는 두 그루의 전나무를 내다보았다. 「그런 건 중요하지 않아요.」 그녀가 잠시 뜸을 들이더니 계속 말했다. 「저는 자식이 없기 때문에 글을 쓴답니다. 현실에서 피와 살을 가진 사람을 만들어 내지 못했으니 가상에서라도 인물들을 만들어 내는 거지요, 마치 인형에 온갖 옷을 입혀 보는 어린 소녀처럼.」

즐거운 분위기에 잠시 서글픈 기운이 배어들었다. 백발의 미망인은 벽난로 속에서 큼직한 장작들을 부드럽게 핥으며 타오르는 불꽃을 물끄러미 응시했다.

문득 독일의 한 처녀가 생각났다. 욕망에 몸이 달뜬 못생기고 불운한 서른 살 노처녀였는데, 하루는 자전거를 타고 와서, 베를린 근교에 머물던 내 친구를 찾았다. 친구의 방으로 들어선 그녀는 손에 두툼한 칸트의 책 한 권을 들고 있었다.

「이해되지 않는 부분이 있어서 설명을 좀 들으러 왔어요.」그녀가 말했다.

두 사람은 나란히 자리에 앉았다. 노처녀가 책을 펼쳤다. 두 사람의 무릎이 맞닿았다. 내 친구가 칸트 책의 복잡하고 추상적인 의미들을 설명하기 시작했다. 노처녀는 상체를 약간 수그리고서 열심히 들었다. 그런데 어느 순간 그녀가 책을 홱 덮어 버리고 벌떡 일어서면서 소리쳤다. 「난 칸트보다 아이를 가지고 싶다구요!」

여주인은 이제 영국의 소설에 관해 얘기하기 시작했다.

「영국인의 색슨 기질이 소설을 만들어 냈고 노르만 기질이 드라마를 만들어 냈지요. 색슨족은 삶을 사실적으로 표현하는 것을 좋아했어요. 사소한 것들을 관찰하고 존중했으며, 일상의 자잘한 것들을 깊은 애정과 끈기와 이해심으로 끌어 모아 병렬시켰지요. 이런 벽돌들에서 건물이 서서히 솟아올랐죠. 노르만족은 군사적 갈등과 재빠른 개념화를 즐겼고, 삶을 극적인 요소들로 화려하게 응축시키는 것을 좋아했습니다. 전자가 농부라면 후자는 전사이지요.」

나도 다 아는 얘기였지만, 살아 있는 영국인의 입을 통해 듣는다는 것이 즐거웠다. 영국의 전원에서 벽난로 앞에 앉아 있는 이 시간이 정말 좋았다. 마침 해가 기울면서, 커다란 유리문으로 장밋빛 황혼이 새어들어 왔다. 어스름 속에, 가발 쓴 가문의 선조들이 잠깐 생기를 되찾았다. 여주인의 맑은 목소리가 계속되었다.

「그런데 우리의 색슨적 요소와 노르만적 요소에 네덜란드 요소가 불쑥 보태어졌지요. 18세기 네덜란드 문명이 우리에게 준 영향은 지대했습니다. 정확하고 깔끔한 사고방식을 지닌 이 작은 이웃 국가가 최초로 부르주아적 문명을 창조했어요. 통상, 무역

선단, 중산층 건축물, 안락한 가정, 개인 정원, 소박하고 실속 있는 의복 말입니다. 또한 네덜란드인들은 화가이기도 했습니다. 초상화, 풍경화, 가정의 일상적인 모습을 담은 그림들을 그렸죠. 예전처럼 교회나 궁, 공공장소를 장식하는 웅장한 그림이나 프레스코화가 아니라, 중산층 가정의 벽을 장식하는 작고 가벼운 그림들이었죠. 이 이웃은 우리의 삶을 보다 소규모적으로 정돈되게 만들었습니다. 그들은 아름다움을 접근 가능한 것으로 만들어 놓았어요. 즐거움을 이해 가능한 수준으로 축소시킨 거지요. 무슨 뜻인지 이해하시죠?」

「이해하고말고요!」내가 대답했다.「황금 동전을 페니 동전으로 만들어 놓은 게 바로 그 이웃이죠!」

「그래요.」여주인은 약간 언짢은 투로 대답했다.「하지만 당신이 생각하는 그런 수치스러운 의미는 아니었답니다. 당신네 그리스인들은 필요 이상으로 양(量)을 경멸합니다. 당신들은 오직 질(質)에 대해서만 반응합니다. 하지만 그들은 최대한 많은 아름다움을 최대한 작은 공간에 응축시키고자 했지요. 여기, 타나그라에서 온 이 처녀를 한번 보세요……」

그녀가 일어나, 흙으로 빚은 그리스 소입상을 선반에서 내리더니 내 손에 쥐어 주었다. 타나그라 처녀의 얼굴이 황혼의 햇살 속에 반짝거렸다. 내 두 손이 아름다움으로 가득 채워졌다. 나는 손끝으로 토기 처녀를 묵묵히 어루만졌다.

「보이시죠?」노부인이 말을 이었다.「이 작은 육체에는 여인의 미뿐만 아니라 삶 전체의 아름다움이 응축되어 있어요.」

「이런 게 바로 금화지요.」내가 말했다.

「그래요. 하지만 당신이 말했듯, 네덜란드 사람들은 금화를 동전으로 바꾸어 우리에게 가져왔지요. 그 과정에서 가치는 하나도 손상되지 않았습니다. 그런데 왜 그렇게 빙긋이 웃으세요?」

「내가 볼 때 예술은 위대한 비밀, 즉 아주 희귀한 금속입니다. 이제 이 얘긴 관두기로 합시다. 당신이 동의하기 힘들 것 같으니까. 자, 영국 소설 얘기로 되돌아갑시다.」

내가 일어나서 타나그라의 처녀를 다시 선반에 올려놓았다. 손끝이 뜨거워진 느낌이었다.

「그다음을 말해 보시지요.」 내가 말했다.

아름다운 노부인의 얘기가 계속되었다. 「영국 소설은 영국 사회를 반영하여 일상적 삶의 아름다움을 보여 주고자 애씁니다. 아주 충실한 거울이죠. 이 거울 속에서 우리는 자신의 얼굴을 볼 수 있습니다. 고개를 숙여 보세요. 그 얼굴들이 보일 겁니다.」

「나는 그렇게 해본 적이 있습니다.」 내가 대답했다. 「그리고 서너 명의 얼굴을 보았지요. 먼저 웰스의 얼굴 — 쏘아보는 파란 눈과 펑퍼짐한 입에 둥글고 낙관적인 얼굴. 그 입은 과학이라는 만병통치약으로 세상을 구하자고 순진하게 설교하지요. 그다음으로 버나드 쇼의 길고 흉측한 얼굴. 그는 비위에 거슬리는 야유의 목소리로 가차 없이 풍자하고 조롱합니다. 모두들 더 이상 아무것도 믿지 않는 세상, 단지 시시하고 허무하고 지겨워서, 달리 하고 싶은 일이 없기 때문에 서로를 사랑하는 이 세상에 종말이 임박했노라고 예언합니다.

그다음에는 우리 현대의 삶을 비인간적인 괴물 같은 삶이라고 욕하는 골즈워디의 유쾌한 얼굴. 그는 우리 시대의 불의(不義)와 우둔함, 허위성을 정확하게 묘사합니다. 그리고 마지막으로 아널드의 평온하고 희열에 찬 얼굴. 그는 설교도 심판도 비난도 하지 않으며 사회적 문제나 형이상학적 문제로 고민하지도 않습니다. 그 파란 눈을 항상 크게 뜨고 삶의 장관을 쳐다보지요. 이 기묘하고 화려한 행렬을 게걸스럽게, 관능적으로 관찰합니다. 그리고 사랑도 증오도 떨쳐 버린 미소를 짓습니다. 이 모든 얼굴들 중에서 어느 것을 믿어야 합니까?」

「전부 다.」 노부인이 빙그레 웃었다. 「우리 시대는 이질적인 수많은 장면들로 이루어진 만화경입니다. 이 하나하나가 다 숨어 있는 포괄적인 장면의 조각들 ─ 뺨, 눈썹, 입 ─ 이죠. 현실은 계속 흘러갑니다, 온 사방으로 흐르죠. 그래서 어떤 형태로 굳어지는 법이 없습니다.

내가 현실을 좋아하는 것도 바로 그 부분입니다. 그것은 모순과 불가측 요소와 발작적 창조성으로 가득 차 있습니다. 낡은 것과 새것이 공존하며 얽혀 있어서, 우리는 (천만다행히도!) 논리가 지배하지 않는 느낌을 즐길 수 있지요.

여기, 내가 아주 큰 관심을 가지고 있는 이 아동 도서들을 한번 보세요. 물론 아이들의 단순하고 소박한 노래와 동식물과 새들이 담긴 이런 아동 도서들도 있지만 자동차, 모터, 비행기, 스포츠, 실리적이고 유용한 가르침들로 넘쳐나는 현대적인 서적들도 있습니다. 이런 책들을 보면 공포로 떨어야 할지 좋아서 날뛰어야 할지 알 수 없습니다…….

3세부터 6세까지의 아동들에게는 기차로 여행하는 법을 가르칩니다. 표를 어떻게 사는지, 짐은 어떻게 꾸리는지, 차창 밖 풍경은 어떻게 구경하는지……. 시정(詩情)이라곤 아예 찾아볼 수 없는 실용적인 정보뿐이지요. 연령이 좀 더 높은 아동들을 위해서는, 경찰관, 우체부, 목자, 농부, 기술자 등 다양한 직업을 안내하는 책들이 있지요. 특히 영국에서 현재 가장 필요로 하는 직업들에 대해선, 아이들에게 엄청난 홍보를 해댑니다. 조종사, 라디오 기술자, 기계공, 선원, 영화 관련 기술자, 리포터 같은 직업을요.

이제 아동 도서는 소설적인 모험을 다루지도 않고 상상력을 키워 주지도 않습니다. 이런 한심한 세태가 우리 시대를 압박하고 있습니다. 아이의 정신이 갑갑한 틀 속에 갇혀 버렸습니다. 아이의 내면에서 시(詩)가 말라 버렸어요. 세상이 날개를 잃은 거지요. 화려한 공작이 털을 갈고 나니 볼품없는 시골 닭으로 변해 버린 겁니다.

시는 사라졌어요. 자취를 감추었죠. 심지어 사랑조차도 급히 해치워야 하는 실용적 놀음으로 변해 버렸습니다. 우리가 어렸을 때만 해도 2 더하기 2는 22가 되기도 했습니다. 오늘날에는 2 더하기 2는 무조건 4입니다. 이게 큰 손실이라고 생각되지 않습니까?」

「큰 손실이지요.」내가 껄껄 웃었다.「하지만 큰 이득도 있어요.」

「어떤 이득?」

「우리는 우리의 몸에서 완전히 퇴화한 시의 날개를 제거해 버렸습니다. 이제 삶은 깃털을 잡아 뜯긴 채 벌거숭이로 남아, 당신의 표현처럼 벌벌 떨고 있습니다. 깃털을 잃어버렸으므로 삶은 추위를 느낍니다. 그거면 됐습니다. 삶이 꽁꽁 얼게 내버려 두세요. 상상력이라는 위대한 날개의 실질적인 가치를 다시 깨닫게 만들려면 오직 그 방법밖에 없습니다.」

「그렇게 된다면야 오죽 좋겠습니까.」늙은 미망인이 미심쩍은 듯 고개를 내저으며 말했다.「하지만 내가 그 새의 날개를 생전에 볼 수 있을 것 같지는 않군요. 지금은 예전의 사랑스러운 날개들에서 털이 뽑혀 나가고 있는 모습밖에 보이지 않습니다. 그리고 젊은 여성들을 위한 책들을 펼쳐 보시면 아마 또 한 번 전율하게 될 것입니다. 아니, 기분 좋게 받아들일지도 모르겠군요. 오늘날 우리 여성들은 어떤 것을 배우고 있습니까? 어떻게 하면 가정과 남편으로부터 독립적으로 될 수 있는가, 어떻게 투쟁하고 어떻게 자기 빵 값을 벌 것인가, 맨 이런 것뿐입니다.

경제적, 정신적, 도덕적 독립. 여성들에게는 자신이 선택한 길을 갈 권리가 있다고들 말합니다. 그녀들의 옛 〈압제자〉 — 아버지, 오빠, 남편 — 의 발언을 무시해 버리고 자기 스스로 선택한 길 말입니다. 그리하여 솜털 같은 여성의 부드러움이 사라지고 있습니다. 만약 우리 여성이 남자들과 똑같은 미덕, 똑같은 악덕들을 갖게 된다면, 다시 말해 우리가 남장 여자가 되어 버린다면 우리는 망할 겁니다. 나는 그러한 현대 여성들이나 신혼부부들을 늘 보고 있습니다. 여성다운 수줍음, 헌신, 매력 같은 것들은 더 이상 없습니다. 가정은 이제 존재하지 않아요.

우리는 마치 파산한 가게처럼 해체되어 가는 우리 자신들을 발견합니다. 지난날의 미덕과 근심과 희망들을 내다 팔고 있습니다. 마치 바겐세일을 하는 것처럼. 나는 종종 경매장 단상을 때리는 망치 소리가 귀에 들리는 듯합니다. 어떻습니까? 이게 바로 해체 아닌가요?」

「물론입니다.」 내가 대답했다. 「하지만 그것은 닥쳐올 정반합을 위해 필요 불가결한 과정입니다. 아이들의 순수한 욕망이 그런 정반합의 길을 가르쳐 줄 겁니다. 아이들이 좋아하는 책보다 훌륭한 예언서는 없습니다. 우리는 여기에 정신을 모아야지, 과거 혹은 시대에 뒤떨어진 질서를 돌아봐서는 안 됩니다. 우리는 이 신성하고 필요 불가결한 해체 국면을 전속력으로 통과해야 합니다. 다른 길은 없습니다.」

「다른 길은 없다고요?」 두 뺨이 벌겋게 달아오른 미망인이 물었다.

바로 그때 또 다른 주말 손님들이 도착했다. 젊은 외교관과 그의 아내, 테니스 전문가들이라는 날씬한 여성 둘, 영국에서 가장 현명한 정치인에 속하는 유쾌하고 날씬한 노인.

금세 분위기가 바뀌었다. 노부인과 나를 이어 주던 친밀함과 따뜻함이 깨져 버렸다. 마치 우리 사이에 불쑥 정전이 찾아든 것처럼 그것이 흔적 없이 사라져 버렸다.

사람이 많이 모이면 까다로운 화학 작용과 같이 육체적으로든 정신적으로든 합일에 도달하는 경우가 드물다. 눈에 보이는 인체 하나하나가 저 나름의 보이지 않는 강력한 성단(星團)으로, 수수께끼 같은 호감-비호감으로 가득 차 전율하는 존재인 것이다.

분위기가 아연 바뀌었다. 노부인이 일어나 손님들을 맞았다. 웃음소리, 목소리들, 초콜릿 상자. 담배 파이프에 불이 붙었다. 남자들이 모여, 다 함께 둘러서서 논할 수 있는 주제를 찾고 있었다. 그 현명한 노인이 주제를 하나 생각해 내어, 불후의 그리스에 관해 이야기하기 시작했다. 그의 눈에 불이 붙었다. 그는 케임브리지 재학 시절에 데모스테네스[4]에 관한 논문을 썼다고 했다. 그리고 지금, 그 편협하지만 위대한 애국자, 숨이 붙어 있는 마지막 순간까지 오직 한 가지 사상을 위해 싸웠던 사람(데모스테네스)에 관해 열띤 논의를 이끌고 있었다. 알렉산드로스 대왕이 헛되게도 그리스를 세상 끝까지 확장시켰을 때 데모스테네스는 아크로폴리스의 바위에 완강하게 버티고 서서 절규했다. 「안 돼!」

날씬한 두 여자는 마치 우리에 갇힌 것처럼 왔다 갔다 하고 있었다.

「데모스테네스를 읽어 보셨나요?」 그저 그들의 반응을 보고 싶어, 내가 시골뜨기처럼 순진하게 물었다.

---

4 Demosthenes. 기원전 4세기 아테네의 정치가, 웅변가.

두 여자가 일제히 깔깔대고 웃었다.

우리 사이에는 심연이 놓여 있었다. 나는 예기치 못했던 쓰라림을 맛보았다. 마치 내가 시대에 뒤처진 사람 같았다. 젊은 여자들은 나를 지나쳐 가버렸다. 나는 옛날 옛적에 데모스테네스를 읽었던 것이 부끄러웠다.

그러나 잠시 후 벽난로 앞에 앉아 있던 늙은 미망인이 문단(文壇)의 일화들을 얘기하기 시작했다. 나는 솔깃해졌다.

「우리는 좀 전에 버나드 쇼에 대해 얘기하고 있었어요.」 그녀가 나를 쳐다보며 빙그레 웃었다. 「도저히 사랑할 수 없는 우리 시대의 메피스토펠레스[5] 말입니다. 하루는 그를 식사에 초대했어요. 물론 나는 요리사에게 고기가 들어가지 않은 음식으로만 준비하라고 신신당부를 해두었죠. 그 당시 우리 집 흑인 요리사는 솜씨가 아주 좋았어요.

아무튼 그녀는 야채를 지지고 볶아 최대한 많은 요리를 만들어냈습니다. 그리고 맛을 보고 또 보았지만 그녀의 입맛에는 여전히 끔찍했어요. 절망감에 빠진 그녀는 냉큼 고기를 움켜잡고 다진 다음 버터를 첨가해 소스를 만들었습니다. 그리고 모든 야채 요리에 그 소스를 끼얹었죠.

버나드 쇼가 도착했지요. 우리는 식탁에 둘러앉아 전채 요리를 먹으며 웃고 떠들었습니다. 이윽고 음식 접시들이 등장했는데 글쎄 고기만 눈에 들어오지 뭡니까! 버나드 쇼가 벌떡 일어서더니 말 한마디 없이 모자를 집어 들고 나가 버리더군요.」

「그럼 로렌스는요?」 내가 그녀에게 물었다. 「그 사람과 알고 지내셨나요?」

5 괴테의 『파우스트』에 나오는 악마.

「어느 로렌스를 말하는 겁니까? 소설가 데이비드 로렌스? 항상 의심과 매력으로 가득 찬 사람이었지만 참아 주기 힘들었죠.」

「아니, 그 사람 말고 〈사막의 로렌스〉[6] 말입니다.」 내가 말했다.

「대단한 사람이었죠.」 노부인이 웃음을 터뜨렸다. 「두려움 없는, 쉬지 못하는 정신. 하지만 엉큼한 악당이기도 했어요. 한번은 내가 외출하고 없을 때 그가 찾아왔어요. 우리 집 하녀가 거실에서 책을 읽고 있었대요. 나의 친구쯤 되나 보다 생각한 로렌스가 기회를 놓치지 않고 그녀에게 말했답니다. 〈오직 당신만이 나를 이해할 수 있습니다. 내 마음을 당신에게 열겠어요!〉 그것은 그가 누구에게나, 특히 숙녀들만 만나면 꺼내는 말이었죠.」

「혹시 세실 로즈도 알고 지내셨나요?」

「그 사람은 여기 계신 내 친구 존 경이 잘 압니다.」 그녀가 벽난로 쪽으로 손을 내뻗으며 앉아 있던 유쾌한 노인을 가리켰다.

존 경이 돌아보며 말했다.

「위대한 공상가이자 위대한 정복자였죠. 그에게는 신비한 마법의 힘이 있었어요. 모두들 그의 매력에 넘어갔지요. 엄하고 돌발적이고, 스파르타 사람처럼 검소한 식단을 즐기고, 세계 정복을 꿈꾸었답니다. 그는 자기가 만든 비밀 단체에 24년에 걸쳐 전 재산을 바쳤어요. 그 단체가 설립된 목적은 단 하나, 대영 제국이 전 세계를 지배하게 만든다는 것이었습니다. 어처구니없을 정도로 단순한 목적이었죠!

돈키호테 같은 사람이었어요. 자신의 백일몽을 실현시키고자 돈이라는 현대식 무기를 이용했지요. 그는 엄청난 재산을 일구어 로디지아라는 왕국을 통째로 정복함으로써 조국의 명성뿐 아니

---

6 Thomas Edward Lawrence. 20세기 초에 아랍 독립 운동을 이끌었던 영국인. 고고학자, 군인, 저술가이기도 했다.

라 영국적 정신의 위상을 드높였습니다. 그는 가장 치열한 이기주의에서 광기에 가까운 이타주의에 이르기까지 모든 것을 다 겪었지요. 처음에는 그런 악마적 정력을 자신의 에고ego를 확장하는 데 썼지만 나중에는 영국의 세력을 확장시키는 데 투입했죠. 궁극적으로는 평화롭고 성숙한 행동과 자신감, 도덕적 완벽함 등을 인류에 제공하고자 꿈꾸었습니다.」

존 경이 씩 웃었다. 「나는 그를 대단히 좋아했어요. 하지만 그 앞에 서면, 마치 날개 잃은 암탉이 꼬리를 활짝 펼친 수컷 공작 앞에 선 것처럼 초라한 기분이 되곤 했지요.」

나는 벽난로 속의 불길을 바라보며 생각했다. 그 같은 정신들을 낳을 수 있는 민족의 일원이라는 것은 얼마나 대단한 기쁨일까…….

존 경이 고개를 내저으며 말했다. 「내가 지금까지 살아오면서 알게 된 위대한 사람이 몇 명 있어요. 두 사람을 들라면, 로즈버리 경Lord Rosebery과 로이드 조지입니다. 로즈버리 경은 키가 작고, 오동통한 손과 아름다운 푸른 눈, 아주 따뜻한 목소리의 소유자였는데 불면증이 있어서 책을 읽으며 밤을 꼴딱 새우곤 했지요. 또한 기억력이 엄청나 17세기, 18세기, 19세기에 대해선 모르는 게 없었습니다. 때로는 깊은 밤중에 애마를 타고 캄캄한 숲 속을 미친 듯 달리기도 했지요. 그렇게 몸을 피곤하게 하면 잠이 올까 해서 말입니다. 〈나는 세 가지를 인생의 목표로 잡았다.〉 그는 종종 나에게 말했습니다. 〈더비 경주에서 승리하는 것, 영국 총리가 되는 것, 그리고 영국 제일의 갑부를 신부로 맞는 것.〉」

존 경이 껄껄대고 웃었다.

「그리고 결국 그 세 가지를 다 이뤄 냈지요. 그는 첫 번째 것(더비 경주의 승리)을 달성한 사실을 가장 자랑스럽게 생각했습니다.」

「로이드 조지는요?」 내가 물었다.

「마술사였죠. 내 생전에 그토록 생기 넘치고 참신하고 매력적인 사람은 처음 보았습니다. 영원한 청춘이었죠. 젊은 사람들보다 더 팔팔했습니다. 나는 그를 너무 좋아하여 그에 대해서 말하면 그가 부정 타는 게 아닐까 생각할 정도입니다.」

그가 이렇게 말하고 다시 벽난로 쪽으로 돌아앉아 두 손을 쭉 내밀었다.

저녁 식사가 끝나자 남자들은 남은 술을 마시며 좀 더 자유롭고 즐겁게 얘기를 나눌 요량으로 식당에 남았다. 맨어깨를 드러낸 숙녀들은 거실에서 남자들을 기다리려고 긴 실크 자락을 끌며 물러갔다.

오늘 밤에는 어쩌다 보니 이야기들이 전혀 즐겁지 않았다. 그동안 전화, 라디오, 신문 들이 무시무시한 예감들을 공중으로 확산시켜 왔다. 전쟁이 터질 것인가, 아닌가? 세계는 멸망할 것인가 아닌가?

존 경이 포도주를 마시고 나서 약간 쉬었지만 침착한 목소리로 얘기하기 시작했다.

「우리는 지금 대혼돈으로 뒷걸음질치고 있습니다. 지금 현재 영국에서는 귀족, 부르주아, 노동자 계급 등 세 개의 세력이 움직이고 있어요. 이 가운데 첫 번째 세력은 계속 붕괴 중입니다. 지난 50년 사이 많은 관료들이 귀족 사회로 진입하여 구시대의 당당한 기사도 정신은 퇴조하고 있습니다. 돈이 만능으로 되면서 귀족은 이제 생존 게임에서 지고 있습니다. 그들이 선조에게 물려받은 성들이 매각되거나, 요양소, 학교, 박물관, 정신 병원, 상인이나 사업가들의 주택으로 바뀌어 버렸습니다. 물론 폐허로 남은 것들도 많고요.

귀족들은 지금 점점 옆으로 밀려나고 있습니다. 오늘날의 영국은 다른 사람들에 의해 지배됩니다. 다행히도 영국은 그사이 신사라는 인간형을 만들어 냈습니다. 힘을 가졌으되 그것을 통제할 줄 알고, 야만적이지 않은 방식으로 사용할 줄 아는 사람을 말하지요. 따라서 나는 이렇게 말합니다. 내부와 외부의 전쟁이 모두 끝나고 인류가 자초한 폐허 위에 지쳐 쓰러질 때, 그때 이 〈영국적〉 인간적 가치가 세상에 그 자국을 남기리라고. 그 자국마저 없다면 대혼돈은 결코 코스모스(질서)로 바뀌지 않을 겁니다.」

「그렇다면 전쟁이 터질 것이라는 얘깁니까?」 집주인이 우리들의 잔에 포도주를 채워 주며 물었다.

「전쟁은 분명 터질 겁니다.」 존 경이 대답했다. 「그렇지 않고는 이와 같은 긴장을 배출시킬 방법이 없습니다. 전쟁은 터집니다. 그런 후 외교관들이 또다시 뒷수습을 할 겁니다. 전쟁은 다시 터질 것이고 그다음에 또다시 수습되고 이어 또 터질 겁니다. 이것은 엄청난 탄생의 진통입니다. 지구는 산통을 겪고 있습니다. 여자의 임신 기간은 9개월입니다. 그러나 온 세상이 새롭게 탄생하려면 산통이 수백 년 이어질지도 모릅니다.」

「우리만 계속 따로 남겨 두실 건가요?」

문이 살짝 열리면서 여주인의 작은 백발 머리와 코르셋에 꽉 조인 가슴이 나타났다.

「얼마나 더 내외할 거죠?」

남자들이 남은 잔을 비우고 일어섰다. 그리고 촛불과 아직 타고 있던 담뱃불을 끄고 거실로 옮겨 갔다. 여자들 중 하나가 「타임스」를 펼쳐 들고, 검은 성(城)과 검은 졸(卒), 왕과 왕비들이 그려진 일일(一日) 체스 문제를 풀고 있었다.

「존 경, 이리 와서 좀 도와주세요.」 그녀가 소리쳤다. 「도저히 못 풀겠어요.」

그러자 그 늙은 철학자 존 경이 자리에 앉더니 「타임스」를 받아 들고 체스 게임 풀이에 열중하기 시작했다.

프리드리히 니체

8월 25일은 내 영혼의 일지(日誌)에서 중요하고도 너무나 비통한 날이다. 이날이 되면 나는 어디에 가 있든, 내 한평생 깊이 사랑해 온 사람(니체)에게 하루를 고스란히 바친다. 니체는 39년 전 바로 이날 운명했다. 오늘 나는 아침 이른 시각에 템스 강 둑의 공원을 거닐고 있었다. 그때 니체의 유령이 눅눅한 영국의 공중을 통해 귀환하여 짙푸른 풀밭 위에서 손짓하고 있다.

출생 국가의 경계를 훌쩍 벗어난 대인(大人), 생전에도 속물적인 자기 동포들을 지극히 경멸했던 이 당당한 유럽인. 니체의 존재가 오늘날처럼 절실하게 요청되는 때도 없다. 우리의 호전적인 인간적 본능을 변형시켜 국경을 초월하는 영역에 귀속시켜야 한다고 주장한 사람. 그처럼 숭고하고 열정적인 자세로 변화의 필요성을 인식했던 인물은 지금껏 아무도 없었다.

니체의 유령과 나는 가을을 맞아 노랗게 물든 밤나무 아래 초라하고 작은 벤치에 앉았다. 나는 그가 혹시 화를 내며 가버릴까 두려워 감히 얼굴을 들 수 없었다.

오늘날의 세계는 온갖 악이 횡행하는 어려운 순간을 지나고 있다. 선악을 초월하는 — 그리고 도덕과 박애, 평화를 초월하는 — 〈초인〉이라는 위험한 씨앗을 뿌려 놓은 니체는, 지금 막 터져 나오고 있는 그 씨앗의 움들을 과연 어떤 식으로, 어떤 디오니소스적 경외감으로 바라볼 것인가?

당신이 뿌린 씨앗은 당신의 피와 눈물을 먹고 자라 마침내 독립된 굶주린 유기체가 되어 당신을 떠났고, 이제 당신은 그것에게 돌아오라고 요구할 수도 없다. 왜냐하면 당신은 지금, 너무 늦게, 그 씨앗이 당신의 소유물이 아님을 깨닫게 되었으니까. 당신의 깊은 내면에 그 씨앗을 심어 놓은 그 힘은, 당신의 잔인하고 기발한 환상들보다 더 잔인하고 기발한 힘이었던 것이다.[7]

우리는 단지 여성적인 영혼에 불과하며, 씨를 뿌리는 남성은 보이지 않는 무서운 용(龍)과도 같다.

그리고 그 무시무시한 씨앗은 신비감을 높이고자, 가장 유순하고 가장 민감한 마음들을 피난처로 택하는지도 모른다.

당신의 마음이 바로 그런 것이었다, 〈위대한 순교자〉, 〈초인의 아버지〉.

나는 당신의 숭고한 순교의 오르막길 도처에서 온기가 채 식지 않은 당신의 핏방울을 볼 수 있었다. 어느 비 오는 아침, 나는 당신이 태어난 마을에서 자욱한 안개를 헤치며 당신을 찾아 좁은 풀밭 길을 배회했다.

그리고 얼마 후, 거대한 고딕풍 성당이 있는 인근 소읍에서 당신 모친의 집을 찾아냈다. 지난날 당신이 열병에 시달릴 때마다 평안을 찾고자, 다시 어머니의 자식이 되고자 달려갔던 곳.

그리고 제노바 해안의 절묘한 오솔길들. 당신에게 그토록 큰

---

7 〈그 씨앗이 당신의 소유물이 아님을 깨닫게 되다〉는 제2차 세계 대전을 일으킨 나치 세력이 니체의 사상을 물려받은 후예라는 해석에 기대고 있다. 당신의 환상보다 더 잔인한 힘은 앞에서도 나온 호연지기를 가리키는 것인데, 노자 『도덕경』 제5장에 나오는 천지불인(天地不仁, 이 세상에는 인간의 지성으로는 이해하지 못하는, 선악을 초월한 힘이 작용한다는 뜻)과 함께, 우주적 에너지의 몰인간성을 말한다.

즐거움을 주었던 그 바다와 멋진 하늘과 소박한 사람들과 가벼운 공기.

당신이 점잖고 검소하게 미소를 잃지 않고 살았으면 소박한 이웃 아낙들이 당신을 성자라고까지 불렀을 텐데. 당신은 소박하고 평화로운 삶을 시작하고자 세웠던 계획들을 아직도 기억하는가?

독립적으로 살되 나의 독립이 누군가를 괴롭히지 않게 하자. 긍지를 가지되 상냥한 혀 뒤에 숨겨 놓자. 잠은 가볍게 자고 술은 일절 마시지 말고 음식은 내 손으로 소박하게 차려 먹자. 여자를 만나지 말고 신문을 읽지 말고 명예를 탐하지 말자. 엄선된 사람들과만 교제하자. 그런 사람들을 찾을 수 없을 때는 차라리 단순 무식한 사람들을 찾자!

겨울 햇살이 내리쬐는 어느 1월, 나는 실스마리아와 실바플라나 중간에 있는 엥가딘[8]에서 깊은 감회에 빠진 채, 당신이 〈영원한 회귀 Eternal Recurrence〉의 비전 vision을 최초로 보고 슬퍼하며 절규했던 현장인 피라미드 모양의 바위를 찾았다.

내 삶이 아무리 모질고 감당하기 어렵더라도 축복을 내리시어 거듭 오게 하소서, 무수히 귀환하게 하소서!

당신이 이렇듯 절규한 것은, 영웅이 느끼는 저 강렬한 기쁨을, 보잘것없는 사람들에겐 순교로만 보이는 그것을 이미 맛보았기 때문이었다. 그것은 자기 앞에 놓인 심연을 보고도 앞으로 나아

8 스위스 동부를 흐르는 인 강의 협곡으로서, 유명한 휴양지.

가는 것, 후퇴를 용납하지 않는 것이었다. 설혹 그것이 인간을 광기로 몰아가는 한이 있더라도.

사방을 둘러싼 산들이 햇볕 속에서 푸르스름한 증기를 발산했다. 멀리서 무슨 소리가 들려 쳐다보니 거대한 눈덩이가 녹으며 무너져 내리고 있었다. 그때 당신의 친구가 당신에게 적어 보냈던 구절이 생각났다. 〈자네의 책들 속에서 나는 멀리 굉음 속에 쏟아져 내리는 물소리를 듣는다네.〉

이윽고 실스마리아로 들어선 나는 작은 다리와 그 옆의 초라한 묘지를 지나 오른쪽으로 도는 순간, 황홀한 기쁨으로 전율했다. 지난날 당신이 차라투스트라의 존재를 불현듯 느꼈듯, 내 그림자를 내려다보는 순간, 〈하나가 둘이 되면서 당신이 내 옆에서 걷고 있는 것〉을 보았기 때문이다. 〈위대한 순교자〉여, 당신의 모든 노고가 오늘 또다시 나의 머리를 흘러넘치게 하고 있구나.

그때까지만 해도 당신은 마음을 훈련시켜 줄 — 사랑의 폭력에 묶인 마음을 길들여 편안하게 해줄 — 조련사를 선택하고자 모든 영웅들을 찾아다니던 불꽃같은 청년이었다. 그러던 어느 날 마침내 북구의 브라만, 쇼펜하우어를 만났다.

당신은 그의 발치에 앉았고, 그의 영웅적이고 절망적인 생(生)의 비전에 감탄했다. 쇼펜하우어는 갈파했다. 세상은 바로 우리 자신의 창조물이다. 우리가 구분하는 유형무형의 모든 것이 하나의 잘못된 꿈이다. 존재하는 것은 오직 〈단일 의지 *One Will*〉뿐이다. 맹목적이고, 끝도 시작도 없고, 의도도 없고, 무관심하고, 논리적이지도 비논리적이지도 않지만 — 다시 말해 무(無)논리이지만 — 엄청난 힘을 가진 그것. 이 의지는 시간과 공간 속에서 압착되어 무수한 형태로 잘게 쪼개진다. 〈단일 의지〉가 기존의 형태들을 절멸시키고 새로운 것들을 창조하고, 또다시 그것들을 분쇄하는 과정이 영원히 반복된다. 이런 식으로 〈의지〉의 자발적 경련 *self-convulsion*은 자꾸 되풀이되어 감당할 수 없고 파괴할 수 없는 고통이 된다. 진보란 것은 없다. 운명은 논리에 의해 지배되지 않는다. 추상적 개념들과 종교적 도덕은 어리석은 인간들과 비겁한 자들을 위한 값싼 위안에 불과하다. 강하고 식견 있는 인간은 아무 목표 없이 펼쳐지는 세상의 요술 환등을 냉정하게 직면해야 한다. 다채롭고 무상한 그 요술 망토의 분해와 해체를 즐길 수 있어야 한다.

바로 이 대목에서 니체는 직관적으로 무엇인가를 예지했고, 그것이 꽉 짜인 하나의 엄격한 이론으로 조직되어 영웅적 비전의 경지에 올라서게 되었다. 니체의 마음속에서 싸우던 시인과 철학자와 전사(戰士)가 서로 화해하게 되었다. 그리하여 이 젊은 고행자는 한동안이나마, 고독과 음악과 긴 산책에서 즐거움을 느끼게 되었다.

어느 날 그 산 위로 거친 폭풍우가 터져 나오기 시작했을 때 그는 이렇게 적었다.

〈이것을 하라, 저것을 하지 마라!〉 따위의 도덕적 훈시를 내가 알 게 뭐냐? 그따위 것은 번개, 천둥, 폭풍우, 우박과 무엇이 다르냐! 자유로운 능력들, 자유로운 교화(教化). 〈사고〉의 방해를 받지 않는 이 힘들은 그 얼마나 행복하고 강한가!

니체는 한동안 조국의 힘을 키우는 데 열정을 보였다. 그러나 곧 쇼펜하우어가 그를 불교적 무감동 상태로 되돌려 놓았다. 〈인간이 보는 것은 캄캄한 바다 위를 스쳐 가는 헛된 영상(影像)들이다.〉

니체의 정신은 영웅적 비통함으로 넘쳐흘렀고 그것을 밝게 만들어 주는 것은 오직 예술에 대한 사랑뿐이었다. 그렇게 한창 청춘을 꽃피우던 어느 날, 그는 자신의 생에서 가장 강렬한 기쁨을 주었던 운명의 인물(쇼펜하우어에 이은 두 번째 안내자)과 마주치게 되었으니, 바로 바그너였다.

위대한 순간이었다. 당시 스물다섯 살의 니체는 침착하고 준수한 매너와 불꽃같은 열정과 움푹 들어간 격정적인 눈을 가진 과묵한 청년이었고, 능력 면에서 정상에 도달하여 꿈과 정력으로 충만한 쉰여섯의 바그너는 청년들의 머리 위에서 폭발하는 자연력과도 같은 존재였다.

「오너라!」 그는 청년들에게 명했다. 「나는 루터, 칸트, 쇼펜하우어, 베토벤의 후계자이다. 나를 도와라. 나는 자유롭게 창조 작업을 할 수 있는 극장을 원한다. 나에게 극장을 다오! 나를 이해할 수 있는 사람들을 원한다. 너희는 내 사람이 되어야 한다! 나를 도와라. 그것이 너희에게 주어진 의무이다! 그러면 내가 너희를 영예롭게 만들어 줄 것이다!」

바그너는 예술이야말로 유일한 구원이라고 말했다. 구시대의 거짓말을 믿지 않게 된 사람들이나, 오직 예술만을 믿는 사람들 모두가 아직도 위안과 피난처를 찾을 수 있다고 말했다. 오직 예술을 통해서만 사회는 그 최고의 균형에 도달하게 될 것이다. 바그너는 프랑스 국왕 루이에게 이렇게 적어 보냈다. 〈예술은 삶을 일종의 게임으로 표현함으로써 그 가장 끔찍한 단면들을 아름다운 이미지들로 변형시키며, 그리하여 우리를 고양시키는 동시에 위로해 줍니다.〉

니체는 열심히 귀 기울였다. 이 거장의 말에 피와 살을 입히고 그의 옆에서 싸웠다. 그러던 중 니체는 소크라테스 이전의 철학자들을 연구하다가 갑자기 웅대한 영웅의 시대를 발견하게 되었다. 거기에는 느닷없는 섬광, 무시무시한 전설, 비극적인 사고, 심연을 극복하기 위해 조롱에 찬 신화들로 심연을 감싸는 강인한 영혼들이 있었다. 고대 그리스는 르네상스 시절의 노대가들이 우리를 위해 너무나 멋지게 ── 균형 잡히고, 태평스럽고, 삶과 죽음을 평온한 마음으로 미소 지으며 직면하는 모습으로 ── 그리스의 평온함을 그려 내기 시작하는 순간부터, 더 이상 존재하지 않게 되었다. 이 평온함은 아주 오랜 세월이 흐른 뒤에 나타난 것이고, 평온함의 과일을 생산한 저 불타오르는 나무(고대 그리스의 소크라테스 이전의 정신)는 이미 시들어 빠진 상태였다. 이 후대에 확립된 평온함 이전에, 고대 그리스에는 〈혼돈〉이, 커다란 비애와 인간적 의지가 맹위를 떨쳤다. 그리스의 산에서 동굴에서, 고삐 풀린 신 디오니소스가 남녀 인간들과 더불어 광란의 무도를 이끌었다. 그리스 전체가 디오니소스의 여사제들처럼 춤추고 있었다.[9]

니체는 비극적 철학을 세우려는 열망 속에 자신의 비전을 결합시키려고 애썼다. 아폴론과 디오니소스는 비극을 탄생시킨 신성한 커플이었다. 아폴론은 꿈을 꾸었고 평온한 형상들 속에서 세상의 조화와 아름다움을 보았다. 강한 이성(理性)을 가진 아폴론은 폭풍우 치는 현상(現象)의 바다 한복판에서도 냉정하고 자신만만하게 부동의 자세로 서서 몽상의 폭풍우를 다스릴 생각을 했다. 그의 시선은 이성의 빛에 흠뻑 젖어 있었다. 그리고 분노나 슬픔에 사로잡히는 순간에도 신(神)처럼 존엄한 미의 균형을 결

───

9 르네상스 시대의 각국 화가들은 그리스 문명의 질서와 조화, 다시 말해 소크라테스에 의해 정립된 이성적 조화를 강조했다. 이것을 카잔차키스는 평온함이라는 말로 표현하고 있다.

코 잃지 않았다.

감성(感性)의 신 디오니소스는 그 이성을 박살내고, 현상의 바다 한가운데로 뛰어들어 현상의 끔찍한 회전을 마음껏 즐겼다. 인간과 야수들이 형제가 되었다. 죽음 그 자체가 삶의 가면들 중 하나가 되었다. 다채로운 위선의 베일이 찢어지고, 인간은 서로 어깨를 나란히 하고 서서, 우리 모두가 하나이며 우리 모두가 〈신〉이라는 사실을 체험했다.

처음에 그리스인들은 아폴론의 요새 안에서 안전하게 지내면서, 육로와 해로를 통해 그리스로 밀려드는 통제 불능의 디오니소스 세력에 맞서려고 했다. 그러나 디오니소스를 완벽하게 길들일 수는 없었다. 그리하여 두 신 사이에 전쟁이 벌어졌다. 둘 중 어느 쪽도 상대를 쓰러뜨릴 수 없었다. 둘은 화해했고 그리하여 비극을 탄생시켰다.

디오니소스의 주연(酒宴)이 야수성에서 벗어나면서, 제어된 유쾌한 꿈 아래 빛을 발할 수 있게 되었다. 그러나 비극의 주인공은 언제나 디오니소스 단 한 명이었다. 비극의 남녀 주인공은 모두 이 신의 가면들에 불과했다. 그들은 아폴론의 은총 속에 차분하게 반짝거리는 미소와 눈물들이었다.

그러나 갑자기 그리스 비극이 사라졌다. 논리적 분석이 그것을 살해했다. 소크라테스의 논증법이 아폴론적 사색과 디오니소스적 도취를 절멸시켰다. 에우리피데스[10]와 더불어 비극은 인간적 정념과 화려한 수사로, 새로운 사상을 선전하는 궤변적 설교가 되어 버렸다. 결국 비극은 비극의 본질을 잃어버리고 사망했다.[11]

---

10 Euripides. 기원전 5세기 그리스의 비극 시인.

11 니체는 『비극의 탄생』에서 디오니소스와 아폴론의 균형은 아이스킬로스의 비극에서 처음 이루어졌고 소포클레스에서 와서 더욱 정교해졌으나 에우리피데스가 문단

하지만 디오니소스적 도취는 살아남아, 신비 가운데 그리고 인간이 맛보는 황홀경의 저 위대한 순간들 속에서 불후의 존재가 되었다. 그렇다면 그 도취는 과연, 신처럼 존엄한 예술의 육체를 다시 한 번 입을 수 있을까? 혹은 소크라테스주의 — 다시 말해 과학 — 가 디오니소스를 영원히 사슬에 묶어 둘 것인가? 아니 어쩌면, 인간의 이성은 스스로 한계를 갖고 있다고 인정한 칸트의 학설이 나온 이래, 마침내 음악을 가르치는 소크라테스를 문명의 상징으로 삼는 새로운 문명이 출현할 것인가?

문명은 오늘 이 순간까지도 이 알렉산드리아의 철학자(소크라테스 지칭)를 이상으로 받들어 왔다. 본질적으로 사서(司書)이자 식자공으로 먼지 쌓인 책들을 훑어보며 오식(誤植)을 초래했던 사람……. 그러나 과학의 머리에 올라 있던 왕관이 흔들리기 시작했다. 디오니소스적 정신이 서서히 일어나고 있었다. 바흐에서 바그너에 이르는 독일 음악이 그 정신의 도래를 환호 속에 맞고 있었다. 새로운 〈비극 문명〉의 여명이 시작되고 있었다. 비극은 그렇게 다시 탄생했다.[12]

쇼펜하우어의 위선적인 세계와 캄캄한 황무지는 철저히 변형되었다! 독일 음악의 폭풍우 속에서 엄청난 회오리바람이, 복지 부동하며 잠들어 있던 모든 요소들을 휘저어 놓았다.

그래, 친구들이여, 디오니소스적 삶과 비극의 재탄생을 나와

을 장악하면서 디오니소스적 요소가 완전히 사라졌다고 논평했다.

12 소크라테스는 알렉산드리아 도서관과 아무런 상관이 없으나, 여기서는 소크라테스가 이성을 중시한다는 비유적인 뜻으로 사용되었다. 소크라테스(보다 구체적으로 플라톤)는 공화국에서 시인(음악가)을 추방해야 한다면서 아폴론(이성)의 정신을 강조했는데, 음악을 가르치는 소크라테스는 곧 디오니소스(반이성)를 인정하는 소크라테스를 의미한다.

함께 믿어 보세. 소크라테스적 이성은 끝났네. 담쟁이덩굴을 자네들의 머리에 얹고, 주신(酒神) 디오니소스의 지팡이를 손에 들게. 그리고 호랑이와 판다들이 꼬리를 치며 발치에 드러눕더라도 경악하지 말게. 자네들은 구제될 것이니 이제 감히 비극적 인간이 되게나! 디오니소스의 축제 행렬이 인도에서 그리스까지 자네들과 함께할 것이니! 고된 투쟁을 위해 무장하되 자네들 신(神)의 기적을 믿게나!

　　　　　　　　　　　—『비극의 탄생』(파디만 번역)

이것이 바로 니체가 바그너의 작품에서 지지했던 코스모스(새로운 질서)의 사상이었다. 이 새로운 비극 문명은 독일에서 일어났다. 제2의 아이스킬로스[13]가 환생하여 투쟁하고 창조하고 도움을 호소하며 우리 앞에 서 있었다. 그러나 이러한 예언들은 아무 반향을 일으키지 못했다. 철학자들은 그것을 조소했다. 청년들은 움직이지 않았다. 니체는 비통해했다. 그의 내면에서 의심들이 탄생했다. 그는 현대인이 세련됨을 갖추는 것이 과연 가능한 일인가 의문을 품기 시작했다. 몸에 병이 찾아왔고 대학에서는 학생들이 그를 버리기 시작했다.

고뇌에 찬 발작. 그의 내면에 깃든 시인 정신은 예술의 꽃으로 심연을 가렸다. 그러나 내면의 철학자 정신은 모든 위안 — 심지어 예술 그 자체까지 — 을 경멸하면서 기필코 도(道)를 깨치고자 했다. 전자(시인 정신)는 창조하면서 위안을 찾았다. 후자(철학자 정신)는 분석하고 분해했으며 점점 더 필사적으로 되어 갔다. 비판적 정신이 우상들을 박살냈다.

---

13 Aeschylos. 기원전 5세기 그리스의 비극 시인.

바그너 예술의 가치는 무엇인가? 그는 의문을 던졌다. 거기에는 형식도 없고 신념도 없었다. 회화적이고 수사적이었으며 신성한 도취와 숭고함이 결핍되어 있었다. 히스테릭한 여자들과 극장 사람들과 병자들에게만 유익하다는 점에서, 에우리피데스의 예술과 정확히 일치했다. 그리하여 한때 니체가 숭배했던 그 인물은 이제 〈극장의 오락 유흥인 man of the theater〉으로 전락했다! 그는 니체를 속였고 약속을 지키지 않았다. 지금 그는 기독교적 주제를 가지고 「파르지팔」이란 곡을 쓰고 있었다. 그 영웅은 패배하여 〈십자가〉 밑에 굴복했다. 새로운 신화를 창조하여, 자신의 디오니소스적 마차에 표범 같은 논리를 복속시키겠다고 우리에게 약속했던 사람이!

이제 니체는, 예술이 삶의 끔찍한 진실을 예쁘장한 이미지로 은폐하면서 비겁한 인간들의 위안물이 되고 있다고 선언하기 시작했다. 설사 세상이 엉망이 되더라도 우리는 그 진실을 찾아야만 한다!

니체의 새로운 부르짖음은 지난날 자신의 믿음과 정면으로 배치되는 것이었다. 그의 내면에 깃든 비판 정신이 시인 정신을 정복한 것이다. 진실이 미를 정복한 것이다. 그리고 이제는 쇼펜하우어조차도 그의 격렬한 정신적 고뇌를 만족시킬 수 없었다. 생(生)은 단순히 살고자 하는 의지가 아니었다. 그것은 보다 강렬한 어떤 것, 다시 말해 지배하고자 하는 의지였다. 생은 스스로를 보존하는 것만으로는 만족하지 못한다. 확장하고 정복하고 싶어 한다.

예술은 더 이상 생의 목적이 아니었다. 이제 그것은 투쟁 과정에서 맛보는 약간의 위안에 불과했다. 지식(삶의 진실)이 시(詩) 위에 서 있었다. 아이스킬로스보다 소크라테스가 더 위대했다. 진실은 비록 유한할지언정 가장 찬란하고 가장 생산적인 거짓

(시)보다 높은 곳에 서 있었다.

그는 병든 몸으로 이곳저곳 옮겨 다니며 몸부림쳤다. 열기가 그를 마비시켰다. 바람이 그의 기력을 앗아 갔다. 눈이 그의 시력을 상하게 했다. 그는 잠을 잘 수가 없어 약물을 복용했다. 삶의 이기(利器)를 박탈당한 채 난방 안 된 방에서 극빈자처럼 살았다. 그러나 병자에게는 삶을 저주할 권리가 없노라고 그는 당당하게 말하곤 했다. 기쁨과 건강에 바치는 니체의 찬가가 고통의 심장부에서 낭랑하게 솟아올랐다.

그는 위대한 씨앗이 자기 안에서 자신의 내장을 갉아 먹으며 자라는 것을 느꼈다. 어느 날 엥가딘에서 산책하던 그는 불쑥 걸음을 멈추고 전율했다. 시간은 무한하다, 그는 생각했다. 물질은 유한하다. 그러므로 필연적으로, 물질의 이 모든 조합들은 변함없이 똑같은 형상으로 재탄생하게 되고 그 물질이 존재했던 순간은 반복되어야 한다. 수천 년이 여러 번 지난 후, 나와 똑같은 사람이, 바로 나 자신이, 여기 이 바위에 다시 서서 이와 똑같은 직관을 재발견하고 있을 것이다. 삶, 이것은 한 번으로 끝나는 것이 아니다. 셀 수도 없이 여러 차례 발생했고 앞으로도 무수히 발생할 것이다. 따라서 미래가 좀 더 나아질 희망은 없다. 구원도 없다. 항상 예전과 똑같이 우리 인간들은 시간의 바퀴 속에서 돌고 돌 것이다. 이렇게 해서 가장 덧없는 것들조차 영원성을 얻게 되고, 우리의 가장 하찮은 행위도 헤아릴 수 없는 중요성을 획득하게 된다. 이렇게 하여 니체 철학의 본질인 〈삶의 영원한 회귀〉가 탄생했다.

니체는 고통에 찬 환희로 뛰어들었다. 그의 고통은 끝이 없었고, 세상의 고통은 치료될 수 없었다. 하지만 그는 당당한 고행자의 자세로 기쁘게 수난을 받아들였다.

이 신(神) 없는 신학(神學), 이 새로운 〈신약 성서〉를 인류에게
설파하기 위해서는 새로운 작품이 창조되어야 한다. 어떤 형식으
로 할 것인가? 철학적 체계로? 아니다. 그의 생각은 서정적으로
쏟아져 나와야 한다. 서사시로? 예언서로? 그때 갑자기 차라투스
트라의 형상이 그의 뇌리를 스쳤다. 그가 이처럼 기쁨과 고통이
뒤섞인 상태로 흥분하고 있을 때 루 살로메가 그 앞에 나타났다.

〈위대한 순교자〉여, 꿰뚫어 보는 정신, 흥분과 호기심에 찬 정
신을 가진 이 불꽃같은 슬라브 여인이 허리를 숙이고 침묵 속에
당신의 얘기에 귀 기울였다. 당신은 그녀에게 아낌없이 당신의
영혼을 퍼주었고 그녀는 탐욕스럽게 받아먹으며 그것을 고갈시
켰다. 당신이 신뢰 속에 마음을 열고, 여자들이 우리에게 불러일
으키는 저 격렬하고 생산적인 감정들을 즐긴 것이 과연 얼마 만
이었던가? 무거운 갑옷 밑에서 당신의 가슴이 부드럽게 녹아내
리는 것을 느낀 게 얼마 만이었던가? 그날 저녁, 고행의 처소로
들어선 당신은 난생처음 삶에서 여인의 향기를 들이마셨다.

가슴을 즐겁게 휘젓는 이 느낌은 당신의 산속 피난처까지 따라
왔다. 오, 고행자여, 당신은 깊은 감동의 상태에서 여인의 편지를
기다렸다. 마침내 어느 날 그녀가 8행으로 된 운문을 보내왔고,
평화로운 전나무 아래에서 소리 높여 그것을 읽을 때 당신의 가
슴은 스무 살 청년처럼 뛰놀았다.

　내 있는 힘을 다해 그대를 껴안으니,

　오, 연인처럼 그대의 불꽃을 내 위로 발하소서,

　전투의 격노와 격통 한가운데서

　그대 존재 가장 깊숙이 간직된 자아를 발견하게 하소서!

　그대의 온 밀물이 내 존재를 채우는 가운데

생각하고 살게 하소서, 오직 시간이 나를 삼킬 때까지!

그대가 지금 나를 영예롭게 할 축복을 남기지 않았다면,

앞장서 나아가소서! 그대에게는 아직도 그대의 슬픔이 있나니!

그리고 이 편지를 끝으로 찾아온 고통스러운 작별의 날들. 여인은 당신에게 겁을 집어먹었다. 그녀는 당신을 한밤중의 숲처럼 생각했고, 그 깜깜한 어둠 속에서 자신의 입술에 손가락을 얹으며 미소 지어 주는 작은 신[14]을 볼 수 없었다. 당신의 수난은 처음부터 다시 시작되었다. 병치레, 고립, 침묵이 되풀이되었다.

당신은 가지에 과실의 무게에 짓눌려 쓰러져 가는 나무 같은 기분으로, 어서 사람들이 다가와 수확해 주기를 갈망했다. 당신은 길 한편에 서서 저쪽에 있는 인간의 도시들을 바라보았지만 아무도 찾아와 주지 않았다.

아, 고독이여, 사랑하는 사람과의 이별이여, 당신은 생각했다. 그래, 이런 시간들을 또다시 소생시킬 수는 없다! 당신은 이 〈영원한 회귀〉라는 닫힌 원 안에서 구원의 문을 열어야만 했다!

이렇게 하여 니체는 『차라투스트라는 이렇게 말했다』를 썼다. 새로운 희망, 〈초인〉이라는 새로운 씨앗이 그의 머릿속을 스치고 지나갔다. 초인이 되는 것이 지상의 목적이다. 이것이 구원을 품고 있다. 이것이 바로 그 해묵은 질문에 대한 대답이다. 〈현대인은 이런 존재(초인)로 다시 세련됨을 갖출 수 있는가?〉

그렇다, 가능하다! 그 방법은 지금 바그너의 새 작품처럼 그리스도를 통하는 것이 아니라, 인간 그 자신을 통해, 신(新)귀족의

14 큐피드.

가치와 투쟁을 통해서만 가능하다. 그렇다. 인간은 초인을 탄생시킬 수 있다. 이것이 생의 목적이며 에너지의 원천, 〈구원〉이다. 〈영원한 회귀〉가 니체를 겁먹게 했다. 하지만 〈초인〉은 그런 생의 공포를 몰아내 줄 새로운 키마이라(백일몽)였다. 이제는 〈예술〉이 아니라 〈행동〉이었다.

〈영원한 회귀〉에는 희망이 결여되어 있었다. 하지만 〈초인〉은 거대한 희망이었다. 서로 충돌하는 이 두 비전을 어떻게 조화시킬 것인가?

그 순간부터 니체의 정신은 광기의 언저리를 맴돌며 방황했다. 차라투스트라는 외침으로만 남았다. 그리하여 니체는 이 비극의 서사시(『차라투스트라는 이렇게 말했다』)를 불구의 상태로 방치한 채, 초인 쪽으로 시선을 돌렸다. 삶의 본질은 지배하려는 의지임을 과학적으로 입증하고자 몸부림쳤다.

유럽은 해체되고 있었고, 따라서 지도자들의 엄격한 처방에 복종해야 했다. 현대 유럽을 풍미하는 소위 도덕이라는 개념은 노예들의 작품이었다. 약한 자들과 대중이 강한 자와 목자(牧者)에 맞서 조직한 음모의 개념이었다. 노예들이 자기 이익을 위해 교활하게 내놓은 가치였다. 그들은 강한 자, 창조하는 자를 사악하다고 선언했다. 반면에 병자와 멍청이들은 선량하다고 보았다. 그들은 삶의 고통을 이길 수가 없었다. 그리하여 박애주의적 기독교인이나 사회주의자가 되었다. 이런 상황에서, 오직 자기 자신에게 잔인한 〈초인〉만이 새로운 명령을 빚어낼 수 있고, 대중에 새로운 목표들을 제공할 수 있었다.

그렇다면 이 목표들이란 무엇인가? 〈선택된 자들〉과 군중의 조직은 어떤 것이 되어야 하는가? 유럽이 처한 이 새로운 비극의 시기에 전쟁의 역할은 무엇인가? 니체가 발광하기 전 마지막 몇 년 동안 그를 괴롭힌 문제들은 바로 이런 것들이었다. 하지만 그는 대답할 수 없었다. 솟아오르는 저 가공할 물살 앞에서 그의 가슴은 겁쟁이로 변했다. 무기력해지고 고통에 지친 그의 두뇌는 정신 이상의 내리막길로 미끄러지기 시작했다.

그는 예전에 불렀던 디오니소스적 노래 속으로 뛰어들었고, 엄청나게 비통한 예감 속에 자신의 마지막 노래를 불렀다.

해가 진다.
오, 불살라진 심장이여,
그대의 갈증도 그리 오래가지 않겠구나!
약속이 허공에 있나니,
나는 미지의 입들로부터 숨결을 느낀다.
　엄청나게 서늘한 기운이 온다……

공기가 이상하고 순수하다.
밤이 나에게 곁눈질로
추파를 던지는 것을 보라,
마치 유혹하는 이처럼
강해지라, 내 용감한 심장이여,
그리고 〈왜〉라고 묻지 마라.

하루살이 내 인생!
해가 진다…….

그리고 얼마 후 암흑이 그의 정신을 뒤덮었고 운명할 때까지 11년이나 지속되었다. 그는 때때로 책을 품에 안은 채 누이동생에게 묻곤 했다. 「나도 예전에는 훌륭한 책들을 쓰지 않았니?」 그리고 사람들이 바그너의 사진을 보여 주면 이렇게 말했다. 「이 사람, 내가 정말 사랑했지!」

나는 주위를 둘러보았다. 니체의 유령은 여전히 공원 벤치에서 내 옆에 앉아 있었다. 유령은 안개처럼 위축되어 버렸다. 비행기 두 대가 굉음을 내며 창공으로 사라졌다. 유령은 눈을 들어 쳐다보지도 않고, 심하게 떨면서 노란 밤나무 낙엽들만 바라보았다.

어린 신문팔이가 갓 들어온 전쟁 소식을 외치며 급히 지나갔다. 모스크바에서 독·소 조약이 체결되었단다. 창공에 남아 있던 가녀린 빛마저 사라져 버렸다.

옛날에 칭기즈 칸은 두 단어가 새겨진 쇠 반지를 끼고 다녔다. 〈라스티 - 러스티(힘 - 정의).〉 우리의 시대도 손가락에 그 반지를 끼고 있다. 확장하고 지배하고자 하는 욕망이 생의 본질이라고 누가 말했던가? 오직 힘만이 정의의 자격이 있다고 누가 말했던가? 〈초인〉을 예언한 자, 누구였던가? 그렇다, 이제 〈초인〉이 도래했다. 그리고 그것을 점쳤던 쪼그라든 예언자의 유령은 지금 가을 나무 밑에 몸을 숨기려 하고 있다.

나는 지금까지 오랜 세월 이 순교자이자 예언자의 추모식을 외롭게 거행해 왔지만 그에게 애처로운 연민을 느낀 것은 오늘이 처음이었다. 우리는 어느 보이지 않는 목자의 입술에 물린 갈대 피리 같은 존재. 그 목자가 우리를 가지고 아무 가락이나 마음대로 불어 댄다는 것을 나는 처음으로 투명하게 깨달았다.

나는 유령의 움푹한 눈과 가파른 이마와 축 처진 콧수염을 보았다. 「〈초인〉이 왔어요.」 내가 그에게 중얼거렸다. 「당신이 원했던 게 이겁니까?」

유령은 더한층 몸을 웅크렸다. 마치 쫓기는 동물이 몸을 숨기듯, 혹은 사나운 짐승이 높이 뛰어오를 태세를 갖추듯. 그리고 맞은편 둑에서 당당하고 결연한 유령의 음성이 메아리쳤다. 「이게 바로 내가 원했던 것이다!」

그렇게 고백하는 유령의 심장에 경련이 일어나는 것을 감지할 수 있었다. 나는 유령에게 말했다. 「당신이 씨를 뿌렸고 이제 그 수확을 보고 있습니다. 마음에 드시나요?」

그러자 맞은편 둑에서, 가슴을 에는 처절한 절규가 울려 퍼졌다. 「그렇다, 마음에 든다!」

마침내 혼자가 된 내가 벤치에서 일어났을 때 폭격기 한 대가 도시 위로 날아갔다. 레오나르도 다빈치는 이미 오래전에 비행기를 구상했다. 그것(비행기)을 여름철에 높은 산정에서 실어 온 눈을 도시 상공에서 뿌려 시원하게 해주는 일종의 인공 새로 상상했다. 하지만 지금 비행기는 눈이 아니라 폭탄을 가득 싣고 날아가고 있다.

나의 생각이 아직도 전쟁을 예언한 그 유령에 머물고 있었다. 그리고 나는 이렇게 중얼거렸다. 생각은 우리의 마음으로부터 새벽의 종달새처럼 하늘 높이 날아오른다. 그러나 우리의 생각 위로 가혹한 아침 공기가 덮쳐 오는 순간, 그것들은 사나운 육식성 새들로 바뀐다. 불행했던 〈초인〉의 아버지가 절규한다. 「난 이걸 원하지 않았어!」 그러나 새들이 머리 위로 지나가며 날카로운 울음으로 그를 조롱한다.[15]

15 니체는 왼빰을 맞으면 오른빰을 돌려 대라는 유약한 기독교적 도덕의식이 아니라 강인한 생의 의식을 가진 초인을 원했으나 그것이 가혹한 아침 공기(나치 세력)를 만나 사나운 육식성 새(침략 세력)로 바뀌게 되었다는 것을, 저자가 암시적으로 말하고 있다.

일어나라, 존 불!

예전에 마니에서 탄광 일을 할 때 나는 한 노동자를 진심으로 사랑했다. 내가 만나 본 가운데 가장 덜 망가진 그리스 정신, 바로 기오르기스 조르바이다. 하루는 그가 나에게 지난 세계 대전이 발발하게 된 내력을 얘기해 주었다.

「들어 봐요, 대장.」 그가 소리쳤다. 「이 빌어먹을 것이 어디서 어떻게 시작되었는지 잘 들어 봐요. 미성년자 몇 놈이 애국적인 책을 몇 권 읽고 애국자가 되었어요. 그다음에는 사회주의 책들을 읽고 사회주의자가 되었죠. 그다음에는 무정부주의 책을 읽고 무정부주의자가 되어 사람을 죽이기로 했지요. 그런데 누굴 죽이지? 녀석들은 아직 알 수 없었죠.

그놈들 중 한 놈(이름이 프린치프였죠)이 사라예보로 갔어요. 사라예보 아시죠?」

「아니!」 내가 대답했다.

「난 알아요. 아름다운 터키의 도시죠, 젠장! 어쨌거나 사라예보로 간 녀석이 어느 카페에 가 앉았어요. 웨이터가 달려왔죠. 〈손님, 뭘 원하시나요?〉

〈당신의 조언을 듣고 싶어요. 내가 누구를 죽여야 할까요? 이

를테면 총독도 있고 주교도 있지만…… 모르겠어. 대답해 봐요.〉

〈글쎄, 총각. 황태자를 죽이는 게 낫지 않을까? 그가 내일 아침에 오기로 되어 있는데.〉

〈좋아, 그럼 황태자다!〉

녀석이 공격할 자리를 잡았어요. 이어 마차가 지나갔죠. 프린치프는 마차를 향해 폭탄을 날렸어요. 폭탄이 제대로 맞긴 했는데 엉뚱한 사람만 둘 죽었죠. 프린치프가 근처에 있던 한 교수에게 물었어요. 〈죽은 게 황태자요?〉

〈아니야.〉 교회 부제(副祭)가 대답했죠. 〈다른 사람이었어!〉

황태자는 암살 시도에서 무사히 벗어난 것을 감사드리려고 성당으로 갔어요. 그가 볼일을 마치고 성당에서 나와, 배가 고프니 집으로 가겠다고 했죠. 그때가 정오였거든. 마침 길은 두 갈래 길이었어요.

〈오른쪽으로 갈까요? 왼쪽으로 갈까요?〉 마부가 물었죠.

〈오른쪽으로.〉 황태자가 대답했어요.

마부가 그 말을 제대로 듣지 못했어요. 〈오른쪽으로요?〉 그가 마차를 멈추며 다시 물었죠. 그가 마차를 멈추는 순간, 황태자 일행이 프린치프와 딱 마주치게 되었어요. 프린치프가 연발총을 꺼내 들더니, 탕-탕! 소피아 황태자비가 고꾸라졌죠. 〈소피아!〉 황태자가 소리쳤어요. 〈아이들을 봐서라도 당신은 살아야 해!〉 탕-탕! 총탄이 또 한 발 날아왔고 황태자도 쓰러졌죠. 사람들이 그들을 수습하여 묘지로 옮겼어요. 황태자의 아버지 — 아버지인지 삼촌인지는 잘 모르겠네요 — 가 그 소식을 듣고는 엄청나게 화내며 칼을 빼들었어요. 그러자 죽은 황태자의 다른 친척들도 검을 빼들었죠. 모두들 칼을 빼기 시작했어요. 이게 바로, 이른바 유럽 전쟁이 터지게 된 내력이라오, 젠장!」

246

지난 전쟁이 민중의 상상 속에서 어떤 식으로 왜곡되었는지 짐작케 하는 얘기이다. 그리고 지금 우리는 또다시 어려운 시기에 직면해 있다. 오늘 이 순간들은 장차 후대 사람들의 상상 속에서 어떤 식으로 변형될까, 또 어떤 전설이 만들어질까, 나는 런던 거리를 배회하며 추측했다.

나는 지금 군중과 더불어 좁다란 다우닝 가, 각료들이 회의를 하고 있는 곳에 서 있다. 남자들과, 아기를 품에 안은 여자들에 둘러싸여 회의 결과를 기다리는 중이다. 사람들은 나직이 소곤대거나 입을 꽉 다문 채 닫힌 문만 주시하고 있다. 전쟁이냐? 평화냐……? 침착하고 자신감 넘치는 영국인들이 기다리며 서 있다.

독·소 조약이 체결되었다. 러시아가 꿈틀하더니 멀리 유럽 북쪽으로 진출하여 어부지리를 챙길 게 없을까 킁킁대며 냄새를 맡고 있다. 독일이 폴란드에 최후통첩을 보냈다. 프랑스는 완전 무장하고 폴란드가 침공 당하면 폴란드 편을 들어 참전할 것이라고 말했다. 영국의 본국 함대에는 전쟁 경계령이 내려져 있다.

〈예〉와 〈아니요〉를 공정하게, 서두르지 않고 저울질하기 위해 영국의 장관들이 모였다. 다우닝 가 10번지 총리 관저에 온 세상의 이목이 집중되어 있고, 우리와 함께 그들의 결정을 기다리고 있다.

찰스 2세의 궁정을 방문하는 자신의 군주를 수행했던 메갈로티 백작이 영국민의 심리를 정확히 분석한 바 있다. 〈영국인들이 결정을 내리는 데는 시간이 많이 걸린다.〉그는 말했다. 〈그러나 일단 결정을 내리면 절대 바꾸지 않으며 고집스럽게 밀고 나간다.〉

나는 위대한 민족이 이처럼 중차대한 기로에 서 있는 현장을 목도하게 되어 기쁘다. 역사적 〈필연〉과 맹목적이고 어리석은 〈우연〉, 그리고 〈인간의 의지〉, 이 셋의 엄청난 협력과 충돌에서 과연 무엇이 나올 것인가? 평화? 전쟁……? 명예가 위태롭게 될지 모르는 상황, 그들의 삶이 위험에 처해 있다. 영국의 운명은 과연 어느 쪽으로 향할 것인가?

거리에선 사람들의 흐름이 늘어났다 줄어들었다 한다. 도로가 넘쳐난다. 넬슨 동상의 〈기둥〉이 안개를 수직으로 뚜렷하게 가른다. 그는 삼각모를 쓴 채 기둥 정상에 부동의 자세로 서 있다. 그가 마지막으로 남긴 말은 〈나는 내 의무를 다했다!〉였다.

관공서들이 소개(疏開)되고 있다. 대형 수레들이 문서 보관소에서 가장 귀중한 것들을 급하게 실어 나르고 있다. 각종 조각상, 그림, 책, 필사본 등 영국 박물관의 희귀한 보물들도 옮겨지고 있다. 인류의 가장 고귀한 노고들이 모여 있는 값비싼 진열창마다 두꺼운 보호막이 겹겹이 쳐진다. 국립 미술관에서도 최고의 그림들이 트럭에 실려 안전한 비밀 지하실로 옮겨지고 있다. 나는 입술을 굳게 다문 채, 어쩌면 파괴될지도 모를 천상의 걸작들에게 마음속으로 작별을 고했다. 흙에서 태어난 인간의 손에 의해 기적적으로 창조된 불멸의 작품들이 지금 인간의 손에 의해 파괴될 위험에 처해 있다.

도처에서 보도나 공원에 참호를 파고 있다. 인간들이 또 다른 인간들의 공격에서 살아남기 위해 원시인처럼 혈거(穴居) 생활을 하려 한다. 우리는 지금 수천 년의 세월을 역행하고 있다. 폭격이나 독가스로부터 몸을 보호하는 공습 대피 요령을 큼지막한 글씨로 적어 놓은 벽보가 사방 벽에 붙어 있다. 위대한 희망인 아이들은 재빨리 교외로 소개되고 있다. 고대 비극의 가면보다 훨씬 더 비극적인 가면인 방독면이 등장했다. 그 가면은 사납고 신비로운 괴물 같은 모습으로 허공을 공포로 채운다.

은행, 상점, 관공서, 교회 들도 자기 방어를 위해 두꺼운 갑옷으로 갈아입는다. 건물 앞에 수천 개씩 모래 자루를 야무지게 쌓아 올렸다. 하이드 파크에는 거대한 대공포(對空砲)들이 황금빛 가을 나무들 사이사이에 설치되어 있다. 나는 귀를 쫑긋 세운다. 첫 사이렌 소리, 머리 위 상공을 가로지르는 적기(敵機)의 첫 기계음, 공포를 안겨 주는 첫 번째 비명 소리.

경찰들이 차분하게 미소 짓는 얼굴로, 거리에 모인 군중을 해산시킨다. 매일 아침, 체임벌린[1]은 세간에 전설이 되어 버린 우산을 들고, 평소와 다름없이 세인트 제임스 파크를 산책한다. 변함없이 안정되고 차분한 걸음과 변함없는 (약간 지체되는) 영국적 리듬을 유지하며. 사람들은 그의 우산이 평범한 일반 우산이 아니라, 벼락을 맞았을 때 전기를 안전하게 흡수하는 피뢰침이라고 말한다. 그 효과가 과연 얼마 동안이나 지속될까?

여자들은 교회에서 무릎 꿇고 평화를 기원한다. 나는 영국의 위인들이 잠들어 있는 웨스트민스터의 거대한 묘비들 옆에서 그 여자들을 보았다. 창백한 안색의 여자들이 두 손을 모으고 있고, 그들의 입술이 마치 봄날 포플러 잎사귀 두 장처럼 달싹거린다.

무엇이 악하고 무엇이 선한지 어떻게 알 수 있는가? 과연 우리는 육체 밖에서 일어나는 일들을 느낄 수 있는가? 세계는 우리 오감이 끝나는 곳에서, 우리 육체가 끝나는 곳에서 끝난다. 피와 눈물과 땀, 오줌으로 채워진 이 가죽 자루를 벗어나면 우리는 아무것도 분간할 수 없다. 그러니 우리가 무슨 권리로, 삼라만상을 다스리는 문제에 대해 신에게 조언을 하면서 탄원을 할 수 있겠는가?

---

1 Chamberlain(1869~1940). 영국의 정치가. 1937~1940년에 총리를 역임했다.

나는 영국 박물관으로 되돌아갔다. 내가 사랑하는 저 야만적인 석상, 런던의 수호신 호아-하카-나카-야를 다시 보기 위해. 오늘 석상의 눈은 더 거무스름해 보이고 이마는 더 좁고 입은 더 넓어 보인다. 이 신이 혹시 전쟁의 신인가?

나는 사람들의 표정과 눈과 몸짓들을 관찰했다. 애스퀴스 부인의 말이 문득 떠올랐다.「영국인은 세상에서 가장 허영심이 적으면서도 가장 자존심이 강한 사람이다.」위엄, 자신의 능력에 대한 확신, 적은 말수, 현란하지 않은 제스처. 자신이 직접 뽑은 지도자들을 신뢰하기 때문에 아무리 무거운 의무도 묵묵히 수행할 준비가 되어 있는 사람들. 나는 그들의 이런 인간적 미덕이 부러운 한편, 우리 민족도 그랬으면 하고 바랐다. 자제력 있고, 기율이 잡혀 있고, 영국 역사상 가장 끔찍한 대폭풍우의 와중에서도 조금도 평정심을 잃지 않는 사람들, 승리는 투쟁과 끈기의 결과라는 것을 확신하는 영국 사람들.

오늘 아침에 한 영국인이 나에게 말했다.「우리는 전쟁을 원하지 않아요. 평화도 바라지 않습니다. 다만 우리의 지도자들이 원하는 것을 우리도 원합니다.」완벽한 유기체다. 신체 모든 구성 요소들 — 손, 발, 배, 심장 — 이 머리의 신호가 떨어지기를 기다리고 있다. 머리가 몸 전체를 구성한다는 것을 알기에.

좀 낡기는 했지만 믿음직한 추진력을 가진 완벽한 유기체, 대영 제국은 지금 자신이 위험에 처해 있음을 잘 안다.〈위기의 절정.〉지금 대영 제국은 건곤일척의 명운을 걸고 전면적인 게임을 시작하려 한다.

이 나라가 이런 위험에 처한 적은 결코 없었다. 앞서 살펴보았듯, 스페인의 아르마다 함대가 격파되기 이전까지 영국은 본질적으로 대륙과 하나였다. 사방의 바다를 요새 삼아 고립될 수도 없었고 영국 스스로도 그것을 원하지 않았다. 영국은 그때까지는 섬이 아니었다.

아르마다를 격파한 후 영국은 막강한 함대로 무장했으며 프랑스와 합치려는 불건전한 시도들을 거부했다. 그리고 망망대해에서 홀로 찬란한 빛을 발하는, 무적의 상인과 전함들에 둘러싸여 호위를 받는 완벽한 섬이 되었다. 이제 영국은 유럽 대륙의 국지적 분쟁들과 무관하게, 평화롭고 안전한 방식으로 해외 식민지 개척에만 전념할 수 있었다. 마침내 제국주의적 섬이 된 것이다!

그러나 20세기 초로 접어들면서 가공할 새 무기인 비행기가 유혈적이고 탐욕적인 인간의 손아귀로 들어갔다. 이 악마 같은 신종 기계가 악마다운 속도로 바다 위를 날며 지상의 나라들을 모두 연결시켰다. 비행기가 발명되는 그 순간부터 영국은 또 한 번 섬의 면모를 탈피하게 되었다. 운명에 의해 다시 한 번 대륙과 하나가 되었다. 영국의 운과 대륙의 운이 뒤엉키게 된 것이다.

웅장한 순간이었다. 무기의 변화는 준비하지 못한 국가들의 몰락과 대제국의 소멸을 가져온 원인이 되었다. 청동은 철에 의해 정복되었고, 보병은 기병에 의해, 창은 활에 의해, 활은 총과 대포에 의해…… 그리고 지금 이 순간, 인간이 결코 붙들어 둘 수 없었던 날개 가진 〈승리 상(나이키)〉이 어쩌면 비행기 쪽으로 날아가고 있는지도 모른다.

그러나 또 하나의 위태로운 취약점이 있다. 영국의 생활수준이 세계 어느 나라 사람들보다 높다는 점이다. 영국에 비해 검소하게 살고 낮은 임금으로 일하는 다른 나라들은 고갈되지 않은 자원을 보유하고 있다. 그리고 무엇보다 중요한 것은, 힘을 가져다주는 자원이 아직 사용되지 않은 채 남아 있다는 것을 스스로 잘 알고 있다. 그 나라들은 기운이 상승하고 있고 공세적으로 나올 가능성이 있다.

영국인들은 이제 공세나 공격에 대한 욕구를 잃어버렸다. 무엇을 위해 공격하겠는가? 그들에게 뭐가 부족해서? 다른 나라들은 부족한 것들이 많다. 공격하여 얻으려는 욕구가 있으므로 과감히 공격에 나선다. 그들은 아직 정상에 도달하지 못했으나 영국은 이미 도달했다. 지난날 영국인들이 외쳤던 공격 슬로건, 〈행동 최우선〉이 지금은 공격 태세를 갖춘 궁핍한 나라들의 슬로건이 되었다. 영국인들이 볼드윈[2]의 모토인 〈안전 최우선〉을 새로운 방어 슬로건으로 받아들인 것은 지극히 당연했다. 그것은 자신들이 가진 것을 안전하게 지켜 남들에게 빼앗기지 말자는 것이었다.

엄청난 변화. 결정적인 순간. 영국인들은 여기에 함축된 비극적인 뉘앙스를 알고 있다. 그들은 준비되어 있다. 그들의 가치는 세계에서 독보적이라 할 만큼 위대하다. 그러나 행복과 번영이 이 가치들을 회석시켰다. 행복과 번영은 개인이나 국가들에게 항상 위험스러운 부작용을 가져온다.

이제 그 부작용이 구체화되었다. 영국 국민은 이미 그것을 보았다. 그들은 지금 주먹을 굳게 쥔 채 입술을 깨물고 있다. 건곤일척으로 운명의 게임을 벌여야 할 때가 왔음을 감지한다. 「일어나라, 존 불!」[3] 그들 역시 신무기를 장악했다. 그들도 비행기에 탑승하여 태세를 갖추고 있다.

그들은 약간 뒤늦게 움직인다. 그러나 이것이 그들의 행동 리듬이다. 내가 영국에서 체류하던 초창기에 알게 된 아주 특이한 영국 속담이 하나 있다. 〈다리에 도달하기 전에는 다리 건너는 생

2 Earl Baldwin(1867~1947). 20세기 초 영국의 보수당 정치가.
3 *John Bull*. 전형적인 영국인, 혹은 영국 국민 전체를 뜻한다.

각을 하지 마라!〉 문제에 정면으로 부딪쳤을 때만 해결을 시도하라는 뜻이다. 영국인은 현실을 클로즈업해서 보는 것을 좋아한다. 현실을 만져 보고, 또 현실이 자신을 만져 보도록 내버려 두면서, 마치 장님 코끼리 다리 더듬듯이 전체적 윤곽을 모색하다 보면 어디로 나아가야 이익을 얻을지가 보인다는 것이다. 그리고 그것을 확인한 다음에 비로소 전진한다.

근시안적이긴 하지만 확실한 방법이다. 이론을 만들어 결론을 내리고 하는 식으로 멀리서부터 출발할 경우, 길을 잃어버리고 자기 자신의 선호-비선호에 의해 엉뚱하게 끌려갈 위험이 있다. 그리고 현실에서 흔히 중요한 역할을 하는 〈예측 불가의 요소〉를 인식하지 못할 수도 있다. 영국인들은 곤충과 흡사하다. 모래를 좋아하는 저 벌 말이다. 이놈들은 적을 마비시키고자 할 때는 적과 직접 부딪친다. 그래야만 독침을 꽂을 적의 취약한 급소를 찾아낼 수 있으니까. 놈들은 적에게 착 달라붙어 상대의 급소를 어김없이 찾아내고 만다.

나는 온 사방에서 위기를 느끼며 이 거리 저 거리를 배회하고 있었다.

크레타 섬의 목자들은 양의 머리에 쇠파리란 벌레가 앉아 있다가 절체절명의 위기 — 다시 말해 〈죽음〉 — 를 냄새 맡게 해준다고 믿고 있다. 결정적인 순간에 처하면 인간도 때로 이런 예지의 벌레가 머리 꼭대기에 앉아 있음을 느낄 수 있다. 〈죽음이라는 벌레〉 말이다.

나는 이 끔찍한 벌레를 마음에 담고, 새벽부터 분주히 거리를 쏘다녔다. 사람들과 가옥, 상점 진열창, 공원 따위를 영원한 작별 인사를 고하기라도 하듯, 하나도 빼놓지 않고 낱낱이 훑어보았다.

땅거미가 질 무렵 하이드 파크에 도착했다. 금빛으로 물든 아름다운 가을 나무들, 공원을 뒤덮은 참새들과 석양. 여자들이 나무 아래로 뛰어다니며 젊은 병사들을 뒤쫓거나 같이 놀고 있었는데 대부분 남자 비슷한 복장이었다. 여자들의 저 탱탱한 젖가슴 사이에도 죽음의 벌레가 달라붙어 있어, 이제 곧 죽게 될 청년들을 위로해 주는 듯했다.

대공포 정면에, 하얀 복장의 목사가 단아한 카키색 군복 차림에 가벼운 방망이를 든 병사들에 둘러싸인 채 서 있었다. 야외 예배를 드리는 중이었다. 대공포들은 입을 쩍 벌린 채 하늘을 노려보고 있었다. 연자줏빛 실크 바지와 녹색의 기다란 외투 차림에 수놓인 작은 슬리퍼를 신고 우아한 녹색 실크 우산을 든 자그만 체구의 중국 노인 하나가 소리 없이, 미끄러지듯 걸어갔다 다시 걸어왔다. 그는 목석같이 무감각한 얼굴로 대포와 여자들, 노란 나무들을 초연하게 쳐다보았다. 마치 붓다처럼.

로빈 후드

존 경이 50명가량의 남녀를 영국 국회 의사당의 대형 테라스로 초대하여 차를 대접했다. 평화로운 초저녁이었다. 테라스 아래로 템스 강이 어둠침침하면서도 무심하게 흘러갔다. 신문팔이들의 고함 소리도 여기까지는 미치지 못했다. 지난 며칠 사이 신문은 사람들에게 나쁜 소식만 가져다주었다. 때는 가을, 곡식이 무르익었다. 지금은 추수, 저장, 전쟁이 진행되는 결정적인 순간이다.

어제는 나라를 대표하는 사람들이 프록코트와 번들거리는 높은 모자 차림으로 전국 각지에서 몰려들었다. 그리고 세계의 운명을 정하게 될 결정을 내리기 위해, 성당과 너무나 흡사한 외양을 가진 이 고딕풍의 웅대한 의사당으로 들어갔다. 엄숙하고 딱딱한 표정으로 검정 양복에 파묻힌 모습이, 마치 결혼식장 아니면 장례식장으로 향하는 사람들 같았다.

무거운 순간. 영국인이 세상에서 가장 사랑하고 존경하는 〈자유〉가 위협받고 있다. 때문에 그들은 지금 그것을 지키고자, 영국의 위대한 신성(神性)이 위기에 처한 것처럼 서두르고 있다.

자유를 사랑함에 있어 프랑스인은 애인을 사랑하듯, 독일인은 할머니를 사랑하듯 한다는 말이 있다. 영국인은 법률상의 아내를 사랑하듯 자유를 사랑한다. 성 프란체스코가 가난과 결혼하고 단테가 시정(詩情)과 결혼했듯 영국인들은 〈자유〉와 결혼했다!

영국인은 자유를 얻기 위해 때로는 왕과 봉건 제후를 상대로, 때로는 교황과 사제를 상대로 수 세기에 걸쳐 투쟁했다. 캄캄한 숲과 거친 해안에서 등장한 이 거친 앵글로-색슨인들은 자유에 대한 갈망을 가지고 왔다. 그리고 저들의 국민적 영웅 로빈 후드도 데리고 왔다.

중세 영국의 이 영웅은 말에 걸터앉아 멀리 십자군 원정을 떠나는 통치자도 아니고, 만인을 속여 넘기며 위기 때마다 교묘하게 빠져나가는 교활한 기생충도 아니고, 세상사에 초연하게 저홀로 불꽃을 태우는 성인도 아니었다. 로빈 후드는 죄인이고 도적이었다. 공인된 권위에 맞서 반란을 선동하며 깊은 숲 속을 헤집고 다닌 무법자였다.

로빈 후드는 지방 재판관과 주교에 맞서 싸웠다. 부자들을 강탈하여 그 전리품을 가난한 자들에게 나누어 주었다. 용감무쌍하고 관대하고 명랑하고 마음씨 착한 동시에 지극히 잔인한 사람이었다. 그는 재판관과 시장, 도시 수비대, 자신을 잡으려고 안달하던 숲 관리인들을 모조리 죽여 버렸다. 정부 당국은 종종 그에게 커다란 시련을 안기기도 했지만 로빈 후드는 항상 용수철처럼 튀어 올랐다. 마치 목숨이 아홉 개쯤 되어 언제든 다시 시작할 수 있는 사람처럼 생기가 흘러넘쳤다.

그의 힘은 점점 강성해졌다. 그는 매 순간, 넘치는 힘을 쓸 구실을 찾고 있었다. 어느 날 밤 그는 자기 친구에게 마구 두드려 맞는 꿈을 꾸었다. 자다가 벌떡 일어난 그가 분을 참지 못하고 그 친구에게 달려가 고래고래 호통을 치며 두들겨 패기 시작했다. 꿈에서 당한 수모를 씻어 내기 위해서.

로빈 후드는 점잖은 신사이기도 했다. 한번은 두 사람을 대동하고 길을 가다가 적을 만났다. 혼자 길을 가던 정부의 숲 관리인이었다. 「그냥 가라.」 로빈 후드가 그에게 소리쳤다. 「너를 공격하는 건 수치다. 우리는 셋이고 너는 하나니까.」

그에 관한 노래들이 만들어져 이 마을 저 마을에서 불렸고, 큰 축제가 벌어지면 음유 시인들이 그의 용맹한 무훈과 가혹한 시련을 노래했다. 시간이 흘러 16세기에 접어들었을 때까지도 농민들은 이 국민적 영웅을 기리는 축제를 벌이곤 했다.

하루는 주교가 의식을 집전하기 위해 어느 마을로 행차했다. 그런데 교회 문에 빗장이 쳐져 있었다. 화가 난 그가 당장 열쇠를 가져와 교회 종을 울리라고 호통을 쳤다.

그러나 허겁지겁 달려온 관리인들이 이렇게 말했다. 「각하, 오늘은 저희에게 중요한 휴일입니다. 오늘은 각하의 말씀을 들을 수 없겠습니다.」

「공휴일이라니?」 주교가 놀라 물었다.

「로빈 후드의 날이지요. 마을 사람들이 모두 로빈 후드에게 바칠 가지를 꺾으러 나갔습니다. 그러니 수고스럽게 기다리지 마십시오.」

로빈 후드는 앵글로-색슨의 대중적 전형이었다. 그는 숲 속에 본거지를 차리고 자유를 위해 싸웠다. 그의 집은 요새였다. 그의 영혼도 요새였다. 그의 허락 없이는 아무도 들어갈 수 없었다.

그는 비록 자신의 집이 이웃들과 멀리 있기를 바랐지만 — 그가 이웃을 싫어해서가 아니라 가급적 넓은 공간에서 자유를 누리고 싶은 마음에서였다 — 남들은 자유롭게 내버려 두었다.

그가 개인주의자였던 것은 남들과 달라지기 위해서가 아니라 — 오히려 그는 자기 종족 사람들과 비슷한 삶을 즐겼다 — 자유인의 전통을 잇고 싶었기 때문이었다. 자유인으로 살면서 본인이 원할 때만 공동체와 협력하고자 했다(실제로 그는 항상 협력하고자 했다). 그에게 자유는 추상적인 개념이 아니라, 그의 재산, 육신을 가진 욕망, 그리고 아내처럼 구체적 실체였다. 그는 아내에게 충실했고 아내 역시 그에게 정절을 지켰다.

영국민은 자신들의 왕을 사랑했다. 국왕이 귀족들과 민중 사이에서 균형을 유지하며 귀족들을 통제하는 한편, 민중의 야만적인 충동이 터져 나오지 않도록 함으로써 국민의 자유를 안전하게 지켜 주었기 때문이다.

그러나 어느 날 이러한 숭고한 임무를 배신하고 국민의 자유를 짓밟으려는 자격 없는 왕이 등장했으니 실지왕(失地王) 존이 바로 그였다. 그는 똑똑하고 훌륭한 외교관이었지만, 위선적이고 탐욕스럽고 비겁했다. 「지옥이 아무리 더럽고 악취를 풍긴다 해도 이 남자가 죽으면 지옥의 악취가 훨씬 더 심해질 것이다!」는 말까지 나돌았다. 귀족, 부르주아, 평민을 막론하고 모든 사회 계층이 하나같이 그를 증오했다. 귀족들은 전쟁터로 나가는 그를 호위도 해주지 않았다(이는 영국 역사에서 전례 없는 일이었다).

프랑스군에 패한 실지왕은 엄청난 치욕 속에 왕좌로 되돌아왔다. 게다가 교황이 그를 파문해 버렸다. 존 왕이 영국의 이름에 먹칠을 한 것이다.

귀족들은 힘을 합쳐 이 비열한 왕의 독자적 행동을 제한하기로 결의했다. 그리고 왕에게 자유를 허용하는 〈헌장〉에 서명하라고 압박했다. 음모를 알아차린 국왕은 용병들을 모집하여 귀족과 싸우려 했다. 그러나 때는 늦어, 온 나라가 뭉쳐 들고일어났다. 그 첫 신호를 올린 곳은 런던이었다. 왕실의 통치 능력이 마비되고 민중들은 무장했다. 비겁하고 교활한 왕은 위기를 간파하고 굴복했다. 그리하여 1215년 6월 15일, 그가 윈저 궁 근처 풀밭으로 귀족과 고위 성직자들을 불러 모으고 마지못해 서명을 하니, 이것이 바로 저 유명한 〈마그나 카르타(대헌장)〉였다. 영국에는 국법이 있고 국민의 권리가 있으니 국왕은 이를 반드시 존중해야 한다. 만약 어길 시에는 백성들도 왕에 대한 복종의 의무를 더 이상 따르지 않을 것이며, 더 나아가 혁명을 일으킬 권리도 주어진다는 내용이었다.

우리 왕국의 병역 면제세나 임시 상납금 징수는 반드시 왕국 평의회(다시 말해, 주교와 귀족들이 참가하는 회의)를 거쳐야 한다.

모든 자유민은 동료들의 법률적 판결이나 국법에 의거하지 않는 한 누구도 체포, 감금당하지 않으며, 점유권을 강탈당하거나 법률의 보호를 받지 못하거나 추방되거나 사형에 처해질 수 없으며, 본인의 의사에 반(反)하는 조치를 당하지 아니한다.

이 획기적인 두 가지 조항 외에, 24인의 귀족과 런던 시장이 〈마그나 카르타〉의 적용을 감시하고 국왕에게 불만 사항이 있을 때는 일일이 판결을 내린다는 조항도 있었다. 그리고 국왕이 25인으로 구성된 최고 회의의 견해를 따르지 않을 때에는 귀족들이 군사를 일으켜 국왕에 맞설 권리도 명시되어 있었다.

참으로 중요한 승리였다. 국왕은 이제 도전 불허(不許)의 대주(大主)가 아니었다. 그를 재판할 수 있는 위원회가 그의 위에 존재했다. 그때부터 〈마그나 카르타〉는 영국 내 모든 자유의 초석이 되었다.

국왕은 〈이를 갈면서〉 서명했다고 사가들은 전한다. 〈그는 튀어나올 듯이 눈을 부라렸다. 나뭇조각을 깨물며 치를 떨었다.〉 그리고 바닥에 쓰러져 뒹굴며 고함쳤다. 「이놈들이 스물다섯 명의 상왕(上王)을 내 머리 위에 앉혀 놓았다!」

헌장에 서명하는 그 순간부터 그의 머리에는 오직 한 가지 생각밖에 없었다. 어떻게 이 약속을 어기고 헌장을 폐기할 것인가? 그는 당시 화해하여 사이좋던 교황에게 헌장을 무효화시켜 달라고 요청했다. 교황이 이 부탁을 받아들여 헌장을 취소하는 동시에 런던 시민들을 파문했다.

그러나 자유를 사랑하는 영국에서는 교황의 권위도 이미 흔들리고 있었다. 종소리와 함께 교회 문이 활짝 열렸고, 교황의 파문 지시나 위협에 동요하는 사람은 아무도 없었다.

다행히도 어느 날(헌장에 서명하고 16개월 후), 실지왕 존은 복숭아주와 사과주를 폭음한 끝에 사망했다. 마침내 영국의 자유가 구제되었다.

나는 거기 웨스트민스터 테라스에 앉아, 시간의 흐름처럼 신비하고 용용(溶溶)한 템스 강이 높다란 레이스 같은 의사당 그림자를 바다로 실어 가는 것을 지켜보았다. 하늘에 해가 지기 시작하자 그 석재(石材) 레이스에 비스듬히 불이 붙었다. 귀퉁이 끝에서 끝까지 들쭉날쭉 짜인 문장에는 노르만의 모토가 프랑스어로 새겨져 있었다. 〈*Dieu et mon droit*(신, 그리고 나의 권리)!〉

얼마나 대단한 투쟁인가, 나는 생각했다. 영국민이 만들어 낸 이 높은 의회주의의 건축물은 현명함과 배려 그리고 맹목적으로 밀어붙이는 필연성이 빚은 대단한 합작품이다! 모든 계급 ─ 국왕, 귀족, 부르주아, 평민 ─ 이 건축물에 협력했으나 건축가는 없었다. 다만 영국의 위대한 공식 건축가, 〈시간〉이 참여했을 뿐. 필연과 우연, 그리고 서로 상충하면서도 본질적으로는 보완적이었던 다음 세 가지의 욕망으로부터 그 모든 것이 이루어졌다. 자신의 뜻을 손쉽게 강제하려는 국왕의 욕망, 특권을 상실하지 않으려는 귀족의 욕망, 새로운 특권을 획득하려는 부르주아와 평민의 욕망이 말이다.

국왕이 중대한 문제들에서 전 국민의 동의를 확보하려면 귀족들로 이루어진 위원회는 물론, 보다 민주적인 또 다른 대표 기구까지 소집해야 했다. 이것은 각 카운티를 대표하는 기사 두 명, 주요 도시들을 각각 대표하는 시민 두 명으로 구성된 기구였다. 의사소통 수단이 아직 원시적인 시절이었으므로 국왕이 모든 백성과 직접 접촉하기란 어려웠다. 따라서 국왕은 전국의 대표들을 불러들여 영국 전체의 축소판이라 할 수 있는 이들과 의견을 교환했다.

이 대표들에게는 최고 회의의 논의에 개입할 권한이 없었다. 그들은 말없이 듣기만 했다. 동의하든 말든 논평하고 싶을 때는, 왕실에서 임명한 〈대변인〉에게 얘기하여 자신들의 주장을 최고

회의에 전달하게 했다. 그러나 얼마 지나지 않아 국민 대표들이 특정 장소에 모여 독자적으로 논의하게 되었는데, 처음에는 마치 음모라도 하듯 은밀하게 진행되었다.

그러다 14세기 이후 〈귀족들의 의회〉와 〈평민들의 의회〉로 구체화되었다. 이제 영국의 귀족과 부르주아 사이에 극복 불가능한 대립이라는 것은 존재하지 않았다. 하급 성직자와 하급 귀족들이 부르주아들과 뒤섞였다. 이 계급들이 연합하여 공통된 심리와 공통된 이해관계를 형성했다. 귀족 가문의 가장은 〈상원〉에 참여할 수 있었고, 그 아들들은 〈하원〉의 멤버가 될 수 있었다. 중산층과 귀족의 뚜렷한 구분이 없었으므로 그 둘 사이에는 치유할 수 없는 증오나 전쟁 따위가 존재하지 않았다. 그 둘은 서로 손쉽게 대화했고 그리하여 종종 국왕을 코너로 몰아붙였다.

시간이 흐르자 의회는 전능한 존재가 되었다. 의회는 때로는 폭력으로, 때로는 평화적으로 신중하게, 당대 군주의 세 가지 대권(大權)인 세금 징수권, 입법권, 외교권을 장악하고 조종했다.

다른 나라에서는 난폭한 전제주의가 군림하고 백성들이 양처럼 순하게 따르고 있을 때, 영국민은 자신들의 대표를 뽑고 저 나름의 견해를 가졌으며, 본인들이 동의하지 않는 세금을 낼 필요가 없었다. 그들은 자신이 직접 선택하지 않은 원칙은 인정하지 않았다. 심지어 13세기에도 그러했다는 것을, 캔터베리 대주교가 교황에게 보낸 편지에서 짐작할 수 있다. 〈이 영국이란 왕국에서는 단 하나를 결정하더라도 모든 이해 당사자들이 거기에 대해 의견을 내놓는 습성이 있습니다!〉

인간에 의해 이 지상에 세워진 가장 견고한 사회 정치적 구조물들이 추상적인 원리를 기초로 삼은 적은 지금까지 결코 없었다. 모두 기나긴 실험과 의도적인 적응, 그리고 필연적 리듬에의 복종을 기초로 삼고 있다.

영국은 폭넓고 튼튼한 기초들 위에 서 있다. 영국의 사회 정치 체계 전체는 시간의 퇴적층과도 같다. 해가 가고, 세기가 바뀌는 가운데(심각한 혁명적 혹은 심리적 격변 없이), 반항과 불확실성과 혼란이 서서히 줄어들면서 영국이라는 나라가 탄생한 것이다.

전쟁

이제 존 경의 손님들이 모두 도착했다. 모두들 알록달록한 스코틀랜드풍 식탁보가 깔린 작은 식탁들에 흩어져 앉아 차를 마시고 있었다. 낮게 소곤대는 잡담, 점잖은 웃음, 향수 냄새를 풍기는 여인들, 그리고 테라스 밑에서는 자동차와 전차 소리, 벌들이 여왕벌을 둘러싸듯 의사당을 둘러싸고 있는 빽빽한 인간 무리들.

존 경이 웨스트민스터 테라스를 분주히 오가며 오늘 밤의 호스트 역할을 하고 있었다. 그는 지극히 공손한 태도로 쾌활하게 말을 건네고 미소 띤 얼굴로 자상하게 한마디씩 해주었다. 하지만 약간 불편해하고 서글퍼하는 미소였다. 낮은 목소리로 대화하던 남자들 쪽에서 웅성거리는 소리가 일더니 여자들의 간드러진 웃음이 뒤따랐다.

나는 미소 띤 얼굴로 평온하고 절제된 매너를 보이고 있는 주위 사람들을 바라보았다. 그들은 지금 자기 민족이 결정적인 순간에 처해 있음을 잘 알았다. 자기네 머리 위에 걸린 의사당 탑시계의 거대한 시침이 영국의 운명을 결행(決行) 쪽으로 일각일각 떠밀고 있다는 것도 잘 안다.

「영국은 과연 어떻게 할까요?」 내가 옆에 앉은 사람에게 물었다. 유머러스하고 지적인 참신함이 느껴지는 매력적인 교수였는데, 예전에 그리스에 가본 적이 있다고 했다. 그 얘기를 들려주는 그의 두 눈에 태양의 광채가 번쩍거렸다.

「영리한 늙은 여우 말인가요?」 그가 껄껄대고 웃었다. 「영국은 늘 해왔던 대로 하겠죠. 자기 이익을 좇아서.」

「그럼 지금 이 순간 영국의 이익은 뭡니까?」

「전쟁이죠!」 그가 진지한 어조로 말했다.

우리 둘은 침묵에 빠졌다. 피에 젖은 이 끔찍한 단어가 마치 송장처럼 우리 둘 사이에 떨어진 것 같았다.

「두려우세요?」 그가 흐려진 내 눈을 보며 물었다.

「사람의 이성은 쉽게 겁먹지 않습니다.」 내가 대답했다. 「그것은 〈필연〉을 빤히 쳐다보고 있기 때문에 두려워하지 않아요. 하지만 내 가슴은 두려움을 느낍니다.」

「저도 두려웠답니다.」 내 친구가 인정했다. 「전쟁이 뜻하는 바를 잘 알기 때문에⋯⋯. 하지만 피할 수 없습니다.」

우리는 다시 입을 다물고, 바다로 향해 가는 혼탁한 강물을 내려다보았다. 눅눅하고 미적지근한 어스름. 거대한 도시가 바다처럼 포효했다. 태양 광선 속에서 의사당 탑들이 아직도 반짝거리고 있었다.

런던의 심장부, 오늘도 강하고 빠르게 맥박 치고 있는 웨스트민스터. 이 멋진 공간에서 나는 주위를 둘러보았다. 고딕풍 아치들과 레이스 같은 조각 장식들, 중세부터 내려온 안뜰 위로 내 두 눈이 천천히 그러나 서글프게 스쳐 지나갔다. 문득 내가 지금 영원한 작별을 고하고 있다는 느낌이 들어 오싹해졌다.

내가 친구를 돌아보며 물었다. 「그러니까 전쟁이 영국에 이익을 가져다준단 말입니까?」

교수가 빙그레 웃었다. 「이상하게 느껴집니까?」 그가 물었다.

「하지만 잘 아시다시피 영국인들은 이데올로기적 프로그램이나 추상적 원리들을 별로 좋아하지 않습니다. 영국의 관청은 특히 더하죠. 영국인들에게 있어 〈진리〉는 배운 사람들의 소유물이 아니라, 행동하는 사람들의 것이죠. 우리는 실제로 결실만 입증되면 뭐든 진리로 여깁니다. 그럼 우리가 생각하는 〈결실〉이란 뭐냐? 공동체에 이익이 되는 모든 것이죠. 언제든 새로운 상황 변화에 대비하며 친구와 적을 수시로 바꾸고, 어제의 적을 친구로 바꾸려고 안달하는 영국을 외국인들이 당황스러운 눈길로 바라보는 것도 바로 그 때문입니다. 〈줏대가 없어!〉 그들은 외치지요. 〈영국은 자기가 뭘 원하는지도 몰라. 영국은 교활한 여우야. 지금도 우리를 배신하고 있어!〉

하지만 결코 일관성 없는 게 아닙니다! 영국은 자신이 뭘 원하는지 너무나 잘 알고 있어요. 겉보기에는 비딱하게 뒤틀려 보일지 몰라도 영국은 하나의 일직선을 향해 착실하게 나아가고 있습니다. 그 일직선이란 바로 영국의 이익이죠. 그렇지만 현실이 계속 변화하기 때문에 그와 더불어 영국의 입장도 바뀝니다. 변화의 곡선을 따라 스스로 적응하는 거지요. 제 말을 이해하시겠습니까? 테미스토클레스[4]의 후손인 당신이?」

나는 껄껄 웃었다. 「제 생각으로 저는 비잔틴 시대 고행자의 후손에 더 가까운 것 같은데요. 제가 지금 이렇듯 당혹감을 느끼는 것도 그 때문입니다. 영국인 개인의 도덕과 영국이란 나라의 공식적 도덕이 때로 일치하지 않는 것 같습니다. 그럴 경우에는 어떻게 되지요?」

「그럴 때 영국인은 약간 서글픈 역할을 수행하게 됩니다.」 교

---

4 Themistocles. 기원전 5세기 아테네의 장군이자 정치가.

수가 대답했다. 「그렇게 하지 않으면 본인이 상상할 수 없을 만치 불행해지니까. 남들을 상대로(그리고 무엇보다도 자기 자신을 상대로) 내 조국의 정책은 도덕적이다, 보다 숭고한 인류의 이익에 봉사하고 있다, 내 조국은 〈십계명〉의 가르침을 따른다, 라는 식으로 설득해야 하니까. 영국인이 이렇게 하는 것은 본질적으로 〈청교도〉이기 때문이죠. 의식적이든 무의식적이든 지옥의 망령에 의해 끊임없이 고초를 겪는 청교도인 겁니다.

따라서 우리는 이와 같은 고뇌 속에서 화해할 수 없는 것들의 화해를 시도합니다. 그러나 이런 시도들에 대해 민감하게 반응하거나 격분하는 많은 영국인들이 들고일어나 아우성치며 부도덕성을 규탄합니다. 영국 정부가 국가 이익을 실현하기 위해 마지못해 (정부 스스로도 애통하게 생각한다는 점을 잊어서는 안 됩니다) 부도덕한 짓을 하는 순간에도 도덕의 가면으로 위장하려 드는 이유도 바로 그 때문이죠! 우리 정부를 구성하는 사람들 역시 영국인들이기 때문에, 다시 말해 청교도들이기 때문에 마음속으로 괴롭지 않을 수가 없지요. 정부도 자기 내부의 목소리를 두려워합니다. 국민 여론도 두려워하고요. 때문에 도덕성에 호소하고자 심혈을 기울이는 것이죠. 우리가 위선자로 불리는 이유도 바로 거기에 있습니다. 그러나 설사 우리가 부도덕할지언정 위선자는 절대 아닙니다! 무슨 얘긴지 아시지요?」

「이해하고말고요.」 내가 말했다. 「게다가 저는 이런 심리 분석을 좋아하는 사람입니다. 하지만 이번 전쟁에서 — 아니, 전쟁이 정말 터진다면?」

「글쎄, 이렇게 말해도 될지 모르겠지만, 영국인들은 행복해지겠죠. 아니, 행복하지는 못할 겁니다. 그들은 결코 전쟁을 바라지는 않으니까. 다만 깊은 평온을 느낄 겁니다. 평온해지는 이유는 현재의 이 투쟁에서 그들 스스로 옳다고 생각하고 있기 때문이지요. 우리는 영국의 이익을 수호하는 동시에 전 세계의 이익을 수호하고 있다고 믿어요. 개인의 도덕과 국가의 도덕이 공동선을 따라가고 있습니다. 영국인과 영국이라는 나라는 서로 같다고 보면 됩니다. 이 전쟁을 만들어 내면서 영국과 인류 양자 모두에 이익이 되는 지고의 도덕적 의무를 수행하고 있다고 확신하고 있습니다. 이런 확신은 영국인들에게 놀라운 능력을 부여합니다.

전쟁이 터지면 영국은 저항력과 과단성과 용맹함으로 세상을 놀라게 할 것입니다. 제가 이렇게 확신하는 이유도 바로 그 때문이죠.」

존 경이 다가왔다. 「아주 심각한 문제를 논하시는 것 같군요.」 그가 웃으며 말했다. 「저쪽에서 두 분을 지켜보고 있었죠. 무슨 얘기들을 나누는지 여쭤 봐도 될까요?」

「영국에 대해, 그리고 전쟁에 대해 얘기 중입니다, 존 경.」 내가 대답했다.

존 경이 고개를 내젓고 말했다. 「우리에겐 제2의 로이드 조지가, 아니 로이드 조지 바로 그 사람이 필요합니다. 그는 결코 늦지 않으니까요.」

한 숙녀가 뒤늦게 도착하여 레이스처럼 조각된 돌 아치 밑으로 들어왔다.

내 친구가 말했다. 「저는 존 경의 견해가 가당치 않다고 봅니다. 영국은 위대한 인물을 결코 필요로 하지 않는 몇 안 되는 나라 중 하나이니까요. 영국 그 자체가 위대한 인물입니다. 아무리 평범한 지도자가 나타나도 영국이라는 나라 혹은 영국의 본능 — 혹은 영국의 악마적 정신이라고 할까요? — 이 그를 지배하고 이끌 겁니다. 아주 위대한 인격을 가진 지도자가 나타난다면 그는 위험한 인물이 될지 모릅니다. 우리를 헤매게 만들 가능성이 높으니까. 공동체의 확고한 의지를 실현하는 데는 오히려 보통 인물이 손쉽고 확실한 도구가 될 수 있습니다. 그런 사람이 전통을 보다 충실하게 이어 갑니다. 안정된 행보를 보이지요.」

친구가 얘기하는 동안 나는 길 건너편, 마지막 일광 속에 분홍빛으로 변한 웨스트민스터 성당을 바라보고 있었다. 성당은 무수한 꽃잎을 가진 한 송이 거대한 장미가 진흙탕에서 솟아오른 듯, 더한층 영묘하게 반짝거렸다.

13세기 이후로, 영국의 모든 건축 양식은 이 건물 속에서 차례차례 화해를 이루었다. 지조 있고 전통에 복종하는 유기적 연속성, 안정되고 조화된 결정체가 흐르는 시간의 돌 속에 담겨 있다.

「뭘 그렇게 보세요?」내 벗이 물었다.

「영국!」나는 이렇게 말하면서 길 건너편, 마지막 석양빛에 잠긴 웨스트민스터 성당을 가리켰다.

그날, 그 역사적인 날

9월 3일 정오 무렵, 나는 런던의 거리를 가로질러 고든 스퀘어 주변을 배회하고 있었다. 차분하고 평화로운 날…… 그리스의 태양…… 적당히 포근했다. 나무들이 노르스름한 일광에 젖어 반짝거렸다. 공원 잔디를 방금 깎은 탓에 풀 냄새와 흙냄새가 공중에 감돌았다. 그것은 나의 내면 깊은 곳의 존재에 위안과 생기를 주는 냄새였다. 회색 돌로 된 고딕풍 교회가 측면에 불쑥 솟아올랐다. 단순하고 호리호리하고 당당하고, 마치 피뢰침처럼 뾰족한 돌화살이 하늘 높이 돌진하는 것 같았다.

나는 거기서 내가 좋아하는 건축 양식에 감탄하며 서 있었다. 내가 볼 때 그것이야말로 종교 건축의 가장 완벽한 형태였다. 여기에 더 이상 그리스 양식 같은 것은 없었다. 초인적 신비로움에 인간적 질서를 부여하고, 욕망에 균형을 잡고, 인간과 신의 의사소통을 가져온 단정한 그리스 양식은 존재하지 않는다. 이 영국적 양식에는 열정적이고 충동적인 어떤 것, 혹은 신성한 반발 의식 같은 것이 깃들어 있다. 그것은 느닷없이 인간을 뒤흔들어 우울한 고독 속으로 뛰어들게 만들고, 〈하느님〉이라는 저 사람 잡아먹는 거대한 벼락을 붙잡으려 애쓰게 만드는 양식이다. 하느님에

268

게 올리는 기도라고 하면 마땅히 이런 형태가 되어야 하리라, 라고 나는 중얼거렸다. 이런 건축 형태야말로 진정한 영혼의 구도자에게 어울린다. 왜냐하면 저 건축물은 인간의 모든 슬픔과 기쁨을 그 안에 빨아들인 뒤 다시 그것(슬픔과 기쁨)을 하나의 화살처럼 저 까마득히 높은 곳에다 쏘아 올리니까. 그리하여 충동과 자부심은 빛 한가운데에서 사라지는 외침이 되고, 저 혼자 외로이 서서 기다리는 창(槍)이 된다.

그때였다. 첫 공습 사이렌이 런던 시내를 요란하게 흔들었다. 이 넓은 도시 전역에 큼직한 벽보들이 나붙은 지 벌써 여러 날 되었다. 그것은 불운한 런던 시민들에게 사전 경고와 더불어, 온갖 위험 신호를 구분하는 법을 가르쳐 주는 벽보들이었다. 사이렌은 적기의 공습을 의미한다. 벨 소리는 야만적인 현대의 과학자들이 모든 도시를 초토화시키도록 인간에게 가르쳐 준 생화학 무기와 독가스를 경고한다.

갑자기 보이지 않는 공포의 기운이 공중 가득히 퍼졌다. 주위를 둘러보자 행인들이 한순간 걸음을 멈추고 돌처럼 굳어졌다. 사람들은 귀를 쫑긋 세웠다. 그들의 얼굴이 살짝 납빛으로 변했다. 문들이 열렸다. 남녀의 머리가 나타나더니 하늘을 쳐다보았고 다시 문들이 쾅 닫혔다. 방독면을 가지러 집으로 달려가는 사람들도 있었다. 고든 스퀘어 근처 담장마다 같은 방향을 가리키는 검은 손가락이 그려져 있고 그 밑에는 〈대피소〉라고 적혀 있었다.

말없이 공포에 질리는 순간이었다. 젊은 여자를 품에 안은 청년이 주위를 돌아본 뒤 미소로 여자를 격려했다. 한 경관이 교차로에서 한쪽 팔을 뻗어 길을 가리키며 침착하게 서 있었다. 행인들은 이 말없는 동작에 복종하여 대피소로 달려가면서도, 품위를 잃지 않으려 애쓰고 있었다.

그것은 현대판 〈요한의 묵시록〉의 기계 천사들이 가져온 첫 센세이션, 첫 〈방문〉이었다. 우리에게 주어진 여유 시간은 5분이었는데 나는 우물쭈물하면 안 되었다. 하지만 거친 비인간적 호기심이 나를 그 자리에서 꼼짝 못하게 만들었다. 이것은 첫 비명이다, 나는 속으로 생각했다. 산업 문명의 첫 조종(弔鐘)이다. 지금 파국의 신호가 울리고 있다. 이 모든 마술과 기적의 창조자인 인간의 두뇌가 — 도덕적 확신과 인간적 온기를 잃어버린 인간의 두뇌가 — 지금 독기를 가득 품은 한 마리 전갈처럼 꼬리를 쿵쿵 후려치며 제 가슴을 후벼 파고 있다.

나는 지금까지 한 번도, 세계적 규모로 진행되는 이러한 결정적인 순간을 경험해 본 적이 없었다.

「따라가요! 어서 따라가라니까!」 경관이 나를 향해 고함쳤다. 「방독면은 어디 두었소?」

그가 나를 떠밀어, 행인들을 따라가게 했다. 우리는 담에 그려진 검은 손들을 계속 따라가 이윽고 대피소에 도착했다. 아까 본 고딕풍 교회였다.

나는 고개를 들어 허공에 치솟은 그 당당한 화살을 잠시 보았다. 모든 돌들의 꼭대기를 뾰족한 첨탑이 장식하고 있었다. 훌륭한 묘석이야, 나는 생각했다, 마음에 들어. 어서 지하로 내려가자.

우리는 아치형 문간으로 들어갔다. 목사가 희미하게 웃으며 우리를 반겼다. 좁은 돌계단으로 내려가자 또 돌계단, 그다음에는 둥근 천장의 지하 통로가 이어졌다. 통로 벽에는 두세 점의 그림이 걸려 있었다. 아기를 안고 있는 성모 마리아, 그리고 한참 더 가자 발그스름한 뺨에 유쾌한 그리스도······. 좌우로 긴 의자들이 놓여 있었고 우리는 거기에 앉았다. 귀퉁이 쪽은 임시로 마련된 응급 치료소였다. 면 거즈, 물병, 자그마한 약병 등이 보였다.

내 맞은편에는 청년 두세 명이 방독면을 들고 앉아 있었다. 하시라도 우아함을 떨고 싶어 하는 어떤 숙녀는 실크로 만든 방독면 주머니를 들고 있었다. 그 색깔은 그녀의 재킷과 잘 어울렸다. 젊은 여성 하나는 카키색 군복을 입은 청년의 손을 말없이 꼭 쥐고 있었다.

「저들은 신혼부부야.」 옆에서 누군가 속삭이는 소리가 들렸다. 「신혼여행을 이런 식으로 보내고 있어!」

체구가 작고 포동포동한 여인이 사과 한 알을 꺼내더니, 다 먹어 치울 시간이 없을까 두려운 듯, 엄청나게 빠른 속도로 먹어 치우기 시작했다.

그대 대피소 귀퉁이에서 붉은 뺨의 주부가 나오더니 우리에게 솜을 나눠 주었다. 그녀는 위아래로 하얀 옷을 입고 있었는데 소맷자락에 붉은 십자가가 새겨져 있었다. 「귀를 막으세요.」 그녀가 말했다.

목사가 양쪽에 놓인 의자들 중간에 서서, ⟨하느님⟩과 ⟨신의 섭리⟩와 ⟨천국⟩에 대해 몇 마디 웅얼거렸다. 그러고는 축음기를 가져와 탁자에 놓고 음반을 몇 장 꺼냈다. 「어떤 음악을 좋아하십니까?」 그가 우리에게 물었다.

대부분의 사람들이 「티퍼러리의 노래」[1] 같은 가볍고 감상적인 곡을 택했다. 음악이 시작되었다. 솜으로 막은 귀를 통해, 사랑과 이별의 감미롭고 감상적인 곡조들이 마치 머나먼 해변에서 실려 오듯 우리의 영혼에 와 닿았다.

옆에 있던 사람이 나에게 어디에서 왔느냐고 물었다. 우리는 그리스에 대해, 그리스의 강철처럼 푸른 바다에 대해 큰 소리로

---

1 제1차 세계 대전 때 아일랜드의 티퍼러리 주에서 출정한 병사들이 부른 행군가.

얘기했다……. 그 사람도 호메로스의 고전 시를 알고 있다면서, 에라스무스[2] 학도의 악센트로 자랑스럽게 암송하기 시작했다. 「*Meenin aeide, Thea*……(노래하라, 오, 여신이여……).」

그러고 나서 이어지는 침묵. 우리는 하얀 양초를 배급받았다. 전등들이 꺼졌다. 남녀 합쳐 모두 50명쯤 되었는데 그중 대여섯 명이 어둠 속에서 겁을 집어먹고 초에 불을 밝혔다. 그러자 대피소는 어쩔 수 없이 소름 끼치는 광경이 되어 버렸다. 한 노인이 신문을 꺼내 읽기 시작했다. 그러나 그의 두 눈은 움직임이 없었다. 방독면을 가진 사람들은 모두 그것을 쓰고 있었다. 여자들이 작은 손지갑에서 안전핀을 꺼내, 근처 남자들의 어색하게 착용한 마스크를 야무지게 고정시켜 주었다. 최후의 순간까지 여성다운 의무를 실천하는 그 모습은 마치 다정한 어머니들 같았다.

「여러분, 종이에 각자 이름을 써서 호주머니에 간직하시기 바랍니다!」목사가 여전히 의자들 중간에 서서 소리쳤다. 「각자의 이름과 주소를 쓰세요.」

「왜요?」한 여자가 물었다. 그러나 아무도 대답해 주지 않았다. 잠시 상황을 파악하지 못한 자신이 부끄러운 듯 여자가 얼굴을 붉혔다. 「알았어요.」그녀가 소리쳐 대답하고는 호주머니에서 종이를 꺼내 적기 시작했다.

목사가 조그만 성서를 펼치고 침묵 속에서 읽기 시작했다. 나는 순결한 촛불 빛 속에서 그의 얼굴을 쳐다보았다. 잘 먹어 건강하고, 깨끗하게 면도를 했고, 옷깃은 눈처럼 희고, 말끔한 대머리 반점이 매끈하고 진귀한 상아처럼 반짝거렸다.

단테를 호주머니에 넣어 오지 않은 것이 아쉬웠다. 내가 너무

---

2 Erasmus(1469?~1536). 네덜란드 출신의 인문주의자로서 북유럽 르네상스의 가장 위대한 학자이다.

좋아하는 「연옥」 부분의 마지막 노래들을 읽을 수 있었으면 좋았을 것을. 하지만 상관없어, 나는 생각했다, 그 노래들의 정수, 그 봄날의 부드러움을 떠올리는 것만으로도 족하다. 꽃으로 둘러싸인 루치아, 녹색 풀밭에서 춤추는 여자들의 희디흰 다리들. 만약 나의 이 세상 순회가 여기 이 자리에서 끝나야 한다면 그런대로 훌륭한 결말인 셈이다. 나는 심신이 조화로움에 잠기는 것을 느꼈다.

5, 6분이 지났다. 사람들 대다수가 이제 귀에서 솜을 빼놓고 있었다. 모두들 저기 땅 위에서 무슨 소리가 들리는가 싶어 촉각을 세우고 있었다……. 아무 소리도 없다…… 조용하기만 하다…… 우리는 마치 무덤 속에 있는 것 같았다…….

그때 문이 열리면서 땅딸막한 금발의 남자가 환하게 웃는 얼굴로 불쑥 나타났다. 「적기들이 지나갔어요!」 그가 소리쳤다. 「공습이 끝났습니다!」

다시 살아난 우리는 벌떡 일어나 급히 달려 나갔다. 〈*a rivedere le stelle*(다시 별들을 보라)〉,[3] 우리의 입술은 여전히 말라 있었고 목도 좀 뻣뻣했다.

어느 청년과의 대화

현대인이 어느 한 진영에 속하라는 내적·외적 압력에서 벗어나기란 정말 힘들다. 세상은 생기 넘치는 사람에게는 좌익이나 우익을 택일하라 하고, 아직도 논리와 도덕으로 만사가 정리되기를 바라는 점잖은 구식 영혼에게는 중간적 입지를 강요한다. 그

---

3 단테의 『신곡』 「연옥」편 마지막 문장.

러나 오늘날 모든 것이 〈천둥에 의해 진척된다〉. 평화를 사랑하는 선량한 사람들(아직까지 이런 사람들이 얼마나 남아 있는지 모르겠지만)은 유혈과 불의와 참사를 견디지 못하므로, 지상의 이 새로운 고온(高溫)에서 오래 살아남기 어려울 것이다.[4]

따라서 아직도 〈영혼〉을 섬기기를 고집하는 사람이 정녕 구원을 바란다면 자신의 의무가 무엇인지, 냉철하고 용기 있게 따져 보아야 한다. 이 거대한 짐승들[5] 틈에서 자신이 어떤 사명을 맡을 수 있는가를 정리하고, 현대 세계의 격변과 창조 속에서 자신의 위치를 찾아야 하는 것이다.

우리는 지금, 어쩌면 한두 세기밖에 가지 못할 시대, 그중에서도 전쟁과 평화가 거듭 반복될 시대에 들어서 있다. 앞으로 가치가 바뀔 것이다. 개화의 과정에서 위축되었던 저 태고 적의 가치들, 즉 영웅 숭배, 악마적 행위, 위험을 갈망하는 광기 등이 부활할 것이다.

진정으로 생기 넘치는 나라들에서, 젊은이들은 오늘날 아주 원시적이고 불가사의한 발작을 경험하고 있다. 그들은 대중의 〈마법 같은〉 슬로건에 경련하고 있다. 그 슬로건은 순수한 논리나 자유정신에 호소하는 것이 아니라, 인간의 내장 속으로 파고 들어간 저 뿌리 깊고 몽매한 성장의 힘에 호소한다.

하지만 나약하고 창백한 지식인들이 조소하고 두려워했던 이 힘들이야말로 언제나 지상을 새롭게 회복시켜 온 주인공이 아니던가?

우리는 현대의 자그마한 렌즈에만 머물러서는 안 된다. 정확하

---

4 천둥은 세상을 돌고 있는 에너지 혹은 앞에서 나온 호연지기와 같은 것으로서, 저자는 아래에서 인간의 내장을 파고드는 성장의 힘이라는 다른 표현을 쓰고 있다.

5 좌익과 우익 등 서로 상충하는 세력.

고 폭넓게 판단하고 현대의 탐욕적이고 근시안적인 열정들을 뛰어넘기 위해서는 최대한 멀리 나가 현대의 저 너머를 바라볼 수 있어야 한다.

공포에 떨어서는 안 된다. 우리는 인간이란 이름의 흙덩이, 그러나 결코 쉽게 먼지로 해체되지 않는 흙덩이임을 믿어야 한다.

물질(전쟁 장비)과 이성(전쟁 프로파간다)을 국제적으로 동원하고 있는 오늘날의 상황에서, 영혼의 구도자들이 수행해야 할 의무는 무엇인가?

지난 9월의 어느 날 런던에서 한 청년과 나누었던 짧은 대화가 기억난다. 최초의 적기들이 등장하고 사이렌이 요란하게 울리자 그는 자신을 버리고 떠난 여인을 위해 써왔던 서정시를 집어치웠다. 그는 절망에 빠져 있었고, 세상 역시 절망에 빠져 있다고 생각했다.

「영혼은 이제 쓸모가 없어요!」 그가 징징 짜는 목소리로 말했다. 「야만인들이 등장했습니다. 우리는 어떻게 될까요? 우리 영혼의 구도자들은 어딜 피난처로 삼아야 할까요?」 그는 우리가 같은 혈통이라고 생각했다. 그리고 애인이 자기를 떠나갔기 때문에 세상은 끝났다고 믿고 있었다. 여자는 그가 믿었던 유일한 사상이었고, 불쌍하고 어리석게도 그의 삶 전체를 지탱해 주었던 유일한 희망이었다.

「수도원으로 가보시오!」 내가 그를 비웃으며 말했다.

「아니, 어떻게 나를 비웃을 수 있습니까?」 그가 파리한 입술을 삐죽이며 불평했다.

「어린 시절 크레타 섬에서 살던 때가 생각나는군요.」 내가 말했다. 「부드럽게 말하는 다정한 노인이 있었는데 항상 붉은 체크

무늬의 녹색 숄을 걸치고 나오곤 했지. 음악가인 그는 기타 레슨을 했소. 비썩 마르고 병색이 있었으며, 측면에 고무를 댄 신발을 신고 다녔지. 그의 이름은 미르타이오스였소. 여름에도 겨울에도 항상 떨고 다녔는데 재미있고 멋진 사람이어서 그가 시장을 지나가면 사람들이 고함치곤 했소. 크레타 사람들이 놀린 것은 그를 사랑하기 때문이었지. 그는 장부처럼 생긴 기다란 책을 항상 품에 안고 다녔는데 그 책 때문에 시장 상인들은 지식인들을 무조건 미르타이오스라고 부르게 되었소. 놀지도 않고 웃지도 않고 여자를 쫓아다니지도 않고 작은 책들만 열심히 파는 청년들을 보면 이렇게 야유하곤 했지. 〈어이 거기, 불쌍한 미르타이오스 영감.〉 우리 시대의 지식인들을 보면 그런 생각이 들어요. 모두 미르타이오스들이라는 생각.」

「저도 그렇습니까?」 청년이 우울하게 물었다.

「며칠 후면 나는 스코틀랜드로 갈 텐데, 그때 숄을 하나 갖다 주겠소. 이왕이면 녹색 바탕에 붉은 사각 무늬가 있는 걸로 구해 보지.」

「선생님은 정말 감수성이라곤 눈곱만큼도 없으시네요. 첫 공습 사이렌이 발동했을 때 썼던 제 마지막 발라드를 낭독해 드릴까 했더니…….」

내가 그의 말을 가로막고 말했다. 「오늘날의 사이렌 리듬을 타지 못하는 거라면 낭독하지 마시오. 연애와 한숨, 섬세하고 은밀한 욕망의 노래는 지금까지 질리도록 들었으니까. 우리의 시대는 서사적이오. 하지만 당신은 그것을 이해하지 못해. 행동으로 가득 찬 서사적인 시대가 되었단 말이오.」

「그럼 예술과 시는 어떤가요?」

「다른 모든 시대와 마찬가지로 우리의 시대에도 세 가지 정신이 있소. 과거의 정신, 현재의 정신, 미래의 정신.

첫째, 이 무시무시한 행동의 시대에 시인이 될 자격이 있는 유일한 사람은, 내면에 커다란 미래를 품고 있는 사람이오. 예지적인 시를 쓰면서, 범죄와 유혈을 몰아낼 수 있는 문명을 구상하고 창조하고자 노력하는 시인, 새로운 인간형을 빚어내고 거기에 입각해, 유동적인 현실이 자기가 소망하고 빚어내는 이상적인 양식에 진입하게끔 도와주는 시인.

둘째로, 내면적으로 현재의 상황을 예민하게 의식하는 영혼들이 있소. 이들은 설령 시적 기질을 갖고 있더라도 그것을 따르지 않고, 조직화되지 못한 산문과 생각을 통해 현 세상의 해체를 기록하고자 합니다.

그러나 이 현대화된 영혼 중에서도 가장 정력적인 영혼은 예술을 경멸하오. 기껏해야 선전에 이용될 뿐, 불필요하고 이해할 수 없는 사치라고 생각하지. 그들은 행동 속으로 뛰어들면서 생각을 경멸하죠. 그들은 구세대가 파탄 나는 것을 보았소. 가짜 무대 장치 같은 자유, 내숭만 떠는 도덕, 사기성 농후한 곡예, 이른바 이론적 지성의 칭송을 받는 몰도덕적 시각 등이 파산하는 것을 목격했소. 이 모든 것을 지켜보면서 염증을 느끼게 되었고 이 위장된 노예제와 번영과 기만의 거미집을 파괴하는 작업에 착수했소. 그들은 지금 공세를 취하고 있소. 오늘날 세계 최고의 젊은이들은 글을 쓰지 않고 행동으로 나서요. 신성한 광기(狂氣)를 발휘하면서 죽음과 영웅적으로 맞서 움직이고 있어요. 뚜껑 문이 열리자 지하에 숨어 있던 세력들이 저 태고의 신성한 암흑(잠재의식)을 박차고 다시 튀어 올라와 공격 태세를 갖추었소.

그리고 마지막으로, 시대를 따라잡지 못하고 뒷걸음질 치는 영혼들이 있소. 대개는 아주 예의 바르고 예민하고 다소 황당한 사람들이죠. 그들은 행동하지 않습니다. 기껏해야 반응이나 하는 정도지. 그리고 설혹 시적 성향을 가졌다 해도 주로 감수성이나 고결함, 나무랄 데 없는 형식, 열정적이고 에로틱한 향수 따위를 노래하오. 하지만 그들은 이제 삶을 견뎌 내지 못하는 존재들이 되었소. 혹시 모르지요. 그들이 나중에 어쩌다 훌륭한 시인이 되면 오늘과 〈유사한〉 또 다른 시대에서 화답을 발견하게 될지도. 그러나 지금 이 순간, 그들의 존재가 남기는 것은 텅 빈 두개골들뿐이오.

심지어 신(내가 여기서 말하는 신은 이 시대 최고의 인간적 욕망을 뜻하오)조차도 그들을 원하지 않소! 〈나의 주여⋯⋯ 저승이 어찌 당신을 기리며 죽음이 어찌 당신을 찬미하겠습니까? 땅속에 들어간 자들이 어찌 당신의 성실하심이 나타나기를 바라겠습니까? 오늘 이 몸이 당신을 찬미하듯이 살아 숨 쉬는 자만이 당신을 찬미하옵니다.〉(「이사야」 38장 18~19절) 이것은 태곳적 목소리요. 다만 이상(理想)이 늙고 변할 뿐 그 목소리는 그대로 남습니다. 왜냐하면 현세의 비참함에서 벗어나기를 갈망하는 저 가엾고 슬픈 존재(인간)의 목소리는 언제나 그대로이기 때문이지!」

「우리는 문명의 끝에 도달해 있습니다.」 청년이 소리쳤다. 「우리는 신념도, 상상도, 웅대한 말씀도 갖지 못한 이 시대의 자식들입니다. 우리는 거울을 들고, 당신이 말씀하신 그 해체를 비추고 있습니다. 우리의 의무를 수행하고 있단 말입니다!」

「그럴지도 모르겠소.」 내가 대답했다. 「하지만 나는 최근 들어 의구심이 들기 시작했소(오늘날에는 〈운명〉의 바퀴가 정신없이 빠르게 돌아가니 말이오). 이 청년들이 이제 자신들의 시대를 비추는 것이 아니라 이미 초월한 시대를 비추는 게 아닌가 하는 의구심이 들어요. 저 지평선에서 지금 놀랍고도 새로운 정반합(모순을 극복하는 종합)이 구체화되고 있는 중이오. 그런데도 당신이 말하는 저 신식 청년들(내가 볼 때는 이미 구식들이지만!)은 아직도 그 정반합을 보지 못하고 있소. 그들이 거울을 쳐들고 해체를 노래 부르는 것은 아직도 해체된 자신들밖에 보지 못하기 때문이오.

큰 말, 큰 행동, 거친 바람, 정열과 낭만, 이런 것들이 새롭게 태어난 영혼이 동경하는 것들이오.

우리는 지금 그 시작의 문턱에 와 있소. 당신은 자신의 존재를 정당화하기 위해 그렇지 않다고 하겠지만, 우리 시대는 이제 더 이상 쇠락의 시대가 아니오. 엄청난 힘들이 절정에 이르렀소. 야만적인 힘이라고 볼 수도 있겠지만 문명의 시작은 늘 그런 식이오. 우리 시대의 리듬이 영웅적 리듬으로 상승하면서 커다란 위험 쪽으로, 우주적 책임을 지는 쪽으로 우리를 몰아가고 있소. 이 시대는 창백하고 예민한 지식인들(미르타이오스들이지), 잉크 얼룩 진 부드러운 손과 창백한 살을 가진 저 노인들(설사 실제 나이가 스무 살에 불과하더라도)을 위한 시대가 아니오.」

나는 나도 모르게 흥분이 되었다. 그러다가 너무 쑥스러워 갑자기 말을 멈추었다. 이 젊은 친구도 잉크 얼룩 진 손과 창백하면서도 가느다란 목을 가졌음을 막 눈치 챘기 때문이었다.

「그래서요?」 청년이 긴장된 어조로 말했다. 「말씀 다 하셨어요?」

「미안하오.」 내가 말했다. 「내 집에 온 사람한테 내가 촌뜨기같이 굴고 있었군.」

나는 하숙집 하녀 로절린을 불러 청년에게 차와 버터, 비스킷, 마멀레이드를 좀 갖다주라고 말했다. 그의 기분을 풀어 주고 싶었다.

「내 정신이 잠시 딴 데 가 있었소.」내가 말했다. 「힘들고 비통한 다른 일들을 생각하고 있었어요. 항상 나를 따라다니는 관심사들이거든. 용서하시오.」청년은 자리를 떴고, 나는 숨을 돌리려고 거리로 나섰다.

그리고 혼자 생각했다. 오늘날에는 사건들이 사람들보다 훨씬 더 빨리 커지고 있다. 우리 시대의 젊은이는 전념할 시간, 자기 정신의 짐을 덜어 줄 시간을 찾아내기 어렵다. 자기 나름의 리듬을 찾아내어 그 리듬을 따르고, 그렇게 따르는 가운데 성숙할 수 있는 시간이 없다. 오늘날의 젊은이들은 엄청난 속도로 펼쳐지고 변화하는 국제적 사건들을 힘들게 따라간다. 그들은 일관성을 발견하지 못하고, 이것에서 저것으로, 이 심리 상태에서 그다음 심리 상태로 껑충껑충 옮겨 다닌다. 자연적 성숙은 성취하기 힘든 일이 되어 버려, 오늘날의 젊은 지식인들은, 심지어 가장 우수하다는 청년들조차, 성숙되기도 전에 시들어 버린다. 그래서 젊은이들의 내면에 그런 모순과 비통함이 쌓이게 된다. 그들은 냉소주의, 무관심, 육욕으로 그 비참함을 은폐하고자 헛되이 애쓴다.

꽤 한참 생각에 빠져 거리를 돌아다녔던 모양이다. 나는 문득 주위가 어두워졌음을 깨달았다. 빛 한 점 없는 칠흑 같은 어둠이었다. 이 거대한 도시가 불길한 소음으로 가득 찬 무섭고 음울한 숲처럼 느껴졌다. 창마다 빗장이 걸려 있고 등화관제를 위해 푸르거나 검은 커튼 뒤로 최소한의 불빛만 남겨 놓고 있다. 거리가 험악해지면서 중세의 암흑으로 되돌아가 있다. 아래쪽에는 나무 그림자들이 오락가락 비틀거린다. 버스와 소형차들의 작고 희미한 녹색 불빛은, 떨리는 가녀린 광선으로 한 줌의 어둠을 흩어 놓는 개똥벌레의 불빛 같다. 젊은 남녀들이 귀퉁이 여기저기 나무 아래에서 휴식을 취하며, 그들만의 은밀한 모험을 축복해 주는 어둠에 휩싸여 서로를 부둥켜안은 채 입을 맞추고 있다. 늑대처럼 〈사랑〉은 폭풍우 속에서도 그 존재를 과시한다.

　눈을 들어 하늘을 바라본 나는 반가워 펄쩍 뛰었다. 위기의 밤들이 연일 이어진 끝에 마침내 런던 하늘에서 별들을 볼 수 있었다. 나는 이 거대한 도시에서 여러 밤을 보낸 후 처음으로 별들이 존재한다는 것을 기억해 냈다. 냉정하고 차갑고 잔인한 저 별들, 가엾고 비참한 인간의 운명 따위는 아예 무관심한 별들.

셰익스피어

1

우리는 지금 어려운 한때를 통과하고 있다. 그런 만큼 희망과 두려움을 정리하고, 지금 펼쳐져 있는 〈운명〉의 대차 대조표를 자세히 들여다보고, 대영 제국의 회계 상태가 어떤지 알아보아야 한다.

의식적으로 생각한 것도 아니었는데 내 영혼 속에 깃든 어떤 본능이 나를 스트랫퍼드어폰에이번으로 달려가게 만들었다. 나는 이 민족이 낳은 최고의 인물에 가까이 다가가고 싶었다. 그의 고향에서 시선을 바깥으로 돌려 세상을 바라보고 싶었다.

고요한 풍경이 품위 있고 점잖다. 주민들이 거인의 커다란 그림자 아래서 난쟁이들처럼 움직인다. 청록색의 에이번 강엔 하얀 백조들이 가득하다. 녀석들은 평화로운 수면에 떠서 부리로 등을 다듬기도 하고, 그러다 따분해지면 별안간 날개를 쫙 펼치고 여기저기 날아다니며 소동을 일으키다 발을 배에 딱 붙이고 되돌아온다.

이 강둑에는 높이 치솟은 수목들과 풀 덮인 오래된 묘지 사이로 눅눅하고 음울해 보이는 고딕풍의 〈성스러운 삼위일체〉 성당이 서 있다. 영국의 토양이 빚어낸 인간 중에서 가장 불후의 인간이 이 교회 깊은 곳에 잠들어 있다. 윌리엄 셰익스피어. 〈판단력에서는 네스토르[1]요, 천재성에서는 소크라테스요, 예술에서는 베르길리우스[2]였던 사람. 흙이 그를 덮으니 사람들이 그를 위해 울고 올림포스[3]가 그를 품노라.〉[4]

창틀 부서진 폐가들 사이의 교차로에도 버려진 교회 하나가 온순한 초식성 괴물의 뼈대처럼 솟아 있다. 비에 씻기고 햇볕에 달궈지는 가운데 이제 불필요한 모든 장식들에서 해방된 뼈대들은 수정같이 말갛다. 다만 뒤편 성가대 위쪽 해묵은 벽에 그려진 「재림」은 아직도 육안으로 구분이 되는데 흐릿하게 퇴색되었음에도 불구하고 환상적이다. 그리스도의 얼굴은 지워져 버렸고 사도들도 비를 맞아 닳아 버렸다. 정의도 불의도 사라지고 남은 것은 아득하고 흐릿한 녹색뿐.

시간과 습기에 의해 거무스름해진 작은 목조 가옥들, 깔끔한 거리들, 이 시인의 광채를 받아 반짝이는 얼굴을 가진 사람들, 열매가 주렁주렁 달린 사과나무와 장미들의 공원. 나는 스트랫퍼드어폰웨이번을 벗어나 쇼터리[5]로 가는 길로 접어들었다. 사방에 짙은 녹음이 화려했다. 나는 셰익스피어의 아내 앤 해서웨이의 집에 가려고 서둘렀다. 비천하고 불행했던 여인. 보기 드물게 녹

---

1 그리스의 전설에 나오는 필로스의 왕. 형제들은 모두 그리스의 영웅 헤라클레스에게 죽임을 당했으나 현명한 판단으로 죽음을 모면했다.
2 Vergilius(B.C. 70~B.C. 19). 로마의 가장 위대한 시인.
3 그리스의 신들이 살았다는 산.
4 성스러운 삼위일체 성당에 있는 제라드 존슨의 셰익스피어 기념비에 새겨진 글.
5 열두 칸짜리 농가인 앤 해서웨이의 집이 있는 곳으로서, 이 집은 1892년 셰익스피어 탄생지 재단이 사들였다.

음이 짙고 매력적인 길이었다. 그날은 햇살도 좋았고, 초목은 향기로웠고, 곤충들이 앞뒤로 분주하게 날아다니며 혼기(婚期)에 접어든 꽃들에게 사랑을 나르고 있었다.

수염도 나지 않은 어린 총각 셰익스피어가 앤과 은밀한 밀회를 즐기던 시절, 그녀를 찾아올 때 아마 이 길을 이용했을 것이다. 당시 그의 부친 존 셰익스피어는 사업에 실패하여 아내의 지참금까지 탕진하고 빚더미에 올라 있었다. 그리하여 아버지는 아들을 작업장 조수로 쓰려고 학교에서 퇴학시켰다.

전하는 얘기에 따르면, 윌리엄 셰익스피어는 엄청난 술꾼이어서 비틀비틀 귀가하는 일이 잦았다. 때로는 다리가 말을 듣지 않아 집까지 가지도 못하고, 날이 샐 때까지 들판의 꽃 피운 사과나무 밑에 뻗어 있었다고 한다. 사랑, 술, 청춘 — 그의 피가 타오르고 있었다. 그러던 어느 날 그는 정육점에 들어가 일을 돕게 되었는데, 운을 달아 장례식사를 한 곡 읊은 후에야 송아지를 잡았다는 전설이 있는 것으로 보아 그때 이미 시 쓰기를 시작했던 것 같다.

그는 마을 처녀들의 꽁무니 쫓는 것을 꽤 즐겼던 모양이다. 그는 르네상스 이교도주의의 화끈한 피가 온몸에 흘러넘쳤던 시대의 아들이었다. 이미 공허한 형식주의로 퇴화한 가톨릭 신앙은 사람들의 영혼을 단단히 묶어 둘 능력이 없었다. 청교도주의가 그 음울한 장막으로 영국을 덮어 버리려면 아직 한참을 기다려야 했다.

셰익스피어의 섬세하고 감각적인 정신은 활짝 피어날 수 있는 좋은 풍토에서 태어났다. 그 시대는 야만성과 온건함, 세련미와 추악함, 사치스러운 낭비와 열악한 궁핍 등 이율배반적 가치들이 난무하는, 탐욕스럽고, 원기 왕성하고, 쾌락주의적인 시대였다. 셰

284

익스피어가 아꼈던 두 권의 책은 폭스[6]의 『순교자의 책』, 보카치오의 『데카메론』이었다. 기쁨이나 천박함, 원한을 노골적으로 표출하는 탐욕적인 시대. 이 시대는 광기나 혼돈 따위는 아랑곳하지 않고 서로 대립하는 것들을 감싸고 사랑할 수 있었다.

역사의 봄날, 수목에 싹이 움틀 때 불어 닥친 뜨거운 바람과도 같았던 시대. 바야흐로 시대의 에너지가 물밀듯 치솟아 온갖 장애에 도전하면서 낡아 빠진 도덕의 빗장들을 열어젖혔다. 주일의 교회는 남녀의 호사스럽고 다채로운 의복들로 번쩍거렸고 그들의 쾌활한 잡담과 웃음소리는 요란하게 울려 퍼졌다. 예배 중에도 연인들은 거침없이 이야기했고, 젊은 오입쟁이들은 자신의 애정 행각으로 교회 한복판에서 톡톡히 대가를 치렀다. 16세기의 어느 독실한 노작가는 불만스러운 어조로 말했다. 〈내가 젊었을 때에는 주일이 되어도 사람들이 오락이나 무도를 중단하려 들지 않아, 예배를 주관하는 사람은 플루트 소리나 흥겹게 떠들어 대는 목소리들이 그칠 때까지 하릴없이 기다려야만 했다. 심지어 어떤 사람들은 가장무도회 차림 그대로, 다리에 작은 방울을 매단 채 교회에 오기도 했다.〉

힘이 흘러넘쳤다. 가슴들이 잔뜩 부풀어 있었다. 경계선은 사라졌다. 저마다 자기 개성대로, 누구의 허락도 받을 필요 없이 저 좋을 대로, 살고 먹고 입고 말했다. 〈영국인들은 야수처럼 거칠어〉, 벤베누토 첼리니[7]는 말했다. 첼리니의 눈에 비친 그들은 공룡처럼 먹고 마셨다. 그리고 분노에 사로잡히면 위험도 수치도 죄악도 불사하고 황소처럼 상대에게 덤벼드는, 피 끓는 자들이었다.

그들은 추잡하고 낯 뜨거운 이야기들을 즐겼다. 기분이 좋거나

---

6 John Foxe(1517~1587). 영국의 청교도 설교가.

7 Benvenuto Cellini(1500~1571). 이탈리아의 조각가, 금속 공예가.

나쁘거나 수시로 욕을 퍼부었다. 그들에게는 예민한 감수성이란 게 없었다. 그들의 신경은 동아줄처럼 튼튼했다. 그들은 유혈이 낭자한 끔찍한 장면들을 소화할 수 있었다. 그들은 자기 목숨과 타인의 목숨을 걸고 도박을 하면서도 전혀 개의치 않았다. 곰과 황소를 갖다 놓고 싸움판을 벌이는가 하면 개들끼리 갈가리 찢기도록 싸우게 만드는 오락을 즐겼다. 엘리자베스 여왕조차 시녀를 때리거나 꼬집고, 신하들에게 침을 뱉거나 후려치기 일쑤였다.

그들은 난폭한 열정의 소유자였고 그러한 열정을 자랑으로 여겼다. 그들 내면의 거친 야수성이 아무런 제지도 받지 않고 풀려나 횡행했다. 크롬웰이 그것을 철창 우리에 가두고, 19세기의 정숙한 빅토리아 여왕이 그것을 거세한 것은 훗날의 일이었다. 구속되지 않은 디오니소스적 도취가 이 육식성 인간들을 사로잡아 그들의 두뇌와 영혼까지 지배했다. 그들의 감정은 철철 흘러넘쳤다. 그리하여 위대한 시와 업적을 창조해 냈다. 그들이 파견한 선박들은 신기한 이국의 새와 과실과 낯선 습관과 관습을 발견해 냈다. 지상의 세력권이 확장되어 강력해졌다. 아직 청춘의 이슬을 떨쳐 내지 못한, 따라서 청춘의 무한한 힘을 구가하던 과학은 자신만만하게 인간 지성의 전능함을 선언했다. 이제 지구는 우주의 중심에서 꼼짝 않고 있는 지구가 아니었다. 지구가 갈릴레이와 더불어 움직이기 시작했다. 사람들은 천체의 무한함과 신비를 추측하기 시작했다. 인쇄기들은 밤낮으로 돌아갔다. 온갖 사상들이 새 옷(책)으로 갈아입고 여행하면서 산간 오지에까지 들러 사람의 마음을 뒤흔들었다.

삶이 보다 편리해지고 있었다. 잠자리는 더 푹신해지고 음식은 보다 다채롭고 맛있었으며 탈것들도 더 편리해졌다. 그리스의 신화들이 도착하여 왕궁과 지배 계층의 방들을 장식하면서, 중세부터 쭉 내려온 〈운명〉의 엄하고 거친 얼굴에 미소와 고귀한 색조를 더해 주었다.

플루타르코스와 보카치오, 동양의 이야기들이 상상의 세계를 풍요롭고 아름답게 만들었다. 북구의 중세 영국인들이 야연 생의 활기를 느끼며 회춘하고 있었다. 범죄와 전쟁, 사랑과 영웅주의와 모험에는 건강한 어린 유기체에서 볼 수 있는 솔직함과 순진함이 담겨 있었다. 그리고 생명의 나무에서 열매를 잡아당겨 모조리 맛보고 싶어 하는 탐욕스러운 아이의 손을 갖고 있었다.

바로 이런 것들이 당시 극장을 출입하던 사람들의 정신이고 육체였다. 따라서 볼거리도 그들의 용솟음치는 생명력에 맞추어야 했다. 격렬한 열정, 위대한 영웅들, 낭자한 피와 더불어 청춘의 깊은 우울, 색정적인 애정, 우정의 비애, 그리고 지상과 영혼과 인간의 운명에 대한 과장된 확신 등이 무대 위에서 펼쳐졌다.

이 시대의 극작가 시인들은 — 보몬트와 플레처만 제외하고 — 모두 동시대인의 마음속을 샅샅이 꿰뚫어 보았다. 그들은 보헤미안, 불쌍한 인간, 술고래, 싸움꾼, 여자를 사랑하는 사람들이었다. 그들은 사전이나 해묵은 연대기를 통해서가 아니라 술집, 매음굴, 장터, 항구, 감옥, 전쟁에서 삶을 배우고, 강건하고 걸쭉한 삶의 언어를 배웠다. 그들은 조용한 삶, 존경받을 만한 삶을 살지 않았고, 책상에 주기적으로 앉아서 인간의 감정에 관해 쓰는 일 따위를 하지도 않았다. 그들은 인간의 모든 감정을 체험한 다음 술집이나 자기 오두막에 주저앉아 희비극의 장면을 창안하고 그것을 일사천리로 밀어붙여 템스 강 둑의 조잡한 극장에서 부리나케 공연했다.

극장은 또 어떤가! 무대다운 환상도 트릭도 없는 미개한 수준이었다. 그러나 천진한 상상력의 소유자인 이들은 종이로 된 나뭇가지를 숲 전체로, 환등기를 베네치아풍 축제로, 병사 두 사람을 격노한 대군으로 일변시키는 능력(마치 어린아이가 마차에서 삐져나온 막대에 올라타고 말을 상상하듯)을 갖고 있었다.

극작가 겸 시인, 극장, 볼거리, 관객이 모두 한데 어우러졌으니 이 얼마나 멋진 조화인가! 창조의 시대에는 가장 단순한 동작만으로도 모든 것이 일거에, 시험이나 실수나 재고나 망설임 없이, 처음부터 완벽하게 탄생하는 것이다. 엘리자베스 시대의 모든 관객들은 마치 한마음 한 몸인 양 그러한 볼거리를 즐길 생각이었다. 어떤 이들은 벤치에 앉고, 어떤 이는 바닥에 드러눕고 대부분은 그냥 서서 관람했다. 비가 오면 온몸이 흠뻑 젖기도 했지만 조금도 개의치 않았다! 그들의 눈은 무대에 착 달라붙어 있었다. 그들의 상상력에 불이 붙었다. 더불어 그들은 비극의 환상 안에서 펼쳐지는 만행이나 애정 속에서 살고, 움직이고, 매혹되었다. 때로는 극에 너무 몰입한 나머지, 배우를 극 중의 악인과 동일시하여 무대로 뛰어올라 두들겨 패기도 했다.

관중들은 맥주를 마시고 호두와 밤을 먹었으며 일층 뒤쪽 좌석 귀퉁이에 있는 커다란 웅덩이에다 오줌을 갈겼다. 그 때문에 극장은 악취가 진동했다. 구경거리에 완전히 몰입한 그들은 정신과 정신 사이의 장벽을 무너뜨리고 주인공들과 하나가 되었다. 그들은 사실과 환상의 경계를 부수고 마법의 세계로 들어갔다. 일단 무대 위에 오르면 모든 것이 드라마가 아니라 확고한 사실로 변했다. 막대기와 말이 동일시되면서 관객은 울부짖고 통곡하거나 웃음의 도가니로 빠져 들었다.

인간이 머리끝에서 발끝까지, 야수에서 천사에 이르기까지, 총체적으로 창조하며 희열하는 우주적 순간들. 영국의 르네상스로 불리는 엘리자베스 시대는, 고온이 지상을 뒤덮자 그 거칠고 무질서한 풍요 속에서 브론토사우루스나 다이노사우루스 같은 공룡들이 탄생했던 쥐라기를 연상시킨다. 창조적인 힘은 아무리 써도 여전히 남아 있었으며 그러한 힘을 규제하는 원칙 따위는 아예 존재하지 않았다. 창조력은 공룡 같은 인물들을 좋아했고 아무런 제재도 받지 않은 채 저 스스로 즐거워서 뛰놀았다.

나는 포근하고 향기로운 앤 해서웨이의 작은 정원 벤치에 앉아 생각했다. 앤과 키스하기 위해 한밤중에 신록의 숲을 헤치고 여기까지 찾아왔던 윌리엄 셰익스피어야말로 다이노사우루스가 아니고 무엇인가. 그녀는 그보다 여덟 살 연상이었다. 그는 열여덟 살에 그녀와 결혼하여 수재너, 햄닛, 주디스 등 세 명의 자녀를 보았다. 그 후 그녀를 떠나 런던으로 갔고, 엄청난 내면적 번뇌와 쓰라린 연애에 뛰어들면서 고향의 아내를 잊어버렸다. 우리는 두 번 다시 그녀의 소식을 듣지 못한다. 다만 35년이 흐른 뒤, 이 놀라운 남편은 유언장에서 아주 잠깐 그녀를 언급했다. 〈아내 앤 해서웨이에게, 내 침대 중에 두 번째로 좋은 침대를 남긴다.〉

2

이제 해가 졌다. 나는 쇼터리의 정원에 작별을 고했다. 새벽이면 한 청춘(셰익스피어)이 바로 이 길로 난 정원의 문을 훌쩍 뛰어넘어 이슬이 뚝뚝 떨어지는 머리로 떠나갔었다. 그때 샛별은 그의 머리 위에서 얼마나 찬란하게 반짝였을까! 그의 가슴속 종달새는 얼마나 요란하게 우짖었을까! 그것이 그가 여자와 더불어 난생처음 맛보는 절묘하고 소박한 기쁨들이었다. 그 새벽마다, 훗날 그가 읊게 될 구절들이 아직 태어나지 못한 채 그의 내장에서 용솟음쳤을 것이다.

보라! 저 점잖은 종달새
휴식이 권태로워 눅눅한 새장을 박차고 높이 치솟아
아침을 깨우나니, 그 은빛 가슴으로부터
태양이 장엄하게 떠오르네.
그가 지극히 자랑스럽게 세상을 바라보니
저 삼나무 꼭대기와 구릉들이 번쩍이는 황금으로 보이네.

이 청춘에게는 아직도 여자들이 백장미와 종달새와 신선함으로 가득 찬 정원으로, 다시 말해 〈낙원〉으로 보였을 것이다.

어쩌다 그대를 생각하면 내 처지가 떠오르네
동틀 녘, 음침한 땅에서 솟아올라
천국의 대문에서 찬가를 부르는 저 종달새 같은.

몇 년이 지나 젊은 셰익스피어가 여자들을 좀 더 잘 알게 되자 — 아니면 여자 사귀기의 쓰라림을 알게 되자 — 여성을 꾸미는 형용사들이 달라졌다. 그는 온갖 소네트에서 여성을 〈포학하다〉, 〈거짓말을 한다〉, 〈잔인하다〉, 〈거드름을 피운다〉, 〈위증한다〉, 〈지옥처럼 시커멓다〉, 〈밤처럼 까맣다〉고 표현하면서 여성에 대해 이렇게 말한다.

아주 편파적인 시각에 의해 타락한 남자의 눈은,
모든 사내들이 들르게 되는 기만의 해안에 닻을 내리니,
……
왜 내 마음은 그것을 개인 땅이라고 생각하는가?
드넓은 세상의 공유지란 것을 잘 알면서.

이런 형용 어구들은 찬가(讚歌)처럼 과장되어 있다. 가엾은 여자는 병약하고 지극히 상냥하고 약한 존재이다. 그러나 일단 사랑에 빠지면 중도(中道)는 없다. 그토록 자주 배신당하고 사랑으로 번민하는 셰익스피어의 목소리를 듣다 보면, 세상 맞은편 인도 제국에서 상사병에 걸렸던 또 한 명의 불운한 사내가 저절로 떠오른다. 이 사내 역시 중용을 알지 못한 채, 땔감이 불의 양을 채우지 못하듯, 강물이 대양을 채우지 못하듯, 사자들이 저승을 채우지 못하듯, 남자들은 결코 여자를 양껏 채워 주지 못한다고 절규했다.

병들고 상처 입은 솜털 같은 동물, 여자를 그처럼 비상한 통찰력으로(아니, 그처럼 감정적이고 불공평하게) 묘사할 수 있기까지 셰익스피어가 겪은 고초는 얼마나 컸을 것인가!

내 사랑 여인이 자기는 진실 그 자체라고 맹세할 때
나는 거짓말이라는 것을 알면서도 그녀를 믿는다

이런 구절도 있다.

그대는 수치를 얼마나 달콤하고 사랑스럽게 만드는지!
향기로운 장미 속의 해충처럼,
싹트는 그대 명성의 아름다움에 얼룩을 남기는 그것을.

남자 역시 병들고 상처 입은 털북숭이 짐승이었다. 그리고 셰익스피어는 여자를 위해 자존심을 꺾는 것이 얼마나 달콤하고도 고통스러운 순교인가를 깊이 깨달았다. 그러니 부끄러워할 필요도 없었다.

〈사랑은 양심이 무엇인지를 알기엔 너무 어리다.〉

열린 마음과 고운 기질을 갖고 있고, 호색하고, 의지는 별로 굳지 못한 이 〈에이번의 사랑스러운 백조〉는 한평생을 진흙탕에서 헤엄치면서도 자신의 날개에는 흙탕물을 전혀 묻히지 않았다. 「사랑은 나의 죄다.」 너무나 비통하게 심경을 토로하는 한 소네트에서 그는 이렇게 말한다. 첫 시집 『비너스와 아도니스』에서 셰익스피어 앞에 모습을 드러낸 사랑은 아프로디테의 형상을 하고 있다. 무엇이든 집어삼키며 돌진하는 불길, 먹어도 먹어도 양을 채우지 못하는 게걸스러운 불길, 욕정에 사로잡힌 아프로디테.

그녀는 타오르는 불길 속 석탄처럼 벌겋게 달아 있나니

나는 스트랫퍼드어폰에이번으로 되돌아가는 길에 올랐다. 나무에 주렁주렁 매달린 반짝이는 사과들이 처녀 젖가슴처럼 보였다. 마치 십자가형을 당한 듯 담장에 쭉 줄지어 서 있는 배나무들이 미풍에 부스럭거리고 나무마다 묵직하고 꿀맛 같은 배들이 매달려 있다. 잘 가꾸어진 자그마한 정원들, 짚으로 지붕을 이은 넉넉한 시골집들, 기둥처럼 서 있는 발그레한 뺨의 영국 여인들. 그들은 영국이라는 가정을 떠받치는 기둥들이다. 바위, 나무, 밭, 평범한 사람들의 얼굴에서 발산되는 광채 ── 여기 쇼터리에서 스트랫퍼드어폰에이번에 이르는 공간에서는 영원히 지지 않는 태양이 만물을 어루만지고 있다.

아름답기 그지없는 강에 이르자 백조 한 마리가 맹렬히 물살을 가르고 있었다. 멀리 앞서 가는 무리를 따라잡기 위해 곱슬곱슬한 털을 잔뜩 부풀리고 가슴을 사납게 내밀며 급하게 푸덕거렸다. 다른 녀석들을 따라잡아 앞서 가려는 격한 충동으로 온몸이 팽팽했다. 하늘에서 비행기가 나타나 굉음과 함께 지나갔지만 녀석들은 조금도 개의치 않았다. 비행기는 런던 쪽, 발그스름한 구름 속으로 사라져 버렸다.

나는 소박하지만 안락한 극장을 지나쳤다. 이곳 백조들의 위대한 형제, 셰익스피어의 작품을 공연하고자 몇 년 전에 새로 지은 극장이다. 잠시 후 내가 투숙한 집에 도착했다. 바로 셰익스피어의 딸, 〈아주 슬기로웠던 여자〉 수재너가 살았던 집이었다.[8]

짚으로 이은 지붕, 두터운 검정 들보들, 철제 창틀과 수정 같은 유리창을 가진 귀족적인 분위기의 집이다. 주방에는 두꺼운 오크 널빤지 한 장으로 다듬은 크고 기다란 식탁이 해묵은 호박처럼 검은 광택을 내며 아직도 그대로 놓여 있었다. 큼직한 화로에는 불이 지펴져 있었다. 사방에 구리로 된 요리 기구들이 걸려 있었다. 유리창 너머 바깥에는 셰익스피어의 비극들에서 언급된 꽃들이 정원에서 반짝거린다. 위층에는 방들이 여러 개 있는데, 고가(高價)의 도자기류와 섬세하게 조각된 무거운 침대 뼈대가 놓여 있다. 수재너의 침대다. 그리고 창마다 연한 자줏빛, 하늘빛, 초록빛의 귀한 유리들이 붙어 있다.

사과나무와 배나무들, 그리고 셰익스피어가 직접 심었다는 크고 오래된 뽕나무가 심어져 있는 이 정원을 나는 아침마다 거닐곤 했다. 정원 한쪽 끝엔 솜씨 좋게 다듬은 자그만 판[9] 조각상이 웃고 있고, 반대편 끝에는 인동덩굴과 백장미 덤불 사이로 고딕 양식의 성모 마리아 석상이 비탄에 젖은 표정으로 서 있었다.

햇살에 잠긴, 영원히 잊지 못할 9월의 나날들. 이 단절된 낙원

8 뉴플레이스에 있었던 셰익스피어의 집은 후에 호텔이 되었다.
9 고대 그리스의 숲, 들, 목양의 신으로서 사람과 양이 합친 형상을 하고 있다.

상공에도 현대의 지옥, 번득이는 비행기들이 쉴 없이 지나다녔다. 마침내 전쟁이 터져 한창인 상황에서, 수백만의 인간 존재들이 — 셰익스피어의 표현을 빌리자면 — 대포의 먹이가 되도록 내던져진 이 순간에, 손에 책을 들고 포근한 정원을 평화롭게 거닌다는 것은 좀 부끄러운 일이었다. 정말 면목이 없었다. 그러나 우연찮게도 그 책은 셰익스피어였다.

만약 신이 창조한 인간 존재들이 사라지고 셰익스피어가 창조한 인간들이 그 빽빽한 지면들에서 튀어나온다면 세상은 한결 더 좋아졌을 것이라고 나는 생각한다. 현실에서 우리를 둘러싸고 있는 남자들, 가장 위대한 이들까지 포함한 모든 남자들, 가장 순진무구하고 상냥한 여자들(만약 그런 여자들이 존재한다면 말이다)과 가장 무자비하고 망신스러운 여자들까지 포함한 모든 여자들, 이들은 모두 비참한 존재들이다. 피와 살로 된 현실의 사람들은 선악의 극단적인 형태에 도달할 수 없다. 아무도 감히 모든 힘을 다해 제 운명을 살지 못한다. 그들은 무조건 악을 행하는 것이 두렵다. 그렇다고 무조건 선만 행하는 것도 두렵다. 그래서 어중간한 데서 멈춘다. 마치 끝까지 야무지게 감아 놓지 못한 시계 인형의 태엽처럼 화끈하게 감긴 것도 그렇다고 화끈하게 풀린 것도 아니다. 그런 존재들이 온갖 대륙에 퍼져 지상을 움켜잡고 있다. 대양도 그들의 것이고, 헤아릴 수 없이 많은 종(種)의 짐승과 나무와 사상과 신이 그들의 손안에 들어 있다. 그런데도 그들은 백척간두에서 감히 앞으로 한 발을 내딛지 못한다. 어중간한 영역 너머로 나아가지 못한다.

그러나 스트랫퍼드어폰에이번의 거장은 달랐다. 그는 판지를 둘러쳐 조그만 공간을 만들고 깔개를 편 다음 그 안에 들어가 종이에 색칠을 했다. 1만 5천 개가량의 단어들을 천변만화의 방식으로 조합하여 어렵사리 인물들을 창조해 냈다. 그 인물들의 태엽을 잘 감고, 두뇌를 완벽하게 죄었다 풀었다 했으며, 그들의 배와 심장 위로 걸어 다녔다. 그 인물들의 입에서는 지극히 거칠거나 지극히 부드러운 말들이 쏟아져 나왔다. 그것은 하느님도 피조물(인간)의 입에 넣어 주지 못했던 단어들이었다. 하느님이 창조한 어느 연인이 로미오처럼 노래할 수 있었던가? 하느님의 백성 중 어느 누가 리어 왕처럼 불경하게 지껄일 수 있었던가? 햄릿처럼 한숨지을 수 있는 자 누가 있었던가?

당신 주위를 한번 둘러보라. 당신의 영혼을 한번 굽어보라! 당신은 얼마나 형편없는 속도로 걷고 있는가, 그 얼마나 비겁한가! 점잔 빼고 계산하는 지독한 이기심! 1톤의 녹슨 고철에 둘러싸여 꼼짝달싹 못하는 단 1그램의 황금. 사랑하는 여인을 향해 던진 한마디 다정한 말은 음흉한 협박의 침묵에 둘러싸여 버린다. 시시한 사상을 위해 목숨을 희생하고, 손바닥에 금전적 보상이 느껴질 때 속으로 기쁨을 느낀다. 손에는 항상 무게 미달의 저울이 들려 있어서 그 무게를 채우려고 애쓴다. 일평생 내내 사랑과 〈이데아〉를 속여 저울상의 이익을 얻으려고 몸부림친다. 가장 순수한 행위조차 그 뿌리는 오욕으로 두껍게 덮여 있다.

다른 한편으로 당신의 가장 치욕스러운 행위는 은밀한 눈물 속에 잠겨 있다. 당신은 훔치고 간음하고 살생하고 거짓말을 하면서 자신도 모르게, 본의 아니게, 속으로 혹은 겉으로 얼굴을 붉힌다. 그래도 나아지는 것은 없어서, 비참하기는 여전히 마찬가지이다.

그러나 여기 셰익스피어의 공방에서는 고통과 기쁨, 사랑과 공포의 정수를 분리시키고 모든 외래 요소들을 키질로 가려냈다. 그리하여 무한히 정화된 독 혹은 꿀, 다시 말해 진수로 바꾸어 놓는다.

자연의 창조는 물질의 저항이 없고 영혼이 물질의 방해에 조금도 구애되지 않고 자기(영혼) 마음대로 행동하는 상태에서 이루어진 것이기 때문에, 〈예술〉의 창조와는 다르다. 하지만 그 완성된 상태에서 보자면 자연의 창조물이나 예술의 창조물이나 영혼이 관통되어 있다는 점에서는 동일하다. 인간의 영혼은 물질로 가득한 무거운 대기 속에서 순환한다. 우리를 아래로 끌어당기는 힘(물질)을 정복하기 위해서는 우리의 정신을 완벽하게 가동해야 한다. 생각을 보다 높은 차원으로 끌어올리기 위해서는 우리의 삶을 정비하여, 생각의 치명적인 적들인, 셀 수 없이 많은 군사(물질의 저항)를 상대로 싸워야만 한다.

영혼의 본질은 마치 제비처럼 둥둥 뜨는 에테르[10]성 원소 속에서 날아다닌다. 그러나 육체 속에 들어 있으면 설사 둥둥 뜨고 있을 때조차 비탄과 반목의 환경에서 살아야 한다. 마치 날아다니는 물고기처럼. 그러다가 더 이상 그러한 환경을 참기 어려울 때면 한 번씩 영혼 특유의 부양성(浮揚性) 원소 —〈예술〉— 를 향해 높이 날아올라 위안을 찾는 것이다.

셰익스피어의 인물들은 이 가벼운 에테르를 영원 무한하게 호흡한다. 인간적 기쁨과 공포가 도달할 수 있는 한계를 지켜보면서 우리의 이성은 뿌듯한 기쁨을 맛본다. 이것은 맹목적인 힘들 간의 투쟁이 아니다. 여기에서 〈운명〉은 더 이상 수레바퀴가 아니다. 인간 외부의 무거운 수레바퀴, 눈도 없고 귀도 먹은 채 빙빙 돌아가며 살상하는 그런 수레바퀴가 아니다. 여기에는 인간과 〈숙명〉의 협력이 존재한다. 잠들어 있는 그 거대하고 음흉한 괴물(운명)은 자존심과 열정으로 경솔해진 무모한 나비 — 다시 말해 인간의 영혼 — 가 부드럽게 건드리지 않는 한 결코 깨어나지 않

10 옛사람들이 상상한 대기 밖의 정기. 혹은 영기.

을 것이다.

셰익스피어가 창조한 세계에는 인간의 의무가 존재한다. 우주의 축도인 그 제한된 공간 — 비극 — 에서 터져 나와 영웅을 죽이는 모든 재난은 영웅 자신의 얼굴을 하고 있다. 재난을 낳은 것은 바로 영웅 자신이다. 세상을 다스리는 미지의 리듬을 어기고 감히 궤도를 이탈한 까닭에 죽음으로 대가를 치러야 하는 것이다. 자기중심주의, 나약함, 과도한 능력, 맹목적인 열정, 영웅 자신의 끝없는 야심, 이런 것들이 씨앗이 되어 파국으로 발전한다.

도덕과 조화, 그리고 그것을 위반하는 인간에게 닥치는 불행, 이런 것들과 관계된 어떤 법칙들이 분명 있다! 위로(영혼 쪽으로) 솟아오르고자 하는 목표 한 가지만 지닌 인간에게 안팎에서 작용하는 힘이 분명 있다. 인간의 정신은 어디로 오르려 하는가? 무엇을 향해? 그것은 아무도 알지 못한다. 그저 이따금 우리의 피를 통해 엿듣고 그 리듬을 추측할 수 있을 뿐이다.

그리고 어떤 행위, 어떤 인간, 어떤 생각이 어쩌다 그 상승하려는 길을 가로막고 방해할 때 주인공은 분노에 휩싸인다. 그 분노가 물밀듯 터져 나와 마구잡이로 후려친다. 선한 자 악한 자 할 것 없이 무수히 파멸시키며, 소중한 제 살을 제가 찢어 버린다. 마치 그것(방해하는 힘)이 악인 양, 위로(영혼 쪽으로) 가는 길을 가로막는 방해물인 양 찢어발긴다. 자기 살 중의 살(자신이 가장 소중하게 여기는 것). 리듬과 그 리듬을 방해하는 반대 리듬. 그 상충하는 두 개의 리듬이 자연의 본성임을 보여 주는 것이다. 때문에 이 엄청난 힘은 주인공에게 엄청난 상처를 입히기만 할 뿐, 불명예, 죄악, 열정, 천박성을 제거하는 힘을 갖고 있지 못한 것이다.[11]

11 맥베스는 권력욕이라는 리듬에 사로잡혀 던컨 왕을 죽이지만 그다음에는 양심이라는 반대 리듬에 사로잡혀, 결국에는 그 자신의 불명예와 죄악을 구제하지 못하고

격변의 과정에서 〈숙명〉 자체가 피로 뒤덮일 때 인간의 영혼은 하나의 끔찍한 광경으로 변한다(이보다 더 끔찍한 광경도 없다). 우리가 목도하는 흐느낌이 갑자기, 우리가 익히 아는 그런 흐느낌과는 영 다른 것이 되어 버린다. 그것은 눈에 보이지 않지만 꼼짝 못하게 인간을 내리누르는, 인간보다 우월한 어떤 힘의 흐느낌이다. 우리가 할 수 있는 것이라곤 그저 뜨겁고 굵은 눈물이 뺨으로 흘러내리도록 내버려 두는 일뿐이다.

셰익스피어는 현실보다 더 현실 같은 이 마술적 환상을 만들어내기 위해, 추상적인 개념이나 비인간적인 괴물들을 동원하지 않았다. 그의 주인공들은 우리와 똑같은 본질로 만들어져 있다. 다만 그들은 과감하게 벼랑 끝까지 나가고, 우리는 감히 그렇게 하지 못할 뿐이다. 그들은 전체이고 우리는 부분일 뿐이다. 기회만 주어진다면 우리도 누구나 맥베스, 코리올라누스, 오셀로의 캐리커처가 될 수 있고 또 그렇게 되기를 열망했을지 모른다. 그러나 우리가 위험 앞에서 너무나 몸을 사리고 너무나 어리석은 탓에, 운명의 힘은 우리 같은 범인을 붙잡고 씨름하기를 거부한다. 미지근한 진흙탕 속에서 사소한 삶으로 절뚝거리고, 시시한 사랑으로 상처받고, 평범한 욕망으로 괴로워하도록 내버려 둔다.

그러나 손상되지 않은 영혼 — 우리는 이 손상되지 않은 영혼의 조각들에 불과하다 — 이 솟아올라 운명의 힘 앞에 우뚝 서면, 운명과 의지의 한판 싸움이 벌어지고 이어 비극이 폭발한다. 그리하여 우리는 입을 쩍 벌리고 전율하면서 이 영웅의 무시무시

그 리듬의 힘에 눌려 죽는다. 오셀로는 아내의 정숙함에 집착하는 리듬에 사로잡히지만 동시에 질투라는 또 다른 리듬에 사로잡혀 아내를 죽이고 자신도 자살하는 비극을 맞게 된다. 저자는 이러한 운명의 힘이 세상을 돌고 있는 호연지기의 리듬에서 나온 것으로서 때로는 인간의 의지와 상관없이 인간을 사로잡는다고 보고 있다. 이는 노자 『도덕경』 제5장의 천지불인(天地不仁)을 생각하면 쉽게 이해가 된다.

한 모험을 따라간다. 그것이 곧 우리 자신의 모험이 될 수도 있다고 느낀다. 그러면서 셰익스피어의 주인공이 우리를 대신하여 그 모험을 해주고 있다는 것을 어렴풋이 느낀다.

우리는 이런 전율을 느끼면서 동시에 야수적인 자부심을 느끼기도 한다. 우리는 저 마음속 깊은 곳에서, 비록 이 영웅이 죽더라도, 보이지 않는 존재(운명)의 뒤꿈치에 깔려 유혈의 진창으로 화해 버리더라도, 그의 내면에는 죽지 않는 무엇인가가 있다는 것 — 혹은 영웅의 죽음이 영웅 자신에게 파괴되지 않는 새로운 생명을 주리라는 것 — 을 깨닫는다. 만약 영웅이 죽지도 않고 고통도 없이 그의 만사가 술술 풀리고, 비극에도 불구하고 삶의 리듬이 바뀌지 않고, 그리하여 인간의 삶에 열정이라고는 아예 없다면, 영웅의 죽음 이후에도 살아남는 저 신비한 본질(영혼)은 위험에 처하게 될 것이다.

우리가 비극의 결말에서, 예상치 못했던 안도감을 느끼는 이유가 바로 여기에 있다. 영웅을 죽이는 그 힘과 기묘한 화해가 이루어지는 것이다. 하지만 그저 화해에 불과할까? 나는 그것이 감사함일 수도 있다고 생각한다. 고귀한 영웅이 우주 전체의 무게에 깔려 파멸하는 것을 바라볼 때 우리는 인간의 영혼이란 경외감을 불러일으키는 것이로구나 하는 느낌을 갖게 되는 것이다. 인간의 영혼에는 설사 자신이 죽는 한이 있더라도 맹목적인 허세와 야수적인 물질을 경멸하는 저 순수한 성질이 있구나 하고 깨닫게 되는 것이다.[12]

---

12 비극의 2대 효과는 공포와 연민이다. 소포클레스의 「오이디푸스 왕」을 보면 그가 당하는 비극은 처음에는 공포를 불러일으키지만, 자신의 두 눈을 찌르는 한이 있더라도 진실을 알고야 말겠다는 왕의 태도에서 관객은 연민을 느낀다. 이런 카타르시스의 효과를 카잔차키스는 영혼의 순수한 성질이라는 말로 표현하고 있다.

3

나는 셰익스피어 희곡들이 담긴 큼직한 책을 들고 수재녀의 정원을 배회하면서 내 영혼이 한 마리 벌처럼 날개를 달고 윙윙 날아가게 했다. 독으로 물든 각 비극의 심장부에서 한 방울의 꿀을 열심히 찾아 헤매는 배고픈 벌처럼. 이 한 방울의 꿀이야말로 비극의 정수라는 확신이 들었다.

어떤 무시무시한 재앙이 위대한 정신을 강타하여 뭉개 버린다. 이 재앙의 기원은 무엇이었을까? 어디에서 왔는가? 누가 가져왔는가? 누구의 책임인가?

만약 그 기원이 외부의 맹목적인 〈숙명〉에 불과하다면, 인간의 영혼과 물질이 서로 편을 가른 대립에 불과하다면 그보다 끔찍한 공포도 없겠지만, 다른 한편으로 적지 않은 위안을 느낄 것이다. 왜냐하면 우리가 자신의 영혼의 빛 — 비록 보잘것없지만 당당한 자기만의 빛 — 으로, 무한하고 부도덕하고 맹목적이고 캄캄한 운명에 맞서 싸우는 투쟁의 현장을 보고 있기 때문이다.

우리는 이렇게 말할 수도 있으리라. 「나는 내 의무를 다했다. 나는 결백하다. 나는 비록 분쇄되었으나 어떤 책임도 없다. 내가 인정하는 죄는 오직 하나 — 의식을 가졌다는 것, 지상 명령을 감히 어길 수 있는 유일한 존재인 인간이라는 것밖에 없기 때문이다. 나는 〈지식의 나무〉에서 열매를 먹고, 지복(至福)의 초목으로 뒤덮인 낙원에서 쫓겨나, 내 힘으로 자유의 위험한 모험을 시도했다. 나는 그리스도의 길로든 붓다의 길로든 〈낙원〉으로 다시 돌아갈 생각은 없다. 나는 계속 전진하여 가장 먼 끄트머리에 도달하고 싶다. 만약 양심이 루시퍼 같은 반란자라면, 그렇다면 모든 영혼들을 분기(奮起)시키자. 자유의 오르막길로 다 함께 전진하자. 책임을 지자! 그것이 진정한 인간의 길이다, 나는 그 길이 좋다. 나는 지상 명령을 어겼다. 그 대가를 받게 하라. 그러나 나의 양심은 결백하다.」

하지만 비극의 충돌이 〈영혼〉과 〈숙명〉의 양자 대결로 국한된다면 물론 공포감을 전해 주겠지만 우리의 가슴에 연민을 불러일으키지는 못할 것이다. 엄청난 대재앙에서 공포를 느끼고 두려움의 감정 하나만 가슴에 와 닿을 것이다. 그러나 셰익스피어는 비극적 공포를 한 단계 더 발전시켜, 비극에 두 번째 층위를 마련한다. 셰익스피어의 비극에서는 〈영혼〉과 〈숙명〉의 갈등만 있는 것이 아니라 주인공의 가슴 안에서도 갈등이 벌어진다. 따라서 주인공은 두 개의 전선에서 싸워야 한다. 알 수 없는 외부의 힘을 상대로, 그리고 이 외부의 공략자들과 위태롭게 공조하면서 그들에게 요새의 문을 열어 주려고 애쓰는 자기 정신 안의 어떤 부분을 상대로 싸워야 한다.[13]

이렇게 해서 비극적 공포가 확대되고 갈등은 깊이와 열정, 책임의 중요성을 획득하게 된다. 이제 그것은 순결하고 죄 없는 주인공을 살해하는 맹목적인 필연을 다루는 차원에서 벗어난다. 주인공도 자신의 비극에 대해 일정 부분 책임을 져야 한다. 대재앙이 전적으로 불공정한 것은 아니다. 주인공을 덮친 재앙은 그 자신의 결점과 자기중심주의와 충동적 열정 등에 뿌리를 두고 있다. 이제 그것은 단순히 정신적 세력과 물질적 세력의 충돌에 그치지 않는다. 그런 정신적 측면에 개인의 도덕이라는 또 다른 측면이 개입하는 것이다.

인간의 운명은 미리 결정되어 있지 않다. 우리가 무엇을 하든,

13 아내의 정절을 의심하는 오셀로는 이아고라는 외부의 힘과 싸우면서 동시에 질투심이라는 내부의 적과도 싸운다.

우리가 제아무리 순결하고 정성을 다하는 각성된 존재가 되더라도, 〈숙명〉이 개입하여 우리를 파괴할 것이므로 구원이란 없다고 말한다면 그것은 자기 정당화에 불과하다. 우리는 결코 그런 식으로 말할 수 없다. 셰익스피어의 비극에서 필연은 전능한 존재가 아니다. 인간의 정신에는 자유의 작은 불꽃이 들어 있다. 도망칠 수 있는 작은 문이 마련되어 있는 것이다. 그러므로 그 주인공에게도 분명 책임이 있다.

그러나 외적인 힘과 내적인 힘이 동맹하여 서로 뒤섞이면 천하무적의 세력으로 변한다. 우리는 그에 맞서 분투할 힘을 잃는다. 도저히 거스를 수 없는 시커먼 물살이 우리를 계속 쓸어버린다. 우리는 속으로는 이렇게 하고 싶지만 막상 행동은 저렇게 하고 만다. 우리의 친절한 의도들이 실행 과정에서 재앙을 낳는다. 반대로 우리의 악한 의도들이 정의와 행복을 초래하기도 한다. 우리의 의도와 그 결과 사이에 어떤 거대하고 신비로운 힘이 헤집고 들어와 우리의 길을 이끌고 결국 모든 것이 타당한 결말에 도달한다.

이 힘은 무엇인가? 어떤 목표를 추구하는가? 그것은 어떤 방향으로 움직이면서 우리로 하여금 그쪽으로 따라가게끔 만드는가? 때로 그 힘이 맹렬하게 쏟아져 나와 악을 근절할 때는 마치 악의 주적(主敵)처럼 보인다. 때로는 희희낙락하며 이 세상 최선의 것들을 파멸시킨다. 이 힘에 도덕적 욕구들이 결핍되어 있다면, 왜 그토록 열정적으로 단점과 치욕과 기만에 맞서 싸우는가? 이 힘의 욕망들이 완전히 도덕적이라면, 왜 그토록 지독한 원한과 냉엄한 목표로 무장하고 위대한 인물들을 살해하는가?

깊이 생각해 보아야 할 의문들이다. 그리고 셰익스피어는 여기에 답할 수 없었다. 그는 철학자도 아니고 종교적 선구자도 아니었다. 그는 다른 모든 시인들보다 멀리 전진하여 심연의 가장자리에 꼼짝 않고 서 있었다. 그곳에서 그는 철저히 홀로, 침묵 속에, 더듬더듬 시인(셰익스피어)을 찾아오는 피로 물든 검은 날개들을 느꼈다. 그의 뺨에 피와 눈물이 떨어졌다. 이것은 나의 피와 눈물인가, 아니면 세상 전체의 것인가? 그는 구분할 수 없었다. 그는 인간 존재가 경험할 수 있는 가장 숭고한 체험을 했다. 그것은 바로 경외감이었다. 안팎에서 우리를 둘러싸고 있는 그 혐오스러운 어둠을 지켜보면서도, 「바로 이거다, 이것은 아니다. 나는 이것을 원한다, 이것을 원하지 않는다」고 말하지 않았다. 다만 잠들지 않는 눈과 굳게 봉한 입술로 침묵 가운데 서서, 머리끝부터 발끝까지 그 비극의 떨림을 목도하고 기록했을 뿐이다.

나는 이런 생각들에 잠긴 채, 열매가 주렁주렁 달린 사과나무 아래서 전쟁의 무거운 공기를 들이쉬며 며칠이나 정원을 배회했다. 그리고 읽고 또 읽었다. 『율리우스 카이사르』, 『햄릿』, 『맥베스』, 그 외 여러 희극들, 『폭풍우』에 이르기까지 단숨에 내달았다. 나는 내가 비극의 정수를 찾고자 몸부림치고 있다고 생각했다. 더 나아가, 이 북유럽의 극작가가 고대인들로부터 무엇을 취하여 어떤 새로운 감각을 도입했는지도 알고 싶었다.

하지만 내가 셰익스피어의 작품에서 가장 깊은 흥미를 느낀 것은 다른 데 있었다. 단지 그것을 직면할 용기가 아직까지 없었다. 〈숙명〉, 인간의 정신, 투쟁, 죽음, 불멸, 이런 문제들은 인간의 이성이 수천 년에 걸쳐 고민해 온 수수께끼들이다. 또 어떤 인간들은 이런 고민을 끝내기 위해, 황급히 손쉬운 해결책으로 돌아가면서 이 수수께끼를 끝내고자 했다. 그러나 인간의 이성은 끊임없이 위치를 바꾸고 앞으로 나아가며 지금보다 더 멀리 나아가 진실에 가까이 다가가려는 특성이 있다.

비극이 우리에게 주는 은밀한 위안을 확인하려 애쓰는 과정에서 나는 나도 모르게 또 다른 노력을 기울이고 있다는 것을 느꼈다. 그것은 바로, 오늘날의 세상에서 터져 나오고 있는 비극 저 너머의 어떤 숨겨진 위안을 찾아내고자, 혹은 궁리해 내고자 하는 노력이었다. 수백만의 배우들, 정체와 깊이를 알 수 없는 열정에 사로잡힌 주인공들, 그들에게 덤벼들어 눈멀고 귀먹게 만들어 움켜잡고 심연 쪽으로 질질 끌고 가는 〈숙명〉. 이러한 〈숙명〉에 맞서서 어떤 장애물을 제시해야 마땅하다고 생각했다.

그 장애물이란 무엇일까? 과거의 정신적·도덕적 충동들은 제 기능을 발휘하지 못하고 실패하여 물질이 되어 버렸다. 그래서 그 낡은 충동들이 지금 상승의 힘을 가로막고 있는지도 모른다. 어쩌면 새로운 충동이 생겨 나와 공중을 부유하고 있는데 마땅한 현실태(現實態)를 찾지 못해 분노하고 있는지도 모른다. 어쩌면 끔찍한 일일지 모르나, 이 세상의 상승하는 힘은 인간의 삶에 그다지 관심이 없는 듯 보인다.[14]

나는 무의식중에 내 속에 희망을 키우고 있었다. 셰익스피어 비극의 저 끔찍한 어둠 속에서 한줄기 빛을 찾을 수 있다면, 함께 가는 두 동맹자들 — 맹목적인 〈숙명〉과 영웅의 영혼 — 이 저지르는 살육 속에서 초인적인 것이라도 좋으니 뭔가 위안을 발견할 수 있다면 좋겠다는 생각이 들었다. 그러면 지금 인간 종족들 사이에 벌어지고 있는 저 무서운 전쟁의 본질을 파악할 수 있을지 모른다. 왜냐하면 이 전쟁 역시 〈숙명〉과 영혼의 합작품이므로. 그 본질을 파악할 수 있다면 이 전쟁을 정당화할 수도 있을지 모른다. 그리고 또 어쩌면 — 누가 알겠는가? (인간의 영혼은 본질

14 여기서 상승하는 힘은 앞에서 나온 호연지기와 비슷한 힘으로, 이 세상을 돌고 있는 에너지를 가리키는 추상적인 개념이다.

적으로 무자비하고, 다이아몬드처럼 순수하고 단단하며, 행복에 무관심하니까) ── 그것을 사랑할 수 있을지도 모른다.[15]

우리 내면의 목소리, 인간의 목소리가 인류에게 연민을 느끼고 유혈극에 반발하는 것은 당연하다. 그러나 우리의 내면에는 안전과 편리 혹은 인간의 행복에 아무 관심도 없는 목소리가 또 하나 존재한다. 그것은 〈전쟁이란 아버지〉가 없으면 생명은 흐르지 않는 물처럼 썩게 된다고 생각한다. 우리 내면의 이 비인간적인 목소리는 우리의 것이 아니다. 그것은 인간의 영혼 속에 잠복해 있는 악마의 목소리이다. 비인간적이고 초인적인, 인간을 한참 능가하는 악마가 초인적인 목적들을 위해 절규한다. 이 목소리는 전쟁이 영원히 이어지기를 〈희망한다〉.

나는 〈숙명〉을 투명하게 보려고 애쓰면서, 그것을 느끼는 데 그치지 않고 사랑하려고 애쓰면서, 이 멋진 비극들을, 자유인의 〈성서〉인 셰익스피어의 작품들을 거듭 훑어보았다. 명쾌하게 보고, 가슴의 무정부 상태에 질서를 도입하고, 눈으로 직접 공포를 보고자 했다. 달리 구원이 없었다. 인간이 두려움을 정복할 수 있는 길은 이것밖에 없다. 자신의 나태에, 혹은 편리한 이론에, 혹은 하늘에, 머리를 처박는 어리석고 품위 없는 타조의 방식을 포기하고, 냉철하게 눈을 들어 〈숙명〉의 눈을 똑바로 쳐다보는 것 이외에는.

4

얼마나 시간이 흘렀을까, 현재 이 집의 주인인 사람이 수재너

---

15 저자는 인간의 영혼을 호연지기의 일부분으로 파악하여 앞에서 나온 천지불인(天地不仁)의 관점에서 보고 있다. 인간의 영혼이 무자비하다는 것은 호연지기의 불인(不仁)한 측면을 반영하는 것이다. 이러한 저자의 생각은 어디까지나 추상적인 개념이다.

의 정원으로 내려왔고 우리는 대화를 나누었다. 그러자, 보다 가볍고 유쾌한 관심사들로 생각이 분산되면서 내 머릿속 혼란으로부터 다소나마 구원을 얻을 수 있었다.

여든을 넘긴 여주인은 아름다운 노인이었다. 호리호리하고, 나긋나긋하고, 맑고 파란 눈과 힘 있는 턱뼈, 평온하고 사려 깊은 미소의 소유자였다. 내가 만난 인간들 중에서 그토록 생명력 넘치고, 보고 듣고자 하는 욕구가 끝이 없고, 시간을 훌륭하게 정복한 사람은 처음 보았다. 그녀는 인도에서 유럽으로, 유럽에서 미국으로 혈혈단신 옮겨 다녔다. 마치 그녀의 두 눈이 어느 날 갑자기 영원히 감겨, 세상을 보고 느낄 시간이 없을까 봐 두려운 사람처럼 조바심 속에 안달하면서 말이다. 배움에 대한 달랠 수 없는 갈증, 언제든 질문하고 받아들일 준비가 되어 있는 아이처럼 탐욕스러운 정신. 「배움이 바로 나의 종교지요.」 그녀가 빙그레 웃으며, 이 고갈되지 않는, 꺼지지 않는 욕구에 대해 말했다.

그녀는 갠지스 강변 비베카난다의 묘지 부근에 순백색으로 솟아 있는 집을 무척 사랑한다고 했다. 그녀는 이 집을 정신 집중을 위한 피난처로 삼았다. 그러나 꼼짝 않고 앉아 한 가지 화두에 생각을 모으는 동양의 방식을 따르지는 않았다. 그녀처럼 활동적인 기질의 소유자에게는 그러한 정신 집중 방식이 너무 낯설었던 것이다. 이 여인은 특이하게도 행동을 통해 정신을 집중시켰다.

그녀는 일상생활에서 인색하다 싶을 만치 절약했고, 하찮은 물질일지라도 어느 것 하나 낭비하지 않았다. 그러나 정신 집중을 통해 자신이 해야 할 바를 결정하고 마음을 굳히자, 자신의 일이라고 판단한 사업에 엄청난 돈을 쏟아 부었다. 그리하여 그녀는 인도에서, 비베카난다의 이름을 따온 소중한 공공복지 단체를 일구어 냈다.

나는 그녀가 건장한 신체와 검은 눈동자의 열정적인 힌두교 전도사(비베카난다)를 만나게 된 내력을 들을 수 있었다.

「어느 날 뉴욕에서 그가 그윽한 곡조의 목소리로 설법하는 것을 들었지요. 사람이 자기감정을 깨끗이 씻어 내고 나면 모든 인간이 형제라는 것을 느낄 수 있으며, 그렇게 함으로써 구제될 수 있다고 설명하고 있었어요. 그는 모든 종교가 같은 〈신〉을 숭배한다고 믿었어요. 다만 시대와 민족에 따라 다른 얼굴로 존재할 뿐이라는 거였지요. 나는 그 한마디 한마디를 저울질해 가며 열심히 귀 기울였지요. 이윽고 그가 설법을 마쳤을 때, 일어나서 말했지요. 〈공감합니다. 나는 저분과 함께 가겠어요!〉」

그녀는 그가 전도에만 전념할 수 있도록 당장 돈을 제공했다. 수많은 남녀들이 그의 주위에 모여들었고 그의 설법을 들으며 놀라움에 입을 다물지 못했다. 투명하고 자유로운 영혼으로서 그의 앞에 당당하게 설 수 있는 사람은 이 불굴의 여인 외에 아무도 없었다. 게다가 그녀는 상냥하면서도 독자적인 자기만의 방식으로, 그의 사소한 인간적 약점들을 슬쩍슬쩍 들추어내곤 했다. 영원한 우정의 표시로 이보다 더 확실한 게 있을까?

「나는 그를 지극히 사랑하고 존경했어요.」 그녀가 하루는 나에게 말했다. 「그리고 내가 아무리 따끔한 지적으로 놀리더라도 그는 받아들였어요.」

오늘 그녀가 정원으로 다시 내려온 것은, 평소 좋아하는 자리인 고딕풍 성모 마리아와 백장미 덤불 밑에 앉아 꽃구경을 하기 위해서였다.

「비베카난다에 대해 이야기해 주세요.」 고운 마음씨와 다소 소박한 정신을 가진 이 여인에게 나는 요청했다. 나는 그녀보다 다른 인물에 더 관심이 갔다. 그러나 인간의 생명의 불꽃이 80년 넘게 지속될 수 있다는 것, 80년이나 기계를 불태웠음에도 불구하고 전혀 녹슬지 않을 수 있다는 것을 확인할 수 있어 흐뭇했다. 치아와 발, 신장, 두뇌가 모두 건강하게 작동하면서 아직도 각자의 본분을 완벽하게 다하고 있다. 음식과 음료, 공기, 태양열 같은 재료들을 받아들여 정신으로 변형시킬 수 있다. 내가 볼 때 늙는다는 것은 일종의 수치스러운 습관, 정신이 쇠퇴하면서 육신을 함께 끌어내리는 신호와 같은 것이다. 늘어 가는 주름, 희미해진 눈, 비틀거리는 발에 대한 책임은 오로지 정신에 있다. 주름이 늘고 희미해지고 비틀거리는 것은 다름 아닌 정신이다.

이윽고 담담한 목소리와 냉정한 불꽃의 소유자 미스 매클라우드가 말하기 시작했다.

「저 위대한 라마크리슈나를 스승으로 모시고자 처음 찾아갔을 당시, 비베카난다는 걱정이 많았습니다. 그는 풍요로운 가정에서 성장한 사람이었거든요. 그 집 식탁에는 항상 손님들을 위한 상이 차려져 있었고 그의 부친은 귀족처럼 호화로운 생활을 했지요. 그러다 이렇게 거룩한 구루,[16] 존귀한 스승을 모시게 된 비베카난다는 가난에 적응하기가 힘들었습니다.

도저히 견디기 힘들었던 그가 하루는 스승에게 말했습니다. 〈스승님, 정말 죄송합니다만, 저는 궁핍하게 살지 못하겠습니다. 돈이 필요합니다.〉

〈칼리 여신에게 가서 달라고 청하거라.〉라마크리슈나가 차분하게 대답했지요.

허락을 받고 신이 난 비베카난다는 사원으로 들어가, 오래된 여신의 목상 앞에서 몇 시간을 기도했습니다. 그날 저녁 그가 돌

16 힌두교의 교도사. 정신적 지도자.

아오자 스승이 물었습니다. 〈그래, 여신에게 돈을 달라고 빌었느냐?〉

〈아차, 깜박했네!〉 비베카난다가 손뼉을 치며 아쉬워했지요. 〈제가 그걸 까맣게 잊어버렸습니다.〉

〈그럼 내일 다시 가서 빌어라!〉

비베카난다는 다음 날에도 신전으로 갔으나 기도에 몰입하느라 또 잊어버렸습니다. 그리고 세 번째 다시 갔을 때도 똑같은 결과였지요. 그러자 라마크리슈나가 기분 좋게 껄껄 웃었습니다.

〈차라리 돈을 단념하여라.〉 그가 젊은 제자에게 말했습니다. 〈네 마음이 돈을 허락하지 않는다는 것을 모르겠느냐? 그처럼 무가치한 것을 여신에게 청한다는 건 수치스러운 일이다. 너는 위대한 일을 하고자 태어났느니라.〉」

비베카난다의 얘기를 하는 동안, 이 불굴의 노부인은 마치 허공을 애무하듯 그 아름답고 투명한 두 손을 조용히 흔들었다. 비베카난다는 아직도, 그녀의 길고 파란만장한 삶에서 가장 위대한 사람으로 남아 있었다. 그녀의 행동에 목적과 통일성을 제공하고 요절해 버린 이 남자야말로 그녀를 이토록 오랜 세월, 이처럼 바르게 살도록 도와준 주인공이었다. 그녀가 백장미 한 송이를 어루만지며 얘기를 이었다.

「남들이 그를 욕하고 중상할 때 그는 침묵을 지키며 명상에만 잠겼지요. 그러다 갑자기 얼굴이 환해지면서 부드러운 목소리로 기도하듯 중얼거리곤 했습니다. 〈시바! 시바!〉

저는 그에게 이렇게 말하곤 했지요. 〈하지만 당신이 대답해야 합니다. 자기 방어를 하고 화도 내고 하세요. 인간답게 말입니다.〉

그러면 그는 빙그레 웃으며 대답했어요. 〈왜? 이 사람아, 대체 무슨 이유로? 때리는 자와 맞는 자가 같고, 칭송하는 자와 칭송

받는 자가 같은데 왜? 타트 트밤 아시 *Tat tvam asi*, 우리는 모두 하나라네.〉

그는 아이처럼 단순하고 성자처럼 무구했어요. 그의 정신은 절대로 악을 들이지 않았죠. 그는 우리와 더불어 깔깔대고 놀았습니다. 그의 주위에는 아름다운 여자들도 많았지만 그는 단 한순간도 여자에게 마음이 흔들리지 않았습니다. 만약 그런 경우가 있었다면 아마 누구보다도 내가 먼저 눈치 챘을 테니까. 절대로 내 눈을 피해 갈 순 없었죠.」

그녀가 웃으며 눈처럼 새하얀 머리를 흔들어 댔다. 「그 얼마나 중대하고 의미 있는 나날들이었던가!」 멀리, 까마득히 멀리, 인도 쪽을 바라보며 그녀가 말했다.

그러나 그녀는 이내 스트랫퍼드어폰에이번으로, 햇살에 잠긴 그녀의 정원으로, 전쟁 분위기로 되돌아왔다. 「요즘 시절 역시도 지극히 중대하고 의미심장하지요.」 그녀가 말했다. 「하지만 그 시절은 전혀 달랐습니다. 우리에게는 소박하고 지혜로운 성인이 있었어요. 그리고 그가 하는 모든 말이 우리의 가슴으로 파고들었지요. 그는 자신의 조국에 얽힌 얘기를 들려주는 것을 무척 좋아했고, 아주 단순한 민간 신화에서도 가장 숭고하고 도덕적인 교리를 추출해 내곤 했죠. 그가 어느 날 우리에게 들려준 얘기는 내 개인의 삶에 결정적인 영향을 미쳤답니다.

〈옛날에 한 포수가 비둘기를 엄청나게 많이 잡아서 커다란 그물 속에 가두었습니다. 비둘기들이 당장 그물 틈새로 몰려들어 벗어나려고 몸부림을 쳤지만 녀석들의 몸집이 너무 컸지요. 그리하여 그들은 결국 운명에 몸을 맡겼습니다. 포수가 매일 찾아와 먹이를 주었습니다. 그는 비둘기들을 빨리 살찌워 내다 팔 속셈으로 먹이를 듬뿍듬뿍 주었지요. 많이 먹을수록 살이 찌고 살이

310

찔수록 죽음이 가까워진다는 것을 모른 채 모든 비둘기들이 열심히 먹어 댔습니다. 그러나 오직 한 마리의 비둘기만 먹는 것을 자제했습니다. 녀석은 점점 야위어 갔고, 그러던 어느 날 마침내 그물 틈새로 빠져나가 날아오를 수 있었답니다……〉」

이 놀라운 여인의 이야기를 들으면서 내 생각은 아득한 곳에서 놀고 있었다. 나는 이렇듯 동양 특유의 방식으로 난해하고 추상적인 개념들을 전달하는 아름다운 이야기들이 너무 좋았다. 어떤 내용을 완벽하고 생생하게 전달할 수 있으면 경계하는 마음조차 무장 해제시킬 수 있다. 아름다운 심상은 이처럼 지적 확신이나 도덕적 확신으로 변형되는 것이다. 형식이 완벽하면 본질을 창조할 수 있다는 게 바로 이런 것이다.

내 생각이 잠시 방랑했음을 알아차린 미스 매클라우드가 빙그레 웃었다. 「정신이 다른 데 팔려 있군요.」 그녀가 말했다. 「하지만 내가 곧 제자리로 돌려놓을 겁니다, 두고 보세요!」 그녀가 호주머니에서 노랗게 바랜 종이를 한 장 꺼냈다. 「비베카난다가 써 보낸 마지막 편지인데, 내가 읽어 드릴까요? 1900년 4월 18일에 캘리포니아에서 보내온 편지랍니다.」 그녀가 노란 종이를 펼치더니 읽어 주었다.

「나는 잘 있습니다, 특히 내 정신이 잘 있어요. 나는 내 몸의 평안보다 정신의 평안을 더 걱정합니다. 싸움들은 이겼다 졌다 합니다. 나는 짐을 꾸려 놓고 〈거룩한 해방〉을 기다리고 있답니다. 시바, 오, 시바여, 나의 배를 저편 물가로 인도하소서.

나는 지금 다크시네스바르[17]의 거목 아래 무아지경에 빠져 라마크리슈나의 말씀을 들으며 그 황홀한 한마디 한마디에 경탄하

---

17 캘커타에서 6.4킬로미터 정도 떨어진 마을로. 이곳에 라마크리슈나의 사원이 있었다.

는 어린 꼬마로 돌아가 있을 뿐입니다. 그것이 바로 나의 참된 본질입니다. 일, 활동, 자선 사업 따위는 모두 나중에 덧붙여진 것들이죠. 지금 나는 그분의 목소리를 다시 듣고 있습니다. 내 영혼에 전율을 가져오는, 항상 변함없는 그 목소리. 속박들은 풀렸습니다. 사랑은 죽습니다. 이제 일은 아무 의미도 갖지 못합니다. 생(生)은 광채를 잃었습니다. 이제는 오직, 나를 향해 외치는 스승님의 목소리만 있습니다. 〈제가 여기 있습니다, 주인이시여, 제가 왔습니다! 죽은 자를 묻는 것은 죽은 자에게 맡겨 두고 산 자들은 저를 따르게 하소서……! 제가 왔나이다, 사랑하는 주인이시여, 제가 왔나이다!〉

그렇습니다, 내가 여기 있습니다, 내가 가고 있습니다. 열반이 내 앞에 열리고 있습니다. 나는 때때로 그것을 느낍니다. 한 점의 파문도, 호흡할 공기도 없이 가없이 펼쳐지는 변함없는 고요의 바다.

나는 이 세상에 왔던 것에 만족합니다. 내가 무수한 고난을 겪었음에, 중대한 실수들을 저질렀음에 만족합니다. 그리고 이제 평화 속으로 들어가려 함에 만족합니다. 나는 누군가를 사슬에 묶어 둔 채 떠나지 않을 것입니다. 나 역시 사슬을 가져가지 않을 것입니다. 존귀하신 스승님은 가셨습니다, 영원히, 두 번 다시 돌아오지 않으실 것입니다. 이 어린 제자가, 노예가 꾸물대는 동안 인도자는, 구루는 가셨습니다.

내 인생에서 가장 달콤했던 순간은 나 자신을 생의 흐름에 맡길 때였습니다. 그리고 지금 내가 둥둥 떠다니는 것을 다시 한 번 느낍니다. 나는 내 앞에 뜨겁고 찬란하게 솟아 있는 해를, 나를 온통 둘러싸고 있는 빽빽한 나무들을 봅니다. 열기 속에서 모든 것이 지극히 고요하고 평화로운 가운데 물살은 나를 저 거룩한 강의 부드러운 가슴 쪽으로 가만히 옮겨 가고 있습니다. 나는 이 숭고한 고요를 방해할까 두려워 감히 손이나 발로 물을 휘젓지도 못합니다.

내 일의 뒤에는 야망이 있었고, 내 사랑의 뒤에는 인성(人性)이, 내 결백의 뒤에는 두려움이 있었습니다. 내 행위의 배후에서 인도하는 힘은 능력에 대한 갈증이었습니다. 이제 이 모든 것들이 사라지고 나는 지금 생의 흐름에 실려 가고 있습니다. 여기 내가 있습니다, 〈어머니〉, 내가 여기 있습니다! 내가 당신의 포근한 가슴으로 가고 있습니다. 당신이 이끄는 대로, 낯설고 말없는 기적의 땅으로 나 자신을 흘러가게 내버려 두렵니다. 이제 내가 여기 있습니다. 나는 이제 연기(演技)하는 사람에서 벗어나 구경꾼이 되었습니다.

참으로 평화롭습니다! 내 생각들이 아주 멀리서, 내 가슴 깊이에서 오는 듯합니다. 생각들은 마치 멀리서 나직이 웅얼거리는 소리 같고, 만물에 평화가 내려앉아 있습니다. 두려움 없는, 사랑도 감정도 없는 달콤한 평화. 우리가 그림과 조각상들에 둘러싸여 홀로 있을 때 느끼는 그런 평화 같습니다. 여기 제가 있습니다, 주인이시여, 제가 여기 있습니다, 제가 가고 있습니다.」

잔잔하면서도 가슴 메는 작별의 편지를 읽는 동안에도 매클라우드 양의 손이나 목소리에는 한 치의 흔들림이 없었다.

「혹시 기도를 하시나요?」 편지를 다 읽은 그녀가 나에게 물었다. 「아주 행복하거나 깊은 절망에 빠지거나 할 때 기도를 하십니까?」

「아뇨!」 내가 대답했다. 「저는 절대로 기도하지 않습니다.」

「그럼 뭘 하시죠?」

「글을 씁니다. 저는 그런 식으로 위안을 찾지요.」

「나도 기도는 하지 않습니다.」 미스 매클라우드가 말했다. 「마음이 심하게 움직일 때면 산책을 하면서 ── 전원이 아니라 도시에서 말입니다 ── 사람들을 바라봅니다. 혹은 선행이라고 생각되는 일을 하지요. 이도 저도 아닐 때는 이 편지를 읽어 보지요. 그게 내가 위안을 찾는 방식이랍니다.」

5

이 소중한 순간, 황금 같은 지금 이 순간, 나는 셰익스피어의 집 뒤편 〈시인의 정원〉에서 햇볕을 쬐며 앉아 있다. 붉고 노란 꽃들, 최고 장인의 가위질에 의해 오리, 백작, 공작의 모양으로 다듬어진 울타리. 포플러들이 부스럭거리고, 물은 졸졸거리고, 풀밭에서 함부로 뒹굴며 할퀴고 노는 어린 소녀 둘이 마치 한 쌍의 다정스러운 흰 새끼 고양이들 같다.

사람의 큰 근심과 걱정들이 모두 침묵에 빠지면서 독기(毒氣)를 상실하고, 〈시인의 정원〉에서 마치 도마뱀들처럼 햇볕을 쬔다. 그저 손을 뻗기만 하면 충만하고, 서늘하고, 한 송이 장미처럼 원만한 이 순간을 붙잡을 수 있다. 이런 정원에서, 이렇게 햇볕이 애무하는 날에는, 세상이 다른 세상인 것처럼 보인다. 공기에 숭고한 기운이 흘러넘친다. 그리고 눈을 살짝 떠 보면 이 정원의 주인(셰익스피어)이 당신 옆 벤치에 와 앉는 것이 보일 것이다. 높이 솟은 이마, 반짝이는 대머리, 우울한 눈, 두텁고 육감적인 입술을 가진 사람이.

그는 큼직한 장부를 들고 있다. 그가 그것을 펼치더니 휙휙 넘겨 본다. 상체를 굽혀 들여다보면 당신이 기대했던 비극적인 시구나 사랑의 소네트들이 아니라 계산서와 숫자들뿐이다. 이런저런 날 이러저러한 연유에 해당되는 금액들이 파운드, 실링, 펜스 단위로 빽빽하게 적혀 있다. 그가 책장을 넘긴다. 집세로 받은 게 얼마, 들에서 수확한 밀이 얼마, 양모가 얼마, 우유가 얼마……. 그가 책장을 몇 장 더 넘긴다. 알아볼 수 없게 갈겨쓴 것들, 연결되지 않는 어구들, 허둥지둥 적은 것들이 마구 뒤섞여 있다. 그도 무슨 뜻인지 모른다. 당신은 문득 그와 얘기해 보고 싶은 충동에 사로잡힌다. 당신이 입을 벌리려 할 때, 3월의 이 따뜻한 날 벤치에 앉은, 창백하고 피곤한 쉰두 살의 셰익스피어는 잠에 빠져 들었다.

이제 당신은 펼쳐져 있는 장부를 마음 놓고 훔쳐본다. 그리고 무수한 좌절 끝에, 마구 흘려 쓴 글씨를 용케 몇 군데 해독한다.

〈하느님의 이름으로, 아멘. 나, 윌리엄 셰익스피어, 스트랫퍼드어폰에이번의 신사, 완벽한 건강과 기억력을 가졌으며……〉

좀 더 뒤에는 이런 구절도 있다.

〈내 딸 주디스에게 150파운드(150). 누이 조앤에게 20파운드(20). 손녀 엘리자베스 홀에게는 큼직한 은 접시를 제외한 나의 식기 일체.〉

앞뒤가 맞지 않는 흘림체 구절들이 줄줄이 이어진다. 이 글씨를 쓸 당시, 손이 떨고 있었고 손놀림이 급했다. 펜이 말을 듣지 않아 종이가 얼룩으로 가득했다. 지면 한 귀퉁이에 아직도 알아볼 수 있는 구절이 있다.

〈토머스 쿰에게 내 검을. 콜린스 씨에게 13파운드 6실링 8펜스. 내 딸 수재너……〉

셰익스피어가 움찔하더니 한숨을 쉬고 눈을 떠 주위를 둘러본다. 그는 아무도 보지 못한다. 풀밭에서 뒹굴며 놀고 있는 자신의 어린 손녀 엘리자베스조차 보지 못한다. 그가 다시 한숨을 짓더니 허리춤에서 청동으로 만든 높다란 잉크병을 꺼낸다. 잉크병에는 가문의 문장인 황금 벌판에 은빛 창[18]과 날개를 활짝 펼친 매 한 마리가 조각되어 있다. 그가 깃펜을 꺼내더니 상체를 숙이고 쓰기 시작한다.

〈내 아내에게는 두 번째로 좋은 침대를.〉 그가 잠시 생각에 잠겨 주저하다가 마침내 결정을 내리고 덧붙인다. 〈가구들도 함께.〉

그는 지쳐 있다. 또 한 번 쉰다. 때는 3월이다. 이제 한 달 후인 4월 23일이면 그는 죽게 된다. 그는 자신의 생명이 썰물처럼 빠져나가는 것을 느낀다. 마치 그의 혈관이 벌어지면서 피가 흘러나오는 것 같다.

나는 죽네, 허레이쇼
이 참변 앞에서 창백해 떨고 있는 여러분,
다만 이 연극의 무언극 배우나 관객의 역할밖에 하지 못한
여러분,
내게 시간만 있었다면 ── 이 잔인한 형리(刑吏), 죽음은
인정사정없이 붙잡아 가거든 ── 오, 여러분에게 말할 수 있었을 것을 ──
하지만 내버려 두게.

까마귀 한 마리가 날아와 길 건너편 포플러에 앉는다. 가지가 휜다. 이 불길한 징조의 새가 주위를 둘러보다 벤치 위의 주인을 바라본다. 녀석이 응시한다, 탐욕스럽게 응시한다. 벌써 썩은 고기 냄새를 맡은 듯 대가리를 흔들더니 부리를 낮춘다.

18 셰익스피어란 성은 *Shake+spear*, 즉 〈창을 휘두른다〉는 의미라고 한다.

셰익스피어가 한 손을 들어 올린다. 까마귀를 반기려는 걸까? 쫓아 버리고 싶은 걸까? 누가 알 수 있으랴……? 그는 손을 쳐들지만 맥이 없어 현기증을 느낀다. 그의 육신이 해체되어 마치 봄날 풀밭 위에서 떠는 서리처럼 흩어진다. 그것이 자꾸자꾸 퍼져 나가며 갖가지 모양으로 변한다. 각각의 모양을 차례차례 상실한다. 그때 갑자기 차가운 바람이 불자 셰익스피어가 이슬처럼 대지 위에 자리 잡는다.

*

나는 주위를 둘러보았다. 어린 소녀 둘은 이미 사라지고 없었다. 포플러에 자리 잡은 까마귀가 이제 까악까악 울기 시작했다. 내 벗은 여전히 내 옆 벤치에 앉아 있었다. 그는 내가 이곳 스트랫퍼드어폰에이번에서 만난 은퇴한 영국인이었다. 그는 40년을 교사로 일했으며 시인으로도 활약했다. 자신이 태어난 이 작은 읍에서 말년을 보내려고 작년에 귀향했다. 단정하게 다듬은 곱고 하얀 콧수염에, 작은 두 눈은 침착한 제비꽃 같았다.

그날 아침 나에게 이 성지 곳곳을 안내해 준 사람이 바로 그였다. 「여긴 셰익스피어가 태어난 곳이고, 여기는 그의 자택이고, 이것이 그의 침대이고, 이것이 그의 유언장이고, 이것이 그의 서명입니다. 지금 빵 가게가 서 있는 여기는 그의 딸 주디스의 집이었고, 저 아치형 다리는 그가 석양을 바라보며 쉬었던 곳이고.」

읍 전체가 이 거장의 그늘 밑에서 흐느적흐느적 생업을 이어 간다. 그는 마치 판토크라토르처럼 그들 모두를 지배한다. 이제 그는 그들의 행복한 지배자가 되었다. 그러나 때가 너무 늦었다. 자신의 가슴에서 너무나 큰 한숨들을 쥐어짜 내고 난 후이므로.

아, 슬프도다. 내가 여기저기 돌아다니며
스스로 구경거리 광대가 되어
나 자신의 생각들을 광대옷처럼 부풀리고,
지극히 귀한 것을 헐값에 판 것이 사실이니,

　평범한 배우로서 그가 가장 잘해 낸 역할은 「햄릿」의 유령 역
이었다. 셰익스피어는 메리 피턴의 꽁무니를 쫓아다녔으나 성공
을 거두지는 못했다. 셰익스피어를 속이고 바람을 피우고, 셰익
스피어보다 젊고 돈 많고 잘생긴 남자들의 아이를 낳았던 〈흉악
한〉 여자.

　　그는 그대의 가엾고 악착같은 사람이 되어,
　　그대의 일에 참견하고, 그대 곁에 쓰러지는 것에 만족하네.

　그는 여러 젊은 제후들에게 들러붙어 공손히 자신의 작품을 바
쳤다. 그러므로 이 거만한 제후들의 이름이 아직까지 살아 있다면
그것은 자신의 펜으로 그들을 고분고분 기록해 주었던 이 비천한
연극쟁이 덕분이다. 이런 유의 찬사들 중에는 다음과 같은 구절도
있다. 〈제가 나으리께 바치는 사랑은 끝을 모르나니…… 제가 한
일은 곧 당신의 것이며, 제가 해야 할 일 또한 당신의 것입니다.〉
때로는 한숨을 지으며 애절한 소네트를 지어 바쳤다.

　　내가 죽어도 그대 더는 슬퍼하지 마라,
　　그때, 내가 이 비열한 세상에서 벗어나
　　가장 비열한 벌레들과 더불어 살게 되었음을 알리는
　　저 음산한 종소리를 듣게 될지라도.

또한 그대 이 시를 읽게 되더라도 시를 쓴 손은
기억하지 마라, 내 그대를 너무나 사랑하기에
그대의 고운 추억들에서 잊히기를 바라노라,
그대가 나를 생각하면 슬플 것이므로.

그는 여리고 민감했으며 동시대인들의 증언에 따르면, 허심탄
회하고 부드럽게 말하는 사람, 여성적 우아함을 가진 남자였다.
친구 벤 존슨이 그를 〈에이번의 사랑스러운 백조〉라고 부른 것이
그런 사정을 말해 준다. 그는 인간의 영혼 속으로 들어가 그 모든
기쁨과 슬픔을 가슴으로 느꼈다. 이것이 바로 그의 영원한 비결
이었다. 셰익스피어가 자기 자신에 대해 말했다면, 어쩌면 단테
가 아래와 같은 멋진 시행에서 말한 것과 같은 내용이었을지 모
른다.

나는 〈사랑〉이 영감을 줄 때마다
기록하는 사람, 그리고 그가 내 안에서 지시하는 박자에 맞춰
끝없이 노래 부르는 사람.

그러나 이 〈백조〉의 여린 가슴으로부터 탐욕스러운 육식성 새
들이 날아 나왔으니, 그것은 순결과 친절과 잠을 사나운 손으로
압살하는 야만적인 영혼이었다. 오셀로, 코리올라누스, 리처드 3
세, 맥베스 등 그의 위대한 인물들은 공룡들이었다. 일단 이 세상
에 등장한 그들은 두 번 다시 세상을 떠나지 않았다. 그들은 한밤
중에 우리의 머릿속으로 들어와 영혼의 지하 세계를 풍요롭게 만
들고 고독의 공포를 더한층 높여 준다.
하지만 이런 인물을 낳은 영혼이 다시 줄리엣, 데스데모나, 오

필리아, 이모젠, 코델리아, 버지니아, 미란다와 같은 섬세하고 순결하고 부패하지 않은 인물들을 낳았다. 이들은 영혼의 최상층인 〈천국〉을 장식한다. 셰익스피어 덕분에 여성은 숭고함이라는 새로운 표시를 얻게 되었고, 이제 우리는 아름다운 여인을 만나 사랑을 느낄 때마다 그 여인의 어깨 뒤에서 어른거리는 오필리아와 데스데모나를 보게 된다. 익사하여 수면 위로 둥둥 흔들리며 떠가는 오필리아의 산발한 머리칼과, 목 졸려 죽은 데스데모나의 피에 젖은 향기로운 손수건을 보게 되는 것이다.[19]

지옥의 심장부에서 〈천국〉의 정상까지 자유롭게 오가는 광대무변한 영혼. 만약 인류가 〈신〉 앞에서 인류의 권리를 대변할 사람을 하나 보내야 한다면 아마 셰익스피어를 파견했을 것이다. 만약 우주에서 행성 간 회의가 열린다면 우리 행성을 대변할 수 있는 유일한 사람 역시 그일 것이다. 인간의 말을 그처럼 힘차고 부드럽게, 그처럼 거칠고 감미롭게, 신비롭게 사용할 수 있었던 사람은 셰익스피어 말고는 아무도 없었다.

초기 작품들에서 셰익스피어가 구사하는 언어는 어설프고 웅변적이지만 몇 년 후에 완성된 『한여름 밤의 꿈』, 『로미오와 줄리엣』의 언어는 이루 말할 수 없는 감미로움과 음악성을 갖고 있다. 연인들은 서로에게 말하지 않는다. 4월의 꽃가지에 걸린 나이팅게일처럼 재잘거린다. 후기로 가면서, 특히 『율리우스 카이사르』에서, 그의 언어는 더한층 농도가 짙어지고 리듬의 박력과 예리함도 좀 더 커졌다. 발전을 거듭하던 언어 구사력은 『햄릿』과 더

---

19 셰익스피어는 사물의 양쪽을 살펴보아야 진리를 얻을 수 있다고 생각했다. 그래서 셰익스피어의 인물은 도덕적인 캐릭터도 인간적인 약점을 갖고 있으며, 가장 사악한 인간도 갑자기 다시 바라볼 만한 인간으로 등장한다. 위의 오필리아와 데스데모나 인물론은 가장 정숙한 여자도 사악한 유혹녀로 바뀔 수 있는 여성의 양면성을 지적한 것이다.

불어, 질적으로 새로운 열정을 획득했고, 보다 빠른 템포 속에서도 과거의 감미로움을 고스란히 간직한 풍요로움을 과시했다. 저 위대한 비극들 한 편 한 편에서, 시구는 나날이 새로워지고, 불꽃은 더한층 강렬해지고, 정신은 더한층 심오해졌다. 감정 표현도 점점 체계적으로 통합되었다. 원한과 공포, 인간에 대한 경멸로 끓어오르는 무거운 열정과 가슴 저미는 절규를 모두 아울렀다. 그는 마침내 『폭풍우』에서 평화와 감미로운 기질을 되찾지만 이 평화와 감미로움은 그의 초기 작들에서 재잘거렸던 사랑의 곡조와는 완전히 달랐다. 우리는 『폭풍우』에서, 그 자신의 영혼이 대폭풍우를 온전히 겪어 낸 후에야 평화를 얻을 수 있었음을 느낄 수 있다. 그 감미로움은 인간적 노고의 산물이란 것, 인간의 가슴이 모든 독물을 끌어 모아 꿀로 변화시키는 연금술 같은 제작 과정의 산물이라는 것, 이런 것들을 느끼게 된다.

그러니 우주의 모든 행성이 하느님에게 대표를 파견해야 할 때, 인류 그 자체를 온전하게 — 모든 남녀들, 그 정신의 꿈과 백조와 괴물들 — 대변할 자, 셰익스피어 말고 또 누가 있겠는가?

6

그가 언어에 통달하고 표현 능력이 거의 마술의 경지에 이르렀을 때였다. 〈하느님〉을 제외하고 어느 창조자보다 많은 인물을 창조했던 이 사람이 갑자기 자신의 출생지로, 스트랫퍼드어폰에이번이라는 이류 도시로 되돌아왔다. 그리고 땅을 몇 뙈기 사고 저축한 돈에서 나오는 이자로 생계를 유지했다. 자신의 발전에서 가장 생산적인 시기에(당시 갓 쉰을 넘긴 나이), 성공한 사람의 무미건조하고 노쇠한 즐거움에 굴복해 버린 것이다. 교회에 나가면 좋은 좌석에 앉고, 정원과 은 접시, 좋은 음식을 갖춘 편안한 집이 있고, 한가로이 산책하고, 느긋하게 대화를 즐기고, 거리에 나서면 깍듯한 인사를 받고.

〈아니, 그가 정말 영광을 추구하지 않고 돈을 벌기로 작정했단 말인가?〉 나는 속으로 자문했다. 〈영국의 시인을 통틀어 가장 음흉한 포프가 의심했던 대로, 그는 정말 엉겁결에 불후의 인물이 되어 버린 걸까?〉

「난 이해할 수 없어.」 내가 불쑥 중얼거렸다. 「도저히 이해할 수 없어.」

옆에서 볕을 쬐며 졸린 듯 책을 넘기고 있던 그 사근사근한 연금 수령자가 깜짝 놀라 쳐다보았다. 「뭘 이해할 수 없다는 겁니까?」 귀에 거슬리는 느끼한 목소리로 나에게 물었다.

「그가 왜 창조 작업을 포기했는가? 당시 그는 기쁨과 슬픔에 흠뻑 젖어 있었고 그의 가슴은, 인도양의 낯선 섬들에서 귀환해 오는 선박들처럼 좋은 것들로 넘쳐나고 있었습니다. 그런데 왜 마치 난파된 갤리선(船)처럼, 여기 스트랫퍼드어폰에이번으로 돌아왔을까요?」

「난파선!」 셰익스피어의 열렬한 신봉자인 그가 발끈했다. 「지금 셰익스피어를 두고 하는 말입니까? 그를 가리켜 난파선이라고요? 오히려 신격화(神格化)라고 해야 합니다.」

「신격화? 무슨 말씀인지 모르겠군요.」

「그는 고향을 떠나 큰 도시로 나갔고, 세상 누구보다 자신의 의무에 충실했습니다. 그런 다음, 선량한 일꾼들이 그러하듯, 남은 몇 년의 생을 평화롭고 조용히 보내기 위해 땅으로, 자신의 고향 마을로 돌아왔습니다. 푹 자고, 잘 먹고, 주일 예배에 참석하고, 저녁 산책을 즐기고, 동향인들의 존경 속에 살고자 말입니다. 한

마디로 말해, 자기 노동의 열매에 노후를 의지하고자 했지요. 인간의 삶이 어떻게 이보다 더 완벽한 사이클에 따를 수 있겠습니까? 태양조차 이 사이클을 따릅니다.」

나는 대답하지 않았다. 퇴직 교사이자 시인. 셰익스피어를 변호하고 있지만 사실은 자신의 보잘것없는 삶을 변호하려는 그럴듯한 포장에 불과하고, 자신의 삶도 같은 곡선을 따르고 있다고 믿는 사람. 이런 사람을 상대로 뭘 논하겠는가?

하지만 나의 내면에서는, 대답을 찾지 못한 그 의문이 아픔으로 자리 잡았다. 왜냐하면 나는 인간의 의무에 과연 끝이 있는가, 우리에게 죽을 때까지, 심지어 죽은 뒤에도 그 투쟁을 포기할 권리가 과연 있는가에 대해 결코 마음을 정할 수 없었기 때문이다.

퇴직 교사가 말을 이었다. 「셰익스피어가 자신의 악마적인 삶을 인간적인 방식으로, 지극히 영국적인 방식으로 끝맺었다는 것이야말로 내가 가장 흐뭇하게 생각하는 부분입니다. 그는 집과 땅을 샀고, 자신이 태어난 이 작은 도시의 기둥이자 자랑으로 자리 잡았습니다. 그는 신사가 되어 자기 돈으로 문장(은빛 창과 황금빛 들판, 날개를 쫙 펼친 매)을 사서 자기 집 문간과 마차, 도장과 반지에 조각하고, 접시와 포크와 나이프, 손수건, 속옷에 새길 자격을 따냈습니다. 물론 자신의 묘비에도 새겼지요. 행복한 영웅, 정말 부러움을 살 만한 영웅들은 본래 그런 식으로 인생을 끝맺는 겁니다.」

나는 껄껄 웃었다.

「지금 비웃는 겁니까?」 연금 생활자가 턱밑의 염소수염을 사납게 흔들어 대며 물었다. 「정말 죄송합니다.」 내가 대답했다. 「지금 선생께서 말씀하시는 동안 기묘한 이미지가 불쑥 머리에 떠올랐거든요. 아시죠? 암탉을 잡아 내장을 꺼내 보면 뭐가 나오는

지. 당신은 달걀로 자라날 기회를 갖지 못한 크고 작은 노란 알들이 줄줄이 엮여 있는 것을 발견할 겁니다. 당신이 닭을 너무 빨리 잡은 탓에 황당한 결과가 나온 거지요.」

「그래서요?」 나의 대화 상대자가 신경질적으로 물었다.

「뭐 그냥 그런 생각이 들었습니다. 셰익스피어가 죽었을 때 만약 우리가 그런 식으로 속을 열어 보았다면 부화되지 못한 달걀들처럼 줄줄이 엮인 비극들을 발견하게 되지 않았을까 하는.」

연금 생활자가 어깨를 들썩했다. 그가 용케 자제할 수 있었던 것은 순전히 예의를 갖추기 위한 것이었다. 동방 사람들이란! 아마도 그는 속으로 생각했을 것이다. 앞뒤 서열도 모르고 공경도 모르는 인간들이야. 셰익스피어에 대해 얘기했더니 고작 속 파낸 암탉과 달걀이나 떠올리고! 저들의 신 〈태양〉이야말로 세상 모든 신들 중에서 가장 수치를 모르는 신일 거야.

그가 안경을 걸치더니, 들고 있던 책을 휙휙 넘겨 어떤 페이지를 찾아냈다.

「괜찮으시다면, 이걸 한번 들어 보세요.」 그가 말했다. 「우리의 위대한 저술가 중 한 사람인 칼라일이 쓴 겁니다.」

그는 우리가 이룩한 가장 큰 업적이다. 해외 여러 나라들 틈에서 우리의 명예를 위해, 영국이란 가문의 영예를 위해, 우리가 결코 넘겨줄 수 없는 것으로, 그 사람만 한 품목이 또 어디 있는가? 만약 저들이 우리에게 이렇게 물었다고 생각해 보라. 〈당신네 영국인들은 인도 제국을 포기하겠습니까, 아니면 셰익스피어를 포기하겠습니까? 다시 말해, 인도 제국이 없는 게 좋겠습니까, 셰익스피어 같은 사람이 없는 게 좋겠습니까?〉 이것이 정말 심각한 질문이었다고 해보자. 관료들은 말할 것도 없이 공식 언어로 대답했을 테지만 우리도 나름대로 대답하지 않을 수 없고 또 그래야만 마땅하지 않을까? 〈인도 제국이야 있든 없든 상관없지만 우리는 셰익스피어 없이는 살 수 없다! 인도 제국은 어차피 언젠가는 사라지게 되어 있다. 그러나 셰익스피어는 절대 사라지지 않는다. 영원히 우리와 함께 머무른다. 따라서 우리는 우리의 셰익스피어를 절대 포기할 수 없다〉고.

퇴직 교사가 침묵에 빠졌다. 이런 찬사를 만약 셰익스피어 본인이 들었다면 과연 어떤 아이러니와 서글픔을 느끼며 고개를 내저었을까! 삶을 사랑했던 사람, 섬세하게 세공된 굶주린 오감을 가졌던 사람. 가장 열정적이고 색정적인 순간에 직면하면 펄펄 살아 날뛰면서 놀라운 감각을 발휘했던 사람. 그런 사람이 따지고 보면 음식 찌꺼기에 불과한 사후의 영광을 무어 그리 대수롭게 생각했을까.

> 운명과 사람들의 눈 밖에 나서
> 버림받은 신세를 홀로 한탄하고
> 부질없는 통곡으로 귀머거리 하늘을 괴롭히고
> 내 꼴을 보고 내 운명을 저주하노라
> 나도 누구처럼 희망이 많았으면,
> 누구처럼 잘생기고, 누구처럼 친구가 많았으면 바라고
> 이 사람의 재주와 저 사람의 업적을 부러워하며
> 내가 가장 즐기는 것에는 아무 만족을 느끼지 못하니……

「무슨 생각을 하십니까?」교사가 안경알 밑으로 빤히 쳐다보며 물었다.

셰익스피어 325

「이러한 영광이 너무 늦게 왔다는 것.」 내가 대답했다.

「비록 늦었더라도 영원히 안 온 것보다는 낫지요!」 실리적으로 사고하는 늙은 연금 생활자의 논평이었다. 「위대한 사람은 고생하는 와중에도 이러한 인정과 영광이 언젠가는 찾아오리라 생각하면서 고통을 달래는 법이지요.」

「당신이 그걸 어떻게 압니까?」 본의 아니게 화를 내며 내가 소리쳤다. 「누가 그런 소릴 해요? 삶을 사랑하고 ── 삶의 모든 것을, 묵은 포도주와 좋은 음식과 여자와 여행과 명예를 사랑하고 ── 자신이 갈망하는 것을 아무것도 갖지 못하여 크나큰 고통을 겪으면서도 당당할 수 있는 영혼들에겐, 영광이 늦게 오느니 차라리 안 오는 게 낫습니다! 한평생 굶주리다가 죽을 때가 되어서야 호화로운 밥상을 받아 본들 무슨 소용이 있습니까?」

「아니, 왜 화를 내시죠?」 무례하게도 버럭 화를 내는 동방인에게 겸손한 척 미소를 지으며 교사가 물었다.

「왜냐고요? 그의 친구였던 귀족들 ── 펨브룩, 에식스, 몽고메리, 사우샘프턴 등 ── 이 그를 은근히 경멸하고, 그에게서 사랑하는 여인을 빼앗고 했지만 〈상냥한 윌리엄〉은 그 귀족의 무리를 잘 참아 냈지요. 하지만 이 겸손한 연극쟁이가 바로 그 윌리엄이었음을 알아본 인간은 하나도 없었어요. 난 그 사실에 화가 치밉니다.

그는 『햄릿』을 썼습니다. 가슴을 드러내고 자신의 상처를 다 보여 주며 절규했습니다. 그러나 아무도 햄릿의 말에 귀 기울이지 않았습니다. 햄릿이 첫 통곡을 하고 흙으로 돌아간 후 179년이 지난 후에야 사람들이 귀 기울이기 시작했어요. 1780년에 헨리 매켄지라는 사람이 햄릿의 〈형용할 수 없는 매력〉을 처음으로 언급했지요. 그는 이 창백한 청년의 뒤에 사람을 오싹하게 만드는 거대한 수수께끼가 숨어 있음을 최초로 짐작했던 사람이었죠. 그리고 그때부터 수많은 세대가 그 나름의 수수께끼를 내놓으면서 햄릿의 수수께끼는 거대한 참호로 둘러싸이게 되었지요.」

연금 생활자가 눈을 감아 버렸다. 더 이상 듣고 싶지도 않은 모양이었다.

그래서 나는 셰익스피어의 전설이 서서히 굳어지게 된 과정을 혼자 속으로 되돌아보았다. 유사 고전주의 시대가 계속되어 표준적 어구, 틀에 박힌 묘사, 조각 같은 양식이 판을 치는 한, 셰익스피어는 머리나 꼬리가 없는 괴물 혹은 야만인으로 여겨졌다. 그러나 낭만주의의 물결이 터져 나오면서 과거의 틀은 금방 무너져 버렸다. 인간의 정신이 열정과 분노에 휩싸여 함성을 지르며 와르르 분출되었다. 과장법, 알록달록 다채로운 표현, 과감한 부조화, 끝을 모르는 열망이 예술의 새로운 지상 과제로 인식되면서 셰익스피어는 영혼의 시나이 산에서 새로운 십계명을 들고 하산한 합법적 선지자로 받아들여졌다.

이후 그는 성서와 같은 대열에 오르게 되었고, 성서 외에 또 하나의 큰 책 —『셰익스피어 전집』— 을 펼쳐 놓고 정독하는 것이 영국 가정의 자랑거리가 되었다. 그럼에도 불구하고 현대의 영국인만큼 셰익스피어의 주인공들과 거리가 먼 인간형도 없다는 사실이 참으로 놀랍다. 셰익스피어를 한번 들여다보라. 마치 어느 야생 동물원의 문을 확 열어젖힌 느낌이다. 비명 소리, 호통 소리, 격렬한 몸짓들, 구속에 도전하는 충동들, 자유에 도취된 원시적인 힘. 그러나 이 엘리자베스 시대의 야수들은 오늘날의 영국인 속에 그대로 살아 있다. 다만, 빅토리아 시대의 고상한 품위라는 철창에 감금되어 있을 뿐.

하루는 런던에서 이 주제를 가지고 어느 영국인 작가와 대화를 나누었다. 내가 그에게 물었다.「현대의 영국인들은 셰익스피어의 주인공들 같은 판이한 인물들을 어떤 식으로 이해합니까? 오늘날 셰익스피어의 정글은 저기 따뜻한 남쪽 지대로 옮겨 간 것 아닌가요?」

그가 대답했다.「셰익스피어를 이해하고 제대로 감상하는 능력에 있어, 현대의 영국인을 따를 자는 없습니다. 그가 우리와 같은 민족이고 우리의 언어를 쓰기 때문에 그렇다는 얘기가 아닙니다. 우리는 그의 시를 들으면서, 우리 내면에 족쇄로 채운 색슨적 야수가 속박에서 풀려나 제멋대로 으르렁대는 것을 느낄 수 있습니다. 우리의 오감이 마침내 열리고, 감히 즐기지 못했던 것들을 마음껏 즐길 수 있습니다. 우리에게 셰익스피어는 일종의 안전판이지요. 그런 안전판이 있어서 내부의 야수성을 살짝살짝 배출시켜 주기 때문에 우리는 안전하게 살아갈 수 있는 겁니다. 그는 이따금 고행자들을 찾아오는 자유분방한 꿈과 같은 존재입니다. 그런 꿈속의 보상이 있기 때문에 고행자들은 현실에서 계속 순결을 지킬 수 있는 겁니다.」

내가 평화로운 녹색 강둑을 거닐다 집으로 돌아왔을 때는 벌써 해가 기울어 있었다. 푸르스름한 초저녁 기운이 강둑으로 내려앉을 때면 저녁 목욕을 즐기는 백조들을 볼 수 있었다. 녀석들은 뱀처럼 긴 목을 거만하게 구부리고, 널찍하고 노란 부리로 솜털 가슴과 주글주글한 배를 쪼아 댔다. 그들은 몸을 씻고 빗질하고 제 털을 잡아 뜯었다. 그리하여 물가에는 떨어진 깃털들이 거품처럼 수북이 떠 있었다.

그들은 하루 종일 헤엄치면서 재미나게 놀고, 먹고, 이리저리 떠다녔다. 그리고 이제 저녁이 찾아들자 잠들 준비를 하고 있다.

나는 그들의 맏형 〈에이번의 백조〉를 다시 한 번 떠올렸다.

7

이따금 자기 캔버스 한 귀퉁이에 자신의 얼굴을 그려 넣는 화가들을 볼 수 있다. 분명 사라질 운명의 하루살이 의복 같은 자신의 영혼에 불현듯 연민을 느낀 듯, 그것을 총체적인 소멸로부터 구해 주고픈 열망에 사로잡힌 듯 보인다. 화가가 자신이 그린 거대한 풍경에, 주인공과 왕들 사이에 — 혹은 성화일 경우에는 성인들 사이에 — 그려 넣은 그 얼굴은 아무 할 일 없는 엑스트라처럼 보인다. 이렇듯 우리는 그려진 군중 속 어딘가에서 손짓하는, 저 세상 사람 같은, 에테르(靈氣)처럼 창백한 얼굴의 엘 그레코[20]를 발견할 수 있다.

셰익스피어도 분명, 자기 작품 속에 수천의 얼굴로 등장하는 저 비극적인 왕들과 주인공들 틈에 자신의 얼굴을 끼워 넣었을 것이다. 물론, 피에 굶주린 인간형이든 에테르 인간형이든 그의 주인공들은 모두 그 자신의 살로 이루어진 존재들이었다. 이 모든 괴물과 백합들이 바로 그의 안에 있었으므로, 그가 그들에게 육체를 부여하고 말로 옷을 입혀 독립된 유기체로서 세상 속으로 파견한 것은 바로 그 스스로 위안과 탈출구를 얻기 위함이었다. 특히 몇몇 형상들에서 그의 얼굴이 보다 충실하게 그려졌다는 데는 의심의 여지가 없다. 아니, 좀 더 정확하게 말하자면 그의 얼굴들이라고 해야 할 것이다. 그 사람처럼 민감하기 그지없는 정신이라면 온갖 희망과 절망들을 오가며 극단적인 고통을 겪었을

20 El Greco(1541~1614). 크레타 태생의 스페인 화가.

게 분명하고, 따라서 그의 얼굴도 여러 차례 바뀌었을 것이다. 만약 우리가 그 얼굴들을 찾아낼 수 있다면 셰익스피어 정신이 지상에 남긴 피투성이 흔적들을 단계별로 따라가 볼 수 있으리라.

나는 수천의 형상들 속에서 그의 얼굴을 찾아내려는 갈망으로, 수많은 인구를 자랑하는 셰익스피어의 작품 세계를 열심히 뒤져보았다. 청년기의 그는 어떠했는지, 세상의 모든 독극물을 알고 난 뒤의 그는 어떠했는지, 어떤 과정을 거쳐 마침내 「폭풍우」의 평정으로 가는 길을 찾아냈는지 확인하고 싶었다. 시정(詩情)은 우리에게 무한한 기쁨을 준다. 그러나 인간에게 항상 기쁨이 필요한 것은 아니다. 그래서 내가 셰익스피어에서 좀 더 끈질기게 관심을 가진 부분은, 울창한 숲과도 같은 그의 작품 세계에서 그 자신의 구원이라는 좁다란 오솔길을 찾아내는 데 있었다.

내가 찾는 얼굴이 확실하게 감지되는 느낌을 받은 부분이 네 군데 있었다. 그것은 항상 같은 얼굴이었지만 때로는 즐거운 청년으로, 때로는 절망에 찬 성년으로, 때로는 고요한 백발의 모습으로 나타났다. 나는 그 네 개의 이름 — 로미오, 제이크스, 햄릿, 프로스페로 — 뒤에 숨겨진 윌리엄 셰익스피어의 초상을 확인할 수 있었다.

그 옛날 캐풀렛 가문의 발코니에서 새처럼 지저귀기 시작했던 그의 정신! 그것은 세상의 새벽과도 같은 시절이었다. 셰익스피어 정신을 눅눅한 봄밤에서 탈출시킨 저 파릇파릇한 신선함과 순진함, 서투른 매력! 시상들이 몰려들고 거듭거듭 시작되는 시정이 철철 흘러넘쳤다. 성적 욕망은 나이팅게일처럼 위안을 줄 수 있는 순수한 표현 형식을 얻고자 헛되이 몸부림치고…… 청춘은 도취되었다. 로미오는 여자의 순진함을, 순간의 영원성을 믿는다. 〈한 번도 상처를 입어 보지 못한 자가 상처 자국을 조롱한다.〉 아직 세상을 경험하지 못한 데서 오는 행복감의 황홀한 첫 단계에 머물러 있는, 아직 운명에 의해 상처받지 않은, 아직 탕진되지 않은 재물과 청춘의 우울증에 짓눌려 있는 서른 살의 젊은 셰익스피어. 그 초상이 로미오의 얼굴 뒤에서 움직이며 로미오의 입을 통해 두서없이 말한다. 그는 아직 진실(우리가 진실이라고 생각하는 것)과 직면하지 못했고, 그의 입술에는 젖과 꿀이 발려 있었다.

3년이 흘렀다. 그리고 불과 3년 만에 셰익스피어는 창백하고 눈물 얼룩진 얼굴로 바뀌어 있었다. 우리는 「뜻대로 하세요 As You Like It」에 등장하는 제이크스의 투명한 가면 뒤에서 그 얼굴을 분명히 확인할 수 있다. 이제 그는 보이지 않는 화살에 관통당했다. 그는 상처를 입었다. 그는 이제 더 이상 상처를 조롱하지 못할 뿐 아니라 누군가 슬쩍 건드리기만 해도 고통을 느꼈다. 그는 인간들에게서 벗어나 고독 속으로 숨어 버리고 싶었다. 남들이 울 때 그는 웃었고 남들이 웃을 때 그는 울었다.

나는 경쟁적인 학자의 우울도 갖지 못했고, 환상적인 음악가의 우울도 갖지 못했고, 거만한 신하의 우울이나 야심에 찬 군인의 우울도 갖지 못했다. 그러나 나만의 우울이 있으니 그것은 무수히 사소한 것들로 합성되고, 무수한 대상들과 내 인생 여정에 대한 잡다한 묵상들로부터 추출된 것이니, 그 여정을 종종 반추하노라면 지극히 유머러스한 서글픔에 빠져 들게 된다.

지금 셰익스피어의 눈에는 온 세상이 하나의 무대로 보였다.

그는 진심이나 결백을 믿지 않게 되었다. 이제 인간의 숙명에서, 희극적 비극과 비극적 희극을 실제보다 네 배나 부풀린 크기로 볼 수 있었다. 그는 이제 예전처럼 즐거운 순간을 격리시켜 영원한 것으로 만들고자 하지 않았다. 세상을 깊이 있게 묘사하는 동시에 3차원의 얼굴을 받아들였다. 〈기쁨〉, 〈슬픔〉, 〈무(無)〉의 삼위일체를 받아들인 것이다.

> 온 세상이 하나의 무대이고
> 뭇 남녀들은 한낱 배우에 지나지 않네
> 그들은 출구로 퇴장하고 입구로 등장하네
> 한 사람이 일생에 여러 역을 맡으니
> 그의 극은 7막으로 나뉘네

7막은 다음과 같은 인생의 7단계를 말하는 것이다. 울음으로 말하는 아기, 달팽이처럼 꾸물대는 학동, 불타오르는 연인, 거칠고 불경스러운 군인, 턱수염을 기른 배불뚝이 판관, 슬리퍼와 안경과 불룩한 지갑을 지닌 앙상한 노인, 그리고 마지막으로 제7막은 치아도 눈도 미각도 없는, 아무것도 갖지 못한 보잘것없는 한 줌의 육신.

3, 4년이 더 흘렀다. 얌전하고 우울하던 제이크스가 점점 사나워지면서, 때로는 자기 입술을 깨물며 이를 갈고, 때로는 온몸에 피를 묻히고, 때로는 마구 호통치며 비꼬고 뱀처럼 쉭쉭거렸다. 그리고 때로는 자신의 장송곡보다 훨씬 더 비통한 웃음을 껄껄대기도 했다. 그가 햄릿으로 변한 것이다. 슬픔이 셰익스피어를 광기의 가장자리로 몰아간 것은 이 무렵이었다. 대사의 리듬에 처

음으로 변화가 찾아왔다. 어구가 종종 채찍처럼 휙휙 움직인다. 고독이 커진 탓에 독백이 많아진다. 이 새로운 가면(페르소나)이 등장하는 곳 어디에서나 참기 힘든 비통함이 뚝뚝 떨어진다. 비통함, 그리고 야수와 구더기와 소멸이라는 유죄 선고에 둘러싸였음에도 불구하고 인간 영혼의 무한함을 믿는 저 확고부동하고 음울한 자존심이 얼굴이 내미는 것이다.

이 섬세하고 민감한 주인공 — 셰익스피어의 얼굴을 뒤에 숨긴 다른 가면들도 모두 마찬가지지만 — 은 아름다움과 친절과 사랑을 믿는다. 그리고 갑자기 한 여인이, 그의 어머니가……

아, 이 질기고 여문 살이
녹고 또 녹고 풀어져 이슬이나 되었으면!
아! 아!
세상만사가 나에겐 그저 지루하고 맥 빠지고,
무미건조하고 쓸데없게만 보이는구나!
지겹구나, 아 지겨워……!

그리고 좀 더 뒤에 이어지는 대사……

……나는 요즈음 — 무슨 까닭에서인지는 나도 모른다 — 모든 낙을 잃어버렸고, 평소 하던 운동도 다 접어 버렸다. 실로 마음이 얼마나 무거운지, 이 훌륭한 구조물인 세상조차 나에게는 불모의 갑(岬)으로만 보인다. 보라, 저 수려한 덮개인 대기, 용감하게 매달린 저 창공, 황금 불로 수놓인 저 장엄한 지붕 — 왜 이것이 나에게는 더럽고 해로운 증기의 집합체로박에 보이지 않는가.

1601년부터 1610년 사이에 셰익스피어가 겪었던 도덕적 위기는 실로 무시무시한 것이었다. 그가 위대한 비극들을 쓴 것도 이 시기였다. 그의 정신은 대격변의 상태에 빠져 있었다. 열정이 끔찍한 검은 가면을 썼다. 그는 모든 희망을 버린 상태였다, 마치 모든 사람과 모든 것들이 그를 배신하기라도 한 것처럼 — 남자들, 여자들, 사상들……. 그의 가슴에서 절규가 솟구쳐 나와, 때로는 질투에 눈먼 무어인[21]의 입을 통해, 때로는 리어 왕을 통해, 때로는 운명적 세이렌에게 사로잡힌 앤터니를 통해, 때로는 코리올라누스의 거친 입을 통해 표출되었다. 굴복하지 않는, 깊이 상처받은 시인의 영혼은 벼랑 끝을 비틀비틀 오가며 절규했다. 무수한 가면의 얼굴을 취하며, 가면과 상처와 고난을 바꾸어 가며, 모든 열정에서 해방되기 위해 열정의 삶을 살며 몸부림쳤다.

인간 능력의 극한에 이른, 논리와 균형을 초월한 초인적인 열정이 주인공들을 심연으로 몰아가 거대한 구름처럼 소리 없이 추락하게 하거나 들소처럼 울부짖게 만들었다. 아름다움과 논리와 광기와 희망의 경계들이 무너지면, 거칠고 가파르게 상승하는 맹렬한 공포와 직면하게 되는 것이다.

그러나 셰익스피어는 자신의 슬픔에 살을 부여하고, 희극이나 비극으로 만듦으로써 구원을 찾았다. 그는 자신이 살인하지 않기 위해, 말[言]로 만든 살인자들을 빚어냈다. 자신이 죽지 않기 위해, 죽임 당하는 가상의 존재들을 만들어 냈다.

오, 사촌, 사촌, 사촌이여, 예쁘고 작은 나의 사촌이여,
내가 몇 길 깊이의 사랑에 빠져 있는지 빤히 아는 그대여!

21 오셀로를 가리킨다.

그의 희극 중 하나에 삽입된 이 말이, 셰익스피어가 생전에 했던 말을 대변해 준다. 그는 엄청나게 사랑하고 엄청나게 상처받았으며, 삶을 사랑한 죄로 엄청난 파멸을 맛보았다. 따라서 도피의 길을 찾아야만 했다.

설령 그가 살아 있는 사람들, 친구들과 사랑했던 여자들, 혹은 사상이나 위대한 도덕률에 희망을 걸었다 할지라도 그 모든 것이 자신을 배신할 것이라는 사실을 그는 잘 알고 있었다. 왜냐하면 자신이 직접 겪었으므로. 그는 결국 구원을 찾아내지 못하고, 이 흐르는 모래에 자신들의 영혼을 맡길 정도로 순진했던 작중 인물들처럼 무너져 버렸다. 안전한 도피의 길은 하나밖에 없었다. 견고한 것으로 통하는 이 세상, 확실한 것으로 통하는 이 현실을 경험하면서 잔인과 굴욕과 깊은 상처를 맛본 후, 그는 인간 특유의 피난처인 상상의 왕국에 도착했다. 이 세상은 우리의 가슴보다 저급하나니, 차라리 우리가 우리의 세상을 창조하자. 우리의 가슴을 모델 삼아 우리가 보는 그대로 창조하자. 상상과 에테르로 이루어진, 아무도 공격할 수 없는 오직 우리만의 세상을.

그리하여 포위되었던 이 위인은 날개를 키워 마침내 자유로워졌다. 우리가 그의 마지막 작품인 『폭풍우』에서 너무나 분명하게 볼 수 있는 그런 자유. 마법사 프로스페로는 공기와 생각과 꿈으로 자기만의 세상을 만든다. 그가 그 세상에 입김을 불어넣으면 바다로부터 세상이 솟구쳐 오른다. 그가 다시 한 번 후 하고 불면 세상은 사라진다. 인간의 상상력은 스스로의 전능함에 기뻐 날뛴다. 가슴이 마침내 구원을 발견한다, 왜냐하면 진실을 꿰뚫었으므로. 이 세상 전부가 한 편의 꿈이라는 진실. 프로스페로는 자기 마음대로 명령할 수 있는 전능한 상상력을 갖고 있었다. 황무지의 영묘한 악마가 찾아와 그의 발치에 엎드렸다.

만세, 위대한 주인이시여! 근엄하신 주인님을 환영합니다!

저는 당신의 뜻에 답하고자 왔나니, 하늘을 날든,

헤엄치든, 불 속으로 뛰어들든, 소용돌이 구름 위에 올라타

든 뜻대로 하소서,

당신의 엄한 분부로, 에어리얼[22]과 그의 모든 재능에 일을

맡기소서.

그 오랜 세월의 몸부림과 분투 끝에 셰익스피어는 마침내 모든 희망으로부터 해방되었다. 희망에서 완전히 풀려나자 두려움에서도 완전히 해방되었다. 그렇게 그는 자유로워졌다. 마치 자신의 모든 작업이 구원을 찾기 위해 거쳐야 했던 일련의 노고 — 악당들, 사자들, 레르네의 히드라, 삼도천의 마구간 — 였던 것처럼.[23] 진정한 창조자들이 모두 그러하듯 셰익스피어가 창조 작업에 임하면서 유념했던 오직 한 가지 목표는 바로 자기 자신의 영혼을 해방시키는 것이었다. 그는 지옥과 연옥을 낱낱이 여행했다. 천국으로 가는 데는 이 길 말고 달리 길이 없다. 셰익스피어의 천국은 단테의 천국보다 훨씬 더 실속 있다. 셰익스피어의 천국은 단테처럼 신학적 확신들에서 나온 것이 아니라 안개 같은 꿈으로 만들어졌기 때문이다.

---

22 중세 전설에 나오는 공기의 요정.

23 그리스 신화에서, 그리스 아르고스의 레르네에 살던 머리 아홉 개의 괴물 뱀 히드라가 헤라클레스의 손에 살해되었다. 삼도천은 스틱스 강을 말한다.

자유

아들아, 너는 지금 마음이 흔들려
어찌할 바를 모르는 듯하구나. 부디 기운을 내라.
이제 우리의 잔치는 끝났노라. 내가 이미 예언했듯
우리의 배우들은 모두 정령들이어서
공중으로, 옅은 공기 속으로 녹아들 것이다.
구름을 찌르는 높은 탑도, 호화찬란한 성도,
엄숙한 신전도, 이 거대한 구(球) 자체도,
그것이 상속받는 그 모든 것들이
토대 없는 환상의 구조물처럼 해체되고
이 별 볼일 없는 야외 극단은 그렇게,
선반 하나 남기지 않고 사라질 것이다.
우리는 꿈으로 만들어지는 존재들,
우리의 자잘한 삶은 잠으로 완성되는구나. 아들아, 내가 지
금 힘들구나
나의 허약함을 참아 다오, 내 늙은 머리가 혼란스럽다.
나의 병약함에 마음 쓰지 마라.
괜찮다면 내 처소로 물러가 쉬어라

나는 한두 바퀴 돌면서
쿵쿵대는 마음을 가라앉혀야겠다.

이렇듯 잔치가 끝났으므로 그는 스트랫퍼드어폰에이번의 자기 동굴로 물러났다. 청춘과, 육신에 짓눌린 정신과, 욕망으로 무거워진 오감을 꽃피웠던 시절에 그는 이 녹음과 강물의 마을을 떠났다. 당시 그에게는 바깥세상이 상상력보다 믿음직하고 사고(思考)보다 진실한 것처럼 보였다. 원기 넘치고 게걸스러운 르네상스의 유기체들이 모두 그러하듯 셰익스피어도 형체 없는 정신의 유희보다는 자신의 두 손과 입술을 더 믿었다.

그리고 이 망상의 유혹에 넘어간 죄로 혹독한 대가를 치렀던 듯싶다. 그는 인생이 그 풍부한 지략을 동원해 우리 앞에 설치해놓은 오락 장치의 모든 덫 — 우정의 덫, 육체적 사랑의 덫, 미덕의 덫 — 에 빠져 들었다. 그는 열정에 너무 많은 것을 기대했다. 저 매혹적이지만 비참한 존재, 여자의 가치를 지나치게 믿었다. 육욕적인 것들에 맹목적으로 굴복했다. 악마적인 것들로 뒤엉킨 세상의 두꺼운 거미집에 걸려들었다. 그는 인간으로서 자신의 의무를 수행했다.

그는 지옥에서 군 복무를 마쳤다. 그는 싸웠고 상처 입었고 포로가 되었다. 그는 소리 내어 외치며 위안을 찾았다. 자신의 상처를 치유하고자 상처 입은 영혼들을 창조했으며, 자신의 열정에 기율과 깨달음을 도입하고자 열정에 눈먼 정신들을 창조했다. 셰익스피어의 내면에 깃든 영기(靈氣) 에어리얼은 자기 일을 잘해냈다. 이 영기가 농축되면 무수한 영혼들이 생명을 받고 그것이 증기로 돌아가면 생명은 소멸되었다. 에어리얼에게는 항상 놀이 같은 작업이었다. 셰익스피어는 분명 자신의 영혼에 만족을 느꼈을 것이다. 따라서 만약 에어리얼이 프로스페로에게 했던 질문을 셰익스피어에게 던졌다면 아마 그도 똑같은 식으로 대답했을 것이다. 「주인님, 제가 분부대로 모두 처리했습니다……. 잘되었습니까?」

훌륭하구나, 내 부지런한 종아. 너는 자유로워질 것이다.
……
이제 원소들로 돌아가
자유로워져라, 그리고 잘 지내거라!

창조자의 삶에서 안정되고 효과적인 지원자는 창조자 자신의 상상력 외엔 아무것도 없다. 그것이 없으면 그는 길을 잃어버린다. 인생의 말기에 접어든 셰익스피어는 에어리얼이 자신에게서 떠날 것임을 간파했다. 그리고 갑자기 그의 모든 능력들이 마비되었다.

이제 나의 매력들은 모두 전복되고,
나에게 남은 힘만이 나의 것이건만
미약하기 그지없구나……
지금 나는
밀어붙일 수 있는 정신, 매혹시킬 수 있는 기술을 원하건만
나의 종말은 절망이구나……

그러나 에어리얼은 도중에 떠나지 않았다. 여행이 끝날 때까지 그에게 충실했다. 에어리얼은 그를 절망의 맨 끝으로, 심연의 아슬아슬한 가장자리로 안내했다. 그리고 그의 눈에 입김을 뿜고

그의 입에 손가락을 얹은 채 빙그레 웃으며 말했다. 「보세요!」 순간 그는 이 세상이 한 편의 꿈이라는 것, 수천 가지 형상과 수천 가지 색상들로 뒤덮인 무(無), 그 위로 떨어지는 안개라는 것을 알았다. 현실은 무(無)의 의인화된 가면, 우리를 겁먹게 만드는 가면이었다. 그 절망의 극단에서, 그의 상상력 최후의 가장 영묘한 창조물 에어리얼이 그에게 — 전능한 마법사 프로스페로, 자유인의 정신에게 — 미소를 던지며 서 있었다. 셰익스피어와 프로스페로가 하나로 융합되었다, 마치 두 개의 구름이 합치듯. 한 줄기 부드러운 바람이 불었고 그들은 공중으로 흩어져 갔다.

한 인간이 아무리 최고의 재능과 최고의 행운을 받았더라도 자신의 몫으로 할당된 물질을 모조리 정제하여 정신으로 전환시키는 작업을 완결하기에는 시간이 부족하다. 그리고 자신의 처절한 체험에 기초하여, 물질(여기서 물질은, 방해물 더하기 압박감이라고 정의하자)이 존재하지 〈않음〉을 입증하는 것도 쉬운 일이 아니다. 아니, 비록 물질이 존재함을 인정해 주더라도, 위대한 정신은 물질을 변형하여 소멸시키는 능력을 가졌다고 하는 게 옳을 것이다. 그처럼 소멸시킴으로써, 다시 말해, 기쁨과 슬픔, 희망과 공포, 선과 악을 비롯한 모든 유한한 것들을 소멸시킴으로써 마침내 커다란 자유에 도달하는 것이다.

지금까지 이 경지에 도달한 인간이 몇이나 되는가? 피타고라스? 플라톤? 레오나르도 다빈치? 붓다는 분명 도달했다. 셰익스피어도 어쩌면 가능성이 있다. 그의 가슴은 기적이 작용하는 화학 공장과도 같았다. 고기와 맥주와 여자와 희망과 눈물 따위의 물질을 그 공장에 던져 넣으면 정신이 되어 나왔다. 셰익스피어의 상처받은 실존 속에서 자유의 목소리는 결코 압살당하지 않았다. 자유는 처음에는 억눌렸지만 마침내 더할 수 없이 영묘한 음색으로 솟구쳐 올랐다. 셰익스피어가 따른 것은 바로 이 자유의 목소리였다. 그것이 모든 형태의 노예근성을 극복해 나가는 그의 길이었다. 위대한 영혼들이 모두 그러하듯 셰익스피어의 영혼은 하늘에 이르는 야곱의 사다리였다. 그 사다리는 땅에, 자갈과 진흙탕 깊이 박혀 있었지만 그 꼭대기는 하늘을 향해 나아가고 있다.

시인 포프가 무어라고 말했든, 셰익스피어가 단지 돈을 벌고자런던으로 간 것은 아니었다. 물론 그의 내면에 자리 잡은 앵글로-색슨적 실용주의는 돈을 벌고 싶어 했다. 돈을 벌어 가문의 문장을 사고 신사가 되고 금의환향하여 마을의 존경받는 유지로 살기를 원했다. 이것은 그의 정신에서 가장 저급한 첫 번째 층이었다. 부자가 되고 싶은 것은 하늘 사다리의 맨 밑바닥 층일 뿐이었다. 위로 올라갈수록 점점 더 가벼운 물질로 사다리가 건축되어 있었다. 두 번째 층은 자기 고장에서 벗어나 넓은 세상을 만나는 것, 사랑하고 사랑받는 것 — 한마디로 말하자면 삶이다. 세번째 층은 극(劇)을 쓰는 것, 말로, 그린, 플레처, 보몬트, 벤 존슨을 능가하는 명성을 얻는 것이다. 네 번째 층은 자기 내면의 욕망을 구체화시킬 단어들을 찾아내는 것, 다시 말해 그의 기쁨 때문에 미쳐 버리지 않도록, 그의 슬픔 때문에 죽어 버리지 않도록 그 감정을 노래로 표현하는 것. 이 층에서 그는 경쟁자들을 격파하려고 글을 쓴 것이 아니라, 질식하지 않기 위해, 해방을 찾기 위해 창조 작업을 했다. 다섯 번째 층은 눈으로 볼 수 없는, 꿈과 여름날의 마른번개로 만들어진…… 자유!

영국적 정신의 최고봉에 올라서면, 마치 세월 속을 떠다니는 거대한 철탑처럼 녹색 바다 한가운데 우뚝 솟아 있는 이 섬을 한눈에 볼 수 있다.

윌트셔의 거석 유적과 그리스도 탄생 2, 3천 년 전으로 거슬러 올라가는 볼품없는 석기(石器)들에서 시작해 1939년 9월 3일 현재까지. 이제 새로 시작된 대전이 영국의 운명을 결정짓게 될 것이다. 인류는 지금까지 이 푸른 섬에서 벌어진 세 차례의 결정적인 전투가 모두 영국 국민들의 승리로 끝난 것을 목격했다.

1. 신사

영국의 개인들은 이웃과 제후와 국왕의 속박에서 벗어나고자 싸웠다. 개인을 중심으로 인간적 자유의 영역을 최대한 넓히려는 투쟁, 자유롭고 편하고 당당하고 점잖고 용감하고 겸손하고 과묵하고 자제력 있는 새로운 인간형 — 〈신사〉 — 을 창조하기 위한 이 투쟁에서 승리는 개인에게 돌아갔다.

동시에 가톨릭 사제들에 의해 압살당해 온 개인의 종교적 양심을 해방하기 위한 투쟁도 이루어졌고, 마침내 개인은 교황권의 멍에를 떨쳐 냈다. 자유.

2. 마그나 카르타

영국 국민들은 정치 경제적 특권들 — 〈자유들〉이라 불리었다 — 을 따내고자 싸웠다. 국왕의 자의적인 의지를 제한하고, 국민의 대표들을 거쳐 판결하고, 전체는 전체의 이익을 바탕으로 결정하게 만들고자 싸웠고 국민이 승리했다. 영국의 기념비적 승리인 의회 제도 안에서 국민과 국왕은 서로 연결되었다. 자유.

3. 셰익스피어

4대 종족 — 켈트, 색슨, 바이킹, 노르만 — 에 의해 창조된 최고의 영혼. 이 영혼은 자신의 본질을 압박하는 외부적 현상(물질)에서 스스로를 해방시키고자 씨름해 왔다. 이 영혼은 열정과 이해와 미덕과 악덕의 변증법적 절충을 통해 그 길을 닦았다.

셰익스피어는 그러한 목표를 의식적으로 추구하지 않았지만, 조국인 이 섬의 욕구를 감지하고 자유를 위해 싸웠다. 한 민족의 본질적인 성격은 그 민족의 가장 위대한 영혼들 속에서 드러나는 법이다. 수천 년에 걸친 투쟁들이 이 영혼들 속에 응축되면서 우리의 눈에 드러나는 것이다. 눈에 보이지 않는 무수한 노력들이 그들에 의해 완성되고, 그리하여 수 세기에 걸쳐 준비되었던 승리가, 예기치 않았던 기적처럼 불쑥 우리에게 선물로 주어진다.

나머지 평범한 영혼들은 영국 민족의 거대한 욕망(자유의 성취)을 구현하고자 나름대로 사소하게 기여한 사람들이다. 이들은 민족의 영웅들을 옆에서 보좌하면서 그들을 돕는 역할을 했다. 그러므로 한 나라의 가장 깊은 야망과 최고 역량을 확인할 수 있는 가장 확실한 방법은 그 나라의 영웅들을 꼼꼼히 살펴보는 것이다. 영웅은 한 민족의 얼굴을 그대로 비춰 주는 티 없이 맑은 거울이다.

영국은 셰익스피어에서 자신의 얼굴을 본다. 그리고 이 사람이야말로 자기 특유의 개성 안에서 어머니 영국의 모든 특성들을 완벽하게 재생산하고 구체화시켰다. 영국민들은 이러한 사실을 깨닫고 그를 자랑스럽게 여긴다. 앵글로-색슨의 실용주의, 켈트족의 공상, 바이킹의 용맹함, 노르만의 기율. 그리고 무엇보다도 그 모든 것의 중심에 자리 잡은 자유를 획득한 사람, 그가 셰익스피어인 것이다.

나는 영국의 해안을 따라 걸으며 한 가지 괴로운 문제를 생각했다. 위대한 민족에게는 모두 저 나름의 파랑새가 있다. 민족의 모든 충동을 뭉뚱그려 담아낼 수 있는 지고의 신비한 이상 말이다. 고대 그리스인에게 그것은 미(美)였고, 로마인에게는 국가, 유대인에게는 신성(神聖), 힌두인에게는 열반, 기독교인에게는 하느님 나라의 도래였다. 그렇다면 대영 제국이 유구한 세월 동안 추구해 온 파랑새는 무엇인가? 인내를 가지고 끈덕지게 연구해 본 우리는 이제 영국의 창공을 날아오르는 그 파랑새를 어렴풋이 볼 수 있다. 피가 묻었지만 불사의 존재인 그 사랑스러운 파랑새는 무엇일까? 그 새는 처음 이 행성에 왔을 때는 그리스에 둥지를 틀었으나 이제 영국에서 활짝 날게 된 새, 자유라는 파랑새이다.

에필로그[1]

오늘날 한 위대한 민족이 트리카[2]의 다리를 건너고 있다. 지금 심판을 받고 있는 것은 비단 키프로스[3]의 운명만 걸려 있는 게 아니다. 정의의 바위가 불의의 산을 집어삼킬 것이 확실하기 때문이다. 지금 이 순간 생사의 기로에서 심판을 받고 있는 것은 바로 제국 전체의 운명과 명예다! 전쟁의 결정적인 순간에 세계의 명예를 구하고자 국가적 자존심과 고양된 도덕으로 무장하고 온 국민이 일치단결하여 일어선 그 나라(영국)가 지금 자신의 가치가 진품인지 위조인지를 밝혀 줄 운명적, 계시적 시험에 들어 있다.

1 이 후기는 1954년 9월 25일, 문예지 『네아 에스티아*Nea Estia*』에 처음으로 발표되었다. 영국을 보는 저자의 관점에 새로운 단면을 보탠다는 뜻에서 여기에 삽입하는 것이 좋을 것 같다 ─ 영어판 편집자주.
2 1821년 그리스 독립 전쟁 과정에서 영웅적인 전투가 벌어졌던 현장.
3 키프로스는 1914년 대영 제국에 합병되어 영국령이 되었다. 그러나 그리스계 키프로스 사람들은 영국 통치 중에도 그리스와의 합병을 꾸준히 요구하여 긴장을 유발했고, 영국은 이 섬에 살고 있는 터키계 키프로스 사람을 의식하여 그 요구를 무시해 왔다. 제2차 세계 대전 종전 후인 1954년 키프로스 문제를 둘러싸고 긴장이 고조되었는데 카잔차키스는 그리스 편을 들지 않는 영국을 비난하고 있다. 터키는 차라리 키프로스의 분할을 요구했으나 영국은 그리스와의 합병과 두 쪽 분할을 모두 거부하고 1960년 키프로스를 독립 국가로 발족시켰다.

그리고 좀 더 깊고 넓은 시각에서 보면 서구 세계 전체의 운명과 명예가 심판을 받고 있는 중이기도 하다. 서구 세계는 지금까지 항상 다른 나라들의 정의와 자유를 위해 싸운다고 자부해 왔다. 그러나 과연 그 세계가 이런 신성한 단어들을 입에 담을 자격이 있는지, 현대의 지조 있는 영혼들이 과연 그러한 세계 지도자들을 신뢰할 수 있는지, 이제 두고 보면 알 것이다.

현재 키프로스라는 한 섬에서, 40만의 사람들이 자유를 요구하며 아우성치고 있다. 그리고 자유와 빛을 탄생시킨 저 고귀한 나라에서도 그들에 동조하는 함성이 일고 있다. 지구 사방 귀퉁이에서(그리고 영국 자신의 목구멍에서도) 분노와 항의의 목소리들이 터져 나오고 있다. 폭력과 불의가 한 민족 전체를 은밀하게, 어떤 항의도 받지 않고 억누를 수 있던 시대는 이제 지났다. 우리가 썩었다고 생각했던 이 세상에, 위선과 불의와 오만에 맞서 용감하게 고개를 쳐드는 사람들이 아직도 남아 있는 것이 분명하다.

지금은 결정적인 순간이다. 키프로스 사태에 주어질 해답에 세상 전체의 도덕적 구원이 걸려 있다. 그리고 이 도덕적 구원에 세상의 정치, 사회, 문화적 구원이 걸려 있다. 이제 키프로스는 지엽적인 문제가 아니다, 단순히 지중해 동단(東端)의 한 섬이 아니다. 지금 이 섬은 세상의 운명이 결정되고 현대인의 도덕적 가치가 걸려 있는 중심부가 되어 가고 있다.

대영 제국은 자신의 가치가 시험에 오른 이 비극적인 순간을 어떻게 대처하고 있는가? 오호, 통재라! 위대한 국가에 걸맞지 않은 수단을 쓰고 있다. 처음에는 사내답지 못한 침묵을, 이제는 기만과 아첨과 폭력을 함께 쓰고 있다. 이미 명예가 바닥에 떨어진 외무부뿐만 아니라 영국 전체가 수치의 나락으로 떨어졌다.

그럼에도 불구하고 성실한 이들은 절망하지 않는다. 이 망신스럽고 지조 없는 세상에서도 뭔가 근본적인 원칙들이, 인간이 자신의 땀과 피와 눈물로 창조해 낸 인간의 딸들이 여전히 살아 군림한다는 것을 그들은 알고 있다. 자유, 인간의 존엄성, 정의에 대한 갈망, 이런 딸들의 대다수가 그리스에서 탄생했다.

신비롭고 위대한 힘들이 증대하면서 비록 쫓기는 와중에도 열매를 맺고 있는 중이다. 여기, 아주 오래된 신화에 나오는 얘기가 하나 있다. 한 천사가 지상에 내려오는 것을 본 세상의 지배자가 격분한 나머지 검을 들고 달려들어 천사를 두 동강 내버렸다. 그러자 하나이던 천사가 둘이 되었다. 세상의 지배자가 다시 달려들어 두 천사를 두 동강 냈다. 그러자 두 천사는 넷으로, 넷이 여덟으로, 여덟이 열여섯으로 계속 불어나 지상은 곧 천사들로 가득해졌다.

이 천사는 누구였던가? 자유의 천사였을까? 키프로스는 이제 곧 천사들로 가득해질 것이다. 그리고 세상의 지배자는 분쇄되어 타르타로스[4]에서 치욕을 겪을 것이고, 그의 검은 산산조각 날 것이다.

세상에는 조금 신비로운 법칙이 있다(만약 이것이 없었다면 이 세상은 벌써 수천 년 전에 멸망했을 것이다). 절대 어길 수 없는 엄격한 법칙인데, 처음에는 항상 악이 승리하지만 끝에 가면 반드시 패하게 되어 있는 것이 바로 그것이다. 인간이 이 특권을 사들이기 위해서는 무수한 노력과 땀과 눈물이 필수적으로 따르는 모양이다. 그리고 자유는 인간이 가장 큰 대가를 치러야 하는 값비싼 물건이다. 인간들이든 신이든 자유를 공짜로 내주는 법은

---

4 그리스 신화에서 저승 아래에 있는 심연.

결코 없다. 자유는 불러 주기만 하면 이 땅에서 저 땅으로, 이 가슴에서 저 가슴으로 어디든 달려간다. 한시도 잠들지 않는, 정복되지 않는, 타협하지 않는 그것. 지금 이 순간, 우리는 그것이 흔들림 없는 추진력으로 키프로스의 땅을 가로지르는 것을 지켜볼 수 있다. 그리고 조만간 그것의 사지는 피로 물들 것이다. 자유가 제 길을 빚어내는 방식이 본래 그러하니까.

　지금은 우리의 사소한 열정과 근심들을 잊어야 할 때이다. 우리들 각자가 신에게서 부여받은 저마다의 재능을 가지고 키프로스 땅 전역에서 자유의 길을 따라야 하기 때문이다. 또한 우리는 키프로스의 슬픔과 고조된 분위기와 위험을 힘 닿는 대로 공유해야 하며, 좀 더 나중에 반드시 찾아올 이 땅의 기쁨(앞서 말했듯, 이것이 바로 법칙이니까)도 함께 나누어야 할 것이다.

　나로 말하자면 아무것도 대변하지 않는다. 나는 아무것도 아니다. 그저 깨끗한 양심일 뿐. 그러나 신과 시간의 저울에서는 깨끗한 양심이 어느 제국보다 무게가 더 나간다. 키프로스가 험한 물살에서 절규하고 있는 지금, 모든 깨끗한 양심들이 — 그들이 이 세상 어디에 있든 — 이 절규를 듣고 불의를 목격할 것이다. 그리고 이 세상의 지배자, 나쁜 짓을 한 자에게 돌(저주)을 던질 것이다. 지배자는 껄껄대며 비웃을 뿐이다. 권력과 군사와 함대, 공중의 치명적인 무기인 인조 새와 막대한 부와 매국노들, 그리고 엄청난 〈자기 과신〉까지, 모두 그의 편에 서 있다. 그는 껄껄대고 비웃지만 장차 언젠가는(인간의 전능이 잘못을 범하면 항상 이렇게 되게 되어 있다), 언젠가는 〈깨끗한 양심〉이 그 전능을 향해 돌을 던질 것이고 제국의 목을 잡고 늘어져 제국을 망하게 할 것이다. 거대한 제국들은 항상 그런 식으로 침몰해 왔다.

　몇 년 전 나는 그리스의 햇살 같은 볕과 쾌적한 공기에 끌려 키프로스를 다시 찾은 적이 있다. 파마구스타 근처의 한 농가에서 노인 하나가 나왔다. 우리는 우연히 대화를 나누게 되었다. 키프로스와 그리스의 합병에 대해 논할 때(그것 말고 또 뭘 논하랴!) 그의 두 눈에 불꽃이 튀었다. 그리고 갑자기 그의 구릿빛 얼굴에 함박 미소가 번졌다. 그가 한 손을 가슴에 얹더니, 마치 뭔가 중대한 비밀을 털어놓는 사람처럼 천천히 말했다.

「영국의 기반이 흔들리고 있어요! 그렇게 흔들리는 것은 인간의 가슴이 적극 항의했기 때문이죠.」

그렇다, 인간의 가슴이 항의했다. 오 위대한 제국이여, 각성하라!

옮긴이의 말

이종인

　카잔차키스(1883~1957)는 여행을 좋아한 작가였다. 그는 여행을 포도주에 비유했다. 어떤 환상이 마음에 찾아올지도 모른 채 마시게 되는 포도주, 그게 여행이라는 것이다. 그는 여행 중에 자기 안에 늘 들어 있던 어떤 것을 발견한다는 말도 했다. 여행지의 수많은 인상들 중에서 결국 마음속의 욕구와 호기심에 부응하는 것을 선택한다는 것이다. 이런 의미에서 여행자는 결국 자기 영혼의 가장자리를 따라 여행하며 설령 그 어느 이국적인 나라에 간다고 해도 그 자신의 이미지를 발견할 뿐이라고 했다. 그러면서 가장 나쁜 여행은 사진기나 무심한 관찰자처럼 객관적 풍경만 바라보는 것이라고 말했다.

　이런 말을 종합해 보면 카잔차키스는 자신이 보는 풍경, 어울리는 사람들, 마주친 사건들을 입체적으로 구성하여 거기서 그 나라에 대한 독특한 인상을 만들어 내는 것이 가장 훌륭한 여행기라고 생각한 듯하다. 이 때문에 저자는 객관적인 풍경 묘사에 치중하지 않는다. 아무리 풍경을 잘 묘사해 봐야 직접 가서 한 번 보는 것만 못하고, 그 정확도를 따지자면 사진을 찍어 놓은 것만 못하기 때문이다. 그래서 저자는 정경 일치(情景一致)의 여행기,

그러니까 여행자의 깊이 있는 사색과 풍물이 어우러진 사색적인 여행기를 써내려고 하는데 『영국 기행』은 그런 여행기이다.

작가의 생애

작가의 생애는 책 뒤에 붙은 연보에 자세히 소개되어 있으므로, 여기서는 카잔차키스가 영국을 여행했던 1939년의 전후 시기를 자세히 살펴본다. 작가는 자신의 장편 서사시 『오디세이아』의 창작 아이디어와 자료를 얻기 위해 1930년대 동안에 세계 여러 나라로 여행을 했다. 이미 1928년에 러시아 여행기를 발간한 바 있는 카잔차키스는 1933년에 스페인 여행기를 썼다. 그리고 1935년 2월 22일부터 5월 6일까지 근 석 달에 걸쳐 일본과 중국을 둘러본 여행기를 그리스 신문 「아크로폴리스」에 실었다. 그는 전쟁 준비에 광분하는 일본을 사쿠라와 대포의 이미지로 제시하고, 열강에 침략 당하며 반격도 못하면서 자만에 빠진 중국을 병든 환자, 창녀, 아편 중독자의 이미지로 제시하고 있다.

이어 1937년 9월부터 모레아 여행기를 쓰기 시작했다. 모레아는 지난 25년 동안 여섯 번이나 다녀온 곳으로서 작가에게 많은 생각을 안겨 준 그리스 문화의 고향이었다. 이 모레아 여행기는 1937년 11월과 12월에 아테네의 신문 「카티메리니」에 연재물로 발표되었다. 카잔차키스의 여행기는 이런 식, 즉 특파원의 보고서 형식으로 발표된 것이 많았다.

그는 특히 일본·중국 기행에서 감명을 받았는데 그 까닭은 자신의 인생철학을 두 나라의 풍물에서 구체적으로 확인할 수 있었기 때문이었다. 1936년 작가는 그 인상을 바탕으로 하여 『돌의 정원』이라는 장편 소설을 프랑스어로 집필했다.

이어 1938년에는 2년 전에 다녀왔던 중국과 일본 여행기를 『일본·중국 기행』이라는 제목 아래 단행본으로 출판했다. 그리고 1939년에는 영국 문화원의 초청으로 7～11월 동안 영국을 방문했다. 이 기간 중 셰익스피어의 고향 스트랫퍼드어폰에이번에 기거하면서 셰익스피어의 작품들을 집중적으로 읽었다. 그 때문에 이 『영국 기행』에서는 셰익스피어 이야기가 상당 부분을 차지한다. 그리고 다음 해인 1940년에 『영국 기행』을 발간했다. 이렇게 볼 때 1930년대 내내 작가는 많은 나라를 여행하면서 여행기를 집필했음을 알 수 있다.

그런데 1936년에 집필한 『돌의 정원』이 특히 우리의 관심을 끈다.

이 소설 속의 〈나〉는 내가 누구인지 알기 위해 동양의 인물들을 만난다. 그 과정에서 〈나는 돌이 가끔씩 굴러 떨어지는 돌의 정원이다〉라는 인식을 갖게 된다. 작가는 이 정원을 도주하는 한 마리 호랑이에 비유하고 있다. 그리고 이 『영국 기행』에서도 영혼의 본모습이 호랑이라는 말을 하고 있다. 왜 돌 떨어지는 정원일까? 저자는 예술의 본령이 기존의 균형을 깨부수고 더 큰 균형으로 나아가는 것이며, 그렇게 하여 최종적인 자유를 얻는 것이라고 설명한다. 이렇게 볼 때 덧없는 사건 속에서 영원불멸을 흘긋 엿보는 예술, 돌이 가끔씩 떨어지는 정원, 폭포를 향해 노를 젓는 무사 등은 일기관통(一氣貫通)의 주제가 된다.

이 소설에는 또한 「신을 구하는 자」라는 중요한 자료가 들어 있는데 특히 1935～1939년 사이에 집필한 각국 여행기에서 자주 인용하고 있어 『영국 기행』을 이해하는 데에도 도움이 된다.

「신을 구하는 자」에 의하면, 한시적 목숨을 가진 유기체 내부에는 두 가지 흐름이 교차한다. 하나는 창조, 생명, 영원불멸을 향해 위로 올라가는 흐름이고, 다른 하나는 해체, 물질, 죽음으로 내려가는 흐름이다. 이 두 거대한 흐름은 이 지상에서 물질과 영혼, 남성과 여성, 삶과 죽음 사이의 갈등이라는 모순적 양태를 띤다. 따라서 이 둘을 조화시키는 비전을 파악하는 것이 생의 의무이다.

그 비전을 파악하기 위해 인간은 자신의 몸 안에 들어 있는 신성에 귀 기울여야 한다. 그 신성은 늘 우리의 몸 바깥으로 나오기를 원한다. 그것은 인간의 몸 안에 들어 있는 기운인가 하면 이 우주에 흐르고 있는 기운이기도 하다. 그 에너지는 호연지기(浩然之氣)이면서 동시에 천지불인(天地不仁)이기도 하다. 이 에너지는 인간이 살을 받아 태어나기 이전에도 있었고 인간이 죽은 이후에도 사라지지 않는 영기(靈氣)이다. 이 에너지(신성)는 신의 도움이 아니라 인간 각자의 노력과 투쟁으로 획득해야 한다.

이러한 투쟁은 작가가 즐겨 인용하는 힌두 우화에 잘 구현되어 있다. 〈한 사내가 노를 저으며 대하의 흐름을 타고 내려갔다. 기나긴 세월, 그는 지평선을 찾아 밤낮없이 노를 저었다. 이윽고 흐름은 급류로 바뀌었다. 사내는 고개를 들고 귀를 기울였다. 대하는 폭포로 흐르고 있었고 뒤로 물러설 수 있는 길은 없었다. 그는 폭포를 향해 밀려 나가지 않으려고 필사적으로 노를 저었다. 그러나 그는 구원의 길이 막힌 것을 알자 즉시 노를 거두어들이고 팔짱을 낀 채 노래를 부르기 시작했다.《아, 이 노래가 나의 목숨이게 하소서. 나는 이제 아무것도 희망하지 않고 또 두려워하는 것이 아무것도 없소. 나는 완전 자유라오.》》

투쟁에 의해 쟁취된 자유, 바로 이것이 『영국 기행』을 관통하는 주제이다.

작품의 배경

카잔차키스는 1939년 7월에 영국을 방문했다. 이때는 아직 제2차 세계 대전이 정식으로 발발하기 전이었다. 이 무렵 나치 독일은 비밀리에 전쟁을 획책하면서도 겉으로는 전쟁이 없을 것처럼 술수를 부리고 있었다. 그보다 한 해 전인 1938년 9월 영국 총리 체임벌린은 뮌헨으로 날아가 체코의 주데텐란트를 독일에 넘겨주는 조건으로 히틀러와 평화 협정을 맺은 뒤 〈우리 시대에 전쟁은 없다〉라고 소리쳤다. 하지만 독일은 계속 남의 나라 영토를 욕심내고 이어 폴란드를 침공할 계획을 세웠다. 영국과 프랑스는 더 이상의 양보는 없다면서 폴란드가 침공 당한다면 전쟁 불사의 입장을 천명했다.

이처럼 전쟁이냐 평화냐를 외치며 어수선하던 시절에 카잔차키스는 영국을 방문했다. 여행기 첫머리에 나오는 〈온 세상이 양대 세력으로 갈라져 싸우고 있는 판〉이라는 배경은 바로 이런 상황을 가리키는 것이다. 영국 내부에서도 다가오는 독일과의 전쟁을 두고, 친체임벌린과 친처칠의 주화파와 주전파로 양분되어 있었다.

그러던 중 1939년 8월 23일 모스크바에서 나치-소비에트 불가침 조약이 서명되었고 그것이 온 세상에 알려졌다. 나치 독일은 뒷마당인 동부 유럽(소비에트)으로부터의 피침 우려 없이 벨기에와 프랑스를 공격할 수 있는 터전을 닦은 것이다. 이러한 상황을 여행기는 이렇게 적고 있다.

독·소 조약이 체결되었다. 러시아가 꿈틀하더니 멀리 유럽 북쪽으로 진출하여 어부지리를 챙길 게 없을까 킁킁대며 냄새를 맡고 있다. 독일이 폴란드에 최후통첩을 보냈다. 프랑스는 완전 무장하고 폴란드가 침공 당하면 폴란드 편을 들어 참전할 것이라고 말했다. 영국의 본국 함대에는 전쟁 경계령이 내려져 있다.(〈일어나라, 존 불〉 중에서)

드디어 1939년 9월 1일 동틀 무렵, 독일이 폴란드를 침공함으로써 제2차 세계 대전은 시작되었다. 9월 3일에는 영국 주요 도시의 어린아이들이 공습에 대비하여 한적한 시골로 소개되었다. 여행기에서도 아이들의 소개 상황을 언급하고 있고, 또 9월 3일 독일 폭격기의 공습을 묘사하고 있다. 카잔차키스는 고딕풍 교회의 지하 대피소에 피신했던 에피소드를 연옥을 다녀온 경험으로 묘사하면서 단테의 『신곡』을 인용하고 있다. 그리고 바로 이날 9월 3일에 처칠이 영국 내각의 해군 장관으로 임명되었다. 이후 처칠이 총리로 취임하여 영국민들의 〈피, 눈물, 땀〉을 요구하게 되는 1940년 5월까지 영국은 독일의 침공 위협에 시달리며 어수선한 상황에 놓이게 된다.

이상이 전쟁의 객관적 상황인데, 이 시기에 영국을 방문한 카잔차키스는 영국의 지식인들과 정치인들 그리고 일반 시민들의 생각들을 자세히 적어 놓고 있다.

가령 작가가 케임브리지 대학에서 만난 노교수는 영국 청년들의 느슨해진 정신을 질타한다. 영국의 전후 세대 학생들이 과거와 같은 도덕적 확신을 갖지 못하고 또 영국의 패권에 대해서도 의문을 갖고 있다는 것이다. 많은 학생들이 냉소적인 태도로 변했고 관습을 비웃는다는 것이다. 그러면서 학생들 대다수가 평화주의자이거나 사회주의자이고, 심지어 일부 학생들은 그레이트 브리튼을 이빨 빠진 사자로 폄하한다는 것이다. 이런 중요한 때에 영국 젊은이들이 조상의 유산을 지키기 위해 싸울 생각은 안 하고 평화만 원하고 있다는 것이다.

반면에 영국 정치가 존 경은 전쟁은 불가피하며, 영국이 결국 전쟁에서 이길 것이라고 말한다.

〈전쟁은 분명 터질 겁니다. 그렇지 않고는 이와 같은 긴장을 배출시킬 방법이 없습니다. 전쟁은 터집니다. 그런 후 외교관들이 또다시 뒷수습을 할 겁니다. 전쟁은 다시 터질 것이고 그다음에 또다시 수습되고 이어 또 터질 겁니다. 이것은 엄청난 탄생의 진통입니다. 지구는 산통을 겪고 있습니다. 여자의 임신 기간은 9개월입니다. 그러나 온 세상이 새롭게 탄생하려면 산통이 수백 년 이어질지도 모릅니다.〉

영국의 젊은이들은 1930년대와 1940년대에 걸쳐 지구의 4분의 1 지역에 걸쳐 있는 광대한 제국을 통치하도록 훈련을 받았으나, 이제 국력은 현저하게 위축되었고 거기다 나치 독일의 출현으로 본토를 지키기에도 급박한 상황에 내몰려 심각한 위축의 증세를 보인다. 이러한 정신적 기상도를 카잔차키스는 정확히 진단하여 〈깨어나라, 존 불!〉 하고 외친다.

그런데 이런 전쟁을 바라보는 작가의 시각이 아주 독특하다. 작가는 문명이 발전하기 위해서 전쟁은 불가피하다고 말한다. 인간은 사랑과 투쟁을 할 때에만 비로소 사물들의 모습이 뚜렷하게 보인다는 것이다. 그러면서 그 투쟁을 비극적 황홀로 표현하고 있다. 〈값싼 위안의 만병통치약을 거부하면서, 안일한 희망에 기대지 않으면서 비극 속에 숨어 있는 황홀을 발견하고 씩씩하게 《예》라고 시인하며, 그게 바로 인생의 본모습이라고 말한다〉는 것이다. 전쟁을 많은 사람들이 죽어 나가는 끔찍한 희생과 살육으로 보는 것이 아니라 창조와 생성의 고통이라는 형이상학적 관

점으로 제시한다. 지금껏 인간이 성취한 가치 있는 것들은 모두
전쟁의 리듬을 거쳐 그에 대립하는 평화의 리듬으로 나아가는 과
정에서 획득되었다는 것이다.

작품 해설

이러한 인식 때문인지 『영국 기행』은 전쟁을 가져온 배경과 그
에 따른 향후 전망에 집중하고 있다. 특히 버밍엄, 셰필드, 맨체
스터, 리버풀 등 산업 지대를 돌아보는 작가의 시선은 기계에 대
한 혐오감으로 가득 차 있다. 그러나 피터버러의 성당과 옥스퍼
드와 케임브리지 대학을 둘러보고 이어 셰익스피어의 고향 스트
랫퍼드어폰에이번에 이르러서는, 영국이 어떻게 이런 기계(물
질)의 시련을 이겨 내고 신사의 나라로 다시 우뚝 설 수 있을 것
인지 명상한다.

작가는 영국 여행 과정에서 장구한 세월 동안 자유를 위해 싸
워 온 인간적 투쟁의 리듬을 생각한다. 그 투쟁은「신을 구하는
자」에서 나왔듯이 물질과 영혼, 남성과 여성, 삶과 죽음 사이의
갈등이라는 모순적 양태를 띠고 있다. 『영국 기행』에서도 물질
(자연)과 영혼(문명)의 갈등은 남성과 여성의 교합(交合)이라는
이미지를 빌려 구체화된다.

우리는 확고한 목적 아래 물질을 붙들고 끈덕지게 싸웠습니
다. 마치 남자가 여자를 다스려 그녀를 정복하듯이. 그리고 마
침내 물질의 비밀스러운 문을 발견하여 그 안으로 들어갔습니
다. 물질은 항복했습니다. 우리는 물질의 음부에 입 맞추었고
물질의 내부에는 아이(아들)가 들어섰습니다. 인간의 영혼이

마침내 그 짝을 찾은 것입니다.(〈영국 박물관〉 중에서)

여성(비유적 의미의 여성)은 남자가 그 안으로 들어가면 길을 잃어버리는 동굴이다. 하지만 남자는 바로 그 동굴에 매혹된다. 카잔차키스는 이러한 동굴의 은유를 변형하여 남성과 여성의 섹스를 생물적인 것이 아니라 관념적인 것으로 바꾸어 놓는다. 남성은 하늘을 향해 시선을 두면서 자연의 협박을 피해 문명을 건설해 왔고, 여성은 남성을 땅으로 잡아당겨 자연으로 되돌아가게 만든다. 인간이 아무리 문명을 자랑해도 결국에는 홍수, 지진, 가뭄, 전염병 등에 무력한 것이다. 여성은 달을 섬기는 여사제 다시 말해 변화무쌍한 자연의 상징인데, *moon*(달)-*month*(월)-*menstruation*(월경) 등의 동근 어휘들은 그러한 사정을 말해 준다. 이러한 물질과 영혼의 갈등과 그로부터 전개될 정반합의 종합을 명상하면서 작가는 다가오는 전쟁으로 어수선한 영국을 관찰하고 그들의 방황을 지켜보며 새로운 전망을 내놓는다. 전쟁이란 결국 양립 불가능한 두 가지 사이의 투쟁인데, 그 투쟁을 성실하게 수행할 때 비로소 그 결과도 선명해진다고 말한다. 작가는 과거 영국에서 벌어진 일련의 투쟁들을 제시한 다음 거기서 마그나 카르타-신사-셰익스피어라는 보람 있는 세 가지 결과물이 나왔다고 진단한다.

이 투쟁과 관련하여 작가는 프리드리히 니체와 셰익스피어의 경우를 제시한다. 한평생을 반시대적 고찰에 바친 철학자 니체에 대하여 작가는 이렇게 말한다. 니체의 투쟁은 희망 없는 영원 회귀론과 희망이 보이는 초인론을 종합하려는 것이었는데, 결국 거기서 더 나아가지 못하고 정신 이상이 되고 말았다. 반면 셰익스피어의 인생의 허무를 초극하여 완전 자유를 획득했다.

작가는 셰익스피어의 예술에는 로미오-제이크스-햄릿-프로스페로의 네 가지 얼굴(단계)이 있다고 말한다. 그러면서 큰 갈등 없이 인생을 마치는 보통 사람들은 제이크스의 7단계에 머물 뿐, 그 이상을 초월하지 못한다고 암시한다. 반면 니체에 대해서는 3단계(햄릿)에 머물다가 그 갈등을 초극하지 못하고 정신 이상이 되어 버렸다고 진단한다. 마지막으로, 셰익스피어는 영혼을 완전히 자유롭게 해방시킬 줄 아는 마법사(프로스페로)가 됨으로써 인간의 최종 임무(자유)를 완수했다고 말한다.

이러한 설명은 「신을 구하는 자」에서 설명된 인간 정신의 세 가지 의무를 연상시킨다. 카잔차키스는 정신의 첫 번째 의무는 그(정신의) 한계를 파악하는 것이라고 말한다. 두 번째 의무는 그 한계를 거부하면서 피 흘리며 고뇌하는 것이다. 세 번째 의무는 정신이 현상을 초월하여 자유의 날개를 얻는 것이다.

이 세 가지 의무는 위에서 나온 힌두 우화의 노 젓기에 비유될 수 있다. 폭포가 없는 곳으로 노 젓는 것이 첫째 의무이고, 대지를 잘 알기 위해 폭포 쪽으로 나아가는 것이 두 번째 의무이며, 폭포에서 추락하여 죽을 줄 알면서도 투쟁을 멈추지 않고 계속 도전하는 것이 세 번째 의무이다. 이는 『영국 기행』의 프롤로그에서 나오는 세 가지 의무(영혼의 구도자에게 요구된 것)에 의해서도 보충 설명된다.

『영국 기행』에서 제시된 카잔차키스의 사상은 너무 간결하여 이 기행문을 처음 읽는 독자는 추상적인 느낌을 받을지 모른다. 실제로 이 여행기를 정독해 보면, 독자가 이미 『모레아 기행』이나 『일본·중국 기행』을 읽었으리라고 전제하면서 글을 전개해 나간 부분도 엿보인다. 따라서 이 책을 읽고 카잔차키스의 사상을 더 알고자 하는 독자들은 『돌의 정원』을 읽으실 것을 권한다. 이 소설을 읽고 나면 자연스럽게 『일본·중국 기행』과 『모레아 기행』도

참고하고 싶어질 것이다. 이렇게 하면 그의 사상이 잘 스며든 다른 작품들, 가령 『그리스인 조르바』, 『오디세이아』, 『성자 프란체스코』, 『미할리스 대장』, 『영혼의 자서전』 등도 친숙하게 읽을 수 있을 것이다.

이 책의 번역 대본으로는 1965년 Bruno Cassirer에서 출간한 영어판 *England*를 사용하였다.

니코스 카잔차키스 연보

1883년 2월 18일(구력)* 크레타 이라클리온에서 태어남. 당시 크레타는 오스만 제국의 영토였음. 아버지 미할리스는 바르바리(현재 카잔차키스 박물관이 있음) 출신으로, 곡물과 포도주 중개상을 함. 뒷날 미할리스는 소설 『미할리스 대장 *O Kapetán Mihális*』의 여러 모델 가운데 하나가 됨.

1889년(6세) 크레타에서 터키의 지배에 대항하는 반란이 일어났으나 실패함. 카잔차키스 일가는 그리스 본토로 피하여 6개월간 머무름.

1897~1898년(14~15세) 크레타에서 두 번째 반란이 일어남. 자치권을 얻는 데 성공함. 니코스는 안전을 위해 낙소스 섬으로 감. 프랑스 수도사들이 운영하는 학교에 등록. 여기서 프랑스어에 대한 그의 사랑이 시작됨.

1902년(19세) 이라클리온에서 중등 교육을 마치고 법학을 공부하기 위해 아테네 대학교에 진학함.

1906년(23세) 대학을 졸업하기도 전에 에세이 「병든 시대 I arrósteia tu aiónos」와 소설 「뱀과 백합 Ofis ke kríno」 출간함. 희곡 「동이 트면 Ximeróñei」을 집필함.

1907년(24세) 「동이 트면」이 희곡 상을 수상하며 아테네에서 공연됨. 커

---

*그리스는 구력인 율리우스력을 사용하다가, 1923년 대다수의 국가가 현재 사용하고 있는 그레고리우스력을 받아들이면서 그해 2월 16일을 3월 1일로 조정하였다. 구력의 날짜를 그레고리우스력으로 환산하려면 19세기일 때는 12일을, 20세기일 때는 13일을 더하면 된다.

다란 논란을 일으킴. 약관의 카잔차키스는 단번에 유명 인사가 됨. 언론계에 발을 들여놓음. 프리메이슨에 입회함. 10월 파리로 유학함. 이곳에서 작품 집필과 저널리즘 활동을 병행함.

1908년(25세) 앙리 베르그송의 강의를 듣고, 니체를 읽음. 소설 『부서진 영혼 *Spasménes psihés*』을 완성함.

1909년(26세) 니체에 관한 학위 논문을 완성하고 희곡 「도편수 O protomástoras」를 집필함. 이탈리아를 경유하여 크레타로 돌아감. 학위 논문과 단막극 「희극: 단막 비극 Komodía」과 에세이 「과학은 파산하였는가 I epistími ehreokópise?」를 출간함. 순수어 *katharévusa*를 폐기하고 학교에서 민중어 *demotiki*를 채용할 것을 주장하는 솔로모스 협회의 이라클리온 지부장이 됨. 언어 개혁을 촉구하는 선언문을 집필함. 이 글이 아테네의 한 정기 간행물에 실림.

1910년(27세) 민중어의 옹호자 이온 드라구미스를 찬양하는 에세이 「우리 젊음을 위하여 Ya tus néus mas」를 발표함. 고전 그리스 문화에 대한 추종을 극복해야만 한다고 역설하는 드라구미스가 그리스를 새로운 영광의 시기로 인도할 예언자라고 주장함. 이라클리온 출신의 작가이며 지식인인 갈라테아 알렉시우와 결혼식을 올리지 않은 채 아테네에서 동거에 들어감. 프랑스어, 독일어, 영어와 고전 그리스어를 번역하는 것으로 생계를 유지함. 민중어 사용 주창 단체들 중 가장 중요한 〈교육 협회〉의 창립 회원이 됨.

1911년(28세) 10월 11일 갈라테아 알렉시우와 결혼함.

1912년(29세) 교육 협회 회원을 대상으로 한 긴 강연에서 베르그송의 철학을 그리스 지식인들에게 소개함. 이 강연 내용이 협회보에 실림. 제1차 발칸 전쟁이 발발하자 육군에 자원하여 베니젤로스 총리 직속 사무실에 배속됨.

1914년(31세) 시인 앙겔로스 시켈리아노스와 함께 아토스 산을 여행함. 여러 수도원을 돌며 40일간 머무름. 이때 단테, 복음서, 불경을 읽음. 시켈리아노스와 함께 새로운 종교를 창시할 것을 몽상함. 생계를 위해 갈라테아와 함께 어린이 책을 집필함.

1915년(32세) 시켈리아노스와 함께 다시 그리스를 여행함. 〈나의 위대한 스승 세 명은 호메로스, 단테, 베르그송〉이라고 일기에 적음. 수도원에 은거하며 책을 한 권 썼으나 현재 전해지지 않음. 아마도 아토스 산에 대한 책인 듯함. 「오디세우스 Odisséas」, 「그리스도 Hristós」, 「니키포로스 포카

364

스Nikifóros Fokás」의 초고를 씀. 10월 아토스 산의 벌목 계약을 위해 테살로니키로 여행함. 이곳에서 카잔차키스는 제1차 세계 대전 중 영국군과 프랑스군이 살로니카 전선에서 싸우기 위해 상륙하는 것을 목격함. 같은 달, 톨스토이를 읽고 문학보다 종교가 중요하다고 결심하며, 톨스토이가 멈춘 곳에서 시작하리라고 맹세함.

1917년(34세) 전쟁으로 석탄 연료가 부족해지자 기오르고스 조르바라는 일꾼을 고용하여 펠로폰네소스에서 갈탄을 캐려고 시도함. 이 경험은 1915년의 벌목 계획과 결합하여 뒷날 소설 『그리스인 조르바*Víos ke politía tu Aléxi Zorbá*』로 발전됨. 9월 스위스 여행. 취리히의 그리스 영사 이안니스 스타브리다키스의 거처에 손님으로 머무름.

1918년(35세) 스위스에서 니체의 발자취를 순례함. 그리스의 지식인 여성 엘리 람브리디를 사랑하게 됨.

1919년(36세) 베니젤로스 총리가 카잔차키스를 공공복지부 장관에 임명하고, 카프카스에서 볼셰비키에 의해 처형될 위기에 처한 15만 명의 그리스인들을 송환하라는 임무를 맡김. 7월 카잔차키스는 자신의 팀을 이끌고 출발. 여기에는 스타브리다키스와 조르바도 끼여 있었음. 8월 베니젤로스에게 보고하기 위해 베르사유로 감. 여기서 평화 조약 협상에 참여함. 피난민 정착을 감독하기 위해 마케도니아와 트라케로 감. 이때 겪은 일들은 뒷날 『수난*O Hristós xanastavrónetai*』에 사용됨.

1920년(37세) 8월 13일 드라구미스가 암살됨. 카잔차키스는 큰 충격에 휩싸임. 11월 베니젤로스가 이끄는 자유당이 선거에서 패배함. 카잔차키스는 공공복지부 장관을 사임하고 파리로 떠남.

1921년(38세) 1월 독일 드레스덴, 라이프치히, 예나, 바이마르, 뉘른베르크, 뮌헨을 여행함. 2월 그리스로 돌아옴.

1922년(39세) 아테네의 한 출판인과 일련의 교과서 집필을 계약하며 선불금을 받음. 이로써 해외여행이 가능해짐. 5월 19일부터 8월 말까지 빈에 체재함. 여기서 이단적 정신분석가 빌헬름 슈테켈이 〈성자의 병〉이라고 부른 안면 습진에 걸림. 전후 빈의 퇴폐적 분위기 속에서 카잔차키스는 불경을 연구하고 붓다의 생애를 다룬 희곡을 집필하기 시작함. 또한 프로이트를 연구하고 「신을 구하는 자*Askitikí*」를 구상함. 9월 베를린에서 그리스가 터키에 참패했다는 소식을 들음. 이전의 민족주의를 버리고 공산주의 혁명가들에 동조함. 카잔차키스는 특히 라헬 리프슈타인이 이끄는 급진적 젊은 여성들의 소모임으로부터 영향을 받음. 미완의 희곡 『붓다

Vúdas』를 찢어 버리고 새로운 형태로 쓰기 시작함. 「신을 구하는 자」에 착수하면서 공산주의적인 행동주의와 불교적인 체념을 조화시키려 시도함. 소비에트 연방으로 이주할 것을 꿈꾸며 러시아어 수업을 들음.

1923년(40세) 빈과 베를린에서 보낸 시기에는 아테네에 남아 있던 갈라테아에게 보낸 편지를 통해 많은 자료를 남겼음. 4월 「신을 구하는 자」를 완성함. 다시 『붓다』 집필을 계속함. 6월 니체가 자란 나움부르크로 순례를 떠남.

1924년(41세) 이탈리아에서 3개월을 보냄. 이때 방문한 폼페이는 그가 떨쳐 버릴 수 없는 상징의 하나가 됨. 아시시에 도착함. 여기서 『붓다』를 완성하고, 성자 프란체스코에 대한 평생의 흠앙을 시작함. 아테네로 가서 엘레니 사미우를 만남. 이라클리온으로 돌아와, 망명자들과 소아시아 전투 참전자들로 이루어진 공산주의 세포의 정신적 지도자가 됨. 서사시 『오디세이아*Odíssia*』를 구상하기 시작함. 아마 이때 「향연*Simposion*」도 썼을 것으로 추정됨.

1925년(42세) 정치 활동으로 체포되었으나 24시간 뒤에 풀려남. 『오디세이아』 1~6편을 씀. 엘레니 사미우와의 관계가 깊어짐. 10월 아테네 일간지의 특파원 자격으로 소련으로 떠남. 그곳에서의 감상을 연재함.

1926년(43세) 갈라테아와 이혼. 갈라테아는 뒷날 재혼한 뒤에도 갈라테아 카잔차키라는 이름으로 활동함. 카잔차키스는 다시금 신문사 특파원 자격으로 팔레스타인과 키프로스로 여행함. 8월 스페인으로 여행함. 독재자 프리모 데 리베라와 인터뷰함. 10월 이탈리아 로마에서 무솔리니와 인터뷰함. 11월 훗날 카잔차키스의 제자로서 문학 에이전트이자 친구이며 전기 작가가 되는 판델리스 프레벨라키스를 만남.

1927년(44세) 특파원 자격으로 이집트와 시나이를 방문함. 5월 『오디세이아』의 완성을 위해 아이기나에 홀로 머무름. 작업이 끝나자마자 생계를 위해 백과사전에 실릴 기사들을 서둘러 집필하고 『여행기*Taxidévondas*』 첫 번째 권에 실릴 글을 모음. 디미트리오스 글리노스의 잡지 『아나예니시』에 「신을 구하는 자」가 발표됨. 10월 말 혁명 10주년을 맞이한 소련 정부의 초청으로 다시 러시아를 방문함. 앙리 바르뷔스와 조우함. 평화 심포지엄에서 호전적인 연설을 함. 11월 당시 프랑스에서 큰 인기를 얻고 있던 그리스계 루마니아 작가 파나이트 이스트라티를 만남. 이스트라티를 비롯한 몇몇 사람들과 함께 카프카스를 여행함. 친구가 된 이스트라티와 카잔차키스는 소련에서 정치적, 지적 활동을 함께하기로 맹세함. 12월 이스트라티를 아테네로 데리고 옴. 신문 논설을 통해 그를 그리스 대중에게 소개함.

1928년(45세) 1월 11일 카잔차키스와 이스트라티는 알람브라 극장에 모인 군중 앞에서 소련을 찬양하는 연설을 함. 이는 곧바로 가두시위로 이어짐. 당국은 연설회를 조직한 디미트리오스 글리노스와 카잔차키스를 사법 처리하고 이스트라티를 추방하겠다고 위협함. 4월 이스트라티와 카잔차키스는 러시아로 돌아옴. 키예프에서 카잔차키스는 러시아 혁명에 관한 영화 시나리오를 집필함. 6월 모스크바에서 이스트라티와 동행하여 고리키를 만남. 카잔차키스는 「신을 구하는 자」의 마지막 부분을 수정하고 〈침묵〉 장을 추가함. 「프라우다」에 그리스의 사회 상황에 대한 논설들을 기고함. 레닌의 생애를 다룬 또 다른 시나리오에 착수함. 이스트라티와 무르만스크로 여행함. 레닌그라드를 경유하면서 빅토르 세르주와 만남. 7월 바르뷔스의 잡지 『몽드』에 이스트라티가 쓴 카잔차키스 소개 기사가 실림. 이로써 유럽 독서계에 카잔차키스가 처음으로 알려짐. 8월 말 카잔차키스와 이스트라티는 엘레니 사미우와 이스트라티의 동반자 빌릴리 보드보비와 함께 남부 러시아로 긴 여행을 떠남. 여행의 목적은 〈붉은 별을 따라서〉라는 일련의 기사를 공동 집필하기 위해서였음. 두 친구의 사이가 점차 멀어짐. 12월 빅토르 세르주와 그의 장인 루사코프가 트로츠키주의자로 몰려 처벌된 〈루사코프 사건〉이 일어나 그들의 견해차는 마침내 극에 달함. 이스트라티가 소련 당국에 대한 분노와 완전한 환멸을 느낀 반면, 카잔차키스는 사건 하나로 체제의 정당성을 판단하기는 어렵다는 입장이었음. 아테네에서 카잔차키스의 러시아 여행기가 두 권으로 출간됨.

1929년(46세) 카잔차키스는 홀로 러시아의 구석구석을 여행함. 4월 베를린으로 가서 소련에 관한 강연을 함. 논설집을 출간하려 함. 5월 체코슬로바키아의 한적한 농촌으로 들어가 첫 번째 프랑스어 소설을 씀. 원래 〈모스크바는 외쳤다*Moscou a crié*〉라는 제목이었으나 〈토다 라바*Toda-Raba*〉로 바뀜. 이 소설은 작가의 변화한 러시아관을 별로 숨기지 않고 드러내고 있음. 역시 프랑스어로 〈엘리아스 대장*Kapetán Élias*〉이라는 소설을 완성함. 이는 『미할리스 대장』의 선구가 되는 여러 작품 중 하나임. 프랑스어로 쓴 소설들은 서유럽에 자신의 존재를 드러내려는 최초의 시도였음. 동시에 소련에 대한 자신의 달라진 관점을 반영하기 위해 『오디세이아』의 근본적인 수정에 착수함.

1930년(47세) 돈을 벌기 위해 두 권짜리 『러시아 문학사*Istoria tis rosikis logotehnias*』를 아테네에서 출간함. 그리스 당국은 「신을 구하는 자」에 나타난 무신론을 이유로 그를 재판에 회부하겠다고 위협함. 계속 외국에 머무름. 처음에는 파리에서 지내다가 니스로 옮긴 뒤, 아테네 출판사들의 의뢰로 프랑스 어린이 책을 번역함.

1931년(48세) 그리스로 돌아와 아이기나에 머무름. 순수어와 민중어를 포괄하는 프랑스-그리스어 사전 편찬 작업에 착수함. 6월 파리에서 식민지 미술 전시회를 관람함. 여기서 『오디세이아』에 나오는 아프리카 장면의 아이디어를 얻음. 『오디세이아』의 제3고를 체코슬로바키아에서 은거하며 완성함.

1932년(49세) 재정적 어려움을 타개하기 위해 프레벨라키스와 공동 작업을 구상함. 여러 편의 영화 시나리오와 번역을 구상했으나 대체로 실패함. 카잔차키스는 단테의 『신곡』 전편을, 3운구법을 살려 45일 만에 번역함. 스페인으로 이주하여 그곳에서 작가로 살기로 하고 그 출발로서 선집에 수록될 스페인 시의 번역에 착수함.

1933년(50세) 스페인 인상기를 씀. 엘 그레코에 관한 3운구 시를 지음. 훗날 『영혼의 자서전 *Anaforá ston Gréko*』의 전신이 됨. 스페인에서 생계를 해결하지 못하고 아이기나로 돌아옴. 『오디세이아』 제4고에 착수함. 단테 번역을 수정하면서 몇 편의 3운구 시를 지음.

1934년(51세) 돈을 벌기 위해 2, 3학년을 위한 세 권의 교과서를 집필함. 이 중 한 권이 교육부에서 채택되어 재정 상태가 잠시 나아짐. 『신곡』이 아테네에서 출간됨. 『토다 라바』가 프랑스 파리의 『르 카이에 블루』지에서 재간행됨.

1935년(52세) 『오디세이아』 제5고를 완성한 뒤 여행기 집필을 위해 일본과 중국을 방문함. 돌아오는 길에 아이기나에서 약간의 땅을 매입함.

1936년(53세) 그리스 바깥에서 문명(文名)을 확립하려는 시도로서, 프랑스어로 소설 『돌의 정원 *Le Jardin des rochers*』을 집필함. 이 소설은 그가 동아시아에서 겪은 일들을 바탕으로 함. 또한 미할리스 대장 이야기의 새로운 원고를 완성함. 이를 〈나의 아버지 *Mon père*〉라고 부름. 돈을 벌기 위해 왕립 극장에서 공연 예정인 피란델로의 「오늘 밤은 즉흥극 *Questa sera si recita a soggetto*」을 번역함. 직후 피란델로풍의 희곡 「돌아온 오셀로 *O Othéllos xanayirízei*」를 썼는데 생전에는 이 작품의 존재가 알려지지 않았음. 괴테의 『파우스트』 제1부를 번역함. 10~11월 내전 중인 스페인에 특파원으로 감. 프랑코와 우나무노를 회견함. 아이기나에 집이 완성됨. 그가 장기 거주한 첫 번째 집임.

1937년(54세) 아이기나에서『오디세이아』제6고를 완성함.『스페인 기행 *Taxidévondas: Ispanía*』이 출간됨. 9월 펠로폰네소스를 여행함. 여기서 얻은 감상을 신문 연재 기사 형식으로 발표함. 이 글들은 뒷날『모레아 기행*Taxidévondas: O Morias*』으로 묶어 펴냄. 왕립 극장의 의뢰로 비극「멜리사Mélissa」를 씀.

1938년(55세)『오디세이아』제7고와 최종고를 완성한 뒤 인쇄 과정을 점검함. 호화판으로 제작된 이 서사시의 발행일은 12월 말일임. 1922년 빈에서 걸렸던 것과 같은 안면 습진에 걸림.

1939년(56세) 〈아크리타스*Akritas*〉라는 제목으로 3만 3,333행의 새로운 서사시를 쓸 계획을 세움. 7∼11월 영국 문화원의 초청으로 영국을 방문함. 스트랫퍼드어폰에이번에 기거하며 비극「배교자 율리아누스Iulianós o paravátis」를 집필함.

1940년(57세)『영국 기행*Taxidévondas: Anglia*』을 쓰고「아크리타스」의 구상과「나의 아버지」의 수정 작업을 계속함. 청소년들을 위한 일련의 전기 소설을 씀(『알렉산드로스 대왕*Megas Alexandros*』,『크노소스 궁전 *Sta palatia tis Knosu*』). 10월 하순 무솔리니가 그리스를 침공함. 카잔차키스는 그리스 민족주의에 대한 새로운 애증에 빠짐.

1941년(58세) 독일이 그리스를 점령함. 카잔차키스는 집필에 몰두하여 슬픔을 달램.『붓다』의 초고를 완성함. 단테의 번역을 수정함. 〈조르바의 성스러운 삶〉이라는 제목의 새로운 소설을 시작함.

1942년(59세) 전쟁 기간 동안 아이기나를 벗어나지 못함. 다시 정치에 뛰어들기 위해 가능한 한 빨리 작품 집필을 포기하기로 결심함. 독일군 당국은 카잔차키스에게 며칠간의 아테네 체재를 허락함. 여기서 이안니스 카크리디스 교수를 만나 호메로스의『일리아스』를 공동 번역하기로 합의함. 카잔차키스는 8월과 10월 사이에 초고를 끝냄. 〈그리스도의 회상〉이라는 제목으로 예수에 대한 소설을 쓸 계획을 세움. 이것은 뒷날『최후의 유혹 *O teleftaíos pirasmós*』의 전신이 됨.

1943년(60세) 독일 점령 기간의 곤궁함에도 불구하고 정력적으로 작업을 계속함.『그리스인 조르바』와『붓다』의 두 번째 원고 및『일리아스』의 번역을 완성함. 아이스킬로스의 〈프로메테우스〉 3부작을 모티프로 한 희곡 신판을 씀.

1944년(61세) 봄과 여름에 희곡「카포디스트리아스O Kapodístrias」와「콘스탄티누스 팔라이올로구스Konstandínos o Palaiológos」를 집필함.

〈프로메테우스〉 3부작과 함께 이들 희곡은 각각 고대, 비잔틴 시대, 현대 그리스를 다룸. 독일군이 철수함. 카잔차키스는 곧바로 아테네로 가서 테아 아네모이안니의 환대를 받고 그 집에서 머무름. 〈12월 사태〉로 알려진 내전을 목격함.

1945년(62세) 다시 정치에 뛰어들겠다는 결심에 따라, 흩어진 비공산주의 좌파의 통합을 목표로 하는 소수 세력인 사회당의 지도자가 됨. 단 두 표 차로 아테네 학술원의 입회가 거부됨. 정부는 독일군의 잔학 행위 입증 조사를 위해 그를 크레타로 파견함. 11월 오랜 동반자 엘레니 사미우와 결혼. 소풀리스의 연립 정부에서 정무 장관으로 입각함.

1946년(63세) 사회 민주주의 정당들의 통합이 실현되자 카잔차키스는 장관직에서 물러남. 3월 25일 그리스 독립 기념일에 왕립 극장에서 그의 희곡 「카포디스트리아스」가 공연됨. 공연은 커다란 파문을 일으켰고, 우익 민족주의자들은 극장을 불태우겠다고 위협함. 그리스 작가 협회는 카잔차키스를 시켈리아노스와 함께 노벨 문학상 후보로 추천함. 6월 40일간의 예정으로 해외여행을 떠남. 실제로는 남은 생을 해외에서 체류하게 되었음. 영국에서 지식인들에게 〈정신의 인터내셔널〉을 조직할 것을 호소하였으나 별 관심을 끌지 못함. 영국 문화원이 케임브리지에 방 하나를 제공하여, 이곳에서 여름을 보내며 〈오름길〉이라는 제목의 소설을 씀. 이 역시 『미할리스 대장』의 선구적 작품이 됨. 9월 프랑스 정부의 초청으로 파리에 감. 그리스의 정치 상황 때문에 해외 체재가 불가피해짐. 『그리스인 조르바』가 프랑스어로 번역되도록 준비함.

1947년(64세) 스웨덴의 지식인이자 정부 관리인 뵈리에 크뇌스가 『그리스인 조르바』를 번역함. 몇 차례의 줄다리기 끝에 카잔차키스는 유네스코에서 일하게 됨. 그의 일은 세계 고전의 번역을 촉진하여 서로 다른 문화, 특히 동양과 서양의 문화 사이에 다리를 놓는 것이었음. 스스로 자신의 희곡 「배교자 율리아누스」를 번역함. 『그리스인 조르바』가 파리에서 출간됨.

1948년(65세) 자신의 희곡들을 계속 번역함. 3월 창작에 전념하기 위해 유네스코에서 사임함. 「배교자 율리아누스」가 파리에서 공연됨(1회 공연으로 끝남). 카잔차키스와 엘레니는 앙티브로 이주함. 그곳에서 희곡 「소돔과 고모라 Sódoma ke Gómora」를 씀. 영국, 미국, 스웨덴, 체코슬로바키아의 출판사에서 『그리스인 조르바』 출간을 결정함. 카잔차키스는 『수난』의 초고를 3개월 만에 완성하고 2개월간 수정함.

1949년(66세) 격렬한 그리스 내전을 소재로 한 새로운 소설 『전쟁과 신부

I aderfofádes』에 착수함. 희곡「쿠로스 Kúros」와「크리스토퍼 콜럼버스 Hristóforos Kolómvos」를 씀. 안면 습진이 다시 찾아옴. 치료차 프랑스 비시의 온천에 감. 12월『미할리스 대장』 집필에 착수함.

1950년(67세) 7월 말까지『미할리스 대장』에만 몰두함. 11월『최후의 유혹』에 착수함.『그리스인 조르바』와『수난』이 스웨덴에서 출간됨.

1951년(68세)『최후의 유혹』 초고를 완성함.「콘스탄티누스 팔라이올로구스」의 개정을 마치고 이 초고를 수정하기 시작함.『수난』이 노르웨이와 독일에서 출간됨.

1952년(69세) 성공이 곤란을 야기함. 각국의 번역자들과 출판인들이 카잔차키스의 시간을 점점 더 많이 빼앗게 됨. 안면 습진 또한 그를 더 심하게 괴롭힘. 엘레니와 함께 이탈리아에서 여름을 보냄. 아시시의 성자 프란체스코에 대한 사랑이 더욱 깊어짐. 눈에 심한 감염이 일어나 네덜란드의 병원으로 감. 요양하면서 성자 프란체스코의 생애를 연구함. 영국, 노르웨이, 스웨덴, 네덜란드, 핀란드, 독일에서 그의 소설들이 계속적으로 출간됨. 그러나 그리스에서는 출간되지 않음.

1953년(70세) 눈의 세균 감염이 낫지 않아 파리의 병원에 입원함(결국 오른쪽 눈의 시력을 잃음). 검사 결과 수년 동안 그를 괴롭힌 안면 습진은 림프샘 이상이 원인인 것으로 나타남. 앙티브로 돌아가 수개월간 카크리디스 교수와 함께『일리아스』의 공역을 마무리함. 소설『성자 프란체스코 *O ftohúlis tu Theú*』를 씀.『미할리스 대장』이 출간됨.『미할리스 대장』 일부와『최후의 유혹』 전체에서 신성을 모독했다는 이유로 그리스 정교회가 카잔차키스를 맹렬히 비난함. 당시『최후의 유혹』은 그리스에서 출간되지도 않았음.『그리스인 조르바』가 뉴욕에서 출간됨.

1954년(71세) 교황이『최후의 유혹』을 가톨릭교회의 금서 목록에 올림. 카잔차키스는 교부 테르툴리아누스의 말을 인용하여 바티칸에 이런 전문을 보냄.〈주여 당신에게 호소합니다.〉같은 전문을 아테네의 정교회 본부에도 보내면서 이렇게 덧붙임.〈성스러운 사제들이여, 여러분은 나를 저주하나 나는 여러분을 축복합니다. 여러분께서도 나만큼 양심이 깨끗하시기를, 그리고 나만큼 도덕적이고 종교적이시기를 기원합니다.〉여름『오디세이아』를 영어로 번역하는 키먼 프라이어와 매일 공동 작업함. 12월「소돔과 고모라」의 초연에 참석하기 위해 독일 만하임으로 감. 공연 후 치료를 위해 병원에 입원함. 가벼운 림프성 백혈병으로 진단됨. 젊은 출판인 이안니스 구델리스가 아테네에서 카잔차키스 전집 출간에 착수함.

1955년(72세) 엘레니와 함께 스위스 루가노의 별장에서 한 달을 보냄. 여기서 그의 정신적 자서전인 『영혼의 자서전』을 쓰기 시작함. 8월 카잔차키스와 엘레니는 군스바흐의 알베르트 슈바이처 박사를 방문함. 앙티브로 돌아온 뒤, 『수난』의 영화 시나리오를 구상 중이던 줄스 다신의 조언 요청에 응함. 카잔차키스와 카크리디스가 공역한 『일리아스』가 그리스에서 출간됨. 어떤 출판인도 나서지 않았기 때문에 비용은 모두 번역자들이 부담함. 『오디세이아』의 수정 재판이 아테네에서 엠마누엘 카스다글리스의 감수로 준비됨. 카스다글리스는 또한 카잔차키스의 희곡 전집 제1권을 편집함. 〈왕실 인사〉가 개입한 끝에 『최후의 유혹』이 마침내 그리스에서 출간됨.

1956년(73세) 6월 빈에서 평화상을 받음. 키먼 프라이어와 공동 작업을 계속함. 최종심에서 후안 라몬 히메네스에게 노벨 문학상을 빼앗김. 줄스 다신이 『수난』을 바탕으로 한 영화를 완성. 제목을 〈죽어야 하는 자 *Celui qui doit mourir*〉로 붙임. 전집 출간이 진행됨. 두 권의 희곡집과 여러 권의 여행기, 프랑스어에서 그리스어로 옮긴 『토다 라바』와 『성자 프란체스코』가 추가됨.

1957년(74세) 키먼 프라이어와 작업을 계속함. 피에르 시프리오와의 긴 대담이 6회로 나뉘어 파리에서 라디오로 방송됨. 칸 영화제에 참석하여 「죽어야 하는 자」를 관람함. 파리의 플롱 출판사가 그의 전집을 프랑스어로 펴내는 데 동의함. 중국 정부의 초청으로 카잔차키스 부부는 중국을 방문함. 돌아오는 비행 편이 일본을 경유하므로, 광저우에서 예방 접종을 함. 그런데 북극 상공에서 접종 부위가 부풀어 오르고 팔이 회저 증상을 보이기 시작함. 백혈병을 진단받았던 독일의 병원에 다시 입원함. 고비를 넘김. 알베르트 슈바이처가 문병 와서 쾌유를 축하함. 그러나 아시아 독감이 쇠약한 그의 몸을 순식간에 습격함. 10월 26일 사망. 시신이 아테네로 운구됨. 그리스 정교회는 카잔차키스의 시신을 공중(公衆)에 안치하기를 거부함. 시신은 크레타로 운구되어 안치됨. 엄청난 인파가 몰려 그의 죽음을 애도함. 훗날, 묘비에는 카잔차키스가 생전에 준비해 두었던 비명이 새겨짐. *Den elpízo típota. Den fovúmai típota. Eímai eléftheros*(나는 아무것도 바라지 않는다. 나는 아무것도 두려워하지 않는다. 나는 자유다).

옮긴이 **이종인** 1954년 서울에서 태어나 고려대학교 영어영문학과를 졸업했다. 한국 브리태니커 편집국장과 성균관대학교 전문 번역가 양성 과정 교수를 역임했다. 폴 오스터의 『폴 오스터의 뉴욕 통신』, 크리스토퍼 드 하멜의 『성서의 역사』, 프랭크 로이드 라이트의 『자서전』, 존 르카레의 『팅커, 테일러, 솔저, 스파이』, 앤디 앤드루스의 『폰더 씨의 위대한 하루』, 줌파 라히리의 『축복받은 집』, 조셉 골드스타인의 『비블리오테라피』, 스티븐 앰브로스 외의 『만약에』, 사이먼 윈체스터의 『영어의 탄생』 등 1백여 권을 번역했고, 번역 입문 강의서 『전문 번역가로 가는 길』을 펴냈다.

영국 기행

| 발행일 | 2008년 3월 30일 초판 1쇄 |
| | 2019년 7월 5일 초판 7쇄 |

지은이	니코스 카잔차키스
옮긴이	이종인
발행인	홍지웅 · 홍예빈
발행처	주식회사 열린책들

경기도 파주시 문발로 253 파주출판도시
전화 031-955-4000 팩스 031-955-4004
www.openbooks.co.kr

이 도서의 국립중앙도서관 출판예정도서목록(CIP)은 서지정보유통지원시스템 홈페이지 (http://seoji.nl.go.kr)와 국가자료공동목록시스템(http://www.nl.go.kr/kolisnet)에서 이용하실 수 있습니다.(CIP제어번호: CIP2008000638)